MEJOR...
SOLTERAS

MEJOR...
SOLTERAS

LA NOVELA QUE INSPIRÓ LA FAMOSA PELÍCULA

LIZ TUCCILLO

Umbriel Editores

Argentina • Chile • Colombia • España
Estados Unidos • México • Perú • Uruguay • Venezuela

Título original: *How to Be Single*
Editor original: Washington Square Press, A Division of Simon & Schuster, Inc.,
New York
Traducción: Juan Pascual Martínez Fernández y Tamara Arteaga Pérez

1.ª edición Marzo 2016

Esta es una obra de ficción. Todos los acontecimientos y diálogos, y todos los personajes, son fruto de la imaginación de la autora Por lo demás, todo parecido con cualquier persona, viva o muerta, es puramente fortuito.

Copyright © 2008 by Liz Tuccillo
All Rights Reserved
© de la traducción 2016 *by* Juan Pascual Martínez Fernández
y Tamara Arteaga Pérez
© 2016 *by* Ediciones Urano, S.A.U.
   Aribau, 142, pral. – 08036 Barcelona
   www.umbrieleditores.com

ISBN: 978-84-92915-83-5
E-ISBN: 978-84-9944-979-1
Depósito legal: B-712-2016

Fotocomposición: Ediciones Urano, S.A.U.
Impreso por Romanyà Valls, S.A. – Verdaguer, 1 – 08786 Capellades (Barcelona)

Impreso en España – *Printed in Spain*

Dedico este libro a mi madre, Shirley Tuccillo,
al igual que todo lo que hago.

1

Asegúrate de que tienes amigas

Soltera al estilo de Georgia

—¡Solo quiero pasármelo bien! ¡Ahora estoy soltera y quiero divertirme! ¡¿Los solteros siempre os estáis divirtiendo, no?! ¿Cuándo vamos a salir de fiesta? —Está gritando, *gritándome*, por teléfono—. ¡Quiero pegarme un tiro, Julia! ¡No quiero vivir con tanto dolor, de verdad! ¡Quiero morirme! ¡Tienes que convencerme de que todo va a salir bien! ¡Tienes que sacarme de casa y recordarme que soy joven y que estoy viva y que voy a pasármelo en grande, o Dios sabe de lo que soy capaz!

El marido de Georgia, Dale, la había abandonado hacía dos semanas para irse con otra mujer, y como era obvio, estaba un poquito disgustada.

Eran las 8:45 de la mañana. Yo estaba en el Starbucks de la Cuarenta y Cuatro con la Octava, haciendo equilibrios con una bandeja de cartón con varios cafés en una mano, el móvil y la conversación en la otra, el pelo en la cara y los *mochachinos* grandes peligrosamente inclinados sobre mi pecho izquierdo, todo ello mientras le pagaba al guapísimo veinteañero de la caja registradora. Definitivamente, soy multitarea.

Ya llevaba cuatro horas levantada. Como publicista de una gran editorial de Nueva York, parte de mi trabajo es llevar a los escritores de entrevista en entrevista durante la promoción de sus libros, y esa mañana me tocaba ocuparme de Jennifer Baldwin, una escritora de treinta y un años. Su libro, *Cómo estar atractiva para tu marido durante el embarazo*, se convirtió en un superventas en un abrir y cerrar de ojos. Las mujeres se apresuraban a comprarlo por todo el país porque, por supuesto, cómo estar atractiva para tu marido durante el embarazo debía ser la preocupación principal de cualquier mujer en ese periodo tan importante de su vida. Esa semana tocaba realizar la gira por los programas matutinos de mayor prestigio. A los de *Today, The View, Regis y Nelly*, la WPIX, la NBC y la CNN, sin ir más lejos, ¡les había encantado! ¿A quién podía no gustarle un programa que enseñaba a las mujeres embarazadas de ocho meses cómo hacer un striptease para sus maridos? En ese momento, la autora, su publicista personal y su agente literario me esperaban impacientes en el coche que tenía aparcado delante de la cafetería. Yo era la encargada de suministrarles su dosis vital de cafeína.

—¿De verdad tienes ganas de suicidarte, Georgia? Porque si es así, voy a llamar ahora mismo a la policía y haré que te manden una ambulancia.

Había leído en alguna parte que cualquier mención al suicidio había que tomársela en serio, aunque estaba convencida de que lo que ella quería en realidad era asegurarse de que iba a sacarla de fiesta.

—¡Déjate de ambulancias, Julie! ¡Tú eres la organizadora, la que se encarga de que pasen cosas! ¡Llama a todos tus amigos solteros, a toda esa gente con la que siempre te diviertes! ¡Y salgamos a pasarlo bien!

Mientras continuaba mi número acrobático de camino al coche, me di cuenta de lo mucho que me cansaba pensar en todo aquello. Sin embargo, sabía que Georgia estaba pasando por una mala racha, que probablemente iría a peor antes de que empezara a mejorar. Así que…

Lo que había pasado era algo típico: Dale y Georgia tuvieron hijos, dejaron de tener sexo de manera regular y empezaron a pelearse. Se alejaron el uno del otro y, finalmente, Dale le dijo a Georgia que se había enamorado de una profesora de samba de veintisiete años («puta zorra rastrera») que había conocido en Equinox. Llamadme loca, pero creo que el sexo desenfrenado tuvo algo que ver en todo esto. Además, y no quiero ser desleal al decirlo, y jamás sugeriría ni por asomo que Georgia tenía parte de culpa, porque «Dale es un capullo» y ahora mismo «lo odiamos a muerte», pero no puedo evitar decir que Georgia nunca lo valoró lo suficiente.

Para ser justos, soy bastante crítica respecto al «síndrome de las esposas que no valoran a sus maridos». Cuando veo a un hombre que está chorreando y le entrega un paraguas a su mujer después de caminar cinco manzanas para recoger el coche y volver conduciendo hasta el restaurante sin que ella ni siquiera le dé las gracias, en serio, me pongo algo frenética. El caso es que me di cuenta de que Georgia no valoraba a Dale y daba por sentado que siempre seguiría con ella, sobre todo cuando le hablaba con «aquel tono de voz». Un tono de voz al que se le podrá llamar como se quiera, pero que en realidad es el desprecio de toda la vida. El tono del disgusto. El tono de la impaciencia. El tono equivalente a poner los ojos en blanco. Una prueba irrefutable de que el matrimonio es una institución tremendamente defectuosa se expresa con un simple «ya te dije que las palomitas de maíz están en la estantería *que está encima de la nevera*». Si se pudiera recorrer el mundo recogiendo ese tono de voz cada vez que saliera de la boca de los esposos y esposas insatisfechos y luego se llevara a algún desierto de Nevada para soltarlos allí, la tierra se hundiría sobre sí misma y se derrumbaría de pura irritación mundial.

Georgia le hablaba a Dale en ese tono de voz. Por supuesto, ese no fue el único motivo de su separación. La gente es irritante, y en eso consiste el matrimonio: días buenos y días malos. Aunque la verdad, ¿qué sé yo? Tengo treinta y ocho años y llevo soltera seis (sí, he dicho seis). Ni de castidad, ni fuera de circulación, pero sin duda soy, completa y oficialmente, una soltera de «otra vez de vacaciones y sola». Así que, en mis fantasías, pienso que siempre trataría bien a mi hombre. Nunca le hablaría de un modo desagradable. Siempre le dejaría claro que lo deseo y que lo respeto y que es mi máxima prioridad. Siempre tendría un aspecto atractivo para él, y sería dulce y, si me lo pidiera, haría que me creciera una cola de pescado y branquias, y nadaría sin sujetador con él en mitad del océano.

El caso es que ahora Georgia ha pasado de ser una esposa y madre medio satisfecha a convertirse en una madre soltera con dos hijos con tendencias suicidas. Y quiere… ¡fiesta!

Algo debe pasar cuando vuelves a estar soltera. Seguramente se activa alguna clase de instinto de conservación en plan lobotomía porque, de repente, Georgia ha viajado atrás en el tiempo hasta los veintiocho y quiere salir «ya sabes, de bares y eso, para conocer tíos». Y se ha olvidado de que estamos al final de la treintena y de que algunas de nosotras llevamos haciendo eso sin parar desde hace años, y la verdad, yo no quiero salir y conocer *tíos*. No quiero pasar una hora con uno de los cacharros que tengo para alisarme el pelo y así sentirme lo bastante atractiva como para salir a beber. Quiero irme temprano a la cama para levantarme temprano para hacerme mi batido de frutas y salir a correr. Soy una maratoniana. No en el sentido literal, claro, solo corro cinco kilómetros al día. Pero como soltera, sé qué ritmo debo llevar. Sé lo larga que puede ser una carrera. Georgia, por supuesto, quiere empezar a utilizar niñeras y hacer un *sprint*.

—¡Tienes que pasártelo bien conmigo! ¡Es tu obligación! ¡No conozco a ninguna otra soltera más que a ti! ¡Tienes que salir conmigo! ¡Quiero salir con tus amigos solteros! ¡Vosotros siempre estáis saliendo! ¡Ahora que estoy soltera, yo también quiero salir!

También se olvida de que siempre me miraba con mucha pena cuando yo hablaba de mi vida de soltera antes de exclamar de corrido «diosquetristesparamorirse».

Pero Georgia hacía algo que el resto de mis amistades casadas o con pareja jamás hubieran hecho: agarraba el teléfono para organizar una cena y reunir a unos cuantos solteros para que los conociera, o en la visita del pediatra le preguntaba si sabía de algún hombre disponible. Estaba totalmente involucrada en mi búsqueda del Hombre Perfecto sin importarle lo cómoda y satisfecha que se sintiera con su vida. Por eso, esa mañana de viernes, mientras me limpiaba el café de la camisa blanca, acepté llamar a tres de mis otras amigas solteras para preguntarles si saldrían de fiesta con mi nueva y ligeramente histérica amiga soltera.

Soltera al estilo de Alice

Georgia tiene razón. Mis amigas solteras y yo no paramos de pasarlo en grande. De verdad. Dios, estar soltera es divertidísimo. Por ejemplo, dejadme que os hable de lo graciosa-hasta-reventar que es Alice. Se gana la vida con la miseria de sueldo que le pagan por defender los derechos de la gente menos favorecida de Nueva York frente a los jueces insensibles, los fiscales sin piedad y, en general, frente a un sistema sobrecargado. Se dedica por completo a intentar ayudar a los menos afortunados dándole la vuelta al sistema, venciendo a sus oponentes y protegiendo nuestra Constitución. Y sí, de vez en cuando tiene que defender a un asesino o a un violador que ella sabe que es culpable y a quien a menudo consigue poner de vuelta en la calle. Vaya. A veces ganas y a veces... ganas.

Alice es abogada de oficio. Aunque la Constitución garantiza el derecho a tener un abogado, por desgracia no te garantiza que te defienda Alice. Para empezar, es preciosa. Lo que, por supuesto, es superficial, ¡a quién le importa! Pero el jurado que se sienta en esa sala pintada de verde industrial, con esas luces fluorescentes y ese juez de ochenta años que preside toda esa tristeza general, aprovechan cualquier placer estético al que puedan echar mano. Así que, cuando la sexy pelirroja de Alice te habla con su voz profunda y suave, y su acento mitad italiano, mitad Staten Island de «soy una más de vosotros pero más adorable», serías capaz de conducir hasta Sing Sing y liberar hasta al último de los presos si ella te lo pidiera.

Gracias a su escandalosa perspicacia legal y a su poderoso carisma clásico, se convirtió en la profesora de Derecho más joven de la Universidad de Nueva York. Alice salvaba al mundo de día y, por la noche, se dedicaba a inspirar a los estudiantes pijos para que se olvidaran de los bonitos despachos de Manhattan y de los chalets compartidos en los Hamptons, y trabajaran como abogados en el turno de oficio e hicieran algo importante. Tuvo un éxito impresionante. Puso de moda de nuevo la compasión y la desobediencia civil. Llegó a hacerles creer de verdad que ayudar a la gente es más importante que ganar mucho dinero.

Era una diosa.

Sí. He dicho *era* porque, bueno, en cierto modo estoy mintiendo. La verdad es demasiado dolorosa. Alice ya no es abogada de oficio.

—Es el único caso en el que admitiría la pena de muerte. —Alice, como maravillosa amiga que es, me estaba ayudando a llevar unos libros desde mi oficina entre la Decimoquinta y la Octava Avenida hasta una firma de libros en la Decimoséptima (el libro era *La guía del idiota para convertirse en un idiota* y, por supuesto, fue un éxito de ventas)—. La única excepción, en serio: cualquier hombre que saliera con una mujer de treinta y tres años hasta que ella tuviera treinta y ocho, y entonces descubriera que es un individuo con problemas para comprometerse; el que le diera a esa mujer la impresión de que no le disgustaba la idea del matrimonio o de pasar con ella el resto de su vida, que pasara todo ese tiempo diciéndole que iba a ocurrir, y que finalmente, un día, le dijera que en realidad le parecía que «el matrimonio no era para él».

Alice se llevó los dedos a la boca y soltó un silbido capaz de parar el tráfico. Un taxi giró para recogernos.

—Abra el maletero, por favor —le dijo al conductor mientras me quitaba una de las cajas de libros para meterla con brusquedad en el maletero.

—Fue una putada —admití.

—Fue algo más que una putada. Fue un delito. Fue un delito contra mis ovarios. Fue un crimen contra mi reloj biológico. Me robó cinco valiosos años de procreación y eso se debería considerar un hurto mayor de maternidad, punible con el ahorcamiento.

Me arrancaba las cajas de los brazos y las lanzaba con violencia dentro del coche. Me pareció que lo mejor era dejar que terminara de hacerlo. Cuando acabó, nos dirigimos cada una a un lado del taxi y ella siguió hablando por encima del techo del coche sin detenerse ni a respirar.

—No pienso rendirme por esto. Soy una mujer fuerte. Yo tengo el control. Puedo recuperar el tiempo perdido. Puedo hacerlo.

—¿A qué te refieres?

—Voy a dejar el trabajo y voy a empezar a tener citas.

Alice se metió en el taxi y cerró la puerta de golpe.

Yo entré algo confundida.

—Perdona, ¿qué has dicho?

—Al Barnes and Noble de Union Square —le ladró Alice al conductor. Luego se giró hacia mí—. Eso mismo. Voy a meterme en todas las páginas de citas. Voy a mandar un correo colectivo a todas mis amigas para que me concierten una cita con todos los solteros que conozcan. Voy a salir todas las noches y voy a conocer a alguien *ya*.

—¿Que vas a dejar tu trabajo para tener... *citas*? —De verdad que me esforcé por decirlo en un tono lo menos horrorizado y acusatorio posible.

—Exacto. —Movió afirmativamente y con fuerza la cabeza como si yo supiera de qué me estaba hablando—. Seguiré dando clases para ganar dinero, pero sí, básicamente ese va a ser mi nuevo empleo. Que lo sepas.

De modo que ahora mismo, mi querida Superwoman bienhechora, mi Xena la princesa guerrera, mi Erin Brockovich personal, mi amiga Alice, todavía se dedica a ayudar a los más desafortunados, aunque esta vez, la desafortunada es ella: una soltera de treinta y ocho años en Nueva York. Sigue intentando castigar «al malo», pero esta vez el malo es Trevor, que le arrebató todos esos valiosos años y que la ha hecho sentirse vieja, temerosa y poco atractiva.

Cuando alguien le pregunta a Alice qué hace con todo ese nuevo tiempo libre que antes utilizaba para impedir que encerraran a jóvenes que habían delinquido por primera vez en su vida (evitándoles así los horribles abusos propios de la prisión), suele soltar su discursito de: «Aparte de mirar Internet y las citas que tengo, procuro ir a todo lo que me invitan, a cada conferencia, reunión de almuerzo o cena de fiesta. No importa lo mal que me encuentre. ¿Recuerdas cuando tuve ese gripazo tan tremendo? Salí de casa y me fui a una noche de solteros que había en el New York Theatre Workshop. La noche siguiente a mi operación de la mano me tomé un ibuprofeno y fui a esa gran gala de beneficencia para la conservación de Central Park. Nunca se sabe cuál va a ser la noche en la que conocerás al hombre que te va a cambiar la vida. Pero también tengo aficiones. Hago a propósito lo que me encanta, porque ya sabes, cuando menos te lo esperas puede ser el momento en el que conoces a alguien».

—¿¡Cuando menos te lo esperas!? —le pregunté después de una de sus diatribas—. Alice, has dejado tu trabajo para dedicar tu vida a conocer a alguien. ¿Cómo va a ser «cuando menos te lo esperas»?

—Porque me mantengo muy ocupada haciendo un montón de cosas interesantes: kayak en el Hudson, escalada en Chelsea Piers, clases de carpintería en una de las tiendas de Home Depot (a las que tendrías que venir conmigo sin falta, por cierto, me construí una vitrina preciosa), y también estoy pensando en apuntarme a un curso de vela que organizan en el South Street Seaport. Me mantengo ocupada con cosas que me parecen interesantes, y así me engaño y me olvido de que lo que en realidad intento es conocer a tíos. Porque lo fundamental es no parecer desesperada. ¡Es *lo peor*!

Cuando le dice eso a la gente, suele parecer un poco perturbada, sobre todo porque no para de meterse pastillas antiácido en la boca mientras habla. A mí me parece que sus problemas de indigestión vienen de un leve estado de reflujo ácido llamado «me aterroriza estar sola».

Así pues, ¿cómo no llamarla la primera cuando necesitaba salir con unas cuantas amigas y «divertirme»? Alice ya es básicamente una profesional del asunto. Se conoce a todos los camareros, los porteros, los *maîtres*, los bares, los clubes, los locales poco frecuentados, las trampas para turistas y los garitos de Nueva York. Por supuesto, Alice se mostró encantada.

—Me apunto —me contestó—. No te preocupes. Nos aseguraremos de que mañana por la noche Georgia se lo pase como nunca.

Colgué el teléfono aliviada. Sabía que podía contar con Alice porque, a pesar de lo mucho que le había cambiado la vida, seguían gustándole las buenas causas.

Soltera al estilo de Serena

—Habrá demasiado humo. Ni hablar.

—Pero si ni siquiera sabes dónde vamos.

—Ya, pero seguro que habrá demasiado humo. Lo hay en todas partes.

—Serena, no se puede fumar en los bares de Nueva York. Está prohibido.

—Ya, pero me sigue pareciendo que hay demasiado humo. Y siempre hay mucho ruido en esos sitios.

Estamos sentadas en el Zen Palace, el único sitio al que he ido con Serena durante estos tres últimos años. A Serena no le gusta salir. A Serena no le gusta tomar queso, ni leche, ni plantas solanáceas, ni vegetales que no sean orgánicos, ni piña… Nada de eso le sienta bien por su grupo sanguíneo. Por si no lo habéis adivinado, Serena está muy muy delgada. Es una de esas preciosas y esqueléticas chicas rubias que se ven en las clases de yoga de todas las ciudades importantes de Estados Unidos. Trabaja como chef vegetariana para una familia de famosos de Nueva York, sobre la que no puedo hablar porque me hizo firmar un contrato de confidencialidad para no sentirse culpable cuando cotillea conmigo sobre ellos e incumple el contrato de confidencialidad que ella misma firmó en su momento. ¡Va en serio! Pero a efectos de esta narración, pondremos que se llaman Robert y Joanna, y que su hijo se llama Kip. Para ser sincera, Serena no dice nada malo de ellos. La tratan muy bien y parecen apreciar su carácter amable, pero, por Dios, si Madonna almuerza en su casa y se vuelve loca por cómo cocina, Serena tiene que contárselo a alguien. ¡Es humana, al fin y al cabo!

Serena también es estudiante de hinduismo. Cree en la ecuanimidad de todas las cosas. Quiere ver la perfección divina en todos los aspectos de la vida, incluso en el hecho de no haber tenido ni una cita ni *nada* de sexo durante cuatro años. Ella lo considera una perfección, que el mundo le muestra que debe trabajar mucho en sí misma porque ¿cómo puedes ser una buena verdadera pareja hasta que no te hayas realizado por completo como ser humano?

Así que Serena no ha parado de trabajar en sí misma. Ha trabajado hasta tal punto en sí misma que en realidad se ha convertido en un laberinto humano. Siento lástima por el hombre que alguna vez se adentre en los pasillos serpenteantes y en los callejones sin salida que componen sus restricciones alimenticias, esquemas de meditación, talleres de nueva era, clases de yoga, régimen de vitaminas y necesidad de agua destilada. Si trabaja un poco más en sí misma, acabará convertida en una ermitaña.

Serena es esa amiga a la que siempre ves sola. A la que nadie más conoce. Aquella a la que si mencionas alguna vez de pasada, las demás amigas te preguntan: «¿Serena? ¿Tienes una amiga que se llama Serena?» Pero no siempre fue así. Conocí a Serena en la universidad, y era como los demás. Siempre fue un poco obsesivo-compulsiva, pero en aquella época era una rareza, no un estilo de vida. Conoció y salió con chicos a lo largo de la veintena, y también tuvo un novio durante tres años, Clyde. Era muy dulce y estaba loco por ella, pero Serena siempre supo que no era su elegido. Logró establecer una rutina agradable con él (por si no lo habéis adivinado, a Serena le encantan las rutinas). Le insistimos en que no le diera esperanzas, aunque nunca imaginamos que sería su última relación durante el resto de su vida libre de gluten. Después de Clyde se las apañó para seguir teniendo citas, no de un modo agresivo, sino solo cuando se presentaba la oportunidad. Sin embargo, cuando cumplió los treinta y cinco, como no había conocido a nadie que realmente le interesara, comenzó a centrarse en otros aspectos de su vida. Que es lo que, seamos justos, dicen a las mujeres muchos de los libros de autoayuda que yo misma ayudo a publicar. Esos libros también te dicen que te quieras. De hecho, si se pudieran resumir todos los libros de autoayuda hasta dejarlos reducidos a una palabra, sería «quiérete». No sabría decir por qué, pero es algo que me irrita mucho.

De modo que Serena comenzó a concentrarse en otras cosas y empezó con las clases y todas esas dietas enloquecidas. A diferencia de Alice, al menos en términos de citas, Serena decidió dejarlo todo sin luchar mucho. Es algo peliagudo, la verdad, porque con esa decisión se deja de lado el sueño de encontrar al amor de tu vida. Claro que si se hace bien, puede ser que te relajes, que disfrutes de la vida, e incluso que consigas que tu luz interior reluzca con más fuerza y más brillo que nunca (sí, ¿qué pasa?, he mencionado la luz interior de alguien, después de todo estamos hablando de Serena). Pero, en mi opinión, esa estrategia, si se sigue de un modo equivocado o durante demasiado tiempo, puede hacer que tu luz se apague poco a poco, día a día. Puedes acabar sin sexo y sola. Y aunque crea que es muy exagerado dejar tu trabajo para empezar a tener citas, es mucho peor quedarse sentada esperando que el amor vaya a buscarte. El amor no es tan listo. De hecho, el amor no se preocupa en absoluto por ti. Yo creo que el amor está por ahí encontrando a la gente cuyas luces brillan con tanta fuerza que se pueden ver desde una lanzadera espacial y, sinceramente, en algún momento entre los lavados de colon y las clases de danza africana, la luz de Serena se apagó.

A pesar de ello, Serena tiene un efecto calmante para mí. Es capaz de escuchar con atención cuando me desahogo sobre lo mucho que odio mi trabajo, y lo hace con la paciencia de Gandhi. Además de los libros que ya he mencionado, también he ayudado a publicar obras como *¡Se acaba el tiempo! Cómo conocer y casarte en diez días con el hombre de tus sueños*, *Cómo saber si tu hombre te ama de verdad* y el tremendo éxito *Cómo ser adorable* (lo que se supone que es la clave para la felicidad femenina).

Crecí en Nueva Jersey, no muy lejos de aquí, solo a un puente o a un túnel de la ciudad de mis sueños. Me mudé aquí para ser escritora, luego pensé que quizá lo haría mejor como documentalista cinematográfica, y después estudié unos cuantos cursos de antropología, pensando que a lo mejor me mudaba a África y estudiaba a los guerreros masáis o a alguna otra tribu casi extinguida. Me fascina la especie humana, y me encantaba la idea de documentarla de algún modo. Sin embargo, me di cuenta de que había heredado la fuerte vena práctica de mi padre. Me gusta la fontanería casera y saber que tengo un seguro médico, así que conseguí un trabajo en el sector editorial.

Pero ahora mismo, la emoción de poder permitirme comer todos los días ha perdido su atractivo inicial, y Serena me escucha en silencio mientras me quejo sin parar.

—¿Y por qué no dejas el trabajo?

—¿Y qué hago? ¿Conseguir otro trabajo en publicidad? Odio la publicidad. ¿Me quedo en el paro? Dependo demasiado de la paga de fin de mes como para convertirme en un espíritu libre.

—A veces hay que arriesgarse.

Si Serena, ¡Serena!, pensaba que yo estaba estancada, es que sin duda mi situación debía ser muy mala.

—¿A qué te refieres?

—Bueno, me refiero a que... ¿tú no querías ser escritora?

—Sí, pero no tengo un ego tan grande como para serlo.

Estaba un poco estancada en mi vida profesional. Mi «voz de la conciencia», en la que tanto confiaban los demás, solo conseguía convencerme a mí misma para que me olvidara de mis angustias, pero Serena me escuchaba todos los viernes quejarme de las frustraciones que me provocaba el trabajo como si fuera la primera vez que lo hacía.

De modo que pensé «¿por qué no?». Mis demás amigas siempre habían sentido curiosidad por Serena, de modo que, ¿por qué no convencerla de que saliera?

—La probabilidad de que salgamos mañana y conozcamos al hombre de nuestros sueños es prácticamente cero, así que, ¿para qué molestarse? —me preguntó antes de darle otro bocado a su hamburguesa de *tempeh* de soja.

A efectos prácticos, Serena tenía razón. Salgo de noche con la esperanza de conocer al tipo que me adorará durante el resto de mi vida. Digamos que lo llevo haciendo dos o tres veces por semana desde hace unos... quince años. He conocido a chicos y he salido con algunos, pero está claro que, a fecha de hoy, no lo he hecho con el hombre al que describiré como «el Elegido» en el gran libro de mi vida. Eso suma en total un número increíble de noches en las que *no* he conocido al hombre de mis sueños.

Lo sé, lo sé. No salíamos solo para conocer a chicos. Salíamos para divertirnos, para celebrar que todavía éramos jóvenes (o al menos, no muy mayores) y que estábamos solteras y vivas en la mejor ciudad del mundo. Es curioso cómo, cuando finalmente conoces a alguien y comienzas a quedar con él, lo primero que haces es quedarte en casa y acurrucarte en el sofá, ¡pero si salir por ahí con tus amigas era muy divertido!

De modo que no pude discutirle nada a Serena. En general, el concepto de «salir» es algo defectuoso. Pero seguí con mi alegato.

—No vamos a salir para conocer chicos. Solo vamos a *salir*. Para demostrarle a Georgia que simplemente *salir* también es divertido. Salir al mundo, comer, beber, hablar, reír. A veces ocurre algo inesperado y, a veces, la mayoría de las veces, simplemente vuelves a casa, pero sales, ¿entiendes? ¡Sales! ¡Para ver lo que *puede* ocurrir! Eso es lo divertido.

Los argumentos sobre los beneficios de la espontaneidad y de lo desconocido no solían ser el modo de conquistar a Serena, pero aceptó por alguna razón desconocida.

—Vale, pero no quiero ir a ningún sitio con demasiado humo o demasiado ruido. Y asegúrate de que tengan comida vegetariana en el menú.

Soltera al estilo de Ruby

Y luego está Ruby.

Era sábado, a las dos de la tarde, y me había acercado al apartamento de Ruby para intentar que se apuntara a salir esa noche, y porque sabía que todavía estaría en la cama.

Ruby me abrió la puerta en pijama. Tenía el cabello alarmantemente despeinado, en un estado previo a un amasijo de rastas.

—¿No has salido de la cama todavía? —le pregunté preocupada.

—Sí, claro. Acabo de hacerlo —me contestó ofendida

Se dio la vuelta y volvió a su dormitorio. El apartamento estaba inmaculado. No había ninguna de las habituales señales delatoras de una depresión, como envases de helado llenos de moho, donuts a medio comer o semanas enteras de ropa sucia tirada por todas partes. Era una deprimida muy limpia. Eso me dio esperanzas.

—¿Cómo estás hoy? —le pregunté mientras la seguía hasta el dormitorio.

—Mejor. Cuando me desperté, él no fue lo primero que me vino a la cabeza.

Se metió de nuevo en su cama mullida, blandita y floreada, y se tapó con el edredón. Parecía realmente cómoda, y comencé a pensar en echarme una siesta yo también.

—¡Estupendo! —respondí, a sabiendas de que aquello no había hecho más que empezar.

Ruby es una adorable morena de cabello largo, una criatura femenina y perfectamente voluptuosa, con un tono de voz susurrante y palabras siempre amables. Y le gusta hablar de sus sentimientos.

Se incorporó hasta quedar sentada.

—Lo primero que he pensado esta mañana es: «me siento bien». Ya sabes a lo que me refiero, a ese momento antes de que te acuerdes de quién eres y qué te ha pasado en la vida. Lo primero que pensé, en mi fuero interno, en mi cabeza, fue «me siento bien». Hacía mucho tiempo que no me sentía así. Ya sabes que lo habitual es que abra los ojos y ya me sienta como una mierda. Como si me sintiera una mierda mientras dormía y despertarse no fuera más que una extensión del sueño, ya sabes. Pero esta mañana, lo primero que he pensado es: «me siento bien». Como si mi cuerpo ya no albergase más tristeza, ya sabes.

—Eso es... ¡genial! —le respondí con alegría. Quizá la cosa no estaba tan mal después de todo.

—Sí, bueno, claro, en cuanto lo recordé todo empecé a llorar y no pude parar de hacerlo durante tres horas. Pero creo que es una mejoría, ¿verdad? Me hizo ver que estaba mejor. Porque *Ralph* no se puede quedar en mis recuerdos con tanta fuerza, es que no puede. Pronto me despertaré y tendrán que pasar tres minutos antes de que comience a llorar por su culpa. Luego serán quince. Luego una hora, después todo un día, y terminaré por superar esto, ¿entiendes?

Me miró con aspecto de estar a punto de echarse a llorar otra vez.

Ralph era el gato de Ruby. Murió de un fallo renal hace tres meses. Desde entonces, me ha mantenido informada de las sensaciones físicas de su profunda depresión. A mí todo esto me resulta especialmente difícil porque no tengo ni idea del motivo por el que alguien pone toda su energía emocional en algo que no te puede dar ni un masaje en la espalda. Y no solo eso: me siento superior a esa gente. Creo que cualquiera que tenga una mascota es en realidad más débil que yo porque, cuando le pregunto a cualquiera por qué quiere tanto a su mascota, siempre acaba contestando algo como: «es que no te puedes creer la de amor incondicional que *Beemie* me da». Bueno, pues fíjate, no necesito amor incondicional, ¿qué te parece? Necesito amor condicional. Necesito alguien que camine a dos patas, y forme frases, y utilice herramientas, y me recuerde que es la segunda vez en una semana que le grito por teléfono a alguien de atención al cliente cuando no me salgo con la mía y que «quizá debería hacérmelo mirar». Necesito que me quiera alguien que comprenda que dejarme las llaves dentro del apartamento tres veces por mes es «una de mis cosas que nunca va a cambiar», y que me quiera de todos modos. Y no porque se trate de un amor incondicional, sino porque me conozca de verdad y haya decidido que mi mente fascinante y mi cuerpo de vértigo quizá compensan perder un vuelo, o dos, porque me he olvidado el carnet en casa.

Pero esa no es la cuestión ahora mismo. La cuestión es que Ruby se niega a salir a tomar un café, a comprar, o incluso simplemente a dar un paseo conmigo, porque Ruby es un desastre a la hora de enfrentarse a un disgusto. Y no digamos ya si es de clase romántica. No importa lo bien que se lo haya pasado con un individuo, eso nunca compensará la cantidad de dolor y tortura a los que se somete cuando la relación no funciona. Se mire como se mire, no salen las cuentas. Pongamos que sale con alguien durante tres semanas, pues bien, tras la ruptura pasará dos meses desesperada y desesperando a todos los demás. Una locura.

Como soy una experta en la radiografía emocional de Ruby, puedo contar con exactitud lo que ocurre durante su descenso. Conocerá a alguien, digamos a un hombre, algo que no sea un felino. Le gustará. Saldrá con él. Su corazón se llenará con el montón de posibilidades y la excitación habituales de cuando, *por fin*, encuentras a alguien disponible, amable, respetuoso y al que pareces gustarle.

Como ya he dicho, Ruby es atractiva; muy sensual, muy femenina. Puede ser inquisitiva y atenta, y una gran conversadora. Cuando los hombres la conocen, les gusta por todas esas razones. Ruby es realmente buena en lo de tener una cita, y cuando mantiene una relación, está claramente en su salsa.

Sin embargo, esto es Nueva York, esto es la vida, y así va eso de las citas: a menudo, la cosa simplemente no funciona. Y cuando no lo hace, cuando Ruby se siente rechazada, por la razón que sea y sin importar el modo en el que se lo digan, comienza un proceso. Suele estar bien en el Momento del Disgusto, como ocurrió con Nile, que rompió con ella porque quería volver con su antigua novia. En el momento del impacto, se muestra filosófica. Una oleada de cordura y autoestima la recorre, y dice que ya sabía que no era lo que buscaba, que no se lo puede tomar como algo personal y que él se lo pierde. Unas horas más tarde, se irá alejando más y más de ese momento de claridad y comenzará a deslizarse hacia el Pozo de la Locura. Su amado, que hasta ese momento tenía un tamaño normal, crecerá más y más y más y, en cuestión de pocas horas, se convertirá en el monte Everest de todo lo deseable, y ella quedará desconsolada. «Él era lo mejor que le había pasado nunca.» «Nadie será tan bueno como él, jamás.» Y blablabla. Nile realizó el acto más poderoso que se podía hacer contra Ruby: la rechazó y ahora él lo es *todo*, y ella no es nada.

Estoy tan acostumbrada a ver a Ruby pasar por todo esto que intento estar siempre con ella durante esas breves horas críticas posteriores a un rechazo, para ver si puedo impedir que baje por las escaleras que la llevan a la Locura. Porque debo dejar claro que, una vez que baja, no se sabe cuándo va a subir de nuevo. Además, no le gusta quedarse sola allí abajo. Lo que le gusta a Ruby es llamar a sus amigas y describirles hasta el más mínimo detalle, durante horas, cómo es estar en el sótano de los sueños rotos. El papel de la pared, el tapizado, los mosaicos del suelo. No hay nada que hacer. No queda más remedio que esperar a que suba de nuevo.

Como es de esperar, después de unos cuantos años de estas subidas y bajadas, cada vez que recibo una llamada de Ruby para contarme que ha conocido a «un gran tipo» o que la segunda cita fue «muy muy bien», no es que me ponga a pegar saltos de alegría, y es que, insisto, las cuentas no suelen ser muy prometedoras. Si tres semanas dan como resultado dos meses de lágrimas, imaginad lo aterrorizada que estoy cuando Ruby celebra sus cuatro meses con alguien. Si acabase rompiendo con alguien después de vivir varios años con él... Bueno, no creo que le quede vida suficiente como para superarlo.

Por eso decidió adoptar a *Ralph*. Ruby estaba harta de llevarse disgustos. Mientras mantuviera las ventanas cerradas y las puertas sin entornar, *Ralph* jamás la abandonaría, y Ruby no volvería a llevarse un disgusto. Lo que ocurre es que no conocía la existencia de la insuficiencia renal crónica felina.

Y ahora... «*Ralph* fue el mejor gato del mundo.» «*Ralph* la hizo más feliz de lo que cualquier otro animal o humano hubiera sido capaz» y «no tenía ni idea de cómo iba a vivir sin él». A pesar de todo, consigue trabajar. Tiene su propio negocio como reclutadora de ejecutivos, con clientes que dependen de ella para sus trabajos de evaluación. Y, ¡Dios, gracias!, porque Ruby siempre se levantará de la cama para ayudar a alguien que necesite un buen puesto de trabajo alternativo. Pero un sábado por la noche no tiene nada que ver, Ruby no cede.

Hasta que le hablé de Georgia, de cómo su marido la abandonó por una profesora de samba, y de que está destrozada y quiere salir y sentirse bien con la vida. Ruby la comprendió de inmediato. Comprendió que hay momentos en los que no importa lo mal que te sientas, en los que tu deber es salir de casa y ayudar a engañar a una pobre soltera recién estrenada, a que se crea que todo va a ir bien. Ruby supo por intuición que se trataba de una noche de esas.

Soltera a mi manera

Para ser sincera, yo no es que esté haciéndolo mejor. Tengo citas, conozco a hombres en las fiestas y en el trabajo o me los presentan mis amigos, pero la relación nunca parece «funcionar». No estoy loca, ni salgo con locos. Simplemente la cosa no «funciona». Veo a las parejas por la calle y me entran ganas de sacudirlos por los hombros y suplicarles que me respondan a una pregunta: «¿Cómo lo habéis conseguido?» Es mi pregunta al oráculo, el misterio eterno. ¿Cómo lo hacen dos personas para conocerse en esta ciudad y que luego todo «funcione»?

¿Y qué hago yo al respecto? Me enfado. Lloro. Dejo de hacerlo, y luego, me animo, y salgo, y soy absolutamente encantadora, y me lo paso bien tantas veces como puedo. Procuro ser buena persona, buena amiga y un buen miembro de mi familia. Procuro asegurarme de que no existe una razón inconsciente por la que sigo soltera. Y sigo adelante.

«Sigues soltera porque eres demasiado *esnob*.» Es la respuesta de Alice cada vez que sale el tema. Sin embargo, a ella no la veo casada con el hermoso caballero que trabaja en la frutería de la esquina de la Doce con la Séptima, y que parece estar fascinado por ella. Ella basa su opinión en que me niego a quedar por Internet. En los viejos tiempos, quedar por Internet se consideraba una vergüenza tremenda, algo que nadie admitiría jamás, ni muerto…, me encantaba esa época. La reacción que la gente tiene ahora cuando les dices que estás soltera y no intentas quedar por Internet es que, en realidad, no tendrás tantas ganas de conseguir pareja. Se ha convertido en la conclusión definitiva, en la prueba determinante de lo que estás dispuesta a hacer por el amor. Como si estuviera absolutamente garantizado que el Hombre Adecuado se encuentra en esas páginas de citas. Te está esperando, y si no estás dispuesta a pasar por mil quinientas horas de conexión, treinta y nueve cafés, cuarenta y siete cenas, y cuatrocientas treinta y dos copas, entonces… ¡es que no quieres!, ¡en realidad no tienes tantas ganas de conocerlo y te mereces hacerte vieja y morir sola!

«Creo que no estás realmente abierta al amor todavía. No estás preparada.» Esa suele ser la respuesta de Ruby. Ni siquiera voy a dignarme en contestar a eso, excepto para decir que no sabía que encontrar el amor se había transformado en algo equivalente a convertirse en un caballero *jedi*. No sabía que había que pasar por años de entrenamiento psíquico, superar pruebas metafísicas y saltar a través de anillos de fuego antes de conseguir una cita para ir a la boda de mi primo en mayo. Sin embargo, conozco mujeres que están tan chifladas que en cualquier momento podrían empezar a ladrar igual que perros y que, a pesar de eso, conocen a hombres que las adoran, unos hombres de los que, en su locura, están enamoradas. Pero eso no importa.

Mi madre cree que estoy soltera porque me gusta ser independiente, pero habla del tema muy poco. Procede de una generación en la que creían que en la vida no les quedaba más opción que casarse y tener hijos. No había más posibilidades. Así que le parece genial que yo esté soltera y que no tenga que depender de un hombre. No creo que mis padres tuvieran un matrimonio feliz y, tras la muerte de mi padre, mi madre fue una de esas viudas que, por fin, empezó a hacer todo lo que quería: clases, vacaciones, partidas de *bridge*, grupos de lectura... Ella creyó que me estaba haciendo un favor cuando era niña al recordarme que no necesito un hombre para ser feliz. Puedo hacer lo que quiera y ser quien quiera, sin un hombre.

Y ahora, ahora no me atrevo a decirle que no soy del todo feliz estando soltera. Y que, si quieres ser la novia o la esposa de alguien y eres hetero, *necesitas* un hombre (lo siento, mamá). No se lo digo porque sé que se preocuparía. A las madres no les gusta ver tristes a sus hijos. De modo que procuro evitar cualquier referencia a mi vida amorosa y ella tampoco me pregunta. Ninguna de las dos quiere saber o revelar nada sobre una infelicidad incómoda.

—Venga ya —me dice Serena, que es mi amiga más antigua—. Está muy claro. Saliste con tipos malos hasta la mitad de la treintena, y ahora que has recuperado el sentido común, los buenos ya están pillados.

Correcto.

Mi último novio, hace seis años, fue el peor de todos. Hay tipos con los que sales que son tan malos que cuando cuentas lo que te ha pasado con ellos, lo que dices habla tan mal de ellos como de ti. Se llamaba Jeremy y salimos durante dos años turbulentos. Decidió romper nuestra relación no asistiendo al funeral de mi padre y no he vuelto a saber de él desde entonces.

Desde entonces, nada de tipos malos. Pero tampoco nada de grandes amores.

Georgia comentó el asunto de los motivos por los que estoy soltera una noche especialmente oscura, solitaria y llena de tristeza.

—Por Dios, es que no hay motivo alguno. Es una putada y ya está. Eres amable, guapa y tienes el mejor pelo de todo Nueva York.

—La verdad es que lo tengo largo y rizado, y aun así nunca se me encrespa, y cuando me lo aliso me queda igual de bien. Tengo que admitir que es mi mejor rasgo—. Estás buena, eres inteligente, divertida y una de las mejores personas que conozco. Eres perfecta. Deja de hacerte esa pregunta de mierda porque no existe ninguna buena razón para que el hombre más atractivo, amable y encantador de Nueva York no se enamore locamente de ti ahora mismo.

Y por eso quiero tanto a Georgia, y por eso ese fin de semana organicé una salida con mi desigual grupo de amigas para hacerla sentir que merece la pena vivir la vida. Porque al final del día, llega la noche, y en Nueva York, si hay noche, hay vida nocturna, y mientras haya vida, como dirían la mayoría de los optimistas, hay esperanza. Y sí, deduzco que es una parte importante de cómo estar soltera: la esperanza. Los amigos. Y asegurarte de que sales de tu maldito apartamento.

2

No *importa cómo te sientas, no hagas locuras, porque nos hace quedar mal a todas*

Cuando sales de noche por la ciudad con el objetivo principal de conseguir que una amiga deje de amenazar, aunque sea de un modo poco convincente, con suicidarse, debes elegir con cuidado los lugares a los que vas. Alice y yo lo discutimos con la premeditación propia de dos generales que planean un asalto aéreo a medianoche. Lo cierto es que, salgas la noche que salgas, debes investigar de un modo exhaustivo, porque una mala noche de marcha puede resultar desmoralizante incluso para la más preparada de las solteras. De modo que debes plantearte un montón de preguntas. ¿Cuántos hombres habrá y para cuántas mujeres? ¿Serán muy caras las copas? ¿Será buena la música? ¿Es la noche apropiada para ir allí? Debes tener en cuenta todos esos factores y, si es necesario, usar gráficos, diagramas y un par de oportunas llamadas telefónicas para hacerte con el plan de ataque perfecto. En este caso, la estrategia era bastante simple: buscar lugares a rebosar de hombres. Porque la única idea que no quieres que ronde por la cabeza de tu amiga neosoltera es ese concepto tan invasivo y tan opresivo que sería el primer pensamiento que cualquier mujer sensata tendría al darse cuenta de que ya es oficialmente soltera: «ya no quedan hombres decentes», porque el siguiente pensamiento será seguro: «voy a quedarme sola el resto de la vida».

A ver, la gran pregunta sobre si realmente ya no quedan hombres decentes en Nueva York es algo sobre lo que podríamos debatir eternamente, pero por ahora lo dejaremos en manos de la Oficina del Censo y las agencias de citas online. Lo que me preocupa esta noche en particular es la *impresión* de que hay montones y montones, *toneladas*, de hombres atractivos y solteros ahí fuera: hombres que llueven literalmente del cielo, de los árboles y de donde sea; hombres con los que te tropiezas por la calle; hombres con ganas de acostarse contigo. Así que para Alice decidir dónde cenar fue fácil. Tenía que ser un asador, el más grande que hubiera, y ese lugar era Peter Luger en Williamsburg, Brooklyn. Quizá os estéis preguntando qué hacemos llevando a nuestra soltera recién estrenada a Brooklyn. Pues hay que espabilar, ¿dónde demonios habéis estado últimamente? Brooklyn es el nuevo Manhattan y Williamsburg es el nuevo Lower East Side, y en Peter Luger sirven tal cantidad de carne roja que está garantizado encontrar montones de hombres heteros (o de mujeres que quieren robustecer los músculos para su siguiente competición de levantamiento de peso). En cualquiera de los casos, las estadísticas son bastante buenas, y eso es todo lo que pido. En momentos como este, la percepción de abundancia lo es todo, no solo con respecto al chuletón de poco más de un kilo, sino también respecto a los montones de heteros sentados alrededor de largas mesas de madera en grupos de ocho y de diez, devorando la carne como cavernícolas.

No sé si habéis sido alguna vez responsables de reunir gente y decidir por dónde vais a salir, pero si no lo habéis sido, dejadme deciros que es una experiencia sorprendentemente enervante. Digo «sorprendentemente» porque si nunca habéis organizado algo así debéis sentir curiosidad sobre por qué esa amiga habitualmente tranquila os preguntó tres veces si os gustaron los *tortellini* que pedisteis. Pero si alguna vez lo habéis hecho, entenderéis que incluso la persona más segura de sí misma se convierta en una anfitriona inquieta y vacilante, obsesionada con cada chiste, con cada vez que se ponen los ojos en blanco a alguien y con cada comentario aparte realizado por sus acompañantes. Si no sale bien, aquella noche quedará grabada en la mente de todos como «la noche en la que los sacaste de marcha y no se divirtieron».

Bien, la clave para divertirse es, por supuesto, que haya una buena combinación de gente. Así que vamos a recordar con quién estamos tratando: Georgia, una soltera reciente a la que le ronda la idea de un colapso nervioso; Ruby, que todavía está de duelo por la muerte de su gato; Serena, la chica atrapada en la burbuja sin trigo y sin lactosa; y Alice quien, a pesar de que puede que se esté ganando una úlcera gástrica a cuenta de su calendario de citas, es (¡Dios la bendiga!) mi única esperanza para salir de esta de una pieza.

En realidad, ninguna de ellas conoce demasiado bien a las demás. Se han visto en varias de mis fiestas de cumpleaños a lo largo de los años pero, definitivamente, no somos una pandilla. Conocí a Alice en una clase de *spinning* hace cinco años. Trabajé con Georgia hasta que lo dejó para criar a sus niños. Serena es mi mejor amiga desde la universidad. Y Ruby y yo coincidimos hace quince años en un horrible trabajo temporal y, después de aquello, compartimos piso durante tres años. Son prácticamente extrañas entre sí. De hecho, podría decir con seguridad que Alice, Georgia, Serena y Ruby no se caen realmente bien, por nada en particular, salvo porque ninguna de ellas es realmente «el tipo» de las demás. Yo siempre he querido un grupo de amigas, siempre anhelando reunirse y esas cosas, mi pequeña familia de amigas, pero simplemente la cosa no funcionó de ese modo. Hubiera sido agradable que en algún trabajo hubiese sido capaz de agarrar un buen puñado de ellas, como langostas en una trampa, pero conocer a un grupo de mujeres que acaben viviendo en la misma ciudad, que sigan siendo amigas, y que compartan los momentos más íntimos de sus vidas es insólito y maravilloso, y definitivamente algo por lo que suspirar, o que ver en televisión.

«Oh, Dios mío, hace mucho frío, debería haberme puesto un abrigo más grueso. Odio octubre. Es el mes más odioso porque nunca sabes qué ponerte», dijo la «cero grasa corporal» de Serena.

Habíamos decidido quedar en la Treinta y Tres con la Octava y tomar un taxi juntas hasta Williamsburg. Todas parecían bastante optimistas, pero yo podía notar que Serena, que estaba completamente fuera de su elemento, iba a ser el problema. No es que no estuviese preocupada por Georgia también, con su camiseta escotada y su minifalda. Georgia es una mujer despampanante que puede, desde luego, permitírselo. Es una mujer delgada de metro setenta y larga melena castaño claro con un flequillo estudiadamente largo que cae perfectamente sobre sus ojos. Tiene unos de esos labios que parecen el resultado de un picotazo de abeja y que tantas mujeres se dejarían inyectar encantadas, y antes de la separación mostraba sin esfuerzo un aspecto desenfadado y a la moda. En ese momento, sin embargo, era octubre. Y hacía frío. Y yo podía, *literalmente*, verle el culo. Nos apilamos todas en un taxi y emprendimos el camino.

Mientras Serena se preguntaba en voz alta si habría algo vegetariano para comer en ese lugar, y Alice le ladraba las indicaciones al taxista, tuve una revelación: aquella noche podía terminar bien. Me di cuenta de que en este mundo existe un espíritu divino que cuida de nosotros. Porque existe esa cosa llamada alcohol. Y en ese momento, el alcohol parecía una idea tan buena que supe que debía existir un Dios que nos amase lo suficiente como para inventarlo.

Cuando entramos en la Peter Luger Steak House, vimos que era tal y como mi Dios creador del alcohol hubiese querido: hombres atractivos, claramente con empleo, hasta donde alcanzaba la vista. El nudo de mi estómago se aflojó. Sabía que la primera etapa de la búsqueda del tesoro llamada «De ruta por Nueva York en busca de diversión» iba a suponer una victoria para nuestro equipo.

—Oh, Dios mío, soy un genio —dijo Alice con orgullo.

—¡Ya te digo! —añadió Georgia.

—Me encanta —dijo Ruby.

—Sé que aquí no va a haber nada que yo pueda comer —dijo Serena mientras pasábamos entre la multitud de mesas cargadas de carne animal cocinada.

Hay algo curioso respecto a la presión social: siempre funciona. Mientras mirábamos el menú, Serena pidió un vodka con tónica. No os parecerá gran cosa, pero para mí fue un momento trascendental. Y sucedió sencillamente porque mis tres amigas, que no conocían a Serena de nada, le dijeron que debería animarse un poco. Y ella se sintió avergonzada. Después de tres años de súplicas para que probase el mojito, resultó ser tan simple como eso. Aun así pidió un plato de brócoli para cenar, pero no se podía negar que había magia en aquel grupo de chicas, y aquello no había hecho más que empezar.

Siempre es mejor tener un propósito, ya sea en la vida o sencillamente en una noche de juerga, y para aquella noche el objetivo estaba claro: Georgia necesitaba tontear con alguien de manera alocada. Y allí estábamos, en la tierra de los chuletones y las entradas atrevidas. Así que, en cuanto la carne roja y el alcohol comenzaron a fluir, llegó el momento para activar el modo de ataque alocado y atrevido.

Alice decidió acercarse a la mesa contigua a la nuestra en la que, casualmente, había cinco hombres.

—Eh, chicos, estamos intentando hacerle pasar un buen rato a nuestra amiga que se acaba de estrenar en eso de la soltería y he pensado que podría ser divertido juntar nuestras mesas.

Alice es temeraria. Una vez que un puñado de asesinos se ha lanzado hacia ti a través de una mesa para asfixiarte hasta la muerte, acercarse a un grupo de tíos es pan comido. Y gracias a Alice, allí estábamos, cambiando nuestros platos y cubiertos a la mesa de al lado y pegándonos a un puñado de hombres atractivos. Y Georgia estaba atrayendo felizmente casi toda la atención, como una futura novia en su fiesta de despedida de soltera. No hay nada como poner sobre la mesa tus intereses románticos para que la gente se ponga en marcha de un salto, y esta vez no le hizo falta ponerse ni un velo de condón de plástico ni los pendientes con forma de pene a juego. Miré alrededor de la mesa y vi:

A Georgia con la risita nerviosa de una colegiala.

A Ruby con la risita nerviosa de una colegiala.

A Serena con la risita nerviosa de una colegiala.

A Alice con la risita nerviosa de una colegiala.

Y cuando me concedí a mí misma un momento en el que dejar de preocuparme por si todo el mundo estaba pasándolo bien, yo también tenía la risita nerviosa de una colegiala. Y pensé: «Dios mío, somos criaturas patéticas. Somos abogadas, publicistas, mujeres de empresa y madres con barra de labios y melenas peinadas con secador, y todas esperamos que el sol de la atención masculina brille sobre nosotras y nos haga sentir vivas de nuevo».

Ellos nos enseñaron juegos de beber y nosotras hicimos chistes sobre sus corbatas. Ruby estaba charlando con un hombre que parecía particularmente embelesado con ella y todos y cada uno de los tíos le dijeron a Georgia que estaba buena y que no tenía ni una sola cosa de la que preocuparse al respecto. ¡Aquel asador era la bomba!

—¡Oh, Dios mío, ha sido tan divertido! —dijo Georgia mientras salíamos del restaurante.

—¡No puedo creer que haya bebido vodka! —dijo Serena rebosante de alegría.

—¡El tío con el que he estado charlando quiere venir con nosotras donde quiera que vayamos! —dijo Ruby con una risita nerviosa—. ¿Dónde vamos?

Bien, lo imprescindible, cuando eres el responsable de la diversión de los demás es, sencillamente, mantener el interés durante toda la noche, sin importar lo que haya pasado en el momento anterior. Si la cena fue un fracaso, entonces tienes que apañártelas para que el siguiente lugar sea un bar o un pub de escándalo. Si la cena fue realmente divertida, como había sido el caso, entonces más te vale no fastidiarlo escogiendo un sitio que le baje el ánimo a todo el mundo. Así que me reuní de nuevo, en privado, con mi guía nocturna personal, Alice. Seguíamos con el objetivo «hombres por todas partes», así que Alice tomó rápidamente una decisión. Nos dirigimos al Sports, un sofisticado bar de deportes con un nombre claramente poco imaginativo del Upper West Side. Ruby y su nuevo ligue, Gary, tomaron un taxi y nosotros nos apilamos en otro. No resultó ser el viaje más barato del mundo, pero ¿qué importa el dinero cuando hay cinco chicas ligeramente borrachas que tratan de mantener su chispa encendida?

Cuando llegamos supe de inmediato que había sido un error. Te das cuenta del problema con los bares de deporte en cuanto entras: los hombres están allí *realmente* para ver deportes. Porque si hubieran tenido la intención de salir a conocer mujeres, no hubieran ido a un bar de deportes. Alice estaba pensando lo mismo.

—Deberíamos ir al Flatiron en lugar de quedarnos aquí.

Pero Serena ya había pedido otro vodka y Georgia le había entrado al tío más guapo del local y estaba tratando de conversar con él. Por desgracia, los Knicks estaban jugando un partido de baloncesto importante, algo que no entiendo, puesto que era la pretemporada y los Knicks ya no están metidos en ningún partido «crucial» desde hace tiempo, pero en cualquier caso, Georgia consiguió captar su atención durante el descanso para la publicidad y aprovechaba aquellos cuatro minutos para tontear todo lo que era posible.

Ruby siguió hablando con Gary, que se había enamorado claramente y quería estar con ella para el resto de su vida. Pero, por desgracia para nosotras, Serena, Alice y yo nos vimos pronto sentadas en la barra con nuestras copas y mirando unas veinte pantallas con varios deportes que nos importaban una mierda.

Pero Alice sabía algo que nosotras desconocíamos.

—¡Oh, Dios mío, allí hay un futbolín! —exclamó más que entusiasmada.

—Yo no juego al futbolín —le respondió Serena algo malhumorada ya.

—¿Creéis que deberíamos ir a otro sitio? —pregunté sin hacer caso a la idea del futbolín.

—No, no lo entendéis. Está demostrado que un grupo de mujeres no pueden jugar al futbolín más de diez minutos sin que los tíos acudan a jugar con ellas.

—¿Has dedicado mucho tiempo a poner a prueba esa teoría? —inquirí con un tono ligeramente reprobatorio.

¿Os he comentado que Alice solía trabajar como abogada defendiendo los derechos de los pobres y los que han sido privados de sus derechos, consiguiendo que se sintiesen atendidos y respetados, a menudo en los momentos más oscuros de sus vidas, verdad?

—Sí, y te lo voy a demostrar ahora mismo.

Así que cogimos nuestras bebidas y fuimos a la mesa de futbolín. Alice y yo nos pusimos a jugar mientras que Serena miraba el reloj. Pasaron exactamente tres minutos y medio antes de que dos tíos se nos acercaran. A los cuatro minutos y medio, nos desafiaron a una partida.

Alice a veces me da miedo.

Ella, por supuesto, es muy buena con el futbolín, de modo que seguimos ganando y siendo retadas. Los oponentes hacían cola para pillar algo de nuestra magia *futbolinística*. Seguimos bebiendo y las risitas nerviosas comenzaron de nuevo, y lo siguiente de lo que me di cuenta fue que Serena estaba comiendo alitas de pollo del plato de uno de los oponentes. Al siguiente partido, estaba lamiendo la salsa picante que le cubría los dedos y pidiendo un plato de alitas para ella. Era una vegana liberada. Le eché un rápido vistazo a la sala y vi que Ruby todavía charlaba con Gary, y que Georgia todavía trataba de charlar con el tío atractivo durante los momentos menos interesantes de los distintos partidos. Nunca había visto a Georgia tontear, porque ya estaba casada cuando la conocí, pero me di cuenta rápidamente de que lo estaba intentando con demasiada intensidad. Hablando un poco demasiado animada, escuchaba un poco demasiado seria, y se reía con un poco demasiado entusiasmo. Trataba de competir con los Knicks y, aunque eran una porquería, Georgia no tenía ninguna posibilidad. Pero en lugar de tratar de cortar aquel fracaso, continuaba tocándole el brazo, riendo a carcajadas y pidiendo una nueva bebida.

Mientras Alice y yo continuábamos derrotando al futbolín a esos dos tíos (Bruce y Todd) oí cómo ella respondía con total seriedad que era esteticista cuando le preguntaron a qué se dedicaba. La miré sorprendida y ella me devolvió esa mirada de «luego te lo explico». Yo ya tenía cumplida mi cuota de futbolín y de tonteo, así que me disculpé, lo que provocó que Serena dejara de zamparse pedazos de aves de corral el tiempo suficiente como para tomar mi puesto, y me di un paseo por el bar. A un lado vi a Georgia chillando: «¡Oh, Dios mío, me encanta Audioeslave!» (como si ella supiera quién es Audioeslave) y, en el otro, Ruby le estaba diciendo a Gary: «Yo quería a *Ralph* pero, a ver, era tan solo un gato, ¿entiendes?»

En un momento dado, Alice fue a pedir otra copa. La miré con el ceño fruncido, con la mirada más desaprobatoria y decepcionada que pude, y Alice captó la indirecta.

—¿No has oído hablar de ese estudio que hicieron en Inglaterra? Cuanto más inteligente eres menos probabilidades tienes de casarte. Las chicas tontas se llevan a los tíos.

—¿Así que dices que te dedicas a hacer tratamientos de belleza en lugar de contestar que eres una abogada que se graduó con la nota máxima en la facultad de Derecho de la Universidad de Harvard?

—Sí, y funciona.

—¿Qué pasa si empiezas a salir con alguno de esos tíos?

—Yo hago que se interesen apelando a sus emociones más simples. Una vez he captado su interés, cuelo lentamente mi inteligencia, pero para entonces ya están enganchados.

Consternada, me di la vuelta justo a tiempo para ver a Georgia agarrando la cara del tío macizo y besándolo directamente en los labios. Tal como lo haría una loca. Reacción del macizorro: no muy entusiasmado. Soltó esa clase de risita, ese murmullo del tipo «vaya, vaya, eres una tía salvaje», mientras trataba diplomáticamente de quitársela de encima. Fue un momento penoso para todas nosotras.

Serena vino corriendo hacia nosotras con la cara encendida por la salsa picante.

—Bruce y Todd piensan que deberíamos ir a Hogs and Heifers.

Serena, que antes de esa noche no había estado en ningún lugar en el que no se oyese a Enya o el sonido de una cascada, creía que aquel antro era una buena opción. Me di cuenta de que estaba ligeramente borracha.

—Genial, conozco a todas las camareras —contestó Alice.

Ruby y su nuevo novio, Gary, también pensaron que era buena idea. De nuevo, la gerente de entretenimiento que había en mí comenzó a preocuparse. Nuestra noche había degenerado desde los chuletones y el vodka hacia la cerveza y las alitas de pollo hasta, finalmente, llegar a un sitio como Hogs and Heifers. Nueva York es una gran ciudad, moderna y glamurosa, y no había necesidad alguna de acabar la noche en aquel bar motero, turístico y pasado de moda. Les dije esto a las demás pero, ¡vaya por Dios!, los caballos ya habían salido en estampida del establo y planeaban galopar todo el camino hasta el centro de la ciudad para llegar a Hogs and Heifers con o sin mí. Ruby vino hacia mí, eufórica.

—Gary se va a reunir con nosotras allí. Solo tiene que recoger a uno de sus amigos. Julie… ¿No sería algo increíble que *Ralph* haya muerto pero que yo acabe conociendo al amor de mi vida justo después? ¿No sería genial? Gary es realmente mono, ¿a que sí?

—Es muy mono Ruby.

Y así era. Parecía muy agradable, y realmente interesado en ella. Y, por Dios, la gente se enamora todos los días de la semana así que, ¿qué demonios?

Alice, Georgia y Serena ya estaban fuera llamando taxis con Bruce y Todd. Ruby salió para unirse a ellos. Decidí apuntarme. Mi experiencia con mujeres que no están habituadas a beber y salir hasta tarde es que, para cuando se montan en el taxi hacia el centro de la ciudad, están a punto de quedarse dormidas, con un poco de náuseas y listas para marcharse a casa.

Por desgracia, aquel no era el caso. En su taxi, mientras iban al centro, Todd le contó a Georgia que Hogs and Heifers era famoso porque las mujeres se subían sobre la barra a bailar y luego, de una u otra manera, se quitaban el sujetador. Demi lo había hecho, Julia lo había hecho, Drew lo había hecho. Es lo que se hace allí. Al menos, eso es lo que Alice me contó cuando llegué, lo que explicaba cómo y por qué Georgia ya se las había arreglado para estar encima de la barra ondeando su sujetador a los cuatro vientos. Ruby chillaba y se reía a carcajadas, Serena aullaba y gritaba, y todo el local estaba volviéndose loco. Hogs and Heifers es famoso por su estética de motoristas pueblerinos. Las paredes están cubiertas, hasta donde alcanza la vista, por los cientos de sujetadores que han lanzado las mujeres. Allá donde pueda quedar un diminuto espacio vacío en la pared hay una bandera de Estados Unidos o un sombrero de vaquero. Todas las camareras llevan vaqueros ajustados y camisetas todavía más ajustadas, y el sitio está abarrotado. Bruce y Todd habían desaparecido, pero estoy segura de que estaban gritando y aullando desde donde quiera que estuviesen. Resulta muy curioso el hecho de que todo lo que hace falta es un puñado de gente bailando en un bar para hacerles sentir que están teniendo una estupenda noche de juerga salvaje.

Vale. Ahora tenéis que comprender por qué ver a Georgia sobre una barra me resultaba inquietante. Recordemos que yo conocí a Georgia cuando aún estaba casada. Y Georgia y Dale no eran el tipo de pareja a los que vas a pillar manoseándose en la cocina. De modo que nunca había visto a Georgia «en acción», por así decirlo, y no era algo que yo hubiese echado de menos nunca. Me quedé mirándola mientras daba vueltas y balanceaba las caderas sobre la barra y me acordé de un día en el que fui a la playa con ella y sus dos hijos, Beth y Garret. Pasó todo el día en el agua con ellos, haciendo que se acostumbrasen a las olas. La ayudé durante un rato jugando con los niños una o dos horas, y ella estuvo dentro del agua más tiempo del que cualquier ser humano adulto debiera estar, sin una sola queja. Después dejó que cubrieran completamente su cuerpo con arena, dejando asomar únicamente su cara cansada y cubierta de sal. Esa es la Georgia que recuerdo: Georgia, la esposa y madre de dos niños.

Pero Georgia se permitió en ese momento tener un momento de desmelene. Estaba soltera, estaba de juerga ¡y quería divertirse!

En el bar había montones de tíos, muchos de ellos de fuera de la ciudad, algunos moteros, una pareja de vaqueros (no me preguntéis), y todos ellos tenían en común un sentimiento de profundo respeto por las mujeres y sus problemas en este mundo. Sí, de acuerdo, estoy bromeando. Entonces Serena también se subió a la barra con la cerveza en la mano, bebiendo y bailando. Lo admito, ver aquello fue divertido. Serena no solo estaba en un bar, sino subida a la barra tratando de bailar al estilo country. En ese momento, Alice se subió a la barra también, y tuve mi pequeña compañía de Rockeras Pueblerinas. Ruby, sin embargo, estaba de pie en la puerta, sin dejar de comprobar el móvil mientras esperaba a Gary. Bien podría haber estado sentada en el alféizar de la ventana, como su gato *Ralph*, esperando a que llegase su dueña. Mi estómago comenzó a encogerse de nuevo ante la idea de que tal vez podría haber otra decepción inminente para Ruby.

La canción country más larga del mundo acabó por fin y Alice y Serena, como hacen las mujeres borrachas pero no completamente fuera de sí, se bajaron de la barra. Georgia, sin embargo, se quedó. No estaba preparada aún para dejar de ser el foco de atención. Un inmenso motero cincuentón, con una espesa barba canosa y una larga melena gris, ayudó a Serena a bajar de la barra. Alcancé a oír cómo él le preguntaba si podía invitarla a una copa.

—Sí, y no estarían mal unas costillas además —le contestó ella.

No alcanzo a comprender del todo lo que pasó, pero, en algún momento después de su primer vodka con tónica, el carnívoro dormido que había en Serena se despertó, y ella se transformó en una pequeña y bonita mujer-lobo. El motero le dijo a Serena que se llamaba Frankie y que era un marchante de arte que acababa de terminar una larga ronda por las galerías de Chelsea y había entrado para desconectar.

—Vaya, lo que la vida nos enseña. Nunca hubiera imaginado que eras un marchante de arte. No sé nada de la gente, Frank. —Mientras hablaba colgó un brazo sobre los hombros de Frank como hacen los borrachos—. He estado viviendo en una burbuja. Y no sé nada. *Nada.*

Alice también había captado la atención de unos cuantos hombres. Supongo que su baile bajo los focos funcionó como uno de esos anuncios de treinta segundos de las páginas de citas. Así que allí estaba yo de nuevo, preocupándome por mis amigas sin tener ni un poco de diversión para mí. Me empecé a preguntar si estaría bien que me marchase. Estaba cansada de ser la Juez McJuiciosa y, francamente, estaba empezando a caer en una espiral de miedo y preocupación. «¿Qué será de nosotras? ¿Acabaremos casadas y con hijos? ¿Seguiremos todas en Nueva York? ¿Qué será de mí? ¿Me quedaré sin más en mi odioso empleo, con un trabajo que no me satisface, soltera, sola, tratando de tomármelo lo mejor posible el resto de mi vida? ¿Esto es lo mejor que voy a conseguir? ¿Un bar de pijos moteros en una noche de sábado a las dos de la madrugada?»

Pero entonces un tío se me acercó y empezó a hablarme. Y eso fue todo lo que me hizo falta para animarme. Porque, creo que lo recordaréis, somos criaturas patéticas. Era guapo y me había escogido para ponerse a charlar. Me sentí halagada, como si me hubieran pedido mi primer baile en el instituto. Me olvidé de todos mis pensamientos pesimistas o presumiblemente profundos y sencillamente comencé a dejarme la piel flirteando.

—¿Qué te trae por este sitio? —me preguntó él.

Se llamaba David y había venido a la ciudad desde Houston con su amigo Tom. Señalé hacia Georgia, que seguía bailando como si cabalgase una tormenta.

—Acaba de separarse de su marido y estamos tratando de que se lo pase bien.

Levantó la vista hacia Georgia, y la miró un momento antes de responder.

—Pues parece que habéis hecho un gran trabajo.

Como si el símbolo universal de pasar un buen rato fuese bailar sobre una barra moviendo tu sujetador a los cuatro vientos.

—Rompí con mi novia hace dos meses, así que comprendo por lo que está pasando —me dijo a continuación.

¿De verdad estaba tratando de mantener una conversación seria conmigo mientras sonaba el *Achy Breaky Heart* y las mujeres se sacaban los sujetadores sobre la barra? Fue algo tierno. Nos sentamos en una mesa, y comenzamos a tener una conversación encantadora, el tipo de conversación que puedes tener en cualquier lugar y en cualquier momento cuando estás con alguien con quien realmente disfrutas conversando. Le conté cómo iba nuestra noche y lo preocupada que estaba por ello, y enseguida comenzó a bromear con el hecho de que yo fuese una obsesa del control. Me encantó que bromeara sobre eso. Él me contó que era un poco mandón por haber sido el mayor de cuatro hijos, y cuánto se preocupaba por sus hermanos. Una monada.

Me parece que estuvimos hablando durante una hora, aunque pudieron haber sido cinco horas o diez minutos. No sabría decir. Yo había dejado de preocuparme, de pensar y de evaluar y, finalmente, solo estaba tratando de pasar un buen rato.

Pero levanté la vista hacia Georgia y vi a una chica que le hacía gestos para que se bajase de la barra. Sí, Georgia seguía subida a la barra, ya no era una novedad para nadie y todos los presentes querían que alguien más sacase provecho de aquel valioso bien inmueble que era la barra. Vi cómo Georgia negaba con la cabeza como diciendo «ni de coña». De hecho, diría que efectivamente la oí decir eso mismo. Me acerqué hasta donde estaba y vi que Alice era ahora camarera, porque casualmente, Alice sabía cómo atender una barra y decidió echarle una mano al personal. Vi a Serena dando una cabezada en una esquina con el motero marchante de arte. Él la estaba sosteniendo para que no se cayese hacia delante y, de paso, tenía una mano puesta firmemente sobre su pecho derecho. No tenía ni idea de dónde estaba Ruby. En ese momento, un tío de entre la multitud gritó: «¡Saca tu culo viejo y cansado de la barra y dale una oportunidad a la otra chica! ¡Está más buena que tú y tú no bailas una mierda!» Y el bar al completo se echó a reír. Me di la vuelta para ver qué capullo había dicho aquello... y había sido David.

David, con quién acababa de estar charlando. David. El bromista encantador, David.

Georgia lo oyó, y pude ver las palabras impactando contra sus oídos, llegar hasta su cerebro y descomponerle el rostro. Se sintió mortificada. Y en aquel momento, la Georgia que yo conocía hubiese hecho algo así como derrumbarse sobre la barra y salir corriendo hacia el baño presa de las lágrimas. Pero la nueva Georgia, a pesar de todo lo humillada que debía sentirse, levantó el dedo corazón hacia David y se negó a ceder el sitio. La tía buena en cuestión se enfadó y comenzó a agarrar a Georgia por las pantorrillas para tratar de tirarla de la barra.

Un inmenso portero del bar —os juro que parecía un gigante— entró en el bar rápidamente y trató de calmar la situación. Pero Georgia siguió sin bajarse. Ella quería quedarse allá arriba y bailar música country hasta que le saliera de las narices. Se quedaría allí arriba hasta que todo su dolor desapareciese y se sintiera de verdad atractiva y completa y querida de nuevo. Y si para eso tenía que quedarse hasta la próxima Navidad, por Dios que creo que estaba dispuesta a hacerlo.

En ese momento, Georgia comenzó a bailar de un modo incluso más sugerente de lo que lo había hecho, como una *stripper* colocada de anfetaminas. Fue algo tan lamentable de ver como ninguna otra cosa que podáis imaginar. Salvo por, tal vez, lo que contemplé diez segundos después, cuando vi a Serena vomitarse encima. Oh, sí. Estaba a punto de echar a correr hacia ella cuando vi a Georgia intentando patear al portero, que en ese momento tiró de ella para bajarla de la barra. La tía buena aprovechó la ocasión para llamarla puta, y Georgia, ahora encaramada sobre los hombros del gorila, se las arregló para agarrar el pelo a la chica y tirar de él con tanta fuerza como le fue posible. La tía buena entonces le dio una bofetada a Georgia conforme el gorila se giraba para alejarse, tratando de mantener a las dos mujeres separadas. Dejó a Georgia en el suelo y una de las amigas de la tía buena le soltó un puñetazo en el brazo a esta.

Fue entonces cuando Alice salió de la barra de un salto y empezó a lanzar puñetazos a la tía buena, a las amigas de la tía buena y a cualquiera que se cruzara en su camino. Si alguien está hecho para la lucha, lucha... y hasta aquel momento yo no tenía ni idea de lo buena que era Alice en un combate cuerpo a cuerpo. Francamente, estaba impresionada. Como no hay mucho de luchadora en mí, corrí hacia Serena.

—Bien, será mejor que te ocupes tú de ella. La cabrona está jodida —me dijo con delicadeza el tratante de arte motero mientras se ponía en pie.

Como si aquello hubiera sido una señal, Serena se vomitó encima de nuevo. Lo único bueno de todo aquello fue que ella estaba inconsciente, así que se ahorró la humillación de verse a sí misma cubierta de alitas de pollo y costillas a medio digerir.

—¿Qué debería hacer? —le pregunté.

—Llevarla a urgencias. Ha bebido demasiado. —Él se quedó mirando a Serena, asqueado.

Georgia y Alice estaban aún dando tirones, arañazos y puñetazos. Me abrí camino entre la multitud tratando de evitar salir herida y me las arreglé para gritarles a Georgia y Alice que quizá tendría que llevarme a Serena al hospital y que nos teníamos que marchar. Ellas ni siquiera necesitaron ponerse de acuerdo conmigo sobre eso porque otros dos hombres enormes las agarraron de inmediato por la parte de atrás del cuello y básicamente las arrojaron a la calle. Frank también había sacado a Serena.

—Joder. Estoy cubierto de vómito. Mierda.

Meneó la cabeza y volvió a entrar. Aquello era una visión encantadora: Alice y Georgia arañadas y amoratadas, y Serena cubierta de vómito, todo aquello bajo un gran letrero de neón que decía «*Hogs and Heifers*». Me di cuenta de que no sabía dónde estaba Ruby, pero tuve un presentimiento. Volví a entrar y crucé la multitud hasta el lavabo de señoras. Allí encontré, exactamente tal y como sospechaba, a Ruby sentada en el suelo del baño, con su bonita cara en forma de corazón arrugada por el dolor y el maquillaje chorreando mejilla abajo. Era un mar de lágrimas.

—No ha aparecido. ¿Por qué dijo que iba a venir si no lo decía en serio?

Me senté en el suelo junto a ella, y la rodeé con el brazo.

—¿Cómo lo hace la gente? —me preguntó—. ¿Cómo lo hace la gente para seguir saliendo ahí fuera cuando saben que probablemente van a acabar heridos? ¿Cómo puede nadie hacer frente a tanta decepción? Es antinatural. No se supone que debamos pasar por la vida así de desprotegidos. Por eso se casa la gente. Porque no se espera que nadie pase por la vida en tal estado de vulnerabilidad. ¡No se espera que nadie se vea obligado a conocer a tantos desconocidos que acaban haciéndote sentir fatal! No tenía nada que añadir al respecto. Estaba totalmente de acuerdo con ella.

—Lo sé. Es una locura, ¿verdad?

—Pero ¿qué se supone que debemos hacer? No quiero ser el tipo de chica que se queda en casa llorando por su gato. ¡No quiero ser la que está sentada aquí ahora mismo! Pero ¿qué puedo hacer? ¡Él me gustaba y yo quería que viniese hasta este bar tal como dijo que haría y no ha aparecido, y estoy tan desilusionada!

Levanté a Ruby del suelo y caminé con ella hasta la salida. Por el camino, pasé al lado de David y disimuladamente le di un empujón.

Uno fuerte. Le hice derramar la bebida. Estaba furiosa con él: había humillado a mi amiga Georgia y había resultado no ser mi futuro esposo.

Cuando salimos le expliqué a Ruby lo que había pasado con la pelea y el vómito. Entonces Georgia nos contó que Alice ya había llevado a Serena al hospital. Todas nos metimos de un salto en un taxi y fuimos al Saint Vincent.

Para cuando llegamos, ya le habían hecho un lavado de estómago a Serena, lo cual, por lo que tengo entendido, no es una experiencia agradable lo imagines como lo imagines. Yo estaba pensando en que aquello sonaba un poco exagerado hasta que la enfermera me dijo que Serena había consumido como unas diecisiete copas a lo largo de la noche.

¿Por qué no me había dado cuenta? Estaba tan ocupada disfrutando al ver que por fin ella se había soltado la melena que ni siquiera vi que estaba machacándose a sí misma. Alice y Georgia regresaron después de recibir tratamiento por sus heridas y venían envueltas en vendas como un par de motoristas de motocross.

Algo iba espantosamente mal. Éramos mujeres de éxito, solteras, hermosas, atractivas e inteligentes, y estábamos hechas un desastre. Si hubiera que escribir un manual del estilo «Cómo ser...», debería llamarse «Cómo no ser nosotras». Lo estábamos haciendo todo mal en lo que se refiere a «ser solteras», pero no tenía ni idea de cómo hacerlo mejor.

Mientras mis pensamientos daban paso a reflexiones acerca de una vida mejor, miré alrededor y vi a dos mujeres frente a nosotras, hablando muy animadamente en francés. Ambas eran mujeres de poco más de cuarenta, hermosas, delgadas e impecablemente vestidas. Una de ellas llevaba puesto un abrigo de paño marrón con grandes costuras de color blanco en la parte frontal y la otra llevaba un abrigo de ante con flecos. De algún modo aquello quedaba bien. Nunca me fijo en los zapatos, no me interesan, pero un abrigo tan bonito que te haga pasar por alto todo lo demás que se lleva puesto, bueno, me impresiona. Aquellas mujeres tan perfectas estaban evidentemente disgustadas por algo. Lo cual es muy propio de los franceses. Cuando recordé todo lo aprendido en mis dos años de francés en la universidad capté esencialmente esto: el sistema sanitario en los Estados Unidos es deplorable, la sala de urgencias es una inmundicia, y este país básicamente es despreciable. En ese momento sentí curiosidad por saber qué las habría traído hasta allí. Parecían tan elegantes, tan perfectas. ¿Qué podría haber ido mal en sus encantadoras vidas francesas para haber acabado en la sala de urgencias? ¿Habría sufrido alguna de sus amigas una sobredosis de desprecio?

—Disculpen, ¿puedo ayudarlas en algo? —les dije tratando de parecer amistosa, pero en realidad me sentí cotilla.

Las dos mujeres dejaron de hablar y me miraron fijamente. La del abrigo de paño miró a Ruby y Alice con absoluto aire de superioridad antes de contestar.

—Nuestra amiga se ha torcido un tobillo.

La otra nos miró de arriba abajo y decidió mostrar curiosidad hacia nosotras también.

—¿Y qué les trae a ustedes por aquí? —me preguntó con su adorable acento francés.

Estaba pensando en decir una mentira cuando Alice les respondió de golpe.

—Nos metimos en una pelea con unas tías.

—Me obligaron a bajar de la barra sobre la que estaba bailando —les aclaró Georgia, y se les quedó mirando como si dijese «y estoy lista para otro asalto».

Las francesas arrugaron la nariz como si hubiesen olido un *brie* en mal estado. Se miraron la una a la otra y se hablaron en francés. Dijeron algo así como «las americanas no tienen (algo). ¿Dónde están sus madres? ¿Es que no les enseñaron a tener (algo)?»

Lo entendí todo salvo esa palabra. Mierda, tenía que haber continuado estudiando francés. Oh, joder.

—Disculpen, ¿qué significa *orgueil*? —les pregunté un tanto desafiante.

La que llevaba el abrigo largo me miró directamente a los ojos y me contestó:

—«Dignidad». Vosotras las americanas carecéis de dignidad.

Alice y Georgia se envararon en el asiento, listas para atacar. Ruby parecía que fuese a romper a llorar. Pero yo sentí curiosidad.

—¿En serio? ¿Todas las francesas tienen dignidad? ¿Todas vais por ahí con orgullo y dignidad todo el tiempo?

Las francesas se miraron entre sí y asintieron.

—Sí, la gran mayoría sí —contestaron antes de alejarse hasta la otra esquina de la sala de espera.

¡Aj! Avergonzadas por las molonas señoritas francesas. Pero la verdad es que no podía discutírselo. No estábamos comportándonos en absoluto como las solteras fuertes e independientes que nos habían enseñado que podíamos ser. Me preguntaba cómo habíamos caído tan bajo. No es que no hayamos tenido modelos de conducta: Hemos tenido a Gloria Steinem, a Jane Fonda, a Mary y Rhoda, y a muchas otras. Tenemos ejemplos, miles de ejemplos, de hermosas solteras que llevan vidas plenas, divertidas y sensuales. Y, con todo, muchas de nosotras —no diré todas, me niego a decir todas, pero muchas de nosotras— todavía vamos por ahí con la certeza de que llevamos peor que mejor eso de no tener un amor romántico en nuestras vidas. Tenemos nuestros trabajos, y nuestros amigos, y nuestras pasiones, y nuestras iglesias, y nuestros gimnasios y, aun así, todavía no somos capaces de escapar de nuestra naturaleza esencial de necesitar ser amadas y sentirnos cerca de otro ser humano. ¿Cómo seguir adelante cuando no es eso lo que la vida nos ha dado? ¿Cómo podemos tener citas sin actuar como si ese no fuese el único motivo de nuestra existencia a sabiendas de que una cita magnífica puede cambiar el transcurso de nuestras vidas? ¿Cómo podemos seguir haciendo frente a todas las decepciones y a la incertidumbre? ¿Cómo ser solteras y no volvernos locas?

Lo único que sabía es que estaba asqueada y harta de todo aquello. Estaba harta de las fiestas, de la ropa, de los horarios, de los taxis, de las llamadas de teléfono, de las copas y de los almuerzos. Estaba cansada de mi trabajo. Estaba cansada de hacer algo que odiaba pero demasiado asustada como para hacer algo al respecto. Estaba francamente cansada de los Estados Unidos, con toda nuestra autocomplacencia y nuestra miopía. Estaba estancada y harta.

Y, de repente, me di cuenta de lo que quería hacer: quería hablar con más solteras. Quería hablar con ellas por todo el mundo. Quería saber si había alguien ahí fuera a quien esto de ser soltera se le estuviese dando mejor de lo que se nos estaba dando por aquí. Tras leer todos los libros de autoayuda que tengo, resultó irónico: todavía me veía buscando consejo.

A la mañana siguiente encendí el ordenador y me pasé el día investigando acerca de las solteras de todo el mundo. Me enteré de cuáles eran las estadísticas de matrimonios y divorcios desde Nueva Delhi hasta Groenlandia. Incluso me tropecé con las prácticas sexuales de Papúa Nueva Guinea (leed acerca de su festival de la batata, es fascinante). El resto del domingo estuve paseando por Manhattan y pensando cómo resultaría marcharme y dejarlo todo atrás. Conforme caminaba por el centro a lo largo de la Octava Avenida, a través de los diferentes vecindarios y comunidades, crucé el East Village y vi a todos aquellos estudiantes de la Universidad de Nueva York corriendo por allí con mucha prisa antes de seguir caminando más allá de la calle South Seaport donde contemplé a los turistas tomando fotografías, para luego continuar hasta el río Hudson, y pensé cómo me sentaría quitarme de en medio de esta masa de actividad e intensidad que es Nueva York. Para cuando regresé a Union Square y vi a toda esa gente vendiendo o comprando cosas en el mercadillo de verduras, tuve que admitirlo: si me fuese de la ciudad una temporada, a Manhattan le iría realmente bien sin mí. Se las apañaría.

Así que el lunes me dirigí a la oficina de mi jefa y le lancé una idea para escribir un libro. Se titularía *Mejor… solteras* y yo viajaría alrededor del mundo para ver si existe algún lugar en el mundo en el que a las mujeres se les dé bien ser solteras, o al menos mejor que aquí. Quiero decir, puede que no tengamos, necesariamente, todas las respuestas aquí en Estados Unidos; es posible que nos puedan enseñar una o dos cosas. Supe que la primera parada sería Francia. Esas mujeres nunca quieren leer nuestros libros de autoayuda (no les interesa una mierda Bridget Jones) y todavía no existe la versión televisiva francesa de *Busco soltero*. ¿Por qué no empezar allí? Mi jefa, Candace, una sesentona extremadamente antipática, muy respetada y algo temida, contestó que esa era la peor idea que jamás había oído.

—¿*Cómo ser soltera*? ¿Como si tuviesen que ser buenas en eso porque van a ser solteras mucho tiempo? Es una idea deprimente. Nadie quiere ser soltera. Por eso siempre tienes que dar a las mujeres la esperanza de que pronto dejarán de serlo, de que el hombre de sus sueños está a la vuelta de la esquina y que el horror pronto llegará a su fin. Si quieres escribir un libro, escribe uno llamado «Cómo no ser soltera».

Todo eso me lo soltó sin levantar la vista de su ordenador.

—Y, de paso, ¿a quién le importa lo que están haciendo en Francia, en la India o en Tombuctú? Esto son los Estados Unidos de América y, francamente, nosotros sabemos bien lo que nos hacemos y me importa una mierda lo que estén haciendo en Tanzania.

—Ah, entonces, ¿he de suponer que las últimas estadísticas oficiales que indican que hay más solteras que casadas en Estados Unidos no significan nada para ti?

Levantó la mirada por encima de las gafas y me miró con atención.

—Sigue.

—Tal vez las mujeres necesiten un libro que no trate sobre cómo conseguir un hombre o mantenerlo a su lado, sino cómo hacer frente a un estado anímico que está inherentemente cargado de conflicto, emoción y misterio.

—Aún me aburre —insistió Candace mientras se quitaba las gafas. Yo continué.

—Y, tal vez, las mujeres quieran leer un libro que las ayude a lidiar con algo que puede prolongarse a largo plazo sin que se les endulce la verdad sobre ello. Está demostrado que en todo el mundo las mujeres se casan más tarde y se divorcian con más facilidad. Tal vez las mujeres puedan estar interesadas en una perspectiva global de algo tan íntimo. Puede que lo encuentren reconfortante.

Candace se cruzó los brazos y pensó durante un momento.

—Lo reconfortante es agradable. Lo reconfortante vende —dijo, mirándome al fin.

—Y yo pagaré los gastos del viaje —añadí.

Tras todos estos años, sabía lo que tenía que decir para conseguir vender algo.

—Bueno, la idea ciertamente se está volviendo menos insoportable —admitió a regañadientes mientras cogía un cuaderno de notas. Escribió algo en el cuaderno y lo deslizó hasta mí sobre el escritorio.

—Este será tu adelanto si estás interesada. Lo tomas o lo dejas.

Miré la cifra en el papel. Era increíblemente baja. No lo bastante baja como para hacerme salir de allí enfurecida, pero no lo suficientemente elevada como para hacerme parecer agradecida. Acepté la oferta.

Aquella tarde regresé a mi pequeño apartamento de una habitación, me senté en el sofá y miré a mi alrededor. Seguía viviendo como si tuviese veinticinco años. Tenía mis libros, mis CD, mi iPod. Mi ordenador, mi televisor, mis fotos. No tengo talento para la decoración. No tengo estilo. Era un lugar extremadamente deprimente. Y era hora de marcharse. Llamé por teléfono y cobré todas mis acciones, lo que me dejó una suma bastante raquítica de dinero. Entré en un sitio *web* de anuncios y para cuando había acabado la semana ya tenía a alguien que iba a subarrendar mi apartamento, un billete de avión para dar la vuelta al mundo (básicamente la versión aérea y para todo el globo del Euroraíl), y le había explicado a mi madre lo que estaba haciendo.

—¡Bien! Me parece fantástico. Creo que te vendrá muy bien romper un tiempo con la rutina del trabajo. Es hora de que hagas algo fuera de lo establecido. —Y eso fue todo lo que mi increíblemente comprensiva madre tenía que decir. Pero entonces añadió algo—: Pero no vayas a ningún lugar demasiado peligroso, ¿eh? No tengo ninguna necesidad de oír que has volado por los aires en algún mercado local.

Entonces, justo antes de marcharme, llamé a mis cuatro queridas amigas y les pedí por favor que cuidasen las unas de las otras. Les pedí a Serena, a Ruby y a Georgia que Alice no sufriera una sobredosis de antiácidos y citas. Les pedí a Alice, Georgia y Serena que se asegurasen de que Ruby salía de casa, y les pedí a Alice y Ruby que se aseguraran de que Serena y Georgia no salieran de casa en absoluto. Me enteré de que al menos una de esas preocupaciones ya estaba solucionada.

—He decidido convertirme en una *swami* —me dijo Serena por teléfono.

— Perdona, ¿qué? —fue mi inteligente respuesta.

—He dejado mi empleo y voy a renunciar a todos mis deseos mundanos y a llevar una vida de celibato en mi centro de yoga. La ceremonia es la semana que viene. ¿No podrías posponer tu viaje para poder asistir? He invitado a Alice, Georgia y Ruby también.

Le mentí (sí, le mentí a alguien que estaba a punto de convertirse en un miembro del clero, ¿qué pasa?) y le dije que no podía, que tenía una reunión importante en Francia acerca de mi nuevo y estimulante libro, y que sencillamente no podía cambiar de planes. Y entonces colgué el teléfono y me preparé para sacar el culo de Nueva York. ¿Me estaba volviendo loca? No estaba segura. Podía parecer una locura en aquel momento, pero de algún modo… quedarme en Nueva York hubiese sido aún más demencial.

Decide en qué crees y actúa en consecuencia

—Bueno, pues he conseguido cuatro mujeres para esta noche. Están impacientes por hablar contigo.

—¿En serio? ¿De verdad lo has hecho por mí?

—Me dijiste que querías hablar con francesas solteras, así que te he conseguido solteras francesas.

Steve es mi amigo más antiguo. Lo conocí el primer año de instituto. Se sentó detrás de mí en clase. Me di la vuelta y le dije que era clavado a Jon Bon Jovi y desde entonces hemos sido amigos. Nos mantuvimos en contacto incluso cuando estudiamos en universidades diferentes, y también cuando se mudó a París para estudiar clavicémbalo y dirección de orquesta. Nunca hubo nada romántico entre nosotros —y nunca nos pareció raro—, y al cabo de dos años en el extranjero, Steve se dio cuenta de que era gay. Ahora vive en París, viaja por el mundo dirigiendo óperas y acompañando a cantantes, y nada le gusta más que ser un anfitrión maravilloso con los amigos que le visitan y que le llevan comida basura (Twinkies, Sno Balls y gominolas) de los Estados Unidos.

Tomó un sorbo de café y me sonrió. Se afeitó la cabeza hace diez años, cuando se dio cuenta de que se iba a quedar calvo, y ahora mismo lucía algo muy estiloso a lo que no llamaría barba, sino más bien «vello facial de diseño». Se trata de una fina línea de pelo que sigue el perfil de la mandíbula, algo parecido a un boceto de una barba. De algún modo, el resultado general es bastante distinguido, algo crucial cuando eres un hombre de treinta y ocho años que trabaja en la ópera. Le di un mordisco al croissant más delicioso del mundo y me pregunté cómo era posible que, en algún momento, se me hubiese pasado por la cabeza no comer pan mientras estuviera en Europa.

—Me sugirieron que quedarais en Régine's, ¡una idea maravillosa!

—¿Qué es Régine's?

—Un lugar donde se reúnen cientos y cientos de mujeres jóvenes de París los sábados por la noche a partir de las ocho, para estar juntas y charlar.

Me sentí algo confusa.

—¿Qué cientos de francesas van juntas a un club nocturno para reunirse y *charlar*? No tiene sentido.

—Yo tampoco lo entiendo, pero se ve que las mujeres disponen de tres horas para estar solas, sin que nadie las moleste. Tengo entendido que incluso tienen *buffet* libre. Los hombres pueden entrar a partir de las once de la noche. Al parecer, hacen cola para entrar porque saben que hay cientos de mujeres hermosas dentro. La verdad es que, a nivel de *marketing*, es una idea genial.

—Pero ¿van simplemente para estar *juntas*? —le pregunté con la mente ya en modo investigación—. Qué cosa más rara...

—¿No tenemos nada parecido en los Estados Unidos? —me preguntó.

—No, las mujeres no necesitan ninguna noche para quedar a solas. Eso lo podemos hacer cualquier día de la semana.

Steve se quedó pensativo durante un momento antes de hablar.

—Bueno, no creo que las francesas viajen en manadas como hacéis vosotras en los Estados Unidos. Quizá es su oportunidad de hacer nuevas amigas.

Aquello era emocionante. Solo llevaba unas cuantas horas en el país y ya me había encontrado con una tremenda diferencia cultural: *¡a las francesas les gustaba salir en masa con tal de estar en un sitio sin hombres!* Comencé a pensar en las conclusiones que se podían sacar de aquello. ¿Es que los franceses son tan agresivos que las francesas necesitan un lugar para mantenerse alejadas de ellos? ¿Es que las francesas son tan antisociales en su vida diaria que necesitan un lugar para hacer amigas? Estaba impaciente por averiguarlo.

—Es muy amable por parte de estas mujeres que acepten charlar conmigo, pero no sé qué voy a preguntarles. Todo esto es nuevo. Quizá podría emborracharlas y ver qué pasa.

—Las francesas no se emborrachan —comentó Steve.

—¿Que no se emborrachan? —exclamé decepcionada.

—Quizá tomen una o dos copas de vino, pero jamás he visto a una francesa borracha.

—Bueno, ahí tenemos otra diferencia: nada de francesas piripis. Tomé un gran sorbo de *café au lait*.

—No te preocupes. ¡Son mujeres! Júntalas en un sitio y, al final, acabarán todas hablando.

—Pues eso espero. —Me tomé de un solo trago el resto del café—. ¿Puedo echarme una siesta? Por favor… ¿Eso rompe las reglas del *jet lag*?

—Puedes echarte una siesta, pero solo unas pocas horas.

—Gracias, *mon chéri*, gracias.

Tras eso, Steve me llevó a su apartamento de dos dormitorios y me metió en la cama.

Había una marabunta en el exterior de Régine's. Había cientos de mujeres, jóvenes y atractivas, que se dirigían al mismo club nocturno. Todas llegaban puntuales, estaban vestidas para la ocasión y querían *desesperadamente* entrar de una vez por todas.

—¿Todas estas mujeres vienen en masa solo para hacer nuevas amigas? ¡Es una locura! —le dije a Steve cuando una belleza de un metro ochenta nos apartó de un empujón (estoy segura de que ella sí que iba a entrar).

En ese preciso instante, una voz aguda gritó: «¡Stif! ¡Stif!» Vi a una mujer lanzándose a la carga a través de la multitud. Era baja y robusta, y solo llevaba puestos unos vaqueros y una camiseta. No parecía vestida para salir de noche.

—Es Clara —me explicó Steve—. Se encarga de la parte empresarial de la Ópera de París. Cuando me dijiste lo que necesitabas, fue a la primera a la que llamé. Conoce a todo el mundo.

—*Bonsoir* —dijo cuando ya estuvo cerca de Steve, antes de darle un beso en cada mejilla.

Él nos presentó y luego se me acercó para darme un beso.

—*Au revoir* —me dijo.

—¿Cómo? ¿Que me quedo sola? —exclamé, abrumada de repente por la timidez.

—Ya te he dicho las reglas. Nada de hombres… —me respondió Steve, y con eso me dio otro beso antes de marcharse.

Clara me agarró de inmediato del brazo y se abrió paso hasta el portero. Le habló con autoridad y entramos en el club.

—¿Pero qué hay de las otras mujeres? ¿Cómo las encontraremos? —le pregunté, mientras bajábamos un largo tramo de escaleras y los ojos se me ajustaban a la oscuridad.

—Ya iré a por ellas después. Ahora vamos a sentarte a la mesa.

En el club en sí no había más que banquetas de terciopelo rojo y luces rosas. Y había también mujeres hasta donde llegaba la vista, como si hubieran lanzado una bomba en un lago de mujeres bonitas y aquellas fueran los ejemplares que habían flotado hasta la superficie. Me quedé muy impresionada. No tenía ni idea de que las mujeres francesas serían capaces de luchar y regatear y sufrir una posible humillación con un portero tan solo para tener un par o tres de valiosas horas para estar a solas entre ellas. Eso era un triunfo de la fraternidad femenina. Por supuesto, más tarde quedaban con hombres. Pero allí estábamos, a las ocho de la noche, y ya había una larga cola para la mesa del *buffet* y las banquetas se llenaban sin cesar. Tenían una pequeña zona acordonada donde una empresa de maquillaje francesa estaba dando cambios de imagen gratis. Aquello me pareció fantástico. Mi primer día en París y ya había dado de lleno con una tendencia cultural que desacreditaba los estereotipos: mujeres francesas que necesitan ser mujeres francesas todas juntas. Quizá todo aquello no fuera una idea tan loca después de todo.

Un camarero musculoso, descamisado y con unos diminutos pantalones propios de un harén, pasó al lado con champán, ¡champán *gratis*! Un buen detalle, me encantó, fabuloso. Tomé una copa justo cuando Clara regresaba con tres mujeres: Patrice, Audrey y Joanne. Me puse en pie para saludar, pero Clara me indicó con un gesto de la mano que no me moviera y todas se acercaron para sentarse e intercambiamos un saludo. Patrice era una guapísima editora treintañera con el pelo recogido en un elegante peinado; Audrey era una cantante de ópera morena muy atractiva que llevaba una larga melena suelta de cabello revuelto y un vestido cruzado que dejaba con orgullo a la vista sus grandes y hermosos… pulmones; por último, estaba Joanne, una diseñadora de joyas de unos cuarenta y cinco años, con el pelo castaño recogido en unas largas trenzas que colgaban de forma desordenada a cada lado de su rostro. Clara, aunque no era tan elegante como las otras, era guapa al estilo de una muchacha campesina. Saqué un pequeño diario de tapa dura que había comprado en Nueva York en el que pensaba tomar notas. Intentaba mostrar un aspecto profesional. Me miraron con expectación. Había llegado el momento de explicarme.

—Tengo treinta y ocho años y vivo en Nueva York. Conocí a unas francesas en la sala de espera de urgencias de un hospital y... bueno eso no importa, el caso es que me dio la impresión de que sabían algo que nosotras las estadounidenses desconocemos. Algo sobre cómo ser soltera.

Nada más decirlo, me pareció una tontería, pero, por suerte, Joanne intervino de inmediato con una voz aguda.

—Por favor, no tenemos ni una respuesta. En serio, ¿qué esperabas?

Desdeñó la idea de inmediato con ese acento francés de superioridad tan propio de ellas. Las demás parecieron estar de acuerdo.

—¿De verdad? ¿No hay nada que pueda aprender de vosotras? —les pregunté. Todas negaron de nuevo con la cabeza. Decidí que debía indagar un poco más. Después de todo, era un público que no se podía marchar—. Por ejemplo, me hablaron de que las francesas tienen *orgullo*. ¿Tiene algún sentido para vosotras?

—¿A qué te refieres? —me preguntó Patrice.

—A ver. Digamos que sales y tienes una cita con un chico...

Patrice me interrumpió.

—Aquí no tenemos citas.

—¿No?

Todas volvieron a negar con la cabeza. Nada de citas.

—Bueno, entonces, ¿qué hacéis? —pregunté confundida.

—Salimos, tomamos una copa, pero a eso no lo llamamos una cita. Solo tomamos algo.

—Vale, pero si os gusta esa persona, si es un hombre por el que estáis interesadas, ¿no es una cita?

Todas negaron de forma insistente con la cabeza.

—Pero, a ver, digamos que un hombre de vuestro trabajo, que os gusta mucho, os pide salir para tomar algo. ¿No estaríais un poco nerviosas y quizá os arreglaríais un poco más, por ejemplo? —Vi por la expresión de sus caras que ya las estaba perdiendo de nuevo—. ¿Eso no sería una cita tampoco?

No dejaron de negar con la cabeza en todo momento. Estaba claro que el concepto de *cita* no era algo que los franceses hubieran tomado de la cultura estadounidense. Así no llegaba a ninguna parte, de forma que cambié de enfoque.

—Vale. Pongamos que os habéis acostado con un tipo. Alguien que os gusta. Y que luego no os llama. Os sentaría fatal, ¿no?

Todas se encogieron de hombros como en una especie de afirmación.

—Entonces, alguna vez, en algún momento de debilidad, ¿lo llamaríais para decirle que queréis verlo otra vez?

Esta vez negaron con la cabeza de un modo mucho más enfático.

—No, jamás —dijo Audrey.

—Por supuesto que no —declaró Patrice.

—La verdad es que no —contestó Joanne.

Clara también negó con la cabeza.

—No.

—¿De verdad? —dije sorprendida—. ¿No sentiríais la tentación de hacerlo?

—No, por supuesto que no, tenemos nuestro orgullo —respondió Audrey.

Todas asintieron mostrándose de acuerdo.

Ya estábamos otra vez. El orgullo.

—Bueno, ¿y quién os enseñó todo esto? Eso del orgullo.

—Mi madre —contestó Clara.

—Sí, mi madre —confirmó Patrice.

—Es nuestro mundo, nuestra cultura. Está *en el aire* —apostilló Audrey.

—Entonces, si un hombre, pongamos un novio, comienza a alejarse de vosotras, comienza a llamar cada vez menos, os dice que quizá no está preparado para tener una relación estable… ¿qué haríais?

—No volvería a llamarlo.

—Yo pensaría que él se lo pierde.

—No pensaría más en él.

—¿Aunque os gustase mucho?

—Sí.

—Sí.

—Sí.

—Sí.

Estaba sentada frente a cuatro mujeres que aceptaban bien el rechazo. Aquellas mujeres no me parecían francesas, ¡me parecían marcianas!

La elegante Patrice intentó explicármelo.

—Julie, tienes que entender que no se trata de que no tengamos sentimientos. Los tenemos. Nos enamoramos, nos parten el corazón, nos disgustamos y nos ponemos tristes, pero nos han enseñado que siempre debemos conservar nuestro orgullo. Por encima de todo.

Todas volvieron a asentir para mostrar que estaban de acuerdo.

—¿Eso quiere decir que todas os gustáis tal como sois o algo parecido? —logré balbucir.

Todas sonrieron, pero esta vez mostraron cierto desacuerdo.

—No —respondió Patrice.

—No necesariamente —replicó Audrey—. Lo que ocurre es que hemos aprendido a ocultar nuestras inseguridades.

—Sí. Yo sí que me gusto. ¡Mucho! —Declaró Joanne, la belleza de cuarenta y cinco años de las trenzas.

—¿No te preocupa hacerte mayor y que no haya hombres suficientes y todo eso?

—¡No! Hay muchos hombres—afirmó Joanne—. Simplemente sales y los conoces. Todo el rato.

Las demás mujeres se mostraron de acuerdo. Justo cuando iba a preguntar dónde estaban todos esos hombres, a nuestro lado pasó uno vestido como Lawrence de Arabia. Cuando se dirigió hacia la pista de baile, las clientas comenzaron a volverse hacia él. Las luces de la pista de baile empezaron a girar y se oyó una música oriental. Todas las mujeres se apresuraron a acercarse a la pista. Audrey puso los ojos en blanco.

—Vaya. Ya están aquí los *strippers*.

La pista de baile ya estaba completamente rodeada por mujeres que observaban atentamente.

—*¿Strippers?* ¿Es que hay *strippers?* —pregunté sorprendida.

—¿Es que Steve no te lo dijo? Por eso vienen todas las mujeres a las ocho. Por la comida gratis y por los *strippers*.

Me quedé pasmada.

—Entonces, ¿esto no es más que una versión del Chippendales de Nueva York? Según me lo contó Steve, parecía que las mujeres vinieran aquí a hacer nuevas amigas.

Todas torcieron el gesto.

—Por favor… ¿Quién necesita hacer eso? —respondió la elegante Patrice con un bufido.

Así que puede que no seamos tan distintas después de todo. Nos acercamos a la pista de baile y nos quedamos mirando el espectáculo. Era igual que si estuviera en una de las salas del Hunk-o-Rama de Brooklyn. Los dos hombres que bailaban se quitaron poco a poco las túnicas vaporosas hasta que solo les quedó puesto un diminuto tanga. Luego sacaron a dos mujeres del público y las sentaron en unas sillas que habían colocado en la pista de baile para luego seguir bailando y frotando sus *Jean-Pierres* contra las caras de esas mujeres. Todas las demás gritaban y aplaudían. No había duda de que aquellas mujeres estaban haciendo nuevas amistades. Estaba impaciente por contárselo a Steve. ¿Dónde estaba toda la actitud tranquila y altanera propia de las parisinas? Fue una buena lección. A veces, incluso las francesas tienen que quitarse su orgullo y echar una cana al aire.

Al cabo de una hora, más o menos, subimos las escaleras para salir mientras hordas de hombres pasaban a la carga como toros recién salidos del corral. Fuera lo que había en ese momento era una multitud de hombres desesperados por entrar.

—Muy ingenioso. Solo dejan entrar a las mujeres más guapas, les dan comida y bebida gratis, las vuelven locas con los *strippers* y luego dejan entrar a los hombres, a quienes les cobran una fortuna, claro. ¡Es diabólico, de hecho! —comenté mientras salíamos del club y el aire fresco me daba en la cara.

—Tienes que conocer al dueño, Thomas. Es algo famoso por aquí. Tiene tres restaurantes y dos clubes nocturnos, además de muchos otros negocios por el mundo. Es un tipo muy interesante —me dijo Clara mientras se abría paso a codazos—. Y es mi hermano —añadió.

—¿¡Tu hermano!? —pregunté sorprendida.

—¿Cómo crees que logramos entrar esta noche? —Procuré no tomarme aquel comentario como algo personal—. Sé que está aquí. Le acabo de mandar un mensaje para que salga y salude. Te vendría bien hablar con él. Tiene unas cuantas teorías interesantes sobre la materia. —Clara paseó la mirada por la multitud—. ¡Thomas! *¡Viens ici!* ¡Aquí!

Recuerdo que la muchedumbre empezó a apartarse a cámara lenta mientras un hombre alto y delgado emergía del mar de gente. Tenía el cabello negro y corto, algo ondulado, con la piel pálida y unos intensos ojos azules. Parecía de la realeza. Lo miré y pensé: «Apuesto. A eso se refieren cuando dicen que alguien es apuesto».

—Thomas, te presento a la mujer de la que te hablé, la que está investigando sobre la soltería de las mujeres —le explicó, y lo hizo en mi idioma, por educación.

—Ah, sí —contestó Thomas mirándome fijamente—. ¿Qué te ha parecido mi local?

—Creo que es propio de un genio malvado —le dije con una sonrisa, y él se echó a reír.

—Muy acertado. Un genio malvado, sí —respondió sin dejar de mirarme—. ¿Y qué haces aquí? Cuéntame.

—Es por un libro que estoy escribiendo. Sobre las solteras. Sobre... cómo ser soltera —¡Por Dios! Sonaba absolutamente idiota.

—¡Ah! ¡Solteras! ¡Se habla tanto de las solteras en los Estados Unidos! Las relaciones, eso sí que es interesante.

—Bueno... sí, pero las solteras también son interesantes.

—Cierto, pero a veces también son un poco obsesivas, ¿no te parece?

Tuve la sensación de que aquel completo desconocido me estaba insultando y yo no tenía ni idea de cómo defenderme.

—A ver, ¿cuál es el problema? ¿Demasiadas solteras y muy pocos hombres? ¿Eso es lo que pasa?

No podría haber hecho que sonara más trivial y manido aunque lo hubiera intentado.

—Bueno, sí, supongo que ese es el problema principal, sí. No estoy segura.

Siguió a la carga.

—Es que las mujeres de los Estados Unidos idealizáis demasiado el matrimonio. En todas las películas hay una boda. O un hombre que corre por un muelle o se sube a un helicóptero para declararse a la mujer que ama. La verdad es que es muy infantil.

Alcé las cejas.

—¿Frente a las películas francesas, donde todo el mundo engaña a todo el mundo?

—¡Pero así es la realidad! Las complicaciones. La vida misma.

—Bueno, pues si no te gustan, supongo que siempre puedes dejar de ver nuestras películas… —le respondí con rapidez.

—Pero es que me hacen sentir superior —replicó con una sonrisa.

—No creo que tengas mucho problema para sentirte así —bufé, mirándolo fijamente.

Thomas estalló en carcajadas.

—Ah, muy bien, señorita Soltera. ¡Muy bien! —Me puso una mano en el hombro a modo de gesto de disculpa—. No quería ofenderte. Solo quería decir que todo está cambiando. Por todo el mundo. Es muy difícil saber ya lo que significa cualquier cosa, desde estar soltero hasta estar casado o cualquier cosa parecida, ¿no?

No estaba segura de a qué se refería.

—Vivo en los Estados Unidos. La verdad es que no nos enteramos de lo que pasa en el resto del mundo.

—Bueno, entonces es una idea perfecta que hayas decidido hacer este viaje, ¿no? —me dijo con una mirada centelleante de sus ojos azules—. Cena conmigo. Te explicaré más cosas. Me encanta hablar de esto.

Me sobresalté y miré a Clara para ver si lo había entendido mal. Ella se echó a reír.

—Ya te lo dije. Tiene mucho de lo que hablar al respecto.

No supe qué decir, y Thomas se lo tomó como un «sí», algo que supongo que era.

—Vamos. Te llevaré a otro de mis clubes.

Salimos del coche de Thomas y caminamos media manzana antes de llegar a una casa palaciega pero de aspecto corriente. Llamó al timbre y un caballero de traje y corbata nos abrió la puerta. Saludó a Thomas con deferencia y nos llevó hasta una estancia oscura y elegante con una larga barra de madera y una lámpara de araña de cristal. Al otro lado del bar, sentada en bancos de cuero negro que quedaban separados del resto de la estancia por una barandilla dorada, había gente bien vestida cenando o tomando champán.

—¿Este local también es tuyo? —le pregunté impresionada.

—Así es.

—Vaya, pues no tiene nada que ver con hombres en tanga y *tortellini* a medio calentar —bromeé mientras nos sentábamos en un pequeño banco de la esquina.

—Ya.

Thomas me sonrió como si tuviera un secreto. No tenía muy claro qué estaba pasando o lo que hacíamos allí, pero ¿a quién le importaba? Me parecía un modo maravilloso de pasar mi primera noche en París. En cuanto llegó el champán, me lancé de cabeza.

—Entonces, ¿hay algo más ligeramente insultante que quieras decir de las solteras de mi país, o ya has terminado? —le pregunté intentando ser a la vez ingeniosa pero encantadora.

Thomas meneó la cabeza y se rio.

—Te pido perdón si fui insultante. Intentaré comportarme a partir de ahora. —Miró a su alrededor—. Te he invitado a venir para darte una perspectiva diferente. Para mostrarte que todo el mundo intenta resolver lo mismo también. No hay respuesta fácil para nada de eso.

—Vaya. Y en el poco tiempo que ha pasado desde que nos conocimos, ¿tan ignorante me he mostrado? Muchas gracias por preocuparte tanto por mi perspectiva del mundo.

—Los franceses tenemos que hacer todo lo que se pueda. —Thomas volvió a mirarme directamente a los ojos y me sonrió. Me sonrojé. No pude evitarlo, lo hice. Era fantástico—. Por ejemplo, yo tengo un matrimonio abierto.

—¿Cómo dices? —contesté procurando parecer indiferente.

—Sí. Un matrimonio abierto. Creo que en tu país se le llama así.

—Ah. Qué interesante.

—Es una forma de solucionarlo, de enfrentarse a este problema.

—¿Qué problema? —quise saber.

El camarero nos trajo unas pequeñas tazas de caldo tibio espeso a modo de entremés.

—El aburrimiento, el estancamiento, el resentimiento.

—¿Y eso se soluciona yendo a la cama con otra gente?

—No. Lo resolvemos al no ponernos reglas. Al ser abiertos a la vida. Cuando te casas, te dicen que a partir de ese día ya no podrás acostarte con nadie más, ni sentir pasión, ni explorar una chispa, una atracción. Comienzas a matar a una parte esencial de tu naturaleza. La parte que te mantiene vivo.

—Pero eso... ¿no complica las cosas?

—Sí, a veces mucho, pero como ya te he dicho, es la realidad, ¡así es la vida!

—No lo entiendo. ¿Vas y le dices: «Eh, cariño, que salgo para acostarme con otra, hasta luego...»?

—No. Somos educados. Hay que ser educado. Por ejemplo, sé que ahora mismo mi mujer tiene un novio, pero no es alguien importante para ella. Lo ve una vez a la semana, o menos incluso. Si a mí me importara, ella cortaría con él.

—¿Pero es que no te importa?

—Solo es sexo. Solo es pasión. Es la vida.

Me tomé el champán de un trago.

—A mí me suena a demasiada vida para mí. Vas a hacer que me duela la cabeza.

El camarero se acercó para tomar nota. Thomas sonrió con picardía.

—Por ejemplo, este club. Tenemos un restaurante muy agradable, pero en el piso de arriba hay sitio para que la gente pueda acostarse.

—Ajá... ¿¡Cómo!?

Thomas me sirvió más champán.

—Ya me has oído. Es lo que se llama un club de sexo. Para parejas. Todo el mundo debe venir con una pareja.

—¿Quieres decir que esta gente, todos los que nos rodean, van a subir después y... entre ellos?

—Lo más probable es que así sea. —Thomas me miró fijamente y de repente me habló con un tono de voz muy educado—. No quiero ofenderte. Pensé que quizá te interesaría saberlo.

—No, no. Me interesa mucho. De verdad. Gracias. Nunca había cenado en un club de sexo...

Thomas se miró las manos, que mantenía unidas sobre la mesa. Luego me volvió a mirar.

—Si quieres dar una vuelta, me encantaría enseñarte el lugar.

Le devolví la mirada, y él se encogió de hombros. Me pareció que en cierto modo era un desafío, y yo odio echarme atrás en los desafíos. Además, todo fuera por la investigación, ¿no?

—Claro. Vamos.

Nos levantamos y nos acercamos a la zona del bar. No fue hasta ese momento cuando me di cuenta de que en la televisión había bailarinas vestidas solo con lencería. Thomas me tomó de la mano y me llevó hasta un rincón oscuro de la estancia. Allí había una escalera de caracol con un delicado pasamano de hierro. Me miró un momento y me sonrió. Comenzamos a subir con paso lento. He de admitir que sentía curiosidad, y que estaba un poco nerviosa. Miré a mi alrededor cuando llegamos al segundo piso. Vi que era una estancia alargada y oscura, pero no pude distinguir mucho más. Thomas me llevó hasta el lavabo de hombres que estaba justo al lado de las escaleras. Muy bien, un lavabo de hombres. Luego, al de mujeres. Había un bonito ramo de flores al lado del grifo para lavarse las manos, pero poco más vi. Abrió otra puerta.

—Es la ducha. —Metí un poco la cabeza y vi una gran estancia de suelo de baldosas con un gran cabezal de ducha en el centro—. Caben seis personas.

Me quedé mirando hasta que me tomó de los hombros y me encaró hacia el otro extremo del piso. Pasamos por una habitación sin puertas que albergaba una cama gigante sobre una plataforma. Allí no había nadie. Empezamos a caminar por el centro de la larga estancia. Fue entonces cuando empecé a escuchar unos… bueno… ruidos. La iluminación era escasa, pero lo que creo que vi, y no podría testificar sobre ello bajo juramento, fue a tres personas en un lado de una gran plataforma teniendo ¡relaciones sexuales! La única mujer, creo, estaba tumbada de espaldas y abierta de piernas. En el otro lado de la habitación había una pareja que también practicaba sexo, pero pegada contra una pared. Bajé la cabeza y traté de no dejar escapar un suspiro de estadounidense pasmada. Al final de la habitación había otra escalera que, por suerte, llevaba abajo. Mientras descendía oí a Thomas riendo detrás mí.

—Tienes suerte. Todavía no ha empezado a ponerse interesante de verdad.

—No voy a comportarme como si estuviera asombrada, por mucho que lo esté —le dije riéndome.

—Y por eso me atrae tanto, doña Neoyorquina De Hierro.

Nos sentamos y de inmediato nos trajeron la cena. A esas alturas ya estaba muerta de curiosidad.

—Y ahora cuéntame por qué es tan buena esta idea —le pregunté mientras plantaba los codos sobre la mesa y echaba todo el cuerpo hacia delante.

Thomas se encogió de hombros.

—Es un modo que tiene la gente de mantener la emoción en el matrimonio.

—¿Practicando sexo con otra gente el uno delante del otro? —pregunté con un poco de sarcasmo.

De repente, Thomas se puso muy serio y me habló como si yo fuera una niña impertinente y un poco boba.

—Julie, ¿alguna vez has dormido con alguien durante más de tres años? ¿Más de diez? Alguien con quien hayas estado en la cama todas las noches, con quien hayas tenido hijos, con quien hayas compartido pañales, enfermedades, las tareas de la casa, las rabietas, a quien le hayas escuchado todos los problemas de mierda del trabajo, todos los días, una y otra vez?

Me quedé avergonzada y en silencio. Odio que me ataquen con lo de «¿cuál ha sido tu relación más larga?» Pero tenía razón. Me sentí como una palurda. Una palurda inmadura.

—Entonces, ¿cómo puedes juzgar a nadie? —me dijo en un tono de voz más suave.

Tomé otro sorbo de champán y miré a mi alrededor, a las demás personas. No pude evitar imaginármelos en el piso de arriba sin sus perlas, sus camisas de seda y sus chaquetas de lana, y haciéndose Dios sabe qué los unos a los otros.

—¿Esto no es buscarse problemas? ¿No tenéis un montón de divorcios por culpa de este lugar?

—Al contrario. La mayoría de estas parejas corren aquí desde hace años.

—Sin doble sentido, claro —contesté, y Thomas me sonrió con gesto de entendimiento—. Se suponía que París es un lugar romántico, pero lo único de lo que oigo hablar esta noche es de sexo.

—No, Julie. Oyes hablar de gente que se esfuerza por mantener vivo el amor. Lo contrario de las parejas de tu país, que engordan y dejan de dormir juntos, o se mienten entre sí y tienen líos con sus vecinos.

—Haces que parezcamos un episodio a gran escala de *Jerry Springer.*

—Exagero para que quede claro —me respondió con una sonrisa—. Lo que quiero decir es que el matrimonio no es el único modo de hacerlo, y que un matrimonio monógamo no es el único modo de estar casado. Todo se mueve en dirección a la libertad, tenga la forma que tenga. Estar soltero no es más que una de las muchas opciones de la vida.

—Ya, pero… ¿a que la mayoría de la gente estaría de acuerdo en que es mejor tener una relación y estar enamorado?

—Sí, seguro. Pero ¿a cuánta gente conoces que tenga una relación y esté enamorada?

Por supuesto, ya había pensado en ello en otros momentos.

—No mucha.

Thomas unió las manos sobre la mesa en un gesto muy profesional.

—En mi opinión, solo hay dos modos de vivir una vida interesante: puedes estar enamorado. Para mí, eso es muy interesante. Y puedes estar soltero. Eso también es *muy* interesante. El resto son gilipolleces.

Entendí a la perfección lo que quería decir.

—¿Estás enamorado de tu mujer? —le pregunté decidiéndome por ser un poco cotilla.

—Sí, por completo.

Noté una inesperada sensación de decepción en el pecho.

—Y procuramos no aburrirnos el uno del otro. Porque estamos enamorados. Y por eso es una vida muy interesante. Por ejemplo: en el mismo instante que me llamaste genio malvado, quise pasar más tiempo contigo. Porque me pareciste divertida e interesante, y eres guapa.

—Empecé a sudar un poco—. Eso no significa que no esté enamorado de mi mujer, o que no quiera seguir casado con ella. Solo significa que soy un hombre y que estoy vivo.

Intenté bromear.

—Escucha, si crees que con esta charla voy a subir a ese… gimnasio selvático, será mejor que te olvides de ello.

Thomas se echó a reír.

—No, no, Julie. Esta noche solo voy a disfrutar de tu compañía. Solo eso.

Me miró con expresión tímida. Casi me pareció verle ruborizarse.

—Me parece que el *jet lag* ya se está haciendo notar —barboté incómoda. Thomas asintió.

—Claro, es tu primera noche en París. Debes estar muy cansada.

—Sí, sí que lo estoy.

Thomas paró el coche delante del apartamento de Steve y apagó el motor. De repente, me puse muy nerviosa. No sabía qué esperarme de aquel francés.

—Bueno, pues muchas gracias por traerme y por el champán y por el sexo. Quiero decir, bueno, ya sabes, por lo de abrirme los ojos… y tal… —¡Estaba tartamudeando!

Thomas me sonrió, claramente divertido por mi incomodidad.

—Según creo, vas a la ópera el martes y después a la gala, ¿verdad?

—¿Qué? Ah, sí. Steve me lo comentó. Dirige él.

—Genial. Yo acudiré con mi esposa. Te veo el martes.

Tras decir aquello, se bajó del coche para abrirme la puerta. Aparte de todo ese rollo de «mostrarme que la gente tiene una tercera vía», era un perfecto caballero. Me besó en las mejillas y me mandó para casa.

En Estados Unidos…

Todas se vistieron de gala para el funeral. Después de todo, era un acontecimiento feliz. Iba a desaparecer la vieja esencia personal de Serena, junto a sus deseos y su apego al mundo material. Georgia, Alice y Ruby se pusieron de acuerdo para ir al funeral para celebrarlo. Estaba a noventa minutos de la ciudad, en un *ashram* cerca de New Paltz, en Nueva York. Georgia se había ofrecido a conducir. Ruby llegó tarde al garaje donde habían quedado, porque ella siempre llega tarde, lo que de inmediato irritó tanto a Alice como a Georgia, porque ellas nunca llegan tarde y porque, en realidad, no querían conducir hasta New

Paltz para ver a Serena convertirse en una *swami*. Pero me lo habían prometido, y aunque no estuviesen a punto de jurar un voto de celibato en el altar de Shiva, sí que adoraban el culto a la amistad y al mantenimiento de las promesas.

Al principio, hubo un silencio incómodo en el coche. Eran las nueve de la mañana, todas estaban cansadas y de mal humor, y ninguna de ellas tenía idea de en qué estaban a punto de meterse. Sin embargo, cualquiera que conozca lo más mínimo a las mujeres sabrá que hay algo en el encierro y la intimidad de un coche que hace que incluso las señoronas más malhumoradas acaben charlando.

Alice no tardó en comenzar a describirle a Georgia su sistema de creencias sobre la soltería. Le dibujó verbalmente a Georgia todos los mapas y diagramas que mostraban los principios básicos de su dogma para las citas: tienes que salir ahí, tienes que salir ahí, tienes que salir ahí. Mientras recorrían la estatal 87, Alice habló a Georgia sobre Meetic.com y Match.com, sobre no pasar demasiado tiempo enviando correos electrónicos a esos tipos, sino en lograr una cita para tomar una copa o un café, pero nunca una cena. Le enseñó a Georgia cómo eliminar de inmediato a los tipos que usan insinuaciones sexuales en el primer par de correos electrónicos y a no sentirse mal si no quería responder a los que le parecieran demasiado viejos, bajos o poco atractivos.

Cuando Georgia salió de la autopista y comenzó a conducir por carreteras bordeadas de árboles y granjas, y vacas, y cabras, Alice le habló de la escalada en roca artificial en Chelsea Piers, de los kayaks y de las prácticas de trapecio en la West Side Highway. También le contó cuáles eran los mejores clubes y bares, y las noches que debía ir a ellos.

Georgia, que ya se encontraba en un creciente estado IV de pánico y paranoia, realmente no necesitaba que la animaran más. Aunque solo había pasado una hora y media conduciendo un Acura hacia el norte del estado, aquello había sido como pasar dos días atrapada en un motel con un grupo de cienciólogos que te impidieran dormir, comer y hablar por teléfono. Para cuando se detuvieron frente al Centro de Meditación Jayananda, Georgia ya tenía totalmente lavado el cerebro para creer a fe ciega en el Evangelio según Alice, estaba totalmente enganchada.

Ruby durmió todo el camino en el asiento trasero. Se despertó justo cuando Alice entró en el camino de grava.

—¿Alguna sabe de verdad lo que vamos a ver aquí? —preguntó Ruby cuando pasaron al lado del cartel de la entrada.

—No tengo ni idea —contestó Georgia.

—Yo solo espero que no tengamos que ponernos a cantar uno de esos himnos de chiflados —añadió Alice.

Se bajaron del coche y procuraron alisar sus vestimentas arrugadas. Georgia y Ruby llevaban puestos unos vestidos, con medias y botas, mientras que Alice había optado por un traje chaqueta de aspecto más profesional. Cuando siguieron al puñado de personas que bajaba por un estrecho camino de piedra por la ladera de una colina cubierta de hierba, resultó evidente que se habían arreglado demasiado. Los demás invitados llevaban camisas y faldas vaporosas, los hombres mostraban diversos tipos de barba, y la mayoría de las mujeres lucían piernas sin depilar. Había unos cuantos indios vestidos con túnicas de color naranja y sandalias. Cuando Georgia, Alice y Ruby llegaron al pie de la colina, vieron que la ceremonia estaba a punto de empezar. A pocos metros había un templo de piedra abierto al aire libre. Era circular, con suelo de mármol y pilares de piedra y fotos de varias figuras hindúes en las paredes. La gente se quitaba los zapatos y las sandalias en la entrada del templo. El olor a incienso flotaba en el aire.

—Todo esto es muy raro —susurró Georgia.

Lucharon para quitarse el calzado antes de entrar, y adoptaron de inmediato un aire solemne adecuado para la ocasión. En mitad del templo había un pozo de piedra, y dentro ardía una pequeña hoguera. Los miembros de la «congregación» comenzaron a sentarse en el suelo con las piernas cruzadas. Mis tres amigas no estaban vestidas como para adoptar la posición del loto, pero se colocaron sus faldas y pantalones con decisión de manera que pudieran poner sus preciosos traseros en el frío suelo de piedra.

Un indio anciano vestido con una túnica de color naranja que parecía ser el *swami* principal empezó a leer un libro en sánscrito. Había otros dos *swamis*, uno a cada lado, una *swami* mayor con pinta de italiana y un *swami* cuarentón y muy atractivo. Al lado de este había otra *swami* con un sobrepeso escandaloso. Todos se mantuvieron en silencio mientras el *swami* principal seguía leyendo. Finalmente, los iniciados aparecieron.

Eran cinco en total: tres hombres y dos mujeres. Y una de esas mujeres era Serena.

Alice, Ruby y Georgia dejaron escapar un suspiro colectivo cuando la vieron. Se había afeitado todo el pelo. Todo, sí, a excepción de una pequeña mecha de cabello que le bajaba por la espalda. Su hermoso cabello rubio… había *desaparecido*. Solo quedaba algo parecido a un pequeño pájaro flacucho. Serena, en un sari naranja. Cuando Serena llamó a Alice el día anterior para indicarle cómo llegar, le explicó también lo que estaba haciendo. Creía que su vocación era pasar el resto de su vida meditando y sirviendo a los demás, todo con la esperanza de lograr algún tipo de iluminación espiritual. Creía que ya había acabado con el mundo material y estaba dispuesta a renunciar a todo. Alice, en realidad, no había entendido nada de lo que Serena le había dicho, pero en ese momento, al verla con la túnica naranja y sin pelo, se dio cuenta de que no se andaba con tonterías. Los iniciados quedaron en silencio mientras el *swami* terminaba de leer una sección del libro. A continuación, el *swami* sexy comenzó a hablar. Parecía ser el traductor, el relaciones públicas del templo encargado de explicar a todo el mundo lo que estaba ocurriendo.

—Quiero darle la bienvenida a todo el mundo a este funeral. Hoy es el día en el que los estudiantes se convierten en *sannyasins*. Tomarán los votos de pobreza, de celibato, de alejamiento de la familia, de los amigos, de todos los placeres de este mundo material. Este fuego representa la pira funeraria…

—Está buenísimo —susurró Georgia—. ¿De dónde será su acento?

—No estoy segura —le respondió Alice también con un susurro—. ¿Australiano?

Ruby las miró fijamente. Las dos cerraron la boca.

—…donde sus antiguos yoes arderán para dar paso a una nueva conciencia como *sannyasin*.

Y tras aquello, el viejo *swami* indio cogió unas tijeras que estaban en el suelo y cuando cada uno de los iniciados se arrodilló delante de él, le cortó los últimos mechones restantes de cabello y los tiró en el fuego. Después de acabar aquella parte, los cinco casi-*swamis* se sentaron con las piernas cruzadas en el suelo. Uno a uno, la *swami* con sobrepeso colocó tres conos de incienso en cada una de sus cabezas; Serena fue la última. Georgia, Alice y Ruby estaban perplejas. Una chica con la que solo se habían reunido en unas cuantas ocasiones, a la que la última vez que la vieron le estaban limpiando el estómago, estaba calva y con tres trozos de incienso en equilibrio en la cabeza. Los ojos de las tres se abrieron de par en par al ver al *swami* indio encender los conos uno por uno. El *swami* sexy lo explicó.

—Mientras los conos de incienso se queman hasta llegar a su cuero cabelludo, estos cinco nuevos *sannyasins* meditarán sobre su nueva senda en la abstinencia. Puede que los conos encendidos les dejen una cicatriz en la cabeza. Ello será un símbolo permanente de su nueva entrega al sacrificio.

Alice soltó un jadeo de sorpresa. Ruby alzó las cejas y Georgia se limitó a poner los ojos en blanco. Serena miró a los asistentes y sonrió. Parecía relucir. Algo en su mirada dejó sin respiración a los invitados. Paz. Calma. Fíjate tú.

—Os invito a que meditéis con nuestros *sannyasins* durante unos breves instantes.

Todos los ojos en el templo se cerraron, pero Georgia miró a su alrededor cuando todo el mundo comenzó a inhalar y exhalar lentamente. Comenzó a contemplar la idea de quemar el yo. Si Serena era capaz de desechar su antiguo yo, también podía hacerlo ella. No tenía que estar enfadada con Dale. No tenía que sentirse humillada por haber roto la promesa que hizo delante de doscientos treinta de sus familiares y amigos más cercanos y haber cortado con el hombre que se suponía que era el amor de su vida hasta que la muerte los separase. Podía dejar de lado la sensación de que había sido un fracaso en su matrimonio y, por lo tanto, en la vida. Podía dejar de lado la agonía de saber que alguien con quien había compartido intimidades y vergüenzas —y alegría, y sexo, y el nacimiento de dos hijos— había encontrado a otro alguien con quien preferiría estar.

Allí sentada, con un pequeño rasgón en un lado de la falda, su voz interior le dijo: «Puedo olvidarlo todo. No tengo por qué convertirme en una divorciada amargada. Puedo hacer lo que quiera. Y lo que quiero es quedar con tíos jóvenes y buenos».

Mientras tanto, Alice comenzó a sentir las punzadas propias de tener las piernas cruzadas durante tanto rato, pero no pudo evitar darse cuenta de lo agradable que era simplemente quedarse sentada durante unos momentos. Paz. Calma. Respirar. Detenerse. Cerró los ojos.

«Sí», le dijo su voz interior. «Le he traspasado mis conocimientos a Georgia. Será una estudiante valiente y fiel. Ya va siendo hora de que pare. Estoy agotada de cojones.» Alice siguió respirando con lentitud, inhalando y exhalando, lentamente, hasta que su voz interior volvió a hablar. «Es hora de que me case con el siguiente tipo que conozca.»

Ruby se sorprendió cuando lo que vio en su interior fue a ella misma con un bebé en brazos, rodeada por toda su familia y sus amistades en un halo de amor. Abrió los ojos de golpe por el asombro que sintió ante la repentina imagen de su maternidad.

—Mientras los *sannyasins* meditan, ustedes pueden unirse a nosotros en la casa principal para tomar un poco de curry y de *chapatis*.

Tras volver al West Village, donde Georgia aparcó el coche, las tres se despidieron de forma educada.

Ruby, que estaba de un ánimo contemplativo, decidió pasear hasta un parque cercano y tomar un poco de aire fresco. Pero no quería pasear hasta cualquier parque. El Bleecker Street Playground solo tiene unos trescientos metros cuadrados de tamaño, pero está lleno de niños que corren, trepan, excavan, gritan, se ríen, luchan y se pelean. Dentro había grandes cubos de colores brillantes y camiones y cosas con ruedas en las que podían sentarse e impulsar con sus pequeños pies. Había madres y niñeras, todas relucientes con el brillo de lo más *chic* del West Village. También había algunos padres, todos muy guapos con el cabello entrecano y los bíceps bien formados en el gimnasio. Ruby se quedó mirando todo aquello, con las manos en los barrotes de la verja que protegía de los abusadores y los secuestradores a los que estaban dentro. Se acercó a la entrada, una puerta de metal de gran tamaño con un gran cartel que decía: «NO SE ADMITEN ADULTOS SI NO VAN ACOMPAÑADOS POR UN NIÑO». Hizo caso omiso y entró tratando de simular el aspecto de una hermosa madre que buscara a su adorable pequeño y a su encantadora niñera.

Recorrió el parque con la mirada. No tenía muy claro lo que estaba buscando, pero sabía que era el lugar donde lo iba a encontrar. Se sentó junto a dos madres blancas, delgadas y con unas mechas perfectas. Empezó a absorber información: los niños, las madres, las niñeras, todo. De repente, se produjo una conmoción en el centro del parque, cerca de las barras para colgarse. Una niña de unos cuatro años de edad, con el cabello largo y rizado de color castaño, gritó y golpeó a un pobre niño indefenso, que terminó tirado por el suelo de hormigón. La niña se puso luego a llorar con toda la fuerza de sus pulmones. Tenía la cara enrojecida y los ojos tan en blanco que casi se habían dado la vuelta sobre sí mismos, ¡como si ella fuera quien había resultado herida! Una joven corrió hacia la niña y la abrazó. Otra mujer corrió y recogió al niño, que estaba ya llorando a lágrima viva. La madre del monstruo regañó a su hija demoníaca, pero es evidente que no le estaba haciendo caso. Aquella mala semilla ya estaba en la Tierra de la Rabieta, y empezó a llorar, y a chillar, y a golpear a su madre. Cuando las dos madres que estaban sentadas al lado de Ruby vieron la mirada de horror en su cara, se limitaron a menear la cabeza, y casi al unísono dijeron dos palabras que lo explicaban todo: «madre soltera».

Ruby asintió en un gesto comprensivo.

—Es muy triste —comentó para hacerlas hablar.

—Fue una aventura de una noche. Se quedó embarazada y decidió tenerlo por su cuenta. Fue muy valiente —le explicó la mujer delgada de los reflejos rubios.

—Pero ahora, incluso con la ayuda de su madre y las niñeras, es una pesadilla —comentó la otra mujer, con reflejos rojizos.

—Una pesadilla —repitió la rubia para recalcar el asunto.

Ruby no pudo quedarse callada.

—Bueno, yo no podría hacerlo jamás. ¿Y ustedes? —les preguntó Ruby con aire inocente. Por la expresión de sus rostros supo la respuesta, pero decidió insistir—. Me refiero a que… ¿se imaginan hacerlo solas?

Se esforzó por preguntarlo en el tono más despreocupado posible, pero esperó sus respuestas igual que si estuvieran a punto de abrir el Arca Perdida.

—No. ¡Ni por asomo! Es demasiado duro. Demasiado solitario.

—Por supuesto que no. ¡Antes muerta!

Era tal y como sospechaba Ruby: ser madre soltera era más deprimente todavía que ser soltera. Pero ¿y la alegría de ser madre? ¿Y la relación tan cercana entre una madre y su hijo? ¿Y lo gratificante que era criar a un ser humano desde su nacimiento hasta situarlo en el mundo?

—¿Pero no creen que sería bonito ser madre? ¿Incluso sin un marido?

—No merece la pena. Preferiría pegarme un tiro.

—Imagínate tener que hacerlo todo tú sola —soltó la madre de reflejos rubios—. Imagínate que lo tienes que hacer todo sola. Aunque se tenga toda la ayuda del mundo, al final siempre serías tú la única que se preocuparía de si están enfermos, la que tendría que decidir a qué escuela llevarlos, la que les tendría que enseñar cómo atarse los cordones de los zapatos, cómo montar en bicicleta. Tú serías la única que tendría que llevarlos a montar en trineo, que tendría que organizar todas sus fiestas de cumpleaños, la que tendría que darles de comer y llevarlos a la cama todas las noches. Tú serías la que tendría que asegurarse de que llegaran a la escuela a tiempo, de prepararles el almuerzo, de tratar con sus profesores, de ayudarlos a hacer sus deberes. Serías solo tú la que recibiría la llamada si tu hijo estuviera enfermo, o si se metiera en problemas, o bien… —remató un poco más enfáticamente—, si tuviera «una disfunción lectora».

—Cierto. O imagínate que tienes un niño muy enfermo, como con cáncer o algo así —añadió la de reflejos rojos.

—Oh, ¡Dios mío!, solo de pensar en estar en el hospital sola, en tener que llamar a un familiar o a un amigo para que te acompañe, en convertirte en esa clase de carga para todos los que te rodean… Si estuviera soltera, esa imagen me bastaría para ponerle cinco condones a cualquiera con quien me acostara.

—Y además, imagínate ser madre soltera de un adolescente.

—Cierto. Tienes que educarlos, ponerles límites, enfrentarte a los problemas de las drogas, de las citas, del sexo… y a todo eso sumarle que en esa época te *odian*.

—Y si lo que tuvieras fuera una niña, ¡imagínate lo que sería pasar por la menopausia y ver cómo tu hija florece y se convierte en alguien sexualmente deseable justo cuando tú te estás arrugando y secando y convirtiendo en algo sexualmente inútil!

Aquellas mujeres se habían puesto muy negativas, incluso para alguien como Ruby. Se esforzó por no mostrarse afectada e intentó inyectarle algo de optimismo a la conversación.

—Bueno, quizá ya no fuera madre soltera para cuando llegasen a la adolescencia. Después de todo, siempre se puede conocer a alguien.

Las dos madres se giraron al unísono hacia Ruby para mirarla fijamente.

—Como si se tuviera tiempo para eso —dijo la rubia.

—¿Quién te iba a querer? —añadió la pelirroja—. Los hombres de Nueva York pueden conseguir a quien quieran. ¡Como si fueran a elegir a una mujer con un niño!

El optimismo de Ruby quedó reducido a un susurro.

—Bueno, si un hombre se enamorara de ti, seguro que no le importaría que...

Las dos madres la miraron fijamente de nuevo, como si fuera boba.

—Bueno, ¿pero tú qué te crees? ¿Crees que podrías hacerlo tú sola?

Ruby miró al parque infantil, donde estaban jugando unos niños a los que consideró adorables en su mayoría; bien vestidos, bien criados. Pensó en las fiestas de cumpleaños, en los deberes del colegio, en llevarlos a la cama y en el cáncer infantil. Pensó en lo mucho que se deprimía cuando un hombre no la llamaba después de la segunda cita.

—No, no podría. No podría ser madre soltera.

Las madres asintieron para mostrarse de acuerdo. Allí, en el parque para niños del West Village, tres mujeres se mostraron completamente de acuerdo en algo en lo que creían: ser madre soltera sería una auténtica putada.

Ruby caminó a lo largo de todo Broadway. Estaba a la altura de la calle Veintisiete cuando aceptó el hecho de que nunca sería madre soltera. Supuso que ya podía tacharlo de la lista. Aquellas mujeres tenían razón: era algo demasiado duro. Parecían saber de lo que estaban hablando. Así que lo único que le quedaba era seguir teniendo citas. Pero ¿cómo? Era tan deprimente. Pensó en Serena mientras caminaba. Ella creía tanto en Dios y en la iluminación espiritual que había renunciado a todo y había dejado que le quemaran incienso en el cuero cabelludo. Era algo bastante fuerte. Hizo que Ruby se preguntara en qué creía ella. «¿Debería dejarlo todo ella también? ¿Debería simplemente dejar de tener citas y empezar a preocuparse por otras cosas?» No resultaba un pensamiento poco atractivo. Sin embargo, mientras seguía caminando y pensando, se dio cuenta de que no estaba preparada para ello.

Todavía le quedaba un poco de espíritu de lucha. Al llegar a la calle Noventa y seis, se dio cuenta. Por fin. Tenía que volver a la carga, tenía que amar de nuevo. Necesitaba no tener miedo de volver a estar involucrada emocionalmente. Tenía que volver a luchar.

¡Había llegado el momento de tener otro gato!

Siguió caminando, pero esta vez, con un propósito fijo. Volvería al refugio de animales donde había adoptado a *Ralph*. Había acabado su periodo de luto.

El refugio era un búnker de cemento de dos pisos que estaba en el cruce de la calle Ciento Veintidós con Ámsterdam, un vecindario un tanto peligroso. A Ruby le hizo sentirse más nostálgica que atemorizada por el recuerdo de una época pasada. Ya no quedaban muchas calles como aquella. Para cuando llegó al refugio, Ruby se sentía orgullosa de estar haciendo algo tan positivo en la vida como elegir amar de nuevo.

Al abrir la puerta del refugio, el olor de los animales la rodeó de inmediato. Era un hedor sofocante. Daban ganas de salir corriendo, pero Ruby se acercó al mostrador donde había una joven de aspecto irlandés con el pelo rizado recogido con un pasador. Las paredes estaban cubiertas de alegres carteles de animales que te recordaban que «Quererme es esterilizarme», o «¡Ponme hoy una chapa de identificación por ocho dólares, y ahórrate la recompensa de trescientos dólares en el futuro!» Las paredes de cemento estaban cubiertas con pinturas de perros y gatos, pero aquello no servía de mucho: el lugar parecía un refugio antiaéreo sin importar cuántos cachorros se pintaran en las paredes.

Ruby le dijo a la chica que quería adoptar un gato y esta la hizo pasar a través de una puerta que daba a un tramo de escaleras. El tufo de los animales se hizo todavía más fuerte mientras caminaba por las escaleras. Cuando abrió la puerta a la segunda planta, el aullido de un perro le invadió los oídos. Era un sonido que la atravesó por completo, un lamento que parecía proceder de lo más profundo del alma del pobre animal. La familiaridad con aquel lamento hizo que Ruby se mareara. «Ese es el sonido que quiero hacer cada mañana cuando me despierto», pensó Ruby.

Le resultó macabro caminar por aquel pasillo industrial con ese aullido. Parecía una escena sacada de *Alguien voló sobre el nido del cuco*, pero con perros. Ruby se dirigió rápidamente a la habitación estrecha donde estaban las jaulas de los gatos. Cerró la puerta y el aullido del perro se amortiguó un poco. Miró a los gatos, uno por uno. Todos eran lindos y suaves y estaban un poco aletargados. Pero todavía oía el aullido del maldito perro. Ruby se detuvo delante de un gato que era excepcionalmente adorable, casi un cachorro todavía, con un pelaje blanco y gris, llamado *Vainilla*. Cuando Ruby metió el dedo en la jaula, *Vainilla* lo agarró juguetonamente con las patas. Eso la decidió: adoptaría a *Vainilla*. Salió de la habitación para comunicarle al hombre de la recepción su decisión. Mientras caminaba por el pasillo, el perro enloquecido siguió aullando. Ruby decidió que tenía que echarle un vistazo y abrió la puerta del nido del cuco. Pasó por lo que parecía una fila interminable de jaulas con *pit bulls*. Y por fin llegó hasta *Boca Ruidosa*. Ruby miró la descripción que tenía pegada en la puerta de la jaula: «*Kimya Johnson* es una mezcla de *pit bull* blanca de cuatro años de edad, que fue adoptada cuando era un cachorro. Hace poco la encontramos como un perro callejero, y no hemos sido capaces de localizar a su propietario. Es una perra muy agradable, muy amistosa y muy cariñosa, y parece haber sido educada para hacer sus necesidades. Lo que perdió su antiguo dueño será la alegría de su nuevo dueño. ¿Quizá ese nuevo propietario será usted?»

A Ruby se le partió el corazón. Que la adoptaran en la perrera para acabar otra vez allí. Eso sí que era un problema de abandono. *Kimya* estaba de pie, con las patas delanteras apoyadas en la puerta de la jaula, dejándose su pequeño corazón en cada aullido. Era igual que si estuviera golpeando los barrotes de la jaula con una taza de estaño. En ese preciso momento, una joven de unos dieciséis años entró en la habitación. Llevaba el uniforme marrón de un miembro del personal, con un cartelito en el pecho que decía «FELICIA» en rotulador azul, y debajo del nombre: «VOLUNTARIA».

—Es muy ruidosa, ¿verdad? —le dijo con un fuerte acento hispano—. Por eso nadie la quiere. Por escandalosa.

Ruby miró a Felicia. No era un comentario muy adecuado viniendo de un voluntario. *Kimya* siguió llorando.

—Pero es muy bonita —comentó Ruby intentando ser amable.

Felicia miró a *Kimya* y sonrió con aire un tanto despectivo.

—Sí, pero es demasiado ruidosa. Creo que por eso la van a sacrificar mañana. Es demasiado ruidosa. Mierda.

Ruby volvió la vista con rapidez hacia *Kimya*.

—¿De verdad? ¿Mañana? —exclamó con voz aguda.

Felicia chasqueó los dientes.

—Eso es lo que he oído —dijo a la vez que se encogía de hombros.

Ruby estaba horrorizada.

—Pero… ¿no se supone que deberías estar tratando de convencerme de que me la llevara?

Felicia miró a Ruby con gesto inexpresivo y se quedó callada un largo momento para tener un efecto dramático.

—Bueno, ¿quieres llevártela? Porque te la puedes llevar si quieres.

—No permiten perros en mi edificio —contestó Ruby.

Felicia puso los ojos en blanco, sonrió con suficiencia, movió las manos en un gesto de exasperación y salió de la estancia.

Ruby se quedó mirando a *Kimya*. La perra se quedó callada durante unos instantes y le devolvió la mirada a Ruby. Sus ojos de color rosa le suplicaron ayuda.

Ruby salió con rapidez de allí y bajó las escaleras. Se dirigió hacia la chica del mostrador.

—Siento no poder adoptar a *Kimya*. Lo siento mucho, pero me echarían de mi casa. No sabes lo estrictos que son en la comunidad de ese edificio.

La chica del mostrador la miró sin mostrar expresión alguna.

—Pero puedo adoptar a *Vainilla* —dijo con orgullo—. Y me gustaría trabajar como voluntaria una vez a la semana.

La chica pareció sorprendida y le entregó a Ruby otro impreso.

—Genial. La clase de orientación es este miércoles a las siete.

Ruby sonrió de oreja a oreja.

—Estupendo. Muchas gracias.

Dejó escapar un gran suspiro de alivio mientras esperaba que le llevaran a *Vainilla*. Sabía que sería muy buena convenciendo a la gente para que se llevara a los animales callejeros que nadie quería. Le salvaría la vida a decenas de perros y gatos. La necesitaban allí.

Georgia se fue a casa esa noche, se puso unos vaqueros de doscientos dólares, una camiseta ajustada de cachemira y un par de pequeñas botas de motociclista que estaban de moda para ir al Whole Foods Market a comprar comida.

Su nueva gurú de las citas, Alice, le había dicho ese mismo día en el coche que el Whole Foods de Union Square era un estupendo lugar para conocer a tipos realmente atractivos un sábado por la tarde. Allí te podías quedar sentada observando una demostración de cocina o participar en una cata de vino orgánico o simplemente buscar *hummus* casero y al amor de tu vida.

Georgia se dio cuenta mientras daba vueltas con su carrito por aquel supermercado de alta gama de que se sentía muy bien. Quizá tenía algo que ver con la asistencia al funeral de Serena, porque se sentía centrada. Optimista. Dale tenía los niños todo el fin de semana, así que ella estaba libre para ser simplemente una soltera más en el mundo; una soltera atractiva, divertida, inteligente y verdaderamente emocionada por estar viva. ¿No era tremendamente fascinante? Mientras caminaba entre las verduras orgánicas, se percató de que no tenía que creerse nada de lo que había oído hablar sobre cómo encontrar el amor en Nueva York. No había razón alguna por la que aceptar el sistema de creencias que proclamaba que no quedaban hombres decentes, que los hombres en Nueva York eran todos unos capullos, que cada segundo de vida que cumplía la envejecía y la hacía menos deseable. No tenía que creer nada de todo aquello porque no era lo que le había pasado a ella. Conoció a Dale en Nueva York, en Columbia. Ella estaba en la escuela de posgrado de periodismo y él era un empresario importante. Habían estado juntos desde entonces. De modo que, hasta que hubiera experimentado personalmente que no quedaban hombres decentes en ninguna parte del mundo, asumiría lo contrario. Siguió empujando el carro de la compra, y al pasar al lado de una montaña desbordante de quesos, los franceses, los italianos, los que tienen forma de rueda, los de cabra, también se dio cuenta de que simplemente podía dejar de lado toda la montaña de presunciones y temores asociados con las citas en Nueva York. Hasta que le pasara a ella, ninguna de esas historias importaba. Ella era una pizarra en blanco, llena de optimismo, sin restricciones por la amargura; y debido a eso, sentía que tenía una cierta ventaja respecto a la mayoría de las demás solteras. Los hombres iban a captar su actitud de «disfruta de la cita», y eso la haría irresistible.

Dio una vuelta por toda la tienda tomándose su tiempo para disfrutar de aquel espectáculo de comida sana. En ese momento estaba de pie junto a una fila de remolachas orgánicas, donde calculaba lo deseable que le iba a parecer al resto de la humanidad, cuando un hombre alto y delgado se le acercó. El individuo le preguntó si alguna vez había cocinado hojas de remolacha. Georgia levantó la vista y sonrió. El hombre tenía el pelo castaño rizado, con una raya en medio con el descuido suficiente para hacer que su rostro tuviera atractivo, pero no tanto como para que pareciera que pertenecía a un grupo de música.

«¿Ves?», pensó para sí misma. No tiene que ser tan difícil. Después le explicó con dulzura al atractivo caballero que, de hecho, había cocinado hojas de remolacha, y que estaban deliciosas fritas con solo un poco de aceite, ajo y sal.

—Vaya, gracias. Intento cocinar más en casa, ¿sabe? Comer más verduras.

—Ah, pues eso está muy bien. Dicen que son muy nutritivas.

Aquel tipo atractivo le sonrió con una sonrisa que era una mezcla diabólica y tímida. Y añadió:

—¿Qué te parece como frase de entrada? Te he seguido desde la sección de chocolate orgánico, aunque no se me ocurría nada ingenioso que decir. Pero justo entonces te paraste delante de la remolacha y pensé: «¡Ah! ¡Hojas de remolacha! ¡Eso sí que es un modo de empezar una conversación!»

Georgia se echó a reír y se sonrojó. Se apresuró a contestar.

—Ha sido perfecta. No parecía nada forzada, en serio, sonó muy natural y encantadora.

El tipo atractivo alargó una mano.

—Hola, me llamo Max.

Georgia le estrechó la mano.

—Georgia. Encantada de conocerte.

Después de eso hablaron durante unos veinte minutos al lado de las remolachas y quedaron para cenar un día de esos. Georgia salió del Whole Foods con tres pimientos amarillos que le costaron ocho dólares y su reciente optimismo más que justificado. «Esto de quedar va a salir como la seda», pensó.

Esa noche, Alice, nuestra GEO de las citas, estaba inmersa en su siguiente «misión». Se llamaba Jim y era un emparejamiento de un amigo de un amigo que había recibido el famoso Correo Alice. El Correo Alice era un mensaje electrónico a enorme escala, parecido al que se le envía a todo el mundo en general cuando se busca un buen cuidador para tu gato. El Correo Alice, sin embargo, trataba sobre la búsqueda de un buen hombre. Ella se lo envió a todas sus amistades y les pidió que se lo reenviaran a su vez a todas sus amistades, era una especie de técnica de cacería humana viral. Gracias a eso acabó conociendo a un montón de tipos que nunca podría haber conocido. Por desgracia, la verdad es que no habría querido conocer a la mayoría de ellos, pero eso no la había detenido lo más mínimo. Había salido a buscar y así era el juego. Jim era un ingeniero electrónico de Nueva Jersey. Tenía treinta y siete años y, por sus correos electrónicos, parecía ser inteligente y amable. Iban a reunirse en un pequeño bar del Noho donde Alice siempre llevaba a sus primeras citas. Se trataba de una pequeña y oscura vinatería turca con lámparas de terciopelo cubiertas de cuentas y sofás llenos de cojines. Si no se puede llegar a conseguir algún tipo de conexión romántica en ese lugar, con su iluminación tenue y sus enormes copas de vino tinto, entonces no va a suceder en ningún sitio.

Mientras se dirigía al bar, Alice pensó en las incontables citas que había tenido ese año. Pensó en todos los hombres que había conocido, y se preguntó por qué ninguno de ellos había sido el tipo adecuado para ella. Había habido unas cuantas relaciones mínimas, un par de aventuras, pero en su mayor parte ninguno de aquellos hombres eran tipos con los que querría pasar mucho tiempo. Por un momento se preguntó si los números con los que jugaba podrían funcionarle. Sin duda había conocido a una gran cantidad de hombres, pero tal vez al aumentar el número de probabilidades, lo único que estaba consiguiendo era aumentar las probabilidades de conocer a tipos por los que no se sentía atraída. Tal vez el amor es tan especial, tan mágico, que no tiene nada que ver con los números. Tal vez solo se trata del destino y de la suerte. Y el destino y la suerte no necesitan probabilidades. Hasta ese momento, Alice siempre pensó que creía en las probabilidades, en las matemáticas. Pero mirar atrás, ver el año que había pasado, le hizo pensar. Todos aquellos hombres... La sacudió una ola de agotamiento. Sacudió la cabeza para librarse de la sensación, puso su sonrisa más bonita, se pasó los dedos por el pelo y entró en el bar.

Alice miró a su alrededor. Vio a un hombre sentado en uno de los sofás que parecía estar esperando a alguien. No estaba mal, pero no se podía decir que fuera guapo; era paliducho y tenía la cara un poco demasiado afeminada.

Se le acercó para saludarlo.

—¿Eres Jim?

El hombre se puso en pie de inmediato y le sonrió de un modo abierto y amable.

—Alice, encantado de conocerte.

Se dio cuenta de inmediato de que se trataba de una buena persona.

Comenzaron a hablar de las cosas sobre las que la gente habla en las primeras citas: el trabajo, la familia, los apartamentos, a qué escuelas fueron. Pero mientras hablaban, como es habitual en todas las primeras citas, solo el setenta por ciento de su cerebro estaba hablando, escuchando y respondiendo a lo que el otro estaba diciendo. El otro treinta por ciento se preguntaba: «¿Quiero besar a esta persona? ¿Quiero acostarme con esta persona? ¿Qué pensarían mis amigos de esta persona?» Jim le preguntó a Alice un montón de cosas sobre ella misma, de la forma que suelen hacerlo los hombres dulces cuando realmente les gustas. Y mientras Alice le contaba anécdotas y se reía de sus chistes casi graciosos supo, por la forma en que la miraba, que la encontraba adorable.

—¿Qué quieres decir con eso de que tienes un truco que te permite saber si roncas? —le preguntó Jim ante aquella cuestión tan personal.

—Si te acuerdas de hacerlo, justo antes del momento en el que realmente te despiertas del todo, asegúrate de no cambiar tu modo de respirar, como si fingieras que todavía estás dormido, pero en realidad estás despierto. Entonces te puedes pillar a ti mismo roncando. En serio.

Jim se limitó a mirarla para luego negar con la cabeza y echarse a reír. Estaba completamente embelesado con ella. No es que aquello fuera algo nuevo para la atractiva y pelirroja Alice. Los hombres la encontraban adorable siempre. Pero debido a su habitual enfoque respecto a las citas, la de ser inflexible y «no hacer prisioneros», si Alice no sentía lo mismo, solo el veinticinco por ciento de su cerebro estaba escuchando al hombre, y el setenta y cinco por ciento restante ya había pagado la cuenta, tomado un taxi hasta su casa y estaba viendo reposiciones de *Seinfeld*. Si ella también estaba interesada en el hombre, entonces Alice se esforzaría todo lo posible por ser aún más adorable mientras procuraba no parecer otra cosa que no fuera ella misma. Pero esa noche, se entregó simplemente al disfrute de ser admirada por alguien. Y se sintió bien. Era algo relajante. Comenzó a notar un hormigueo y un leve mareo por la segunda copa de vino, pero también estaba entonada por aquel nuevo descubrimiento: a veces está bien no intentarlo con demasiadas ganas.

Mientras, en Francia

La escena era fantástica. Nada más bajar del taxi, vi hombres y mujeres glamurosamente vestidos que también salían de sus taxis o se apresuraban por la calle en dirección al Palais Garnier. Subí las escaleras del edificio de la Ópera y me di la vuelta para ver toda la escena a mi alrededor. París. Vale, es muy típico sentirse impresionado, pero lo estaba de verdad. Es un regalo increíble tener la oportunidad de viajar. Simplemente, lo es. Que existan esas gigantescas máquinas de acero que consiguen que atravesemos el cielo parece algo imposible, pero más aún lo es tener tiempo y dinero como para sacar provecho de ello. Es apasionante. Es tan apasionante estar en un lugar distinto, donde cada visión y aroma parecen extraños y exóticos. París, donde yo había estado ya tantas veces, seguía siendo una ciudad extranjera para mí. Los cafés, el pan, el queso, los hombres con sus caras sonrosadas y bigotes grisáceos... y el olor. Todo huele a antiguo y terroso. Europeo. Me encanta.

Estábamos viendo la ópera *Lohengrin*, la historia de una princesa que sueña con que un caballero de brillante armadura acuda a rescatarla y que, cuando aparece, lo único que no debe jamás hacer es preguntarle quién es o de dónde viene. Por supuesto, al final ella no puede soportarlo y se lo pregunta, y lo pierde para siempre. Como haría cualquier mujer, vaya.

Mientras observaba toda aquella puesta en escena, oí una voz de mujer llamarme a voces.

—*Alors*, Julie. *¡Salut! ¡Salut!*

Audrey y Joanne, vestidas de gala, subían por las escaleras hacia mí. Steve nos había conseguido entradas para todas.

—¿Disfrutaste de nuestra charla de la otra noche? ¿Te resultó de utilidad? —me preguntó Audrey con una sonrisa.

—Sí, fue muy útil —le contesté mientras entrábamos al palacio de la Ópera—. Me sorprendió lo bien que las francesas os enfrentáis al rechazo.

—Sí, yo también estuve pensando en ello —me comentó Joanne mientras caminábamos por el vestíbulo—. Estoy convencida de que tiene que ver con nuestra educación. Creo que en los Estados Unidos, tal vez, se considera algo muy malo fracasar, que se te dé mal algo. Los padres nunca quieren tener que decirles a sus hijos que no son fantásticos, nunca quieren ver a sus hijos perder. Pero aquí… —Joanne frunció los labios y se encogió de hombros—, si se nos da mal algo, nuestros padres nos dicen que se nos da mal; si fallamos, fallamos. No hay por qué avergonzarse.

Entregamos las entradas al ujier y pasamos al interior. ¿Será verdad que si nuestras madres y nuestros maestros no nos hubieran mimado tanto en nuestra infancia, seríamos más capaces de manejar el rechazo?

Estaba demasiado ocupada charlando con Audrey y Joanne como para prestar verdadera atención al lugar en el que me encontraba, pero un momento después, aquello me golpeó de lleno. Nos encontrábamos en el auditorio del Palais Garnier, uno de los dos teatros que acogían a la Ópera Nacional de París. Era la opulencia en su máxima expresión. Palco sobre palco, asientos de terciopelo rojo y pan de oro en cualquier lugar al que mirases. El escenario quedaba oculto por una cortina de terciopelo rojo y, coronándolo todo, había una lámpara de araña que, según el programa de mano, pesaba diez toneladas. Nos sentamos en nuestros asientos y miré alrededor.

Como si no hubiese visto aún suficiente belleza, grandiosidad y encanto parisino en una tarde, Thomas entró por la fila que quedaba detrás de la nuestra con la mujer más pequeñita y elegante que jamás había visto. Tenía una melena larga, recta y dorada como un rayo de sol, que le caía justo por debajo de los hombros. Llevaba una virguería de vestido azul celeste con falda tipo globo y parecía la bailarina de una cajita de música. Juraría que pude oler el aroma de su perfume desde donde estaba sentada. Thomas sonrió y saludó con la mano. Señalándome mientras se inclinaba hacia ella y le susurraba algo al oído. Ella sonrió y me saludó con la mano grácilmente. De repente me sentí como un gigante harapiento y deseé haberme vestido mejor.

La orquesta comenzó a tocar y Steve se puso en pie en el foso de la orquesta. Se inclinó frente a la audiencia y todos aplaudieron enardecidos. Mi querido amigo del instituto comenzó a mover sus brazos y pareció que la orquesta hacía exactamente lo que él les decía que hiciesen. Fue impresionante. La ópera comenzó y nos adentramos en la historia de una princesa que pudo haberlo tenido todo si hubiese sido capaz de mantener la puñetera boca cerrada.

Cuando la ópera acabó, unas veintisiete horas más tarde —vale, tal vez solo cuatro—, nos condujeron a una estancia situada detrás de la zona de bambalinas. Era otra extravagancia rococó de pan de oro, muy del Viejo Mundo parisino y magnífico. Vi orgullosa cómo su devoto y exquisitamente educado público saludaba y felicitaba a Steve. Thomas apareció ante mí cuando iba a por una camarera que pasaba con champán. Me vio y se dirigió hacia mí. Tomamos una copa al mismo tiempo.

—¿Dónde ha ido tu mujer? —le pregunté de un modo despreocupado.

—Ha decidido irse a casa. La ópera le produce dolor de cabeza. —Paseó la vista por la abarrotada sala y luego me miró fijamente—. ¿Te gustaría dar un paseo? —me preguntó sin apartar la mirada.

—¿Ahora?

—Por favor, esto es aburridísimo. Tenemos que salir de aquí.

—No puedo… mi amigo Steve, he quedado con él… No puedo, lo siento.

Señalé a Steve, que en ese momento estaba hablando, sospechosamente de cerca, con un joven de rostro aniñado de veintitantos años.

—Creo que puede que Steve tenga otros planes para esta noche. Pero le pediré permiso.

Y tras decir aquello, Thomas me agarró la mano y tiró de mí hacia Steve.

—No, por favor —le dije mientras notaba su mano sorprendentemente áspera en la mía.

Cuando nos acercamos, Steve apartó la mirada de su elegante amigo y vio a Thomas allí de pie, sujetando mi mano.

—Tú debes ser Thomas —dijo Steve con tono astuto.

Thomas captó el comentario y sonrió.

—Sí, soy yo, y me estaba preguntando si podría tomar prestada a tu amiga esta velada. Por lo que parece, es la única persona con la que me apetece hablar esta noche y hace una temperatura tan cálida para ser octubre que me encantaría aprovecharme.

—¿De ella? —dijo el capullo de mi amigo Steve, sonriendo.

—¡No, no, por supuesto que no! —respondió Thomas entre risas—. Del tiempo, de la noche.

—Ah, claro, claro.

Thomas le dio la mano a Steve.

—Has hecho un trabajo extraordinario esta noche. Bravo, Steve, sinceramente.

Luego puso una mano en la espalda y me guio suavemente hacia la puerta.

Mientras paseábamos a lo largo de la Avenida de la Ópera, no pude evitar ir al meollo del asunto.

—Tu mujer es muy bonita.

—Sí, sí que lo es.

La verdad es que no tenía nada más que decir tras eso. Sencillamente sentí que era importante sacarla a colación.

—¿A qué se dedica?

—Tiene una tienda de lencería en el Distrito XI. Tiene mucho éxito. Todas las modelos y actrices van allí.

«Claro, no podía ser de otro modo, tiene un negocio que celebra la feminidad y la sexualidad. Estoy segura de que le quedan a la perfección esas prendas diminutas», pensé

Permitidme tocar este tema y sacármelo de encima lo antes posible: soy una mujer que vive en una gran ciudad de los Estados Unidos que ve televisión y va al cine, de modo que sí, odio mi cuerpo. Sé lo muy políticamente incorrecto, arquetípico, antifeminista y aburrido que es esto, pero no lo puedo evitar. Sé que no estoy gorda —tengo una respetable talla M—, pero si escarbo tan solo un poquito, tengo que admitirme a mí misma que estoy absolutamente segura de que la razón por la que no tengo novio es por mi celulitis y por mis inmensos muslos. Las mujeres estamos locas. Sigamos.

—¿Te gustaría que nos sentáramos a tomar algo? —me preguntó Thomas. Estábamos frente a un café con sitios libres en la terraza.

—Sí, estaría bien.

Un camarero nos trajo menús plastificados, de esos que tienen pequeñas fotos de *croque-monsieur* y de filetes con patatas fritas.

—Cuéntame, Julie, como soltera ¿cuál es tu mayor temor?

Alcé la vista y lo miré sobresaltada.

—¡Vaya! No te andas por las ramas, ¿eh? —reí nerviosamente.

—La vida es demasiado corta y tú eres demasiado interesante.

Inclinó la cabeza hacia un lado y me prestó toda su atención.

—Bueno, supongo que es evidente: que nunca llegue a encontrar a alguien, ya sabes, a alguien a quien amar.

Bajé la mirada hacia mi menú y me quedé mirando fijamente la foto de una tortilla. La camarera regresó y Thomas pidió una botella de Chardonnay.

—¿Pero por qué debería preocuparte tanto encontrar el amor? Ocurrirá. Siempre ocurre, ¿no es así?

—Hummm, sí. ¡Qué diablos! ¡No! Ni a mí ni a mis amigas nos lo parece. En mi tierra, las estadísticas nos dicen que es muy difícil encontrar un buen hombre y que, de hecho, cada vez va a ser más difícil. Parece que es algo así como una crisis.

La camarera volvió con la botella de vino. Thomas dio el visto bueno y sirvió dos copas.

—Sí, pero, como con todo, hay que preguntarse a uno mismo: ¿soy una persona de estadísticas o soy una persona mística? En mi opinión, uno debe elegir ser una persona mística, ¿no? ¿Cómo podrías soportarlo si no?

Mística o estadística. Jamás me lo había planteado de ese modo. Miré a Thomas y decidí amarlo en aquel preciso instante y lugar. No en el sentido real de amar, sino en el de «estoy en París, y tú eres guapo y estás diciendo cosas inteligentes acerca del amor y la vida». Estaba casado y jamás me acostaría con él, pero era definitivamente mi tipo de rompecorazones.

—Es una teoría interesante —fue lo único que dije.

Nos bebimos el vino y charlamos durante otras tres horas. Eran las cuatro de la madrugada cuando salimos del último bar y caminamos de regreso hasta el apartamento de Steve. Me sentí rejuvenecida, halagada, atractiva, inteligente y divertida. Cuando nos detuvimos frente a la puerta de Steve para darnos las buenas noches, Thomas me dio dos besos.

Entonces me sonrió maliciosamente.

—Deberíamos tener una aventura, Julie. Sería estupendo.

Entonces comencé a tener ese prolongado ataque de tos que sufro cuando, de repente, me pongo excepcionalmente nerviosa. También me proporciona algo de tiempo para pensar algo que decir.

Cuando por fin se me pasó la tos seca, contesté.

—Sí, bueno, mira, no sé si creo que voy encontrar al amor de mi vida pronto, ni estoy segura de creer que soy una persona mística o estadística, pero sí que creo firmemente que no debería acostarme con un hombre casado.

Thomas asintió.

—Ya veo.

—No importa si sus esposas lo aprueban o no. Llámame pueblerina.

—De acuerdo, señora Julie Pueblerina —me dijo sonriéndome—. Dime, ¿cuánto tiempo vas a estar aquí en Francia?

Fue entonces cuando me percaté de que no había determinado ningún plan concreto sobre cuánto tiempo me iba a quedar allí o a dónde debería ir después.

Mientras estaba allí, en pie, me pregunté: «¿He aprendido lo suficiente, aquí en París, sobre cómo ser soltera?» Bueno, había aprendido algo sobre la dignidad y acerca de los distintos tipos de matrimonios que existen, tal vez había aprendido todo lo que necesitaba saber por el momento. Tal vez era hora de marcharme.

—No lo sé. Puede que después vaya a Roma.

A Thomas se le iluminaron los ojos.

—¡Debes hacerlo! París es muy bonito, sí, pero incluso nosotros los franceses sabemos que Roma es… —Puso los ojos en blanco en gesto de reverencia—. Poseo el cincuenta por ciento de una cafetería en la ciudad. Tienes que ir. Conozco a muchas mujeres solteras allí.

—Claro que las conoces —le repliqué con sarcasmo.

Me di cuenta de cómo sonó antes incluso de acabar la frase. Sonó tan duro, tan cínico, tan propio de Nueva York.

Thomas me miró, serio y un tanto molesto.

—¿Sabes, Julie? Si te gustas tan poco como para pensar que soy así con cada mujer que conozco, es algo que os concierne a ti y a tu terapeuta. Pero, por favor, no me dejes como un cerdo. No es justo. —Tras aquella pertinente reprimenda, no encontré una réplica mordaz—. Por favor, hazme saber si necesitas mi ayuda en Roma. Te irá muy bien —dijo con cortesía—. De hecho, creo que es justo lo que necesitas.

Mientras lo veía alejarse, me di cuenta de en qué creía yo, al menos en aquel momento: a veces, la princesa simplemente debería mantener la puñetera boca cerrada.

Y en Estados Unidos

Una semana después de que Georgia le hubiese dado su número a Max en el Whole Foods, no sabía a quién recurrir. Puesto que yo no estaba allí, y puesto que ellas eran las únicas solteras que conocía, llamó a Ruby y a Alice, que acordaron quedar con ella en el restaurante mejicano del West Village en el que sirven los margaritas a cinco dólares.

—Es que no entiendo por qué un hombre pide el número de teléfono para luego no llamarte —les preguntó incrédula a Ruby y a Alice—. Por favor, explicádmelo.

Ruby y Alice, que ni siquiera habían tenido ocasión de quitarse los abrigos, miraron fijamente a Georgia, petrificadas, sin saber qué contestar.

—En serio. No fui yo quien se le acercó para hablar, no fui yo quien le pidió su número. Estaba ocupada en mis propios asuntos. Pero entonces él me pidió el teléfono, y me emocioné. Estaba deseando volverlo a ver. Quedar con él. ¿Eso pasa a menudo?

Ruby y Alice se miraron entre sí, y Ruby no pudo evitar preguntárselo:

—Perdona, pero ¿es que nunca habías ligado antes?

Una camarera se les acercó y les tomó nota de las bebidas. Margaritas helados de pera para todas.

—Tuve un noviazgo estable durante toda la universidad, y luego conocí a Dale haciendo el posgrado, así que, de hecho, no. Nunca antes había ligado. He escuchado a Julie con todas sus historias, pero supongo que en realidad no les prestaba tanta atención porque yo estaba, bueno, eso... casada. —Georgia, de repente, parecía sentirse bastante culpable. Y confundida. Levantó la vista hacia Alice y Ruby, buscando respuestas con la mirada—. Decidme, ¿de verdad todos los tíos de Nueva York son tan mierdosos con las mujeres?

Ruby y Alice se miraron entre sí de nuevo. Se enfrentaban al mismo dilema al que te enfrentas cuando a una amiga están a punto de sacarle las muelas del juicio y te pregunta cómo fue cuando te las sacaron a ti. ¿Le cuentas la verdad y le dices que pasaste dos semanas de dolor enloquecedor con la mejilla hinchada como una ardilla, o le mientes y dejas que lo averigüe solita esperando secretamente que a ella le vaya mejor?

Ruby le dio un sorbo a su margarita, que tenía el tamaño de un coche pequeño, y pensó en ello durante un momento. Pensó en cuántos días y noches había pasado decepcionada y llorando por algún tío. Alice le dio un mordisco a un grasiento y delicioso nacho, y pensó con cuántos hombres había salido, en cuánto tiempo había dedicado a todo esto. En ese breve instante, ambas pensaron en lo que de verdad creían sobre las citas y buscar el amor en Nueva York. Ruby comenzó.

—No... no, no es que todos los tíos sean unos mierdas. No puedes pensar eso, no *debes* pensar eso. Hay tíos realmente, realmente geniales ahí fuera. Es tan solo que, bueno, la cosa puede ser desagradable y tienes que, bueno, algo así como protegerte a ti misma, ¿entiendes? Pero no protegerte tanto que parezcas vulnerable. Tienes que ser cuidadosa, tienes que tomártelo muy en serio... en serio, pero no del todo, ¿entiendes?

Georgia miró a Ruby, confundida. Ruby se dio cuenta de que no estaba ayudando en absoluto. Alice, puesto que era una abogada con experiencia en los juzgados, se sentía mucho más cómoda soltándole las malas noticias a Georgia de manera directa, rápida y sin tacto.

—Escucha, Georgia, la verdad es que muchos tíos de Nueva York son una auténtica mierda. En realidad no están ahí fuera para encontrar a la mujer de sus sueños, para sentar la cabeza y casarse. Están ahí fuera para acostarse con tantas mujeres como puedan, mientras siguen buscando a la próxima mujer, que estará más buena, será más bonita y mejor en la cama. Ahora bien, en cuanto a ese tipo, Max… Puede que tan solo vaya por ahí coleccionando números de teléfono de mujeres, simplemente porque le hace sentir muy hombre saber que puede conseguir que las mujeres le den su número. O puede que lo haga simplemente por afición. —Georgia escuchaba absorta a Alice—. Y la única protección que tenemos contra ellos es nuestra capacidad de resistencia. Nuestra habilidad de salir ahí fuera y tratar de conocer a alguien más; ser capaces de reconocer, descartar, defendernos y recuperarnos de todos esos malos tíos que hay por ahí, tan solo para dar con el bueno. Esa es nuestra única defensa.

Georgia tomó un gran trago de su margarita helado.

—Vale, está bien, pero no creo que esos tíos deban salirse con… ¡Ay! ¡Cerebro helado, cerebro helado! —El rostro de Georgia se arrugó de repente a la vez que se subía las manos a la cabeza. Se quedó allí sentada durante un momento hasta que se relajó y la sensación se le pasó. Por un momento pareció que estaba verdaderamente trastornada—. Vale, ya está. De todas maneras, decía, no creo que deban salirse con la suya tan fácilmente. Creo que necesitan ser reeducados. Si ninguna de nosotras les cuenta cómo nos hacen sentir seguirán pensando que pueden ir por ahí pidiéndoles el número de teléfono a las mujeres para luego no llamarlas jamás. Tenemos que hacerles saber que eso no está bien. ¡Tenemos que recuperar la noche! —En ese momento, Georgia agarró su bolso, sacó su cartera, cogió veinte dólares y los lanzó sobre la mesa—. Gracias por toda vuestra ayuda. A las copas os invito yo.

Ruby preguntó, temerosa:

—¿Dónde vas?

Georgia se puso la chaqueta y se levantó de la mesa.

—A Whole Foods. Voy a esperarlo allí hasta que aparezca. Y luego voy a tratar de ser un catalizador del cambio en Nueva York.

Georgia salió del restaurante como un vendaval, dejando a Ruby y Alice allí, solas, sin saber exactamente qué decirse la una a la otra.

Georgia acechó por los pasillos del Whole Foods como un puma que busca a un senderista desprevenido. No había motivo alguno por el cual Mike debiera estar allí aquella noche, en aquel momento, pero para Georgia aquello era una misión. Tenía la esperanza de que su afilada fuerza de voluntad pudiera conjurarlo a aparecer en la sección de verduras orgánicas justo en ese mismísimo minuto. Caminó arriba y abajo por los pasillos pensando en cómo le hablaría, con tranquilidad, mostrándole cómo sus actos afectan a otros y haciendo del mundo, de ese modo, un lugar mucho más seguro donde tener citas para todas las mujeres. Recorrió arriba y abajo los pasillos durante dos horas. Ya eran las diez en punto de la noche. Había memorizado cada sección de la tienda, y estaba empezando a familiarizarse con todos los artículos de cada sección, cuando lo vio en la sección de judías edamame congeladas.

Estaba hablando con una chica rubia, joven y bonita, que llevaba una mochila con el emblema de la Universidad de Nueva York. Otra de sus víctimas. Georgia no perdió ni un minuto en atacar. Se lanzó a por Max y se colocó justo delante de él y la monada universitaria.

—Ah, hola. Me alegro de verte por aquí —la saludó Max, tal vez con un cierto tono de incomodidad en la voz.

—Hola Max. Solo quería que supieras que cuando le pides el número de teléfono a una mujer y luego no la llamas, resulta algo hiriente. La mayoría de las mujeres no le dan su número a cualquiera. La mayoría de las mujeres raramente sienten por alguien con quien están hablando esa chispa, como para querer que la cosa vaya más lejos. Así que cuando te dan su número, se establece una especie de acuerdo tácito, de expectación para que las llames, pero de verdad, porque, y que quede claro, fuiste tú quien les pidió el número.

Max entonces comenzó a mirar a su alrededor con movimientos rápidos y nerviosos. La chica universitaria miró a Georgia con expresión vacía.

—Estoy segura de que crees que puedes hacerlo porque te has estado saliendo con la tuya hasta ahora. Pero estoy aquí para decirte que, de hecho, no puedes seguir haciéndolo. Es descortés.

Max se limitó a bajar la mirada a sus deportivas.

—Dios, no te pongas hecha una psicópata conmigo —murmuró.

Por supuesto, centró su defensa en llamarla psicópata. Los hombres siempre prefieren defenderse con el argumento de «esta tía es una psicópata». Aunque solo fuera por eso, nunca debemos volvernos unas psicópatas con un tío: de ese modo, demostraremos que no tienen razón. De todas maneras, Georgia ya estaba un poco cabreada.

—¡Ah, claro! ¿Cómo no ibas a llamarme psicópata? Por supuesto. Porque la mayoría de las mujeres no se enfrentan a los hombres y a sus malos modales, porque ya han sido ninguneadas tantas veces que están seguras de que no supondrá ninguna diferencia. Pero en esta ocasión, tan solo quería aclarártelo. Eso es todo.

Para entonces, la gente de alrededor ya los estaba mirando atentamente. La universitaria no se había movido del sitio, estaba disfrutando del espectáculo. Max estaba perdiendo la calma.

—Vale, está bien, psicópata, ¿ya has terminado?

Georgia se cabreó por completo.

—Escúchame bien: ¡No me llames psicópata! ¡No vas a invalidar mis sentimientos de ese modo!

La chica universitaria, que hasta el momento había permanecido en silencio, comenzó a hablar.

—Sí, no creo que debas llamarla psicópata. Solo te está contando cómo se siente.

—Genial. Otra psicópata.

—No me llames psicópata —le dijo la universitaria elevando un poco el tono de voz.

—No la llames psicópata —repitió Georgia elevando el tono aún más que la universitaria.

Afortunadamente para todos los involucrados, excepto tal vez para los muy entretenidos espectadores, un hombre hispano, bajito y con una camisa blanca almidonada llegó para cortar con todo aquello.

—Lo siento, pero van a tener que salir de la tienda ahora mismo. Están molestando a los demás clientes.

Georgia miró alrededor. Volvió la vista hacia Max con expresión altiva.

—No se preocupe, ya me voy. Creo que este ya ha captado el mensaje.

Georgia comenzó a caminar orgullosamente hacia la salida, con la cabeza alta. Ni siquiera se percató de las risas complacientes y de la gente que le sonreía mientras salía como un vendaval por la puerta. Pero mientras salía a la calle se dio la vuelta para mirar por la ventana del WF y no pudo evitar advertir que la universitaria todavía estaba allí de pie hablando con Max, y que Max se estaba riendo y haciendo con el dedo ese gesto circular en un lado de la cabeza que significa «loca».

Georgia le dio la espalda a la ventana. Y fue calle abajo, tratando de permanecer orgullosa, tratando de mantener su dignidad. Dos manzanas más tarde empezó a llorar. Creyó que gritarle le iba a hacer sentir mucho mejor. Y así fue durante aquellos cinco minutos en los que estuvo gritando. Pero todavía era una estudiante de primer año en materia de soltería, y poco importaba lo que creía: aún le quedaba mucho por aprender.

4

Dejarse llevar

(Aunque resulte imposible saber cuándo debes hacerlo o cuándo acabará en desastre)

Alice siempre había presumido de lo bien que conocía Nueva York: podía hacer de guía turística de aquella gran ciudad desde el Bronx hasta Staten Island porque conocía los entresijos del lugar como nadie.

Pero eso fue antes de tener novio. Solo entonces descubrió que existía un Nueva York único y exclusivo para parejas. Durante ese último año de citas a nivel profesional, Alice había conseguido entrar en los bares, clubes nocturnos y acontecimientos deportivos más populares de la ciudad, pero como no tenía novio, existía otra cara de Nueva York que no conocía.

Como por ejemplo, el Jardín Botánico de Brooklyn, donde fue con Jim. Vale, de acuerdo, a él no se le puede considerar realmente su novio, solo habían pasado dos semanas, pero después de aquella primera cita, decidió dejarse llevar mientras los dos estuvieran disfrutando de la experiencia. Tomaron juntos el tren número dos en dirección a Brooklyn y pasearon de la mano por el pabellón tropical y el museo de bonsáis. Fue algo maravilloso.

Se detuvieron para escuchar una pequeña charla sobre el árbol ginkgo de oro.

Una mujer bajita de pelo blanco hablaba con un grupo de personas acerca de cómo distinguir a un ginkgo de otras gimnospermas por sus hojas bilobuladas en forma de abanico. Alice comenzó a recordar aquellas dos últimas semanas con Jim. Habían descubierto otros lugares habituales para parejas, como el Planetario Hayden el primer viernes del mes (cuando permanece abierto hasta tarde), el zoológico del Bronx (¿a quién se le ocurriría alguna vez ir sin un niño o un novio?), y la pista de patinaje de Chelsea Piers (Alice siempre quiso ir pero nunca consiguió que nadie la acompañara). Y ahora estaba allí, en el Jardín Botánico, escuchando hablar de las hojas bilobuladas.

«Esto es tan lindo», pensó Alice. «Tener pareja es algo muy bonito.»

La charla acabó, comenzaron a caminar por un sendero cubierto de hojas. Jim tomó la mano de Alice y una ráfaga de felicidad la envolvió. Era consciente de que probablemente no le hubiera importado si la mano pertenecía al brazo de Ted Bundy, el asesino en serie. Ir agarrados de la mano era algo maravilloso de narices. Tomar de la mano a alguien significaba que le pertenecías. No de una forma profunda e irrevocable, sino que, en aquel preciso instante, estabas unido a alguien.

—Podríamos ir a recoger manzanas el próximo fin de semana —dijo Jim mientras paseaban.

—Estupendo —contestó Alice muy feliz.

Caminaron hacia el estanque del jardín japonés. El aire era fresco, pero no hacía frío; el sol brillaba y lo hacía todo más cálido. Era un perfecto día de otoño. Se sentaron bajo una pequeña pagoda con vistas al estanque. Para ser alguien que pensaba que lo sabía todo acerca de las citas, Alice se sorprendió al comprobar lo bien que se lo podía pasar con alguien por quien no estaba loca. Decidió volver a preguntarse por qué aún no estaba enamorada de Jim. Era atractivo. Sus modales eran impecables, algo que con la edad se había dado cuenta de lo importante que era para ella. Era divertido, a veces incluso un poco bobo, algo que a ella siempre le había gustado. Y le encantaba su risa. Y él pensaba que era graciosa. Se acercó un poco a Alice. Ella le apoyó la cabeza en el pecho. La semana anterior, cuando se acostaron por primera vez, se sintió aliviada al descubrir que había disfrutado.

Si no hubiera sido así, hubiera sido el factor decisivo para romper con todo aquel plan descabellado. Pero el sexo estuvo bien. Muy bien. Quizá no fuese lo suficientemente apasionado, pero había entrado en ese otro terreno de la experiencia humana reservado solo para parejas: el sexo habitual. La experiencia de tener siempre una íntima conexión física con alguien, de no tener que preocuparse por la necesaria alineación de factores (la atracción mutua, la seguridad y las circunstancias apropiadas —que no sea un imbécil, que no sea la antigua pareja de una amiga que sigue enamorada de él, que no sea el amigo de un amigo que lo puede fastidiar todo si la cosa no va bien, por lo que es mejor que ni siquiera lo intente, etc.—) que te permitiría tener un encuentro sexual. No hay nada peor que echarle un vistazo a la agenda y descubrir que llevas más de seis meses, que pasaron como si fuese un solo día, sin haberte acostado con nadie. Y entonces te invade la preocupación de que, en otro abrir y cerrar de ojos, pasen seis meses más sin que roces tu piel desnuda con la de otra persona. Gracias a Jim, esa preocupación quedaba ahora fuera de la ecuación y si no era un sexo apasionado y excitante, no importaba, pensó Alice, porque era frecuente. Y eso compensaba cualquier clase de pasión que pudiera faltarle.

Alice vio dos pequeñas tortugas que nadaban en el estanque. No eran del tipo de tortugas que uno cría en un recipiente con una palmera de plástico y alimentas con carne picada, eran más grandes y fuertes, y estaban nadando en el pequeño estanque, que debía parecerles interminable.

Continuó pensando en Jim, en lo bonito que era todo aquello, y en cuánto le pedía a Dios que pudiese enamorarse de él. Pero tenía suficiente experiencia como para darse un respiro. No se iba a castigar a sí misma solo porque no fuese capaz de enamorarse de cada chico agradable que conocía. Si Jim no iba a ser el gran amor de su vida, eso no significaba que Alice tuviera miedo al compromiso, que a ella solo le gustasen los tipos que eran emocionalmente inaccesibles, o cualquiera de las estupideces con las que las demás personas te culpaban. Si Jim no era el adecuado, no era culpa de nadie, era solo la vida. Pero allí sentada, mientras pensaba en lo bonito y agradable que había sido todo durante aquellas dos semanas, deseó desesperadamente que pudiera salir bien durante mucho, mucho tiempo.

Alice se giró hacia Jim, que miraba fijamente al vacío. Llevaba toda la mañana actuando de una forma un poco extraña; debajo de su habitual actitud relajada se notaba algo alterado. No dejaba de mover la pierna derecha hacia arriba y hacia abajo, haciendo vibrar todo el banco. Alice le puso una mano sobre la pierna inquieta y le preguntó qué le pasaba.

—Solo estoy un poco nervioso, eso es todo.

—¿Por qué? —preguntó Alice.

—Porque tengo que hablar contigo. —El corazón de Alice comenzó a latirle a toda velocidad. Los hombres no suelen decir ese tipo de cosas a menos que sean malas noticias o…— Solo quiero que sepas que en este tiempo he sido más feliz contigo de lo que lo he sido jamás con cualquier otro ser humano en toda mi vida. —El corazón de Alice empezó a latir con mayor rapidez todavía y la respiración se le aceleró de la forma en la que lo hace en cualquier persona del planeta cuando alguien está a punto de pasar por la vergüenza de confesarle un sentimiento muy profundo—. Y solo quiero que sepas que eres la única para mí. Y que no me importa lo rápido o lo lento que quieras ir, me parecerá bien. Si quieres que nos casemos la semana que viene, lo haría gustosamente, y si quieres que vayamos muy, muy despacio, lo haré también. No tan gustosamente, pero lo haré.

Alice miró a Jim. Resultaba difícil imaginarlo más vulnerable de lo que se veía en ese momento. Volvió la mirada hacia el estanque y vio a sus dos tortugas tomando el sol sobre una roca. Decidió dejarse llevar.

—Yo también lo estoy pasando de maravilla contigo. Sé que no nos conocemos muy bien, pero también me gustaría darnos una oportunidad.

Jim dejó escapar el suspiro que llevaba conteniendo durante tres minutos y medio y sonrió.

—Genial. Es genial.

—En realidad no sé qué más decir en este momento. ¿Eso está bien?

—Sí, claro… quiero decir, está bien, sí. Genial. Es que me alegro de que no me hayas dado un puñetazo en la cara y me hayas empujado al estanque.

—¿Y por qué iba a hacerlo? —le contestó Alice con dulzura.

Se besaron. Ella se sentía feliz, segura, alegre. Porque algunas veces, después de dar vueltas y vueltas nadando en un enorme lago negro, resulta agradable sentarse sobre una roca y tomar el sol durante un rato.

De camino a Roma

Faltaban diez minutos para que el vuelo despegase y estaba hiperventilando un poco. Bueno, en realidad, un poco mucho.

Resulta extraño cuando de repente descubres que vas a tener que añadir una nueva gilipollez a tu lista de gilipolleces… Vale, se dice que te vuelves más miedoso y asustadizo a medida que envejeces, pero aun así, no dejas de sorprendente, estás a punto de cometer una tontería de las gordas: No tenía ni una sola preocupación cuando me subí al avión, de verdad. Pero en ese momento, sentada en mi asiento y a medida que los minutos pasaban, me estaba poniendo cada vez más nerviosa. «¿Cómo vuelan los aviones? ¿Qué es lo que hace que no se estrellen contra el suelo? ¿No sería completamente aterrador ser conscientes todos esos minutos que el avión está cayendo en picado a la tierra? ¿En qué pensaría en ese momento?» Y a medida que la física de los viajes en avión me parecía cada vez más inverosímil y me convencía a mí misma de que nunca llegaría con vida a Roma, comencé a tener lo que imagino que fue un ataque de pánico. Empecé a sudar y a respirar con dificultad. ¿Por qué en ese momento? No tengo ni idea. Había viajado de Nueva York a París sin preocuparme por nada. Quizá un terapeuta diría que estaba nerviosa por emprender aquella aventura en solitario, en una ciudad extraña, sin nadie conocido esperándome allí; que planeaba hacer toda aquella «investigación» en Roma, pero que en realidad no sabía ni cómo empezar. Tal vez finalmente me di cuenta de que había dejado mi trabajo y mi casa sin un plan establecido. Sea cual fuere la razón, me di cuenta de algo: ¿quién mejor para hablar en esos momentos que con mi gurú personal? Por suerte, conseguí contactar con ella por teléfono.

—Vale, Julie, cierra los ojos y respira con el diafragma —me dijo Serena con su dulce voz de *swami*—. Imagínate una luz blanca que te sale del ombligo y se propaga por todo el avión.

Me la imaginé.

—Es una luz blanca de paz y seguridad y protección que inunda el avión, el cielo y el mundo entero. Estás completamente a salvo.

Mi respiración comenzó a calmarse. Los latidos de mi corazón disminuyeron. Estaba funcionando. Abrí los ojos. Y Thomas estaba allí, de pie, delante de mí.

—Vaya, hola, doña Pueblerina. Creo que mi asiento es el que está junto al tuyo.

Un calambre de sorpresa me recorrió todo el cuerpo. Todo el duro esfuerzo de Serena destrozado en un segundo.

—Esto… Serena, te llamo luego.

—Está bien, pero hay algo que quería decirte. Deberías ir a la India. Su espiritualidad, su cultura… Todo el que va a la India dice que es una experiencia muy enriquecedora.

—De acuerdo, lo pensaré. Gracias.

—No, en serio. Dicen que es algo que te cambia la vida.

—Vale. Luego hablamos. ¡Adiós y gracias! —Colgué y miré a Thomas, del que emanaba su propia luz blanca—. ¿Qué haces aquí?

—Decidí ir contigo. Pensé que podría aprovechar para hacer negocios. —Hizo un gesto con la mano pidiéndome que me levantase para poder sentarse a mi lado. Me puse de pie en el pasillo—. Por supuesto, no suelo volar en clase turista —me comentó mientras se colocaba en su asiento y nos sentábamos—, pero me decidí a hacer una excepción. —Mientras se abrochaba el cinturón miró a su alrededor y añadió—: Dios mío, la clase turista es una tragedia. —Se dio cuenta de que yo no entendía nada—. Steve me dio tu itinerario. Además, conozco a alguien en Alitalia.

Me sonrió y me apretó la muñeca. Me sonrojé, cogí un chicle de menta y me lo metí en la boca. Empezaron a sonar los avisos previos al despegue y traté de ocultar el sudor y la respiración entrecortada. ¿Sería muy mortificante tener mi primer ataque de pánico delante de Thomas? Existe el Nueva York Rarito y luego está el Nueva York Loco, ¡que yo estuviese empezando a darme cuenta de a cuál pertenecía no significaba que él tuviera que enterarse justo en ese momento! Mientras estaba ocupada tratando de encontrar un lugar cómodo donde colocar las rodillas, y las azafatas revisaban los cinturones de seguridad, se me escapó un pequeño grito. Thomas pareció asustarse.

—Lo siento. Estoy tensa. Algo me pasa. Me siento como si me estuviera muriendo. O ahogando. Es algo… Lo siento —susurré.

—Tienes una especie de ataque de pánico, ¿verdad?

Afirmé con la cabeza.

—Sí, eso creo.

Apreté con fuerza los brazos del asiento, pero accidentalmente agarré el brazo de Thomas. Me incliné hacia adelante y comencé a jadear para tomar aire.

—Disculpe, ¿va todo bien? —le preguntó una azafata a Thomas.

—Sí, por supuesto. Solo tiene un leve dolor de estómago. Estará bien. —Cuando ella se marchó, Thomas metió la mano en su maleta—. Julie, escucha, tienes que tomarte una de estas de inmediato. Te calmará.

Me dejé caer hacia atrás sobre el asiento.

—No puedo creer que me estés viendo así. Es humillante —susurré.

—Nos preocuparemos de eso más tarde, pero de momento tómate esta pastilla. Trágatela rápido.

—¿Qué es esto?

—Lexomil. Valium francés. Aquí lo tomamos como si fuesen caramelos.

Tragué la pequeña pastilla blanca.

—Muchas gracias —le dije, y tomé otra bocanada de aire. Enseguida comencé a sentirme más relajada.

—Probablemente te quedarás dormida pronto. —Puso una mano sobre la mía—. Es una pena, no tendremos oportunidad de hablar —añadió con una mirada brillante en sus ojos azules.

Cuando te sientas al lado de alguien en clase turista, estás realmente cerca de esa persona. Parece que tuvieras que hacer un enorme esfuerzo por no unir tus labios a los suyos.

Enseguida me quedé dormida.

Me desperté con Thomas golpeándome la palma de la mano, muy fuerte, y diciendo en su dulce acento francés.

—Julie, Julie, es hora de despertarse. Por favor.

Como si estuviese levantando pesas de ciento ochenta kilos, tuve que hacer acopio de todas mis fuerzas para abrir los ojos. Vi el bello rostro de Thomas en mitad del pasillo, pero envuelto en una especie de neblina. Parecía tranquilo y un poco divertido mientras una azafata se mantenía nerviosa a su lado.

—*Signore*, tenemos que salir del avión. Tiene que llevársela ya.

Fue entonces cuando vi que el avión había aterrizado y que la cabina estaba completamente vacía. Gruñí en voz alta y me tapé los ojos con las manos para protegerme de alguna forma de aquella humillación. ¡Por favor, que me dejaran volver a dormir!

Thomas me ayudó amablemente a salir del asiento. Me puse en pie, agarré mi bolso y traté de recomponerme lo más rápidamente que pude. Mientras caminábamos hacia la puerta a través de las numerosas filas de asientos le hice una pregunta a Thomas.

—Solo dime una cosa... ¿He babeado?

Thomas se rio.

—Julie, no quieras saberlo —respondió mientras me ayudaba a atravesar la puerta del avión.

Aquella misma tarde me desperté en una habitación de una especie de pensión. Me sentía un poco desorientada, así que me puse en pie y miré por la ventana hacia una plaza con un enorme edificio circular a un lado: el Panteón. No recordaba haber llegado allí. Thomas me dijo luego que en la aduana me confundieron con una drogadicta y revisaron todas mis maletas, y que luego me desmayé en el taxi con mi cabeza en su regazo. Ese Lexomil no es ninguna broma.

Encontré una nota sobre el escritorio: «ESTOY AQUÍ AL LADO EN UN CAFÉ CON MI AMIGO LORENZO, POR FAVOR, VEN CUANDO DESPIERTES. BESOS, THOMAS».

Me metí todavía temblorosa en la ducha, me arreglé y salí a reunirme con Thomas.

Al lado del hotel había una pequeña cafetería, justo en la plaza. Thomas estaba con un hombre de unos treinta años que charlaba y gesticulaba animadamente. Thomas me vio y se puso en pie, su amigo se levantó también.

—¿Cómo te sientes, mi Bella Durmiente? —preguntó Thomas.

—Bien. Un poco aturdida.

—Te pediré un capuchino ahora mismo.

Thomas le hizo señas a una camarera y los dos nos sentamos.

—Este es mi amigo, Lorenzo. Le acaban de romper el corazón y me lo estaba contando todo.

Lorenzo era un atractivo italiano de grandes ojos cansados y largo pelo castaño que atusaba y apartaba hacia atrás cada vez que exclamaba algo, que era muy a menudo.

—Es horrible, Julie, horrible. Tengo el corazón roto, tú no lo entiendes. Destrozado, ¡estoy destrozado! —Se echó hacia atrás el cabello—. No quiero vivir, de verdad. Quiero tirarme desde de un edificio. Acaba de dejarme. Me dijo que ya no me ama. Así sin más. Dime, Julie, tú eres una mujer. Dime. ¿Cómo es posible? ¿Cómo puede una mujer amarte y al minuto siguiente destruirte por completo? ¿Cómo puede dejar de quererme de la noche a la mañana?

Afortunadamente, mi capuchino llegó justo en ese momento, y pude introducir un poco de cafeína en mi cuerpo.

—Vaya... no lo sé. ¿De verdad fue tan de repente?

—¡Lo fue! Hace tres noches hicimos el amor, me dijo que me amaba, que quería pasar el resto de su vida conmigo, que deberíamos tener hijos juntos... y entonces, ayer, ¡me llama y me dice que ya no quiere estar conmigo!

—¿Cuánto tiempo estuvisteis juntos? —le pregunté.

—Un año. Un precioso año. Los dos estábamos de acuerdo en que nunca habíamos tenido una relación de pareja tan buena. ¿Cómo puede ser posible, Julie, dime? Hace solo tres noches que me dijo que me amaba. Hace *tres noches*. No puedo dormir. No puedo comer. Es horrible.

Miré a Thomas, preguntándome en dónde me había metido. Como si leyera mi mente, Thomas se echó a reír.

—Lorenzo es actor. Es muy melodramático —me dijo.

—*Ma no*, Thomas, vamos —dijo Lorenzo ofendido—. No es una exageración. Es una tragedia *real*.

—¿Tu novia también era actriz?

—No. Es bailarina. Deberías ver el cuerpo que tiene. El cuerpo más hermoso que hayas visto jamás. Pechos perfectos. Perfecta. Y esas largas piernas, como una obra de arte. Dime, Julie, dime. ¿Cómo puede suceder algo así?

Thomas observó la expresión confundida de mi cara y decidió animarlo.

—Julie, por favor, deberías ayudarlo.

Aún me sentía un poco aturdida por la sobredosis de droga, pero traté de pensar lo más rápido que pude.

—¿Crees que ha podido conocer a alguien?

—¡Imposible! Estábamos siempre juntos.

—¿Estás seguro? Porque eso podría ser...

—No. No es posible. Conozco a todos sus amigos. Y también a sus compañeros de baile. No.

—Está bien, ¿es una psicópata?

—No. Estaba perfectamente bien. Cuerda, muy cuerda.

—¿Puede que… —le dije en voz baja—, puede que ella no estuviera realmente enamorada de ti?

Lorenzo golpeó la mesa con las manos.

—*Ma no*. ¿Cómo podría ser? ¿Cómo?

Realmente quería que yo le diera una explicación.

—Bueno, si ella no se está viendo con nadie más, si no es una psicópata, y si lo único que le ha pasado es que ha cambiado de opinión, entonces tal vez no estaba realmente enamorada de ti. O quizá simplemente no sabe qué es el amor. —Lorenzo no entendía este tipo de análisis estadounidense. Solo se encogió de hombros—. O tal vez se le acabó el amor.

—¿Crees que el amor es tan efímero que puede desaparecer sin más? ¿Así de pronto?

—Por supuesto que sí, Julie. Te encuentra, como algo mágico, como un milagro, y puede marcharse tan rápido como llegó.

—¿De verdad crees que el amor es un sentimiento misterioso que va y viene como la magia?

—Sí, desde luego. ¡Claro!

—Creo que a mi amigo se le podría considerar un romántico —dijo Thomas con amabilidad.

Lorenzo levantó los brazos en el aire.

—¿Qué otra forma hay de vivir? Julie, ¿no lo crees tú también?

—Bueno, no. Supongo que no —contesté.

—Entonces, dime. ¿Tú qué crees?

Thomas se inclinó.

—Esto se está poniendo interesante.

De nuevo, esa pregunta. Me quedé callada y tomé un sorbo de café. He pasado una gran cantidad de tiempo en terapia analizando por qué me he sentido atraída por la gente por la que me he sentido atraída. Qué «botones tocan» en mí que hacen que desee tenerlos en mi vida. He pasado una gran cantidad de tiempo analizando por qué mis amigas se sienten atraídas por los tipos de hombre por los que se sienten atraídas. Las he oído jurar que han encontrado a su alma gemela, que nunca habían sentido nada igual antes y que es el destino… y después romper con esa alma gemela en menos tiempo del que se necesita para pedir una pizza. He visto a mis amigas, chicas inteligentes y sensatas, casarse, y después he alucinado viendo cómo sus matrimonios fracasaban. Y he visto a parejas completamente ridículas permanecer juntas durante diez años y seguir adelante. Y he estado tan ocupada buscando el amor y frustrándome porque no he podido encontrarlo, que nunca he podido realmente definirlo por mí misma. Así que me senté en ese pequeño café mientras el sol se ponía, y reflexioné.

—Supongo que en realidad no creo en el amor romántico —dije, por fin.

Thomas arqueó las cejas y Lorenzo me miró como si acabase de ver un fantasma.

—¿En qué crees entonces? —preguntó Thomas.

—Bueno, creo en la atracción. Creo en la pasión y en el sentimiento de enamorarse. Pero supongo que no creo que eso sea necesariamente real.

Thomas y Lorenzo parecían sorprendidos.

—¿Por qué? ¿Porque algunas veces no dura mucho? —preguntó Thomas.

—Porque *la mayoría de las veces* no dura mucho. Porque la mayoría de las veces se trata de lo que estás proyectando hacia la otra persona, de lo que quieres que sean, de lo que tú mismo quieres ser, de muchas cosas que no tienen nada que ver con la otra persona.

—No tenía ni idea —dijo Thomas—. Parece que tenemos aquí a una gran cínica.

—Esto es un desastre, de verdad —dijo Lorenzo, levantando las manos en el aire—. Y creía que yo lo tenía mal.

Me eché a reír.

—¡Lo sé! ¡Yo tampoco sabía lo cínica que era hasta este momento!

—Pero Julie… —me preguntó Thomas, preocupado—. ¿Cómo vas a encontrar alguna vez el amor si no crees en él?

Los miré a ambos, que me observaban con gran preocupación y, entonces, rompí a llorar. Es curioso cómo sucede. Un momento antes eres una mujer fuerte e independiente que habla sobre el amor y las relaciones, y al segundo siguiente, alguien pronuncia una frase que de alguna manera te destruye completamente.

—¡No! Julie. No pretendía… ¡No! —Thomas estaba horrorizado—. Por favor, ¡no tiene importancia!

Me puse la mano sobre la cara.

—No, lo sé, tranquilo, no te sientas mal. No sé por qué... Soy demasiado... por favor. No te preocupes. De verdad.

Pero mientras hablaba, no dejaba de llorar. Allí estaba de nuevo, la pregunta que siempre parece surgir cuando menos lo espero. «¿Por qué estás soltera? ¿Por qué no tienes amor?» Y en ese momento, en Roma, una respuesta: «Porque no crees en él».

—Me voy a mi habitación —dije mientras me ponía en pie.

Thomas me agarró de la mano al mismo tiempo que Lorenzo elevaba la voz.

—*Ma no*, Julie, ¡vamos! No puedes volver corriendo a tu pequeña habitación a llorar. Es absurdo.

—¿Cómo vamos a ser amigos alguna vez si sales corriendo y te escondes cada vez que tienes una emoción? Vuelve a sentarte —añadió Thomas en tono amable.

—Lo siento. Debe ser el Lexomil o algo así.

Thomas sonrió.

—Sí, seguro. Estás relajada. Tienes las defensas bajas.

Me giré hacia Lorenzo, avergonzada.

—Lo siento. No suelo ser así.

Él me miró con admiración.

—¡Mujeres! Son fantásticas. Mírate. Sientes, lloras. Tan fácil. *¡Che bella! ¡Che bella!*

Agitó los brazos y se echó a reír. Yo también empecé a reír, y Thomas pareció tan feliz como lo puede ser cualquier hombre.

Después de ir a otro restaurante a cenar, donde tomé la mejor pasta *carbonara* que he probado en mi vida, con grandes tiras de panceta, no tacos, ni trozos pequeños, sino tiras de verdad (se podría creer que no quedaría bien, pero sí que quedaba), llegó la hora de irse a dormir. Lorenzo se fue a casa, y Thomas y yo caminamos de vuelta al hotel. Atravesamos una hermosa *piazza* tras otra, la Fontana de Trevi, la Plaza de España. Roma es tan antigua, tan bella, es tan difícil asimilarlo todo. Cuando llegamos al hotel, Thomas se acercó a una motocicleta con dos cascos sujetados con cadena y candado. Sacó una llave, abrió el candado y me dio un casco.

—Y ahora tienes que ver Roma en moto —dijo con convicción.

—¿De dónde la sacaste?

—Es de Lorenzo. Tiene unas cuantas. Me la dejó prestada mientras estabas dormida.

No me gustan las motocicletas. Nunca he tenido una porque... me parecen muy peligrosas. Y hará frío. Y no me gusta pasar frío. Pero bueno, me agotaba hasta la médula la idea de tener que explicarle todo aquello y parecer una vez más una estadounidense poco espontánea, miedica y nada romántica, así que cogí el casco y subí a la motocicleta. ¡Qué se le va a hacer!

Condujo velozmente por algunas ruinas romanas y por el Foro. Atravesamos varias callejuelas y recorrimos la calle principal hasta llegar a la que conducía directamente a la Plaza de San Pedro.

Allí estaba yo, en la parte trasera de un vehículo peligroso que circulaba a demasiada velocidad con un piloto que, seamos sinceros, había tomado unas cuantas copas de vino en la cena. Tenía frío, estaba asustada y me sentía muy vulnerable. Me imaginaba la motocicleta estrellándose, a Thomas perdiendo el control en una curva, nuestros cuerpos deslizándose hacia el carril contrario. Imaginaba que algún agente de policía llamaba a mi madre y le contaba lo que había sucedido, y que ella o mi hermano tenían que enfrentarse al horror de llevar mi cuerpo de regreso a casa.

Y después, mientras regresábamos al hotel, rodeamos el Coliseo. Y algo me llamó la atención: ninguna de aquellas estructuras estaba rodeada de muros, vallas o paneles de cristal. Estaban allí desprotegidas, esperando el momento para deslumbrarnos, aceptando su vulnerabilidad ante cualquier *grafitero*, vándalo o terrorista que pudiera pasar por allí. Y me dije a mí misma: «Bueno, si es así como me voy a morir, es una manera fantástica de hacerlo». Así que abracé a Thomas un poco más fuerte y traté de absorber cada partícula de aquel magnífico esplendor romano.

Cuando llegamos al hotel, Thomas se quitó el casco y me ayudó a quitarme el mío. No existe nada menos atractivo que llevar puesto un casco de moto, de verdad. Atravesamos el vestíbulo y llegamos hasta el ascensor. De repente me vi envuelta de nuevo en el mundo de las dinámicas, la moralidad, las indirectas y sin saber dónde dormía Thomas esa noche. Y como si me leyera la mente, Thomas me lo dijo:

—Mi habitación está en el tercer piso. Creo que la tuya está en el segundo, ¿no?

Asentí. Había conseguido recordar la clave de mi habitación y el número. Thomas pulsó los botones del segundo y tercer piso y las puertas se cerraron. Cuando se abrieron de nuevo, Thomas me dio un educado beso en cada mejilla.

—Buenas noches, mi querida Julie. Que duermas bien.

Salí del ascensor y caminé por el pasillo hasta mi habitación.

Y en Estados Unidos

Georgia sabía exactamente lo que tenía que hacer. Dale llegaría en unos minutos, y ella conocía la regla básica que absolutamente todo el mundo, sin importar lo románticamente inepto que sea, debe saber: siempre intentar parecer tremendamente atractiva cuando vas a encontrarte con un ex. Pero aquella mañana en concreto, Georgia se había dicho: «¡A la mierda!» No tenía intención de bañarse y moldearse el cabello con secador por Dale. Que le dieran. No estaba tratando de reconquistarlo. *Que le dieran.* Que se fuese a vivir con su jovencísima bailarina de samba si le daba la gana.

Georgia y Dale se iban a ver para discutir de manera oficial cómo iban a compartir la custodia de sus hijos. Sin abogados, sin peleas. Dos adultos sin otros planes más que el bienestar de sus hijos.

Cuando abrió la puerta, Dale entró con aspecto… bueno, atractivo, por desgracia, pero que se jodiera. Lo primero que hizo cuando entró fue mirar hacia arriba y ver que la pequeña trampilla del detector de humo estaba abierta, y que no tenía pilas.

—Por Dios, Georgia, ¿todavía no le has puesto las pilas al detector de humos?

—Mierda, no, iba a hacerlo.

—Bueno, ¿es que no te parece que sea importante?

—Sí, sí me lo parece, pero he estado muy ocupada, ya sabes.

Sacudió la cabeza.

—¿No crees que eso debería estar al principio de tu lista de prioridades? ¿Unas pilas para el detector de humos y monóxido de carbono en la casa donde viven nuestros hijos?

Georgia sabía que esto podía desencadenar de inmediato una pelea y que los educados neoyorquinos modernos no tienen que pelearse con sus ex parejas por cosas estúpidas. Pero a ella no le importaba.

—Si quieres, puedes dar media vuelta ahora mismo, ir a la ferretería y comprar unas pilas para el detector de humos y monóxido de carbono que está en la casa en la que viven nuestros hijos. Puedes hacerlo si quieres.

—Lo haré cuando terminemos de hablar, ¿vale?

—Estupendo. Muchísimas gracias.

Ambos respiraron profundamente. Se acercaron a la mesa de la cocina y se sentaron. Se hizo un largo silencio.

—¿Quieres tomar algo? ¿Un café? ¿Un refresco?

—Un vaso de agua —dijo Dale, mientras se levantaba de la silla.

Pero Georgia ya estaba junto al frigorífico. Aquella era ya *su* casa y Dale debía saber que no podía levantarse y servirse un vaso de agua. Cuando Dale se volvió a sentar, ella le sirvió un vaso de la jarra Brita, se acercó y se lo dio. Él bebió un trago y Georgia se sentó frente a él con las manos cruzadas sobre la mesa. Creía que si seguía con las manos cruzadas delante de él, las cosas no podrían salirse de madre.

La situación en ese momento era que Georgia tenía la custodia completa de los niños, y Dale los visitaba siempre que ambos estaban de acuerdo y cada vez que Georgia necesitaba un descanso. Pero sabían que era hora de establecer algunas reglas.

—Estaba pensando que tal vez tú podrías tener a los niños durante la semana, y yo me quedo con ellos los fines de semana.

La ironía se apoderó de Georgia incluso antes de que tuviera la oportunidad de detenerla.

—Suena muy bien. Tendré que llevarlos a la escuela, ayudarlos con los deberes, asegurarme de que cenen y se vayan a la cama, y tú te dedicarás a salir y a divertirte con ellos.

Georgia ni siquiera sabía por qué se estaba peleando; en realidad parecía un buen acuerdo. Podía dejar que Dale se quedara con los niños el fin de semana para que ella pudiera salir y divertirse. Dale no necesitaba los fines de semana para salir y divertirse porque él estaba en su casa con su bailarina de samba y podía acostarse con ella todas las noches de la semana. Pero a ella aún no le apetecía estar de acuerdo con él. Estaba un poco enfadada y quiso dejar una cosa completamente clara:

—Ella nunca podrá estar cerca de mis hijos. Lo sabes, ¿verdad?

—Georgia.

—En serio, si me entero de que ha estado con los niños me enfadaré contigo.

—Hablaremos de eso más tarde —dijo Dale, con la cabeza baja y tratando de sonar neutral.

Georgia ya no tenía las manos cruzadas. Las movía de un lado a otro para ayudarle a imponer sus puntos de vista.

—¿Qué quieres decir con que hablaremos de eso más tarde? ¿Crees que voy a cambiar de opinión? ¿Que de aquí a dos semanas de repente voy a decir algo así como «eh, por favor, ¿puedes llevar a esa puta brasileña con mis hijos para que les diga quién destruyó el matrimonio de sus padres»?

—Ella no rompió nuestro matrimonio, Georgia.

Georgia se puso en pie. Se acabó la cortesía de sentarse a discutir algo en la mesa de la cocina.

—Oh, como si te hubieses ido sin tener antes una red de seguridad. Te fuiste cuando sabías que tenías a alguien con quien estar.

Dale no quiso responder.

—Quizá sea verdad, pero eso no significa que nuestro matrimonio no estuviese roto desde mucho antes.

Georgia había comenzado a caminar de un lado a otro y su voz había subido unos cuantos decibelios.

—¿¡De verdad!? Vale. ¿Cuánto tiempo antes? ¿Cuánto tiempo llevaba nuestro matrimonio roto antes de que conocieses a la bailarina de samba? ¿Un par de meses? ¿Un año? ¿Dos años? —Georgia se detuvo frente a Dale, que continuaba sentado—. ¡¿Cuánto?!

Existe una expresión que dice que si tienes que atravesar el infierno, lo mejor es hacerlo con la mayor rapidez posible. Dale decidió hacer justamente eso:

—Cinco años. Para mí todo comenzó a ir mal hace cinco años.

Georgia se quedó con cara de recién electrocutada.

—¿Te refieres a justo después de nacer Beth? ¿Entonces?

—Sí, si quieres saberlo, entonces. Sí.

Georgia comenzó a caminar de nuevo. Parecía un animal herido, con su mirada salvaje e impredecible.

—Así que me estás diciendo que durante los últimos cinco años que hemos estado viviendo juntos, ¿ya no me querías?

—Sí.

Georgia dejó escapar un pequeño grito y no pudo hacer nada por evitarlo. Trató de tragárselo con la esperanza de que Dale solo hubiera oído un suspiro. Se acercó a la encimera de la cocina, temblando. Pero al ser un animal salvaje fuerte, Georgia reunió todas sus fuerzas y volvió al ataque.

—¡Y una mierda! Solo estás diciendo eso para sentirte mejor, para no tener que enfrentarte a la verdad. Y la verdad es que has tenido la suerte de encontrar a una calentorra que quería follar contigo y por la que renunciaste a tu matrimonio y a tus hijos. ¿Vas a decirme que llevas cinco años sin estar enamorado de mí? Yo digo que es mentira. ¿No estabas enamorado de mí cuando Gareth montó en bici por primera vez sin los ruedines y me levantaste por el aire, me abrazaste y me besaste? ¿No estabas enamorado de mí cuando conseguiste tu ascenso y yo hice que los niños escribieran tarjetas que decían «Felicidades, Papi», y las colocamos por toda la casa e hicimos una cena especial cuando llegaste a casa?

—Te quería, pero no, ya no estaba enamorado de ti. Nunca había sexo, Georgia. Nunca. En nuestro matrimonio ya no había pasión. Estaba muerto.

Georgia se agarraba del pelo, tratando de algún modo de recomponerse. Desde que rompieron, había habido lágrimas, gritos, pero nunca tuvieron una charla cara a cara. Parecía que aquella iba a ser la ocasión.

—¿De qué va todo esto? ¿De sexo ardiente y sudoroso? Eso no es un matrimonio, Dale. Eso es una aventura. Un matrimonio son dos personas que construyen una vida juntos, ven crecer a sus hijos y a veces se aburren.

—Y a veces tienen sexo, Georgia. ¡Nosotros nunca lo hacíamos!

—¡¡¿Y entonces por qué no hablaste de eso conmigo?!! —gritó Georgia—. ¡¿Por qué no me dijiste que querías hacerlo más?! ¡¿Por qué no fuimos a un consejero matrimonial o nos marchamos todo un fin de semana para follar?! ¡¡¡Yo creía que todo iba bien!!!

Dale se levantó de la mesa.

—¡¿Cómo podías pensar que todo iba bien?! ¡No había sexo! ¡Soy demasiado joven como para no tener sexo, Georgia! ¡Todavía quiero fuego y pasión!

—¡Está bien! ¡Pues vamos a acostarnos! ¡Si eso era todo, vamos a acostarnos ahora mismo!

Georgia se puso en pie con su pelo sucio y sus pantalones de chándal, y con los brazos extendidos. Dale comenzó a retroceder, negando con la cabeza.

—Georgia, vamos.

—¿Qué? ¿No crees que pueda ser ardiente y sudorosa ahora mismo? ¿No crees que puedas encontrar el fuego y la pasión conmigo?

Georgia sollozaba entre los arranques de ira.

—No quieres solo *sexo*, Dale, quieres *sexo nuevo*. Si hubieses querido tener sexo conmigo, habrías tratado de tener sexo conmigo. Pero lo único que quieres es un ardiente y sudoroso sexo *nuevo*.

Georgia lo empujaba mientras hablaba, y le golpeaba los hombros y el pecho.

Dale se puso la chaqueta.

—Esto no va a ninguna parte. Se suponía que íbamos a hablar de los niños.

—Sí. —Georgia le seguía muy de cerca—. Los niños que abandonaste porque querías sexo ardiente y sudoroso.

Dale se dio la vuelta y agarró a Georgia por los hombros.

—¡Georgia, odio tener que decirte esto, pero amo a Melea y vas a tener que acostumbrarte a la idea de que va a formar parte de mi vida durante mucho mucho tiempo!

Entonces Dale cogió a Georgia por los hombros, la apartó de su camino y casi corrió hacia la puerta. Georgia estaba decididamente desquiciada.

—Esa no se va a acercar a mis hijos, ¿me has oído? ¡¿Me has oído bien?!

Lo siguió hasta el pasillo mientras Dale huía hacia las escaleras, porque estaba claro que no quería esperar el ascensor. Georgia le gritó mientras él bajaba corriendo por las escaleras.

—¡¿Qué?! ¡¿No vas a volver con las pilas para el maldito detector de humos que tanto te preocupa?!

Dale se detuvo en el rellano inferior y miró a Georgia que lo observaba desde tres pisos más arriba.

—Ve tú a por ellas, Georgia —y cerró de un portazo.

De vuelta a Roma

Durante sus reuniones de negocios, Thomas había tenido la amabilidad de organizarme una serie de pequeños encuentros con algunas de sus amigas para hablar sobre el amor, los hombres y las relaciones de pareja. Después de todo, yo estaba allí para realizar mi investigación.

Descubrí de inmediato algunas cosas muy importantes sobre esas italianas. En primer lugar, ninguna de ellas se había acostado con Thomas. Eso no se podría considerar el mayor descubrimiento monumental o antropológico, pero a mí me resultaba bastante interesante. Nunca le pregunté abiertamente a ninguna de ellas; lo único que tienes que hacer es preguntarle a una mujer de qué conoce a alguien y, por lo general, se puede adivinar por la expresión de su cara si allí ha pasado algo. En segundo lugar, descubrí que parecían un poco tímidas, lo cual era sorprendente. En la tierra de Sofía Loren y... en realidad, no hay muchas actrices italianas que me vengan a la mente y puedan apoyar mi argumento... me sorprendió lo reticentes que eran a la hora de hablar de sus sentimientos. Por supuesto, podría tratarse de algo que únicamente pasaba con las mujeres que yo conocí, pero me resultó algo llamativo. Aunque enseguida empecé a notar otra tendencia...

En las conversaciones sobre sus relaciones de pareja, las italianas mencionaban con mucha frecuencia las bofetadas. Por ejemplo: «Oh, me enfadé tanto que tuve que darle una bofetada», o «Le di una bofetada y me largué de lo enfadada que estaba». Parece que esas tímidas mujeres no lo eran tanto cuando se trataba de un poco de abuso físico. Por supuesto, solo hablé con unas cuantas italianas y normalmente no me gusta generalizar, pero ¿qué serían las historias de un viaje alrededor del mundo sin generalizaciones? Aun así, no quiero perpetuar un estereotipo. Pero era algo a destacar.

El tercer día de mi viaje conocí a Cecily. Medía poco más de un metro cincuenta, pesaba unos treinta y seis kilos, y su voz sonaba casi como un susurro. Y aun así, en aquel susurro, casualmente dejó caer que su último novio la cabreó tanto en una fiesta que le dio una bofetada y se fue a casa.

—¿Le diste una bofetada allí? ¿En la fiesta?

—Sí, estaba furiosa. Llevaba toda la noche hablando con la misma mujer. Parecía que iba a besarla, estaban tan cerca el uno del otro… Fue humillante.

—Eres la cuarta mujer con la que he hablado que me ha dicho que ha abofeteado a su novio.

Su amiga Lena intervino.

—Es que nos sacan de quicio. No escuchan.

Estábamos sentadas en un concurrido café justo al lado de la Fontana de Trevi. Yo me estaba comiendo un croissant relleno de chocolate cubierto de azúcar en polvo.

Cecily trató de explicarse:

—Julie, no me siento orgullosa de ello, la verdad, creo que no debería abofetearlo, pero es que me saca de mis casillas. ¡No sé qué más hacer!

—Lo entiendo, de verdad —le dije, mintiendo completamente.

Porque la verdad es que se trata de algo que nunca se me ocurriría hacer. Sí, porque me enseñaron que no está bien pegar y que uno debe aprender a controlar sus impulsos más violentos. Pero es que, además, nunca imaginaría tener la osadía de hacer algo así. Tampoco es que quisiera, claro. Para colmo, me han machacado hasta tal punto, que no le pediría a un hombre ni que me pusiese crema en la espalda por miedo a parecer demasiado necesitada. Así que la idea de sentirme cómoda cruzándole la cara a un tío con la palma de la mano estaba más allá de mi imaginación.

—No podemos evitarlo. Nos enfadamos tanto que necesitamos pegar un bofetón —añadió Lena.

Cecily comprendió la expresión de mi cara.

—¿Las mujeres no dan bofetadas en los Estados Unidos?

No quería parecer superior, pero tampoco quería mentir.

—Bueno… estoy segura de que algunas mujeres lo hacen, pero no parece tan común como aquí.

—¿Alguna vez le has dado una bofetada a alguien? —preguntó Lena a continuación.

Negué con la cabeza, cogí mi croissant azucarado y luego dije que no. Ambas lo oyeron y se quedaron calladas.

Después de un momento, Cecily volvió a preguntarme.

—Julie, pero seguro que algún hombre te habrá hecho enfadar tanto que habrás querido darle una bofetada, ¿no?

Miré mi capuchino.

—No.

Las dos me miraron con lástima. Yo las miré con envidia.

—Entonces es que nunca has estado enamorada —declaró Lena.

—Puede que tengas razón.

Ambas me miraron como si les hubiese revelado el secreto más trágico del mundo.

—Eso es una tragedia. Tienes que salir por Roma y enamorarte, inmediatamente —dijo Cecily, muy en serio.

—Sí, esta noche —dijo Lena—. Ya has perdido demasiado tiempo.

—¿Así de fácil? ¿Salir por la puerta y decidir enamorarse?

Lena y Cecily solo se miraron y se encogieron de hombros.

—Estás en Roma, podría ser… —afirmó Cecily sonriendo.

—Al menos deberías intentarlo y estar abierta a ello. Estar abierta a abandonarte, a perderte por amor —añadió Lena.

—¿Abandonarme? ¿Perderme? Creía que eso era algo malo.

Lena negó con la cabeza.

—No. Ahí es donde os equivocáis las estadounidenses. En lo de tratar de ser tan independientes. Tienes que estar dispuesta a perderte, a arriesgarlo todo. De otro modo, no es realmente amor.

Al final, estas tímidas italianas tenían algo que querían enseñarme.

Más tarde, cuando fui a reunirme con Thomas para cenar, continuaba inquieta.

Esas mujeres, esas tímidas, apasionadas, celosas y temperamentales mujeres, me hicieron sentir tan seca por dentro, tan emocionalmente limitada. ¿Cómo se puede empezar a creer en el amor? ¿Cómo se apaga el cerebro y todo lo que has visto y oído en los últimos veinte años? ¿Cómo creer de repente que todas estas emociones locas e inmensas son algo más que un simple montón de hormonas e ilusiones? ¿Cómo empezar a creer que el amor romántico es algo real y auténtico, y que tengo derecho a ello? Para cuando entré en un pequeño restaurante de la Piazza de Prieto, me preocupaba estar empezando a pensar como un libro de autoayuda. Thomas ya estaba en el bar, con un vaso de vino en la mano.

Los días anteriores con Thomas habían sido tan simples, y a la vez tan extraordinarios… Una felicidad inocente e ininterrumpida. Habíamos salido de cena y de copas con sus amigos, y habíamos visto mucho a Lorenzo, cuya novia no le había devuelto ni una de sus llamadas, y que insistía en que estaba a punto de darle algo. Hubo paseos, charlas, acalorados debates y muchas muchas risas. Más paseos en motocicleta, y copas de Prosecco de madrugada. Es curioso lo rápido que te puedes sentir como en pareja. Solo se necesitan unos cuantos días para que pienses en «nosotros» en lugar de en «yo».

Y en todo ese tiempo, no lo había intentado ni una vez. Ni una sola vez. Durante las cuatro noches anteriores, me dio educadamente un beso de buenas noches en cada mejilla y luego se fue a la cama. No es que yo quisiera que lo intentase. Es decir. No es que yo hubiese hecho algo. Quiero decir. No es que… bueno, lo que sea.

Cuando me senté, se lo pregunté de inmediato.

—¿Has salido con alguna chica italiana y alguna vez te ha abofeteado la cara?

Se echó a reír.

—Esto es lo que me gusta de ti, Julie. Tampoco te andas por las ramas. Compartimos ese rasgo.

Todo lo que escuché fue que le gustaba algo de mí.

—He estado con unas cuantas italianas, pero nunca me han abofeteado. Creo que saben que un hombre francés les puede devolver la bofetada.

—Parece que los italianos se lo toman con calma.

—No lo sé. No creo que les guste. Pero he oído que sucede muy a menudo.

Meneé la cabeza.

—Fascinante.

La copa de vino tinto ya se me estaba subiendo un poco a la cabeza.

Sonó el teléfono de Thomas. Mientras escuchaba comenzó a parecer preocupado.

—Ya, por favor, cálmate. No vas a hacer algo así. Para ya. Voy para allá ahora mismo. Sí.

Pensé que podría ser su esposa, que se preguntaba cuándo iba a mover su culo de vuelta a París. Thomas colgó el teléfono.

—Es Lorenzo. Amenaza con lanzarse por el balcón de su apartamento.

Cogí mi chaqueta y mi bolso y nos fuimos.

Cuando llegamos al apartamento, Lorenzo estaba desconsolado. Lloraba, y parecía que no había dormido en toda la noche. Había unos cuantos platos rotos en el suelo.

—Me ha llamado hoy, Thomas. No estaba enfadada, no ha conocido a nadie más, solo que ya no quiere estar más conmigo. ¡Me dijo que deje de llamarla! ¡Se acabó! ¡Se acabó de verdad!

Agarró su largo y lacio pelo castaño, se sentó en una silla, y gimoteó.

Thomas se sentó en el reposabrazos de la silla y, con suavidad, le puso la mano en la espalda. Entonces Lorenzo se puso en pie de un salto, se arrancó la camisa, los botones salieron volando, la hizo una bola, la tiró al suelo, y se quedó solo con una camiseta blanca.

—Voy a suicidarme. Para que ella se dé cuenta.

¿Y por qué tenía que hacerlo en camiseta? No estoy segura, pero consiguió captar nuestra atención. Corrió hacia el balcón y abrió las puertas. Thomas corrió tras él, lo agarró por el brazo y lo empujó hacia atrás. Lorenzo se soltó y se fue a la ventana de nuevo. Thomas lo atrapó, cayeron al suelo y Lorenzo se arrastró hasta la ventana mientras Thomas le agarraba de una pierna mientras, con la otra, Lorenzo intentaba patearle la cabeza y los hombros.

—¡Basta, Lorenzo!

—¡Déjame en paz, déjame en paz!

—¡¿Qué hago?! ¡¿Pido ayuda?! —grité.

Thomas consiguió colocarse sobre Lorenzo. Era un espectáculo ridículo. Lorenzo recostado sobre su espalda, retorciéndose, y Thomas sentado sobre el estómago regañándole en voz alta.

—Por favor, Lorenzo, esto es demasiado. No me voy a levantar hasta que te calmes. Y quiero decir realmente *calmado*. Por favor.

Después de unos minutos, la respiración de Lorenzo se volvió más calmada.

—Oye, ¿puedo daros un vaso de agua a alguno de los dos?— pregunté, sin nada mejor que decir.

Sorprendentemente ambos asintieron. Corrí hacia la cocina y llené dos vasos con agua del grifo. Thomas bebió sentado aún sobre Lorenzo, y Lorenzo consiguió beber tumbado en el suelo.

Lorenzo había intentado, o fingido intentar, lanzarse por una ventana por una mujer. ¿Era una locura? Se han iniciado guerras y puesto en peligro imperios por amor. Se cantan canciones y se escriben poemas, todo por amor. Históricamente hablando, es un sentimiento que parece muy real. Y en ese momento, al ver a Thomas sentado sobre Lorenzo, acudiendo a su rescate, resultaba difícil no pensar que Thomas era perfecto. Era difícil no proyectar en él todas mis esperanzas, mis deseos y suposiciones. Era galante, era interesante, era capaz de consolar a un amigo con el corazón destrozado sin pestañear, pero también era capaz de arrojarlo al suelo como un defensa de rugby. Era un gran amigo y un hombre completamente realizado.

Es muy divertido, pero cuando sucede, te sientes como si estuvieras cayendo de verdad, cayendo físicamente. Y yo quería sentir cada momento de esa caída, perderme en ella. ¿Por qué no? Antes de darme cuenta de lo que estaba haciendo, antes de que pudiera decirme nada a mí misma, salí corriendo hacia Thomas, me arrodillé en el suelo junto a él, lo abracé y lo besé en los labios. Lorenzo, mirándonos desde el suelo, comenzó a aplaudir.

—*Brava americana*. Estás empezando a comprender algunas cosas.

Me puse en pie rápidamente. Thomas me miró; sonreía, casi orgulloso.

—Solo trataba de, ya sabes, romper la tensión —dije, y me alejé de ellos.

—¡No! No lo estropees con excusas. ¡No! —dijo Lorenzo, aún en el suelo—. Fue *bellissimo*. Sí.

Podría haber sido *bellissimo*, pero ahora me sentía avergonzada. ¿Conocía Lorenzo a la mujer de Thomas? ¿Cuántas mujeres había visto lanzarse a los brazos de Thomas? ¿Querrá que lo bese a él también? No habría manera humana de perderse en el amor si seguía con este tipo de ideas en mente. Fui a la cocina y cogí un vaso de agua para mí.

Levanté la mirada y vi a Thomas mirar a Lorenzo y hablarle en tono firme en italiano. Lorenzo parecía decirle algo que lo tranquilizó. Thomas se puso en pie lentamente. Lorenzo se levantó con calma y se sentó tranquilo en el sofá.

Para no correr riesgos, Thomas le dio a Lorenzo una dosis del Lexomil mágico y, después de unos veinte minutos, Lorenzo se quedó dormido.

Caminamos de regreso al hotel, con tranquilidad inusual. Finalmente, Thomas rompió el silencio.

—Bueno… mi querida Julie. Siento mucho decir esto, pero supongo que debería regresar. Creo que Lorenzo estará bien, y ya he acabado mi trabajo aquí.

De modo que esa era la respuesta a mi dramática actuación. Tenía que irse de la ciudad. Me lo tenía bien merecido. La culpa era mía por humillarme de esa forma. Había hecho el ridículo. Lo sabía. Dejarse llevar no me convenía en absoluto.

—Oh, claro. Sí. Buena idea. Bueno, ¡gracias! Gracias por todo.

Quería sonar alegre tratando de ser como una francesa y mantener mi dignidad. Por supuesto, esto tenía que acabar y, por supuesto, iba a acabar pronto. No era necesario hacer un drama de ello. Caminábamos de nuevo al lado del Coliseo. Es una locura, Roma. Vas caminando, charlando y sintiendo esto y aquello sobre lo que sea, y entonces, giras la cabeza y es como «Oh, hola, hace dos mil años».

—¿Cuánto tiempo te quedarás aquí? —me preguntó Thomas.

—No estoy segura. Tengo que decidir a dónde ir después.

Estaba claro que tenía que mejorar la planificación del viaje.

Nos detuvimos y miramos un rato el Coliseo, antiguo y luminoso. Thomas se giró para mirarme.

—Así que dime, miss Nueva York. ¿Qué es lo que está pasando ahora mismo por esa mente tuya tan ocupada?

—Nada.

—Oh, ¿de verdad? No sé por qué, pero me resulta difícil creerte.

—Yo solo, ya sabes… me siento un poco estúpida, eso es todo. Quiero decir que, te besé porque pensé que tenía que dejarme llevar, como todo el mundo me dice que haga, pero fue algo estúpido. Estás casado, para empezar, y eres tan guapo y encantador, debes tener… Es solo que no quiero parecer una tonta…

—Julie, ¿qué ha sido para ti esta semana?

Lo pensé por un momento. Realmente no quería decirle la verdad. Lo había pasado muy bien y sentía que me estaba enamorando de él. Ni siquiera sé lo que eso significa, pero así es como me sentía.

—Deja de pensar, Julie, contéstame, nada más.

No deberías estar delante de una de las maravillas del mundo y mentir. Hasta yo podía sentirlo. Así que le dije la verdad. No tenía nada que perder.

—Ha sido algo maravilloso. Como… como un milagro. Como si las horas pasasen volando en cuestión de segundos y yo no quisiera nunca apartarme de tu lado. Todo lo que decías parecía tan interesante, tan divertido. Y me encantaba mirarte, tu cara. Me encantaba simplemente estar cerca de ti. Estar sentada cerca de ti, de pie cerca de ti. Y luego, cuando te he visto luchando con Lorenzo, eso ha hecho que te adorara por completo.

Thomas se me acercó más.

—¿Y puedes creer que durante esta semana me he sentido exactamente igual que tú?

—Bueno, yo nunca luché con Lorenzo, así que…

Thomas enarcó las cejas.

—Ya sabes lo que quiero decir.

Lo miré y quise decirle: «No, en realidad no puedo. Porque este tipo de cosas nunca me suceden a mí. Y no creo que sea tan buena como para entender qué es lo que encuentras tan cautivador en mí, así que, no, no lo creo lo más mínimo». Pero en vez de eso, recordé las horas que pasamos juntos, las comidas, las charlas y las ideas que compartimos. Parecía tan real. Y mutuo. Pensé en las italianas y en lo que me decían de dejarme llevar por el amor. Supongo que las personas se encuentran, se enamoran, o se encaprichan, sin saber muy bien porqué. Simplemente sucede. Y en lo único en que puedes confiar es en cómo te sientes, porque puede ser que no tenga ningún sentido. Solo tienes que confiar en el sentimiento y en el momento.

—Me resulta difícil creerlo, pero supongo que lo puedo intentar… —acabé diciéndole.

Y entonces Thomas me abrazó y me besó. Frente al Coliseo, con su historia, decadencia y majestuosidad, nos besamos. Como dos adolescentes. Como dos personas que creen en el milagro del amor.

Me desperté en la cama de Thomas a la mañana siguiente. Levanté la mirada y lo vi durmiendo profundamente. Pensé en la noche anterior. Cómo regresamos al hotel y nos fuimos a su habitación. Cómo me dejé llevar. Recorrí mi mente. ¿Cómo me siento? ¿Culpable? Sí. Sí, me siento culpable. Aunque ellos dos estaban de acuerdo en todo aquello, él era el marido de *otra*. Por eso me sentía culpable. Pero ¿me arrepentía? No. Entonces me sentí culpable por no arrepentirme. ¿Cómo me sentía también? ¿Feliz? Sí. Seguro. Me sentía feliz. Me había permitido a mí misma disfrutar el momento. Miré a Thomas y comprendí que había sentido algo, algo como enamorarse, y fue real y no le hice daño a nadie. Y eso era suficiente de momento. Estaba preparada para irme de Roma. Ya había aprendido todo lo que necesitaba aprender allí.

Comprender todo eso del sexo. Cuándo lo quieres, cómo conseguirlo, con quién acostarte.

(Simplemente asegúrate de hacerlo de vez en cuando; digo yo…)

En aquel momento había parecido una buena idea. Georgia y yo estábamos en Río de Janeiro probándonos bikinis carísimos en una boutique en Ipanema.

Georgia salió del probador para enseñarme el suyo: un minúsculo bikini naranja con ribetes blancos y pequeños aros en las caderas y justo en medio del pecho, para sujetar toda la tela. Muy sesentero, muy chica Bond. Me había olvidado del increíble cuerpo que tiene Georgia, y parece que ella también lo había olvidado, porque estaba emocionada por ello.

—Mírame. Mira lo buena que estoy. ¿Es que ella es la única que está buena? ¡Anda ya! ¡Mira lo buena que estoy yo! —Dio una vuelta entera, miró su pequeño culo en el espejo y le dijo a la dependienta—: Me lo llevo. —Después se giró hacia mí, que seguía vestida agarrando un discreto conjunto de dos piezas y temblaba ligeramente—: Te toca.

Creo que ya te lo había dicho. Odio mi cuerpo. Y justo cuando me he convencido a mí misma de que está todo en mi cabeza, me giro de espaldas al espejo y me doy cuenta de que… no, no todo está en mi cabeza, *todo está en mi culo*. Centímetros y centímetros de celulitis. En esa tienda de bikinis, con mi pequeño conjunto de dos piezas aferrado entre mis manos, me sentí tan debilitada por la celulitis que me habrían tenido que dar una silla de ruedas.

Georgia tenía una misión. Me había llamado mientras estaba en Roma para contármelo todo sobre su pelea con Dale. Estaba triste y dijo que necesitaba escapar de todo. Aquello no era una sorpresa, pero cuando me sugirió ir al país natal de La Otra, me dejó confusa. Aquello no era exactamente escapar de todo, sino más bien meterse de lleno en ello. Pero acepté. Sus padres estaban deseando cuidar de los niños, así que ellos viajaron a Nueva York y ella se fue.

Yo utilicé mi billete Vuelta Al Mundo para ir a Miami, donde quedé con Georgia, y volamos juntas y sin miedo a Río de Janeiro. Había oído hablar tanto de Río, de su atractivo, su diversión y su peligro, que estaba nerviosa por comprobarlo todo por mí misma.

Pero Georgia tenía algo que demostrar. Lo dejó claro al minuto de reunirme con ella en Miami y compartir un plato de setas fritas rellenas en uno de esos restaurantes elegantes del aeropuerto.

—¿Qué tiene ella de bueno? Oooh, sí, es *brasileña*. Oooh, sí, es muy exótico. Bueno, ¿pues adivina qué? Yo soy una americana atractiva. Eso también pone. —Se metió un tenedor lleno de setas rellenas de queso a la boca—. Joder, qué bueno.

Así que ahora Georgia estaba pavoneándose por la tienda en plan polo de naranja intentando demostrar lo que sea que necesitase demostrar con la menor cantidad de ropa posible.

Bueno, antes de nada dejadme deciros lo que pienso de los bikinis: eso es ropa interior. ¡Admitámoslo de una vez! Por alguna razón, cuando mezclas arena, agua y sol se te permite, no, mejor, *se te presiona* para ir en público en ropa interior. Se espera que te muestres a amigos y familiares, en ocasiones incluso a compañeros de trabajo, de una forma en la que no te mostrarías en ningún otro momento. Si Georgia caminara por *esta misma tienda* en ropa interior le diría: «Eh, Georgia, ponte algo de ropa. Andas en ropa interior y es raro». Pero si la ropa interior está hecha de nailon naranja, aquí no pasa nada.

Yo no quiero enseñar mi ropa interior en público.

Mi solución es llevar una bonita parte de arriba con unos de esos bañadores surfers. Todas las zonas rojas quedan cubiertas, incluso cuando nado. El único problema que hay es que probablemente podré seguir haciéndolo solo durante un par de años más antes de oír a algún niño en la playa diciendo: «¿Quién es esa señora rara que se viste como un chico?»

Mientras Georgia se cambiaba, le expliqué mi filosofía sobre los bañadores hasta que me interrumpió.

—Estamos en Río y vas a llevar un bikini en la playa. Ve a probártelo. En serio, ya basta.

Su tono era igual que un «soy tu madre, haz lo que te digo», por lo que no tuve elección y lo hice. Al mismo tiempo que me cambiaba, escuché que Georgia hablaba con la dependienta y trataba de animarme.

—A las mujeres de Río les encantan sus cuerpos, ¿a que sí? Están orgullosas de ellos y les gusta enseñarlos, ¿verdad?

—Oh, sí —oí que decía la joven dependienta—. En Río veneramos nuestros cuerpos.

Me miré en el espejo. De momento no creía que fuera a colocar esa imagen en ningún altar y ni a rezar ante él. Y después me puse triste. Soy muy joven como para odiar mi cuerpo. Voy a envejecer en unos dos minutos, y mi cuerpo va a ser difícil de querer. Pero ahora, bueno, está bien. ¿Por qué no debería admirarlo? Es mío, me mantiene sana y debería aceptarlo, tal y como es. Hay personas que están enfermas o son discapacitadas y matarían por tener un cuerpo fuerte y sano, y de lo último que se preocupan es de su puta celulitis. Odiar tanto mi cuerpo es una muestra de ingratitud hacia mi salud, movilidad y juventud.

Y luego me di la vuelta. Había tanta celulitis en mi culo y muslos que me entraban ganas de vomitarme encima.

—¡Joder! —dije—. La luz aquí es tan mala como en Estados Unidos. ¿Por qué hacen eso con la luz del techo? ¿Para que queramos pegarnos un tiro en vez de comprar ropa? ¡No lo entiendo!

—Julie, venga, sal. Estás exagerando.

—No, no. Ni hablar. Me visto.

—Julie, por el amor de Dios, sal. *Ahora*. —Georgia lo dijo en ese tono y juro que volvió a funcionar. Salí y ellas me miraron de arriba abajo.

—Estás loca. Estás fantástica. Mira tus abdominales. Son increíbles.

—Muy guapa, señorita, muy guapa —dijo la dependienta.

—¿De verdad? —respondí enfadada. La necesidad de demostrar que tenía razón eclipsaba mi poca vanidad. Me di la vuelta y les mostré la parte trasera—. ¿Y ahora qué?

Esto es lo malo de las mujeres: es tan fácil saber cuándo mienten…
No sobre las cosas importantes; sobre eso no, cuando nos preparamos
para mentir podemos ser unas maestras. ¿Pero sobre pequeñas cosas
como esta? Dios, somos rematadamente transparentes. La voz de
Georgia se elevó dos octavas:

—Por favor, ¿de qué me hablas?

—Creo que sabes perfectamente a qué me refiero.

—Estás loca.

—¡¿Que estoy loca?! ¿En serio? ¿Te refieres a que no tengo celulitis desde la parte trasera de mis rodillas hasta lo alto de mis muslos?
¿A que es una estúpida alucinación celulítica que he tenido estos últimos cinco años?

—No está tan mal como crees, de verdad.

—Ahhh, ¿ves? Ya he pasado de «fantástica» a «no está tan mal
como crees».

Me di cuenta de que la dependienta se había quedado muda.

—¿Y tú qué crees? Estoy horrible, ¿a que sí?

Se quedó en silencio durante un momento. Dividida, me doy cuenta ahora, entre su trabajo como vendedora de bikinis y su deber cívico.
Respiró hondo y dijo:

—Quizá no es necesario que vayan a la playa. Hay muchas cosas
que pueden hacer en Río.

Georgia jadeó en alto. Me quedé con los ojos y la boca bien abiertos, sin palabras. Al final, pude soltar un:

—¿Cóm…?

Georgia me interrumpió.

—¿Perdona? ¿Cómo has podido decir eso? Creía que habías dicho que a las mujeres de Río les encantaban sus cuerpos, ¡que los
veneraban!

La dependienta permaneció tranquila.

—Sí, pero estas mujeres hacen ejercicio, dieta y liposucción.

—¿¡Entonces solo te puede gustar tu cuerpo si te has hecho una
liposucción!? —gritó Georgia.

Me quedé pasmada. Conseguí murmurar un:

—¿Así que no debería ir a la playa por mi celulitis?

—Lleve un pareo si va.

—¿Me estás diciendo que no debería mostrar mi celulitis en público?

La joven, delgada y sin abolladuras en el cuerpo se encogió de hombros.

—Es lo que pienso.

—Dios mío, creo que me voy a desmayar —dije seriamente.

Georgia estaba que se subía por las paredes.

—Decirle eso a alguien es horrible. Deberías estar avergonzada de ti misma por hablarle así. Eres una *vendedora de bikinis*, por el amor de Dios. ¿Dónde está tu jefa? Quiero hablar con ella.

—Yo soy mi propia jefa —dijo en voz baja—. Soy la dueña de la tienda.

Georgia apretó los puños mientras yo tenía la impresión de que la tienda daba vueltas en una espiral de vergüenza celulítica.

—Ya está bien. Nos vamos de aquí. No vamos a comprar nada de tu tienda. No te vamos a dar ni un céntimo. —Georgia me empujó de vuelta al probador.

—Venga, Julie, vístete que nos vamos.

Me vestí rápidamente y nos encaminamos hacia la puerta. Georgia seguía enfadada. Justo cuando salíamos a la calle, se dio la vuelta y volvió a entrar.

—Pensándolo bien, no. No puedes decirnos quién puede llevar bikini a la playa y quién no. Nadie te ha contratado como policía de celulitis de Río, que yo sepa. A la mierda. Voy a comprar el bikini que se ha probado. Y lo va a llevar puesto en la playa y estará buenísima.

Traté de protestar, porque antes se congelaría Río que yo ponerme un bikini. De hecho, no estaba segura de si dejaría que nadie me viese desnuda nunca más…

La dependienta se volvió a encoger de hombros.

—Lo que usted diga.

Georgia me miró con ojos de «así aprenderá».

—No te preocupes, te lo regalo —me dijo, y clavó sus ojos en la vendedora, que estaba envolviendo mi bikini, y dijo un poco avergonzada—: Y también me llevaré el naranja, ya que estás.

Cuatrocientos ochenta y cinco dólares más tarde (de los cuales doscientos cuarenta y dos con cincuenta no volverían a ver la luz del día, agua o arena), salimos de la tienda.

Sí, le dimos una lección.

Así que ahí estábamos, en la playa, justo al otro lado de la carretera enfrente de nuestro hotel de Ipanema. Georgia con su bañador de chica Bond y yo con mis bermudas surferas, la parte de arriba de un bikini, pantalones de esquiar y una parka. Es broma. Todavía me estaba recuperando del maratón de tortas, digo, de *compras*. Mientras estábamos tumbadas en silencio podía oír a tres mujeres riéndose y hablando en portugués. Con los ojos cerrados podía distinguir las diferentes voces: una era profunda e inmediatamente me llamó la atención. Otra era delicada, suave y femenina. Y la tercera era más de niña. La profunda estaba contando una historia y las otras mujeres se reían y comentaban. Abrí los ojos, me puse de lado y las miré. La mujer que contaba la historia era alta y de tez bronceada, joven y encantadora... En realidad, era alta y negra, muy negra, su piel era del color azabache, era preciosa. Sus dos amigas eran igual de hermosas. Una tenía el pelo rojo y rizado por debajo de los hombros, y la otra tenía el pelo negro corto a lo *garçon*. Parecían rondar la treintena y todas llevaban minúsculos bikinis. Georgia se sentó y vio que las observaba.

—Me pregunto si a ellas también les gusta robar maridos.

—Georgia...

—¿Qué pasa? Simplemente tengo curiosidad. ¿Por qué no se lo preguntas? Para tu investigación. Pregúntales si les gusta robar los maridos de otras mujeres.

—Basta.

Las mujeres se dieron cuenta de que las observábamos. La de la voz profunda nos miró con un poco de sospecha. Decidí ser extrovertida y presentarme.

—Hola. Somos de Nueva York y estábamos escuchándoos hablar portugués. Es un idioma precioso.

—Oh, Nueva York. Me encanta Nueva York —dijo la mujer de pelo corto.

—Es una ciudad increíble —dije.

—Sí, voy a menudo por trabajo, es fantástica —dijo la de la voz profunda.

—¿Estáis de vacaciones? —preguntó la pelirroja.

—Más o menos —respondí.

Pero Georgia, como buena y agresiva amiga que era, dijo:

—De hecho, mi amiga Julie está intentando hablar con mujeres solteras. Y vosotras parecéis tan atractivas e independientes. Queríamos saber vuestro secreto. —Sonrió. No creo que las chicas notasen el sarcasmo de su voz, pero yo sabía que lo había derrochado en cada palabra.

Todas sonrieron.

—No somos nosotras, es Río. Es una ciudad muy muy sexy —dijo la pelirroja.

Todas estuvieron de acuerdo.

—Sí, eso, echémosle la culpa a Río —comentó Georgia. Después dijo por lo bajo—. O quizá es que todas sois unas zorras.

—¡Georgia! —le susurré fulminándola con la mirada.

—Justamente estábamos hablando de eso. Anoche estaba de fiesta y un chico vino hacia mí y dijo: «Eres tan guapa, ¡necesito besarte ahora mismo!», ¡y lo hizo! —contó la de la voz profunda.

—Eso no tiene nada de raro. Aquí, en Río, pasa siempre —interrumpió la pelirroja.

—¿En serio?

—Sí, todo el tiempo —repuso la del pelo negro.

—¿De verdad? —preguntó Georgia. Ahora se mostraba interesada.

—Lo divertido es —continuó la chica de voz profunda— que decidí utilizar eso con otro chico, Marco, que era monísimo. Fui donde él y le dije que era muy atractivo y que tenía que besarle en ese momento. ¡Entonces él me agarró y me besó durante diez minutos!

Las otras mujeres se empezaron a reír.

—Y después tuvo *fica* —dijo la de pelo negro, soltando una carcajada.

A continuación la chica de la voz profunda dijo algo en portugués, parecía que había echado la bronca a su amiga.

—Por favor, que son de Nueva York.

—¿Qué es *fica*? —pregunté.

La joven de la voz profunda frunció los labios a un lado y se encogió de hombros.

—Sexo de una noche.

—¡Ah, genial! —repliqué sin saber qué tipo de respuesta utilizar. Pero estaba tratando de conocerlas—. ¿Estuvo bien?

—Sí, fue divertido. Es de Buenos Aires. Está muy bueno.

—Buenos Aires, ahí es donde están todos los hombres que merecen la pena. Nunca salimos con los hombres de Río —dijo la pelirroja.

—No, nunca —dijo la de la voz profunda.

—¿Por qué no? —pregunté yo.

—Porque no se comprometen.

—Engañan.

—¡Espera un momento! —La chica de pelo negro empezó a reír.

—Anna está comprometida con un hombre de Río, así que no le gusta oír estas cosas.

—¡No todos los chicos de Río son infieles! —dijo la de cabello negro, cuyo nombre era por lo visto Anna.

—Bueno, felicidades —comenté—. Soy Julie, por cierto, y esta es mi amiga Georgia.

—¡Ah, como el Estado!

—Sí —repuso Georgia secamente—, como el Estado.

—Yo soy Flavia —dijo la de la voz profunda—, esta es Caroline —señaló a la pelirroja—, y Anna.

Georgia fue a poner el dedo en la llaga:

—Dime, Anna. ¿Tienes miedo de que otras mujeres traten de robarte a tu marido?

—¡Georgia! —Negué con la cabeza—. Por favor, disculpen a mi amiga, no tiene modales.

—Soy de Nueva York —repuso ella—. Nos gusta ir al grano.

—No. Las mujeres no roban maridos. A los maridos les gusta estar casados toda la vida y ser infieles —bromeó Flavia.

—Además, no es de otras mujeres de lo que tenemos que preocuparnos tanto. Es de las prostitutas —dijo Caroline.

—¿Prostitutas?

—Sí, a estos hombres les encantan las prostitutas. Van todos juntos. A divertirse —aclaró Caroline.

—Es un problema, la verdad —opinó Anna—. Me preocupa.

—¿Te preocupa que tu marido vaya a buscar prostitutas? —inquirió Georgia.

—Sí, es muy normal aquí. Quizá no ahora, porque estamos enamorados. Pero después. Me preocupa.

—¿Pero a quién le importa si se folla a una prostituta, a ver? Me refiero a que, ¿a quién le importa que se la meta a otra mujer? Especialmente a una por la que haya pagado. Él es un hombre, ella un agujero. Él se la tira. Así es como son los hombres. No vas a cambiarlos —opinó Flavia.

Esto es lo que me encanta de las mujeres. No tenemos problemas a la hora de meternos de cabeza en algo.

—No me importa, pero no me gusta —contestó Anna.

Caroline se unió a la conversación.

—Anna, por favor. Va a casarse contigo. Va a tener hijos contigo. Va a cuidarte cuando te pongas mala, tú vas a cuidar de él. ¿Qué más te da si hace algo con una prostituta?

—No lo dejaré si me engaña, por supuesto. Es solo que no me gusta.

Georgia y yo nos miramos, sorprendidas.

—¿No lo dejarías si descubrieses que tiene un lío con una prostituta o se acuesta con otras mujeres? —le preguntó Georgia.

Anna negó con la cabeza.

—No creo. Es mi marido. —Empezó a fruncir el ceño—. Pero no me gustaría.

Georgia y yo nos miramos con la boca abierta.

Flavia sonrió.

—El concepto de fidelidad es muy americano. Muy naíf.

Ya había escuchado eso antes. Y entonces pensé en mi participación en la infidelidad de Thomas. Una oleada de culpa me sacudió y después me sentí triste. Lo echaba de menos y aunque deseaba no querer que llamase, deseaba que llamase.

Caroline estaba de acuerdo.

—Los hombres no están hechos para ser fieles. Pero está bien, eso significa que nosotras también podemos salir y engañarlos.

Anna nos miró, triste.

—Trato de ser realista. Quiero estar casada para siempre.

Georgia las miró. No habría sabido decir si estaba a punto de empezar una pelea playera o de invitarlas a una piña colada, así que decidió abrir una nueva línea de investigación.

—Entonces, decidme. ¿Hay prostitutos para las mujeres?

Las tres jóvenes asintieron con la cabeza.

—Sí, por supuesto —dijo Flavia—. No es tan común, pero sí, los hay.

—Hay agencias para ellos —repuso Caroline.

Los ojos de Georgia se iluminaron.

—Bueno, al menos también hay algo para las mujeres. Hay igualdad en eso.

—Vosotras dos deberíais venir con nosotras esta noche. A Lapa. Iremos a bailar.

—Podréis conocer a Frederico, mi prometido —dijo Anna—. Será divertido.

—¿Bailar samba? —pregunté, entusiasmada.

—Claro que sí, samba —respondió Flavia.

—¿Y habrá besos en ese sitio?

—Sin duda.

—Entonces, allá vamos —decidió Georgia.

Sabes que estás en el distrito de Lapa de Río cuando ves el gran acueducto de hormigón cerniéndose sobre ti. Fue construido en 1723 por esclavos; una enorme estructura con grandes arcos que en la Antigüedad trasladaba agua del río Carioca y que ahora es una entrada gigante a la mejor fiesta de la ciudad. Flavia y sus dos amigas nos recogieron en nuestro hotel en un minibús. No fue muy *chic*, pero parecía ser el método de transporte preferido por los turistas americanos ricos cuando venían a Río (normalmente acompañados por uno o dos guardaespaldas armados). Flavia, sin embargo, lo había tomado prestado de su empresa, un conocido estudio de fotografía. Alan, el conductor, que más tarde descubrimos que era el hermano de Anna, era un buen chico de tez bronceada y sonrisa fácil que no decía ni una palabra. Esa noche el minibús estaba preparado para ir de fiesta. Caroline, Anna y Flavia ya estaban bebiendo cuando nos metimos en él. Abrieron la nevera y nos enseñaron un montón de Red Bulls y una botella de ron. Nos mezclaron la bebida y empezamos nuestro camino.

Veinte minutos después, pasamos por el pasaje abovedado del acueducto que dirige a la calle principal de Lapa, donde están todos los bares, discotecas y restaurantes. La música de samba flotaba en el aire, y había gente por todos lados. Era una fiesta de barrio gigante. Aparcamos y caminamos por las calles adoquinadas. Le compré una barrita de chocolate a un niño joven que vendía dulces en una caja que llevaba sujeta por una cuerda alrededor del cuello. Había algunos prostitutos transexuales en la esquina ofreciendo sus servicios. Muchas de las discotecas disponían de grandes ventanales que te permitían mirar dentro de cada local, para ver a menudo cuerpos moviéndose al ritmo de la música. Todo parecía surrealista y un poco peligroso. Fuimos a Carioca de Gema, una pequeña discoteca atestada de gente de todas las edades.

Había una mujer brasileña cantando, con dos baterías detrás de ella, pero nadie bailaba todavía. Nos dirigimos a un cuarto trasero, donde encontramos una mesa libre, y Flavia pidió algo de comer. Tenía la impresión de que conocía a todo el mundo. ¿Y por qué no habría de ser así? Mientras entraba al local y daba besos saludando, Flavia era la estrella del espectáculo. Llevaba pantalones vaqueros ceñidos que se pegaban a su redondo trasero brasileño y un top de color tostado que tenía pequeñas cuentas colgando de los lados. Flavia era preciosa, fuerte, le encantaba divertirse y siempre estaba preparada para soltar una carcajada. Cuanto más la veía en acción mejor me caía.

Nos trajeron la comida, que constaba de un gran plato de cecina, cebollas y algo que parecía arena. No me preguntéis cómo la cecina, las cebollas y la arena podían estar tan ricas, pero lo estaban. Flavia pidió *caipirinhas*, pero con vodka, no con *cachaça*, la bebida oficial de Brasil. Teníamos órdenes estrictas de Alan, el hermano de Anna, de mantenernos alejadas de eso.

Vi a Flavia de lejos, hablando con varias mujeres que me miraban con curiosidad. No sabía lo que les estaba diciendo, pero no me importaba. Estaba demasiado ocupada metiéndome aquella deliciosa arena en la boca, escuchando la música y recordándome que estaba, de hecho, en Río, en una discoteca. ¿No era genial?

Georgia se movía al compás de los tambores. Se inclinó y me dijo: «¡Más vale que me besen esta noche!» Una pareja que parecía pasar de los sesenta estaba de pie frente a nosotros, escuchando la música, y empezaron a hacer una cosa increíble con los pies, ese paso tan rápido, precioso y misterioso de la samba. Fue fantástico. No podíamos despegar los ojos de ellos. Flavia se acercó a nosotros.

—Julie, hay varias mujeres a las que les gustaría hablar contigo sobre cómo se vive la soltería en Río.

—¿De verdad? ¿Ahora? —le pregunté, sorprendida.

—Sí, voy a buscarlas.

Durante la hora siguiente, mi nueva ayudante cultural, Flavia, trajo mujer soltera tras mujer soltera hasta mí. Bebí, comí arena y cecina, escuché música y presté atención a sus historias, escribiendo en mi libreta lo más rápido que pude.

Vale, ya sé que yo solo era una mujer hablando con una pequeña fracción de la población femenina de Río, pero todas parecían estar de acuerdo sobre una cosa: los hombres de Río son una mierda. No quieren comprometerse y no lo necesitan: hay mujeres bellísimas en bikini (y sin celulitis) dondequiera que vayas. ¿Quién necesita echar raíces? Son los eternos solteros. Y si sientan cabeza, son infieles. No digo que todos los hombres de Río sean así; simplemente os cuento lo que me dijeron.

¿Entonces qué puede hacer una mujer en Río? Hacen mucho ejercicio y viajan hasta São Paulo, donde —y todas parecen estar de acuerdo en esto también— los hombres son más sofisticados, más maduros y menos infantiles que los hombres de Río.

Pero también coinciden en que los hombres de Río besan de una forma fantástica y son amantes apasionados, atractivos y diestros. Todas estaban tan de acuerdo en esto que, aunque era demasiado tímida como para preguntarles qué les hacía ser tan buenos, no pude evitar sentir curiosidad. Sobre todo porque, durante toda la noche, un hombre alto, moreno y atractivo estuvo mirándome fijamente desde una esquina. Empezaba a entender por qué *fica* era la primera palabra que había aprendido.

Las mujeres también hablaron acerca de sus «maridos» y de los hombres con los que «estaban casadas», y me llevó algo de tiempo darme cuenta de que quizá no estuviesen casados de forma legal, pero utilizaban el término para referirse a una relación larga y seria. Le pregunté sobre eso a Flavia después.

—Sí, lo utilizamos para cualquier relación larga, cuando vives con alguien.

Todo era bastante confuso. Vivir con alguien podía considerarse como «matrimonio», pero «estar casado con alguien» también podía significar «me acuesto con prostitutas».

El Frederico de Anna llegó. Se hicieron las presentaciones y él se disculpó dulcemente con ella por llegar tarde. Había estado ocupado en su famoso negocio de ala-delta cerca de Sugarloaf, una gran roca en el centro de la ciudad, bastante frecuentada por turistas.

—Disculpadnos, vamos a bailar —dijo Frederico a la vez que tomaba la mano de Anna y se la llevaba a la pista de baile.

Anna, que anteriormente había estado callada y hablaba con voz suave, empezó a sonreír de pronto. Comenzó a mover los pies y menear el trasero y se convirtió de repente en la criatura más adorable sobre la que había posado los ojos. Y Frederico no se quedaba atrás, movía sus pies de forma increíble y la hacía girar. ¿Cómo podrían dos personas como esas no tener un sexo genial si podían bailar así juntos? Esa ciudad era maravillosa.

—Voy a dar una vuelta —dijo Georgia, y se levantó de la mesa. Creo que todo ese sudor y esos bailes provocativos estaban haciendo mella en ella.

Alcé la vista y vi que Flavia estaba hablando con alguien; él estaba tocando su brazo y se inclinaba para hablar con ella. Me giré hacia Caroline, que estaba sentada a mi lado.

—Oye, ¿quién es ese chico tan guapo con el que habla Flavia?

—Ese es Marco, el *fica* de anoche. Ha llamado hoy y le ha dicho de verse aquí.

—Interesante. El *fica* llama… ¿con qué frecuencia sucede algo así?

—No suele pasar a menudo, creo. Pero algunas veces.

—En Estados Unidos algunas personas piensan que si quieres que llamen no deberías tener *fica*.

Caroline puso los ojos en blanco.

—Vosotros y vuestra ética puritana. En Río, sea *fica* o no, puede que te llame o puede que no, no importa cómo os conozcáis.

Flavia y Marco se acercaron a nosotros y ella nos lo presentó. Él tenía el cabello negro y largo y una barba espesa. Ofrecía una gran sonrisa y parecía conservar mucha energía.

—¡Ah, Nueva York! ¡Me encanta Nueva York! ¡Me encanta!

Eso es todo lo que pudo decirme, y me lo dijo toda la noche. A lo que yo respondía: «¡Río! ¡Me encanta Río!» No era mucho, pero aun así fue divertido.

Vi a Georgia merodeando entre la gente. Durante un momento no entendí qué o a quién estaba buscando. Parecía que arrastraba los pies y se ahuecaba el pelo, daba la sensación de estar perdida. La observé un rato más mientras ella daba una vuelta por toda la zona de la barra y se paraba al lado de algún que otro tipo guapo. Fue entonces cuando me di cuenta de lo que quería, iba en busca de un beso. No estaba segura de que los besos fueran algo que buscar, pero admiré su tenacidad.

Anna regresó a la mesa sin Frederico y se mantuvo de pie, bailando en su sitio.

—¿Qué demonios están haciendo tus pies? —le pregunté, un poco ebria por mi segunda *caipirinha*.

—Ven, te lo voy a enseñar.

Me levanté y ella empezó a mover sus pies lentamente, hacia delante y hacia atrás, del talón hasta los dedos de los pies y viceversa. Yo la copiaba, pillándole el tranquillo, hasta que empezó a ir más rápido y añadió el movimiento de trasero a la coreografía, y me perdí. Pero fingí, dando saltos con los pies y meneando el culo. Creo que me parecía más a un pez coleteando en una acera que a una bailarina de samba, pero le arranqué una sonrisa al alto y moreno vaso de *cachaça* de la esquina, así que valió la pena. Todos seguimos bailando al lado de la mesa, la música resonaba y los cantantes cantaban a voz en grito sobre los tambores, haciendo que el público se convirtiera en una masa sudorosa de cuerpos balanceándose.

Mientras tanto, Georgia se dio de bruces con Frederico, que iba al servicio. Él le preguntó que qué hacía deambulando, lejos de sus amigas.

—He oído que a la gente de Río le gusta mucho besar. Estoy esperando a que alguien lo intente conmigo.

Frederico sonrió. Era increíblemente atractivo: joven, moreno, con un poco de barba en el mentón y de pelo castaño ondulado. Con sus ojos marrones y sus bonitos dientes blancos parecía una estrella de pop latina.

—Bueno, seguro que no tardarán. Después de todo, ¡esto es Río!

—Y con eso sonrió y se marchó.

Georgia aprendió la lección; no iba a ser la atacante esta vez. Había aprendido de aquella noche en el bar deportivo que coger a alguien y besarlo no era divertido. La verdadera adrenalina surgía cuando alguien decidía besarte. Así que siguió pululando, humedeciéndose los labios y tratando de parecer digna de un beso.

Yo continué bailando, consciente de que el hombre de la esquina no dejaba de mirarme. Al tiempo que seguía dando pisotones vi que Flavia y Marco se acercaban para hablar con él. Ella puso el brazo sobre su hombro —evidentemente, Flavia, la alcaldesa de Río, lo conocía. Cuando Flavia y Marco regresaron a nuestro lado les pregunté si conocían al tipo.

Flavia sonrió.

—Sí, es un viejo amigo mío.

—¿Qué hace allí en la esquina?

—Trabaja aquí, es de seguridad.

Asentí y pensé que estaba bueno.

—¿Qué… te gusta? —preguntó Flavia sonriendo. Ambas nos giramos y lo miramos, y él se dio cuenta inmediatamente. Volví a mirar a Flavia con rapidez.

—Bueno… es… atractivo, y ya está —dije.

—Paulo. También es muy dulce. Es como un hermano para mí —repuso Flavia.

Lo volví a mirar. Él me vio y sonrió. Yo le sonreí a su vez. Mientras me giraba, sentí un ramalazo de algo. Culpabilidad. Era de lo más raro. Me sentía culpable por sentirme atraída hacia Paulo porque me había acostado hace poco con Thomas, que tenía un matrimonio abierto. El solo hecho de pensar en Paulo y sonreírle me hacía sentir como una fulana. Había tenido sexo hacía poco con un hombre por el que estaba colada. Un hombre que, seamos sinceros, no me había llamado desde entonces, y al que probablemente no volvería a ver. Pero aun así me había acostado con alguien hacía poco, y se me hacía raro sentirme atraída por otro hombre tan pronto. Nunca hubiese pensado que eso me supondría un problema, ya que estas cosas no suelen pasarme en Nueva York.

«Otra razón más por la que viajar», es lo único que tengo que decir de *eso*.

Georgia vino hacia nosotros, frustrada, justo a tiempo para ver cómo Frederico y Anna empezaban a liarse. Georgia puso los ojos en blanco, celosa y repugnada al mismo tiempo. Se sentó al lado de Alan el Silencioso.

—Dime, Alan, ¿utilizas los servicios de prostitutas?

Me reí, sorprendida, y miré a Alan para ver cómo respondía. Alan solo sonrió, se inclinó hacia Georgia y le guiñó el ojo.

—Vaya. Bueno, supongo que son los más callados de los que tienes que desconfiar —dijo Georgia, dando un sorbo a su bebida, sin inmutarse. Pero no había terminado—. ¿Y qué pasa si pillas a Frederico engañando a tu hermana? ¿Lo matarías?

Alan miró a Georgia como si fuera de otro planeta. O de Estados Unidos. Se echó a reír y sacudió la cabeza. Me quedé profundamente absorta en la conversación.

—¿De verdad? ¿Y por qué no? —le pregunté.

Alan dio un trago a su cerveza y dijo:

—Los hombres tenemos que permanecer unidos.

Georgia alzó las cejas.

—¿Bromeas? ¿Aunque sea tu hermana? —Alan se encogió de hombros y bebió más cerveza. Georgia lo miró y después fijó sus ojos en Caroline—. No lo entiendo. Si ni siquiera los hermanos protegen a sus hermanas, ¿quién lo hace?

Caroline también se encogió de hombros.

—Supongo que nadie.

Georgia y yo nos miramos, alicaídas. Miré el móvil y vi que eran las tres de la mañana. Decidimos que era hora de marcharnos.

Estábamos en la salida comprando los CD de la música que acabábamos de oír cuando vi que Paulo se abría paso entre la gente. Parecía buscar a alguien. Salí por la puerta hacia la calle y me giré para ver si podía echarle un último vistazo. Entonces, salió de la discoteca y clavó los ojos en mí. Se me acercó y extendió la mano.

—Hola, me llamo Paulo. Eres preciosa —mis ojos se abrieron como platos y me empecé a reír, mirando alrededor para ver si Flavia era la artífice de todo esto.

—Vaya, gracias... yo me llamo... —y antes de tener la oportunidad de decir una palabra más, Paulo posó sus aterciopelados labios contra los míos. Suavemente, con cuidado, como si tuviera todo el tiempo del mundo y hubiera esperado toda la vida para este momento. Cuando se apartó yo me sonrojé y mantuve la mirada hacia el suelo, no quería alzarla y ver quién nos podía haber visto.

—Dame tu móvil, por favor —me pidió dulcemente. Como si estuviera en trance, lo saqué de mi bolso y se lo di. Fijé mis ojos en sus zapatos mientras él guardó su número y nombre en el teléfono, me lo devolvió y se marchó. Cuando tuve el coraje de alzar la mirada, vi que

Flavia, Alan, Caroline, Frederico, Anna y Georgia me estaban observando, sonriendo y aplaudiendo. Incluso Marco empezó a reírse.

Me acerqué a ellos, sonrojada.

—Bueno, al menos a una de nosotras la han besado esta noche
—dijo Georgia, sonriendo. Y con eso volvimos a pasar por el acueducto en dirección a nuestro hotel. La fiesta, al menos por esa noche, se
había terminado.

Cuando me desperté, sobre el mediodía, Georgia estaba sentada en la
mesilla de nuestra suite, pasando las hojas de algo y bebiendo una taza
de café.

—¿Qué haces? Le pregunté somnolienta, levantándome hasta quedar sentada en la cama.

—Echo un vistazo a un catálogo de prostitutos —dijo Georgia
tranquilamente.

Me froté los ojos con las yemas de los dedos y pensé que sería mejor intentarlo de nuevo.

—¿Qué acabas de decir? —inquirí.

—Estoy mirando un catálogo de prostitutos que me dio una agencia. Tuve que pagar cien pavos solo por mirarlo.

—¿Qué? ¿De qué estás hablando?

—Anoche le pregunté a Flavia sobre ello, y ella me dio el nombre
de la agencia. Los he llamado esta mañana y lo han enviado. —Georgia
seguía pasando páginas.

—Georgia, no vas a acostarte con un prostituto.

Ella alzó la vista.

—¿Y por qué no? ¿No sería genial tener sexo con alguien sin tener expectativas? No te sentirías mal porque no llaman, porque son
prostitutos.

—¿Pero no crees que es un poco…?

—¿Qué, asqueroso?

—Sí, un poco.

—Bueno, quizá eso sea algo que tenemos que superar. Creo que
pagar por sexo es una idea genial. Sé de muchas mujeres que necesitan
tener sexo. Creo que estaría bien que superásemos todo eso de ser asqueroso.

—¿Y todo eso de las ETS, y lo de «no son todos gais?»

Georgia dejó el café sobre la mesilla.

—Escucha. No quiero ser una de esas solteras que no ha tenido sexo en tres años. Quiero la emoción de tener alguien encima de mí. Besándome, sujetándome. Pero no quiero acostarme con gilipollas que fingen que les gusto cuando no es verdad. Creo que ha llegado el momento de contratar los servicios de un prostituto.

—Pero les estás pagando. ¿No le quita eso la diversión a todo?

Georgia se encogió de hombros.

—Quizá. —Ella seguía rumiando su teoría—. Eso es lo que quiero descubrir. Porque creo que es parte de cómo ser soltera. Por lo menos intentar ser sexualmente activa, a cualquier precio.

—*Literalmente* a cualquier precio —no pude evitar añadir eso, todavía me sentía en *shock*—. No sé, no es lo mismo para una mujer. A nosotras van a *penetrarnos*. Es raro.

—Julie, ven a ver a estos tíos. No son asquerosos, están buenos.

Suspiré y deslicé los pies fuera de la cama, deambulando hasta la mesa de la cocina en mis pantaloncillos cortos de franela y una camiseta. Georgia me pasó el catálogo.

—Bueno, pensé que tocaban rosquillas para desayunar, pero supongo que serán churros —bromeé.

A Georgia no le pareció divertido. Miré las fotos. Había instantáneas de hombres trajeados y esos mismos hombres sin camisa. Mientras pasaba las páginas tuve que admitir que aunque eran cursis, los tíos estaban como un tren e iban bien peinados, un poco a lo gay quizá, pero no eran para nada asquerosos.

Quise ver la parte inocente de todo aquello… Quizá solo eran hombres que poseían un talento innato para dar placer a las mujeres, un talento que habían decidido utilizar para ganar dinero. Quizá se veían a sí mismos como los trabajadores sociales del sexo o los entrenadores más personales que había. Quizá porque eran hombres no teníamos que ver este intercambio de pago como un tipo de victimización. Los hombres que aparecían página tras página en traje, corbata y bañador se parecían a los amables *strippers* que vimos en París. Demasiado fornidos, un poco cursis y deseosos de ofrecer placer. Por supuesto, mirándolos con otra perspectiva, también podían parecer el típico asesino en serie de barrio.

—Supongo que no están mal —comenté.

—Te lo dije. Voy a hacerlo. Si nadie me besa esta noche, llamar será lo primero que haga mañana. Quiero tener contacto físico con un hombre antes de marcharnos mañana por la noche.

Mantuve la boca cerrada, pensando en la manera de hacer que alguien la besara. Georgia añadió:

—Flavia nos ha invitado a una gran fiesta esta noche en una escuela de samba. Le he dicho que nos encantaría ir. Viene a recogernos a las ocho.

—¿Eso significa que alguien nos va a enseñar a bailar samba? —pregunté esperanzada.

—Bueno, si no lo hacen siempre le puedes preguntar a la novia de mi marido, Melea, cuando vuelvas a casa. Seguro que tiene un gran número de seguidores —respondió Georgia mientras daba un sorbo a su café—. Me pregunto si habrá un sitio entero de profesoras de samba roba-maridos. ¿A que sería divertido?

Alzó la mano derecha y se colocó el pelo detrás de la oreja. Nunca me había levantado con Georgia, y sin maquillaje y el sol dándole de cara, se veía joven y guapa. En ese momento, su futuro parecía depararle muchas posibilidades para hallar luz y felicidad. Deseé que ella también lo hubiera sentido. Pero sabía, mientras ella pensaba en Dale y Melea, que yo era la única de la habitación que podía ver lo que le podría pasar a mi loca, divertida, afligida y a punto de divorciarse amiga.

Y en Estados Unidos otra vez...

Alice, que llevaba los pantalones del pijama de Jim y un top, estaba de pie en la cocina de Jim llenando un vaso de agua y pensando en todo aquello del sexo frecuente. Mientras bebía el agua, admitió en sus adentros que había un pequeño inconveniente: acostarse con alguien de manera regular solo funcionaba si tienes muchas ganas de ello. Entonces es lo mejor del mundo. Pero si no estás enamorado de ese alguien, aquello puede convertirse en un problema. El último par de veces que Alice y Jim habían mantenido relaciones, Alice se dio cuenta de que estaba aburrida. Él no hizo nada mal, lo hacía todo de forma correcta. Simplemente a ella no le apasionaba. Mientras estaba de pie contra la encimera pensó en lo deprimente que sería tener sexo sin pasión durante el resto de su vida.

Alice quería que funcionara desesperadamente. Y Alice era de las que arreglan sus problemas; no hay situación difícil en el mundo que ella no pueda resolver. Si supiese más de geofísica acabaría con todo eso del calentamiento global en un instante, no hay duda. Para cuando Alice dejó el vaso en el fregadero, estaba convencida de que el problema de tener sexo apasionado con Jim no podría ser tan difícil de resolver.

Alice anduvo por el *hall* hacia la habitación de Jim. Este estaba en la cama, leyendo. Alzó la vista y sonrió.

—Hola, nena —dijo.

—Hola —respondió Alice.

Incluso llevando el pantalón de pijama de Jim y un top estaba guapa, y Jim no pudo evitar darse cuenta de ello. Alice lo miró durante un largo momento, preguntándose qué era la pasión en realidad; sus ingredientes, sus componentes. A la hora de describir a alguien la gente siempre dice: «Es una persona muy apasionada». ¿Pero qué significa eso? Alice fue hasta su lado de la cama y se sentó, dándole la espalda a Jim mientras cavilaba. «Significa que se pueden excitar», pensó, «se entusiasman. Se alteran por las cosas en las que creen a ciegas». Jim posó la mano sobre su espalda y la acarició. Alice estaba entusiasmada por tener una relación, entusiasmada por no estar teniendo citas, por sentirse segura. Estaba entusiasmada por lo buen hombre que era Jim y por cuánto parecía que la quería. Alice cerró los ojos y trató de dirigir todo ese entusiasmo a sus ingles. Después de todo, la emoción es simplemente energía. Así que ella podía coger toda esa energía y convertirla en sexual. Sintió la mano de Jim sobre su espalda y dejó fluir sus pensamientos. Que te toquen te hace sentir bien. También tener sexo. Se giró hacia Jim, posó las manos a cada lado de su rostro y lo besó profundamente. Se puso encima de él y presionó su cuerpo contra el suyo. Él colocó sus manos bajo el top de ella para tocar su pecho. Ella suspiró de placer.

Alice sonrió para sus adentros. No necesitaba sentir pasión por Jim para tener sexo pasional. «Porque ella es una persona apasionada.» Cree apasionadamente en los derechos de los desamparados. En estar en contra de la pena de muerte. En la paz mundial. Continuó besando a Jim con profundidad mientras lo abrazaba. Ladeó su cuerpo lo suficiente como para que Jim rodara hasta quedar encima de ella. Le quitó su camiseta. Le arrancó los calzoncillos. Jim le sacó los pantaloncillos y puso una mano entre sus piernas. Alice jadeó excitada. Pensó cómo lo iba a hacer para que alguien le hiciese eso durante el resto de su vida. Jadeó de nuevo, más alto. Él estaba erecto, respiraba agitadamente cuando la penetró. Alice envolvió las piernas en torno a su espalda y le tiró del pelo mientras se besaban apasionadamente, lengua, dientes, labios y respiraciones entrecortadas. Alice gemía con intensidad. Le encantaban los penes, le encantaban los penes dentro de ella e iba a querer a Jim, que la agarró y la levantó sobre él. Ahora estaba a horcajadas sobre él, ambos sentados y meciéndose hacia arriba y hacia abajo. Él besó su cuello y mientras Alice se movía un pensamiento cruzó por su mente: «¿cómo podré mantenerme así siempre?». Continuaron impulsándose y Alice gimió, concentrándose en terminar, cuando otro pensamiento cruzó por su mente: «esto requiere de mucha energía». Jim seguía clavándose en ella y besándola cuando Alice tuvo la mejor idea que se le había ocurrido en toda su vida. Una idea que la hizo entender cómo conseguirlo, cómo podría seguir así siempre y cómo dejaría de requerir tanta energía: podría pensar en Brad Pitt. Era una opción obvia pero no le importaba. Repasó su trayectoria entera. Pensó en su torso en *Thelma y Louise*, en su torso musculado en *El club de la lucha* y en su torso supermusculado en *Troya*. Pensó en cómo lanzó a Angelina Jolie contra la pared en *Sr. y Sra. Smith*. Mientras se aproximaba al orgasmo, Alice se dio cuenta de que podía pensar en Brad Pitt durante el resto de su vida. Era un jodido país libre y nadie lo sabría nunca. Podría pensar en Brad Pitt, Johnny Depp o incluso Tom Cruise, que aunque ella sabía que era raro tenía un torso fibroso, de los que a ella le encantaban sin importar de quién era. Cuando su pasión interna no fuera suficiente, ellos siempre estarían allí entre bambalinas. Mientras se imaginaba a Brad Pitt en su armadura de hierro dorada saltando en el aire a cámara lenta, alcanzó el orgasmo.

—¡Dios mío! —gritó Alice. Jim solo la penetró dos veces más antes de llegar al orgasmo también; se había estado conteniendo a duras penas hasta ese punto, con todo el entusiasmo que se palpaba.

—Dios mío —dijo Alice, cogiendo aire mientras un nuevo pensamiento cruzaba por su cabeza: «¡puedo hacerlo! Voy a ser capaz de hacer esto de verdad.»

Como toda persona a dieta sabe, el momento en el que te dicen que no se te permite algo es precisamente cuando no puedes dejar de pensar en ello. Serena no se había acostado con nadie en cuatro años y su libido, debido a la falta de atención, se había ido lejos. Así que en el momento que le dijeron que nunca podría volver a tener sexo, bueno, eso fue el punto de salida para reiniciar su desaparecido deseo sexual.

Serena estaba ahora en un centro de yoga de East Village. Ese estilo de yoga en particular tenía centros por todo el mundo y Serena había conseguido que la colocaran en una preciosa casa de arenisca a menos de cuatro kilómetros de donde ella solía vivir. Andando por East Village con su cabeza rapada y su ropa naranja, estaba ardiendo por culpa de los pensamientos más pervertidos que había imaginado nunca. Cada mañana, mientras se sentaba con las piernas cruzadas en el suelo de la sala de meditación, con el aroma del incienso flotando en el aire, su mente se llenaba de pensamientos de piel desnuda y hombres encima de ella. Tenía un sueño recurrente en el que caminaba por una calle de Nueva York e iba agarrando a hombres y liándose con ellos mientras pasaban. Se despertaba sudorosa y en *shock*. Serena había asumido que para ella, hacer el voto de castidad era simplemente una formalidad. Ese aluvión de pensamientos pornográficos la había pillado desprevenida.

Por eso fue tan fácil que todo ocurriera como lo hizo. Uno de los trabajos que se le encargó a Serena, conocida ahora como *swami* Durgananda, fue levantarse un poco antes que el resto y preparar el plato del altar. Esto significaba levantarse a las seis menos cuarto, cortar algo de fruta o preparar algunos dátiles e higos en un plato y después colocarlo en el altar como ofrenda para los dioses hindúes antes de que el grupo de meditación empezase a las seis. Y cada mañana, *swami* Swaroopananda, también conocido como el «*swami* sexy», estaba en la mesa de la cocina leyendo un libro y como un tren. A las seis menos cuarto de la mañana Serena no estaba segura todavía de lo que decía el reglamento sobre hablar con otros *swamis* en el centro, pero mientras abría el frigorífico para decidir qué ofrecer a los dioses, decidió decir algo y susurró suavemente:

—¿Es a esta hora cuando le gusta leer normalmente? ¿Tan pronto por la mañana?

Él alzó la vista hacia Serena y sonrió.

—Sí, parece que el único momento que tengo para leer es a esta hora.

—Vaya. Se levanta temprano para leer. Impresionante.

Cogió una piña y la puso en la encimera. Sacó un cuchillo largo y empezó a pelarla. Él volvió a concentrarse en su libro. Mientras troceaba la piña lo miraba de vez en cuando. Para ser un hombre de Vishnu tenía mucho músculo. ¿Era todo eso solo de hacer yoga? ¿Se les permitía a los *swamis* ir al gimnasio? Ella no lo creía. Su cara era difícil de describir, pero era la cara de un hombre de verdad. Su cabeza no estaba completamente afeitada, llevaba más bien el pelo rapado y le sentaba de maravilla. Parecía como si hubiese sido un sargento del ejército; alto, con un torso musculado y brazos largos y marcados. Y su ropa naranja de *swami* en lugar de hacerle parecer tonto, le hacía parecer… vaya, que estaba como un tren naranja.

Solo hablaban brevemente, pero Serena no necesitaba mucho más para alimentar la llama del deseo. Cada mañana se levantaba un poco antes solo para hablar con él. Y cada mañana, él estaba sentado en un taburete al lado de la encimera, leyendo silenciosamente, con sus gafas redondas sobre la punta de la nariz.

Martes, cinco y media de la mañana:

—Buenos días, *swami* Swaroopananda.

—Buenos días, *swami* Durgananda.

—¿Qué tal está el libro? ¿Lo está pasando bien?

—Sí, es uno de los mejores que he leído de Pranayama —posó su libro boca abajo esta vez—. Por cierto, ¿qué tal se va acostumbrando a su nueva vida?

Serena se dirigió al frigorífico.

—Es sorprendente lo que viene a la mente cuando uno trata de calmarla, ¿sabe?

Swami Swaroopananda cruzó los brazos sobre el pecho y miró a Serena.

—¿De verdad? ¿Como qué?

Serena sintió cómo su cara enrojecía y se preguntó si, sin pelo, su cabeza entera se había sonrojado.

—Oh, ya sabe, los que-si-esto y que-si-aquello de una mente abarrotada. Y bueno, ¿cuánto tiempo lleva siendo parte de la organización?

Y fue entonces cuando se pusieron a hablar de verdad. Él le dijo que era de Nueva Zelanda (¡ese era el acento!) y que llevaba ocho años siendo *swami*. Le contó que sus prácticas de meditación habían llegado a ser tan intensas y lo que experimentaba tan maravilloso que se sentía obligado a dar el siguiente paso y convertirse en un renunciante. Serena quería saber más. Mientras hablaban, Serena organizó un plato de ofrenda abundante.

Miércoles a las cinco y cuarto de la mañana:

—Buenos días, *swami* Swaroopananda.

—Buenos días, *swami* Durgananda. ¿Cómo está esta mañana?

—Muy bien, *swami*.

Serena comenzó a sacar harina, miel y nueces. Iba a hacer su famoso bizcocho de plátano y nueces para la ofrenda de esa mañana. Después de todo, tenía que hacer algo con su tiempo mientras fingía que no estaba tonteando con un miembro del clero, olvidándose de que ella *también* formaba parte del clero. Además, razonaba consigo misma, ¿qué mejor manera de empezar el día que con un olor a bizcocho de plátano flotando a su alrededor mientras meditaban? Y aparte de eso, podrían desayunar lo que sobrase. Comenzó a aplastar los plátanos en un bol.

—¿Cómo va la práctica de la meditación? Mencionó ayer que muchos pensamientos llenaban su mente. ¿Tiene alguna pregunta acerca de la práctica?

La única pregunta que tenía Serena era cómo podría tener sexo y seguir siendo célibe, pero sabía que no era algo que debería mencionar. Así que se inventó algo.

—La verdad es que sí las tengo, *swami*. Cuando medito, siento que mis pensamientos se ralentizan; me siento más calmada, más en paz, más en contacto con el poder divino, así que eso va bien. Pero no tengo ninguna visión. Nada de luces blancas o colores que giran en mi cabeza. Solo medito, ¿sabe? —Serena estaba ahora echando harina y azúcar en otro bol. Rompió un huevo y empezó a mezclarlo con la mano.

Swami Swaroopananda cerró su libro.

—Eso es completamente normal. No debería haber un objetivo en su meditación; es la antítesis de la práctica. La finalidad es simplemente estar quieta. La experiencia de cada uno es diferente. Lo último que debería esperar cuando medita son fuegos artificiales.

Serena sonrió. Echó los plátanos aplastados a la mezcla y empezó a mover todo.

—Y ahora, hablando de fuegos artificiales, *swami* Durgananda, dígame. ¿Ha estado pensando en sexo últimamente?

Serena alzó la vista de la mezcla. No estaba segura de haber escuchado bien. Por su expresión, que era seria e impasible, parecía una pregunta espiritual normal. Se giró hacia los armarios. Dándole la espalda, lo admitió.

—Bueno, de hecho, sí. He pensado mucho en ello. Como si no fuese capaz de pensar en otra cosa, la verdad. —Sacó tres hogazas de pan del estante más alto y los puso sobre la encimera. Evitó mirar a *swami* Swaroopananda, pero no se pudo resistir. Cuando echó un vistazo él estaba sonriendo.

—No debería avergonzarse, es parte del proceso. Su mente está reaccionando a los deseos de su cuerpo. Se calmará pronto.

—Eso espero. Es como cuando ayuno. No puedo dejar de leer libros de cocina todo el tiempo.

Echó la mezcla en los moldes y los puso uno a uno en el horno. Serena miró el reloj. Eran solo las cinco y media. No pensaba que pudiera hacer bizcocho de plátano tan rápido. Todavía quedaban treinta minutos hasta la meditación.

—Supongo que iré a empezar, ya sabe, la meditación.

Swami Swaroopananda cerró su libro.

—No se acelere. ¿Por qué no se sienta un momento? Hablemos un poco más. ¿De dónde es?

Serena sonrió y se sentó tímidamente en el taburete situado al lado de *swami* Swaroopananda, también llamado *swami* Swaroop. Él miró a Serena de cerca y durante la siguiente media hora le preguntó sobre su familia, los trabajos que había tenido y cuál solía ser su música favorita. En el sótano de ese centro de yoga, con el olor del bizcocho de plátano en el horno, estaba sentada al lado de un hombre con su ropa naranja chillón y sus cabezas calvas, Serena se percató de que no había tenido una cita tan increíble en años.

El lunes siguiente, Serena estaba preparando un pan fresco, con levadura, uno para el que había que madrugar para hacer que la masa aumente y al que hay que darle golpes una y otra vez. Y él siempre estaba ahí, algunas veces leyendo, otras observando, pero siempre hablando con ella. Para el fin de semana ambos estaban mezclando y amasando juntos.

Durante los últimos diez días Serena no había podido pensar en otra cosa que en él. La expresión plácida y de felicidad de su cara, que podía ser resultado del despertar espiritual, era en realidad un estúpido enamoramiento adolescente. Todo el día y toda la noche pensaba en verlo a la mañana siguiente. Y por la mañana, cuando estaba con él, no era solo que hablasen o lo escuchase, ¡es que se impregnaba de él! Durante la meditación, el yoga, los rezos y el trabajo, ella buscaba la unión con Dios. Pero por la mañana, al preparar las ofrendas para el altar más elaboradas de la historia del centro de yoga Jayananda, Serena buscaba la unión con *swami* Swaroop. Su forma de decir las cosas, sus opiniones, todo parecía tan en armonía con lo que pensaba y sentía ella que, cuando las palabras salían de su boca y entraban en sus oídos, se transformaban en un flujo cálido que se expandía por su cerebro.

Aquello era alegría. Cada minuto que pasaba con él, sentía una sensación indiscutible de alegría. Pensar en añadir sexo a esta intensa emoción era algo casi demasiado inimaginable para ella. *Casi* inimaginable. Y mientras tanto, todo el grupo de yoga del centro estaba subiendo de peso, atiborrándose durante el desayuno compuesto de pan recién horneado, hogazas de nueces y magdalenas.

El jueves, a las cuatro y media de la madrugada, al entrar en la cocina, Serena lo buscó, con el corazón desbocado, preocupada por si no estaba allí. Pero sí estaba, de pie junto a la encimera, le sonreía tímidamente. Los saludos formales («buenos días, *swami* Swaroop». «Buenos días, *swami* Durga») habían sido sustituidos por dos personas que se encontraban por la mañana y se sonreían sin decir palabra.

Tanto mezclar, amasar y hacer subir la masa había llevado a algo. Y esa mañana, *swami* Swaroop se acercó a Serena, la cogió de los hombros, miró para asegurarse de que no había nadie cerca y la besó en los labios. Serena cerró los brazos en torno a su cuello y le devolvió el beso con profundidad. Con los ojos cerrados y su cuerpo finalmente tocando el de él, Serena por fin vio la luz blanca, de la que todo el mundo hablaba, la luz de unión, paz y felicidad divina. ¡Al fin!

Así que Serena continuó levantándose a las cuatro y media, pero el plato del altar volvió a ser unas pocas uvas secas y un par de higos. Por fin habían descubierto qué hacer en ese tiempo, y lo estaban haciendo en todos los sitios que podían: la alacena, el cuarto de la caldera, el sótano. Si Serena era el tipo de chica que podría descontrolarse por un par de alitas de búfalo, os podéis imaginar cómo estaba ahora que se estaba acostando con alguien del que estaba locamente enamorada. Con el tiempo, no pudieron esperar a la madrugada, y buscaban imprudentemente lugares donde encontrarse a lo largo del día. Cuando *swami* Swaroop se llevaba la furgoneta del centro a Hunts Point para hacer la compra, necesitaba ayuda, por supuesto, ¿por qué no preguntar a *swami* Durgananda? Así que ahí también, en la parte trasera de la furgoneta a un lado de la carretera de alguna zona industrial en el sur del Bronx, desataron su amor prohibido *swami*. Hizo falta un voto de castidad de por medio, pero Serena tuvo finalmente vida sexual. Oficialmente, su sequía había acabado.

De vuelta a Río

Cuando hablaron de ir a la fiesta de la escuela de samba, me imaginé una escuela de baile con paredes de espejo y barras de ballet, quizá con algunas cintas alrededor de la sala y algo de ponche en una ponchera, y con instructores disponibles para enseñar samba a los principiantes. Pero no. Flavia, Alan, Caroline, Anna y Frederico, Georgia y yo viajamos en furgoneta a uno de los barrios más pobres, llamado Estácio, lejos de las sofisticadas áreas turísticas de Ipanema y Leblon. Aparcamos al lado de una enorme estructura de hormigón que podría haber sido un hangar de aeropuerto, de no ser por las pintadas en blanco y azul, los excelentes grafitis de estrellas y rayos de luz, y las enormes letras blancas, también grafiteadas, en las que se podía leer el nombre de la escuela de samba: G.R.E.S. Estácio de Sá. La gente estaba llenando el lugar y nosotros nos unimos a la multitud en lo que solo podría ser descrito como un enorme baile de instituto y una fiesta de barrio juntas. El sitio era tan grande como un campo de fútbol americano. Todo el mundo estaba por allí fuera con vasos de cerveza en la mano y el suelo ya estaba a rebosar de latas y vasos de plástico vacíos. El entusiasmo de saber que estaba a punto de presenciar algo que la mayoría de turistas nunca podría ver hacía que mi corazón latiese desenfrenado.

Pero eso no fue nada comparado con lo que los tambores llegarían a impresionarme. Desde el momento en que entramos, la percusión más escandalosa y vibrante que he escuchado en mi vida hizo temblar el edificio, atravesando mi corazón. Desde unas gradas elevadas, unos cuarenta tambores hacían que la multitud enloqueciese.

Nos dirigimos hacia unas escaleras que conducían a un pequeño balcón VIP desde el que se podía ver todo. Al final del hangar había dos cantantes en un escenario elevado, que gritaban alegremente. Este no era el público joven de Lapa, vestido para pasar una noche en la cuidad. Esto eran hombres en vaqueros y camisetas, camisas y deportivas. Esto eran mujeres que llevaban los vaqueros más ajustados que se podían imaginar, y faldas tan cortas que me hacían querer cubrirlas con mi chaqueta y enviarlas a su habitación castigadas sin cenar. Es verdad lo que dicen, las mujeres brasileñas tienen los culos más bonitos del mundo, y esa noche estaban todos a la vista. La mayoría de la gente estaba bailando samba, hablando y bebiendo cerveza. Y luego había otros vestidos con trajes rojos y blancos que simplemente estaban por allí. No estaba segura de lo que era este sitio o de lo que hacíamos aquí, pero supe que jamás lo habría podido ver de no ser por nuestra nueva mejor amiga, Flavia.

—No lo entiendo; ¿por qué lo llaman escuela de samba? —pregunté en alto, por encima de la percusión.

—Cada barrio tiene una escuela donde se toca y se baila samba. Cada escuela elige una canción que van a hacer en el carnaval y después compiten con el resto.

—¿Así que son como equipos de vecinos?

—Exacto. Esta es mi escuela de samba. Y en unos pocos minutos van a presentar por primera vez la canción con la que competiremos en el carnaval. —Flavia bajó la vista hacia la gente y sonrió de repente—. ¡Ahí está Marco!

Marco levantó la vista, vio a Flavia y saludó con la mano. Flavia se giró hacia mí con una sonrisa de chica dura en la cara.

—Me da igual que haya venido —dijo, tratando de no sonar feliz. Hizo gestos para que él subiera las escaleras—. Será mejor que me asegure de que los porteros le dejan pasar.

Miré hacia los percusionistas y traté de encontrar a Anna. Esta también era su escuela de samba e iba a tocar con ellos esta noche.

La canción que estaban tocando se detuvo y los tambores volvieron a empezar a sonar, primero despacio, para atraer la atención de la gente. El público comenzó a moverse hacia el centro de la sala, el lugar estaba repleto de energía. Frederico se giró hacia nosotros y dijo: «Vamos, vayamos a la pista». Georgia, Frederico, Alan y yo bajamos por las escaleras. Los tambores iban ahora a toda velocidad y el sitio entero estaba vibrando y saltando en comunión.

Todos empezamos a bailar. Bueno, Frederico y Alan empezaron a bailar. Georgia y yo nos meneábamos más o menos, tratando de mover nuestros traseros lo mejor posible, pero la samba no es un baile que puedas «intentar». Entonces, los bailarines empezaron a desfilar. Había docenas de ellos, y la multitud se apartaba para dejarles un espacio amplio en el que bailar. Todos de «uniforme»: lentejuelas rojas y blancas. Las mujeres salieron primero, con pequeñas faldas rojas y tacones de infarto, bailando tan deprisa y moviendo la parte inferior de su cuerpo tan rápido que parecía que vibraban en algún tipo de éxtasis sexual. Sus brazos volaban, sus piernas giraban y sus culos se movían tan rápido que podrían haber batido mantequilla.

Detrás de las espectaculares jóvenes, con sus minúsculas faldas y sus sujetadores, estaban las ancianitas, también vestidas de rojo y blanco, pero con faldas hasta la rodilla, tops de manga corta y sombreros. Se pusieron en fila india y formaron un corro alrededor de las muchachas jóvenes, bueno, más bien marcaron un perímetro de seguridad contra los lobos que quisieran llegar y devorar a las bellezas.

Bailaban como mujeres que estaban de vuelta de todo. Ya no necesitaban mover su culo o sus brazos —aunque estoy segura de que ya lo habrían hecho bastante—, ahora desfilaban. No sé cómo sería su día a día, y no quiero ni imaginar lo difícil que podía llegar a ser, pero sabía que, en ese momento, estaban en medio de una celebración. Eran coloridas aves rojas y blancas que se pavoneaban y contorneaban para que todo el mundo las observara, orgullosas de sí mismas, de su barrio y de su canción.

Georgia, Frederico y Alan se habían ido a buscar cerveza. Mientras esperaban en la cola, lejos de la pista de baile, Frederico se inclinó hacia Georgia y dijo:

—No necesitas buscar a alguien para que te bese, preciosa Georgia. Estaría feliz de hacerte el amor cuando me lo pidas.

Y con eso, el comprometido Frederico besó a la soltera y cachonda Georgia, mientras el querido hermano de Anna se reía y bebía su cerveza. Frederico era atractivo, joven, brasileño y estaba buenísimo. La fantasía vengativa de Georgia había sido venir a Brasil y robarle el marido a una mujer y, ahora, tenía su oportunidad: Frederico era Melea en hombre y lo deseaba. Con todo, Georgia, novata de las citas, entendió instintivamente una de las reglas principales de estar soltera: las mujeres tenemos que apoyarnos las unas a las otras.

Así que Georgia empujó a Frederico hacia atrás y dijo que debían regresar a la fiesta. Y así Georgia respondió a la pregunta de quién cuidaba a las mujeres de Río y, muy a su pesar, la respuesta era «ella misma». Después de aquello, se giró hacia Alan y le puso prácticamente el dedo en la cara.

—Debería darte vergüenza. Eres su hermano.

Nos encontramos todos de nuevo al reunirnos con Flavia y Marco en el balcón. El rey y la reina de la escuela de samba estaban ahora bailando en medio de todo el caos, el hombre vestía un traje blanco impoluto y un sombrero del mismo color y la mujer llevaba un vestido rojo y una corona. La gente ondeaba banderas a su alrededor mientras bailaban separados y después juntos, cogidos de la mano.

En ese instante algo voló en el aire desde abajo. No vi lo que fue, pero Flavia puso sus manos sobre su cara y dio varios pasos hacia atrás. Caroline estaba allí mismo, sujetando el brazo de Flavia y preguntándole qué sucedía. En el suelo, al lado de Flavia, había una lata de cerveza. Alguien la había lanzado desde arriba ya fuera en salvaje desenfreno o con intenciones más malévolas. Sea como fuere, Flavia había recibido un golpe en la cara. Caroline la sentó en una silla y vi cómo la dura Flavia, la de la voz profunda, movía sus labios en una mueca y evitaba llorar.

Todo el mundo estaba tratando de descubrir qué demonios había pasado cuando los ojos de Flavia empezaron a hincharse. Caroline había ido a por hielo y Georgia estaba masajeando su espalda. Anna había llegado y cuando vio lo que había pasado se puso de rodillas y empezó a acariciar el pelo de Flavia. Pero Flavia simplemente se inclinó, recogió la ofensiva lata de cerveza y se la puso sobre el ojo para parar la hinchazón. Marco estaba de pie sin poder hacer nada. Esa mujer, que apenas conocía, estaba herida, pero él no estaba seguro de qué hacer o de cuál era su papel. Así que caminó de un lado a otro, pasando los dedos por los mechones de su pelo. Después de que se pasase el *shock*, Flavia le dijo a todo el mundo que estaba bien. Ana sugirió que era hora de marcharse y nos metimos en la furgoneta: Georgia, Flavia, Marco, Alan, Anna, Frederico y yo.

Así que, teniendo en cuenta que era Río y que eran las tres de la mañana, lo único sensato por hacer era ir a la pizzería Guanabara, un restaurante local. Al entrar vi hombres y mujeres adultos completamente sobrios y bien vestidos, todos agrupados de manera civilizada y comiendo pizza como si fueran las ocho de la tarde, algunos incluso estaban allí con sus hijos.

Nos sentamos, hablamos e intentamos hacer reír a Flavia mientras se ponía hielo en el ojo hinchado. Se lo había tomado con deportividad en el sentido más estricto de la palabra, no había ni un indicio de autocompasión. Mirándola, sentí que había aprendido algo sobre cómo ser soltera: *hay noches que te darán con una lata de cerveza en toda la cara. Es lo que hay y es mejor no parecer una enclenque.*

Flavia se fue acercando a Marco, apoyándose en él mientras él colocaba su brazo alrededor de ella. Él había encontrado su lugar, haciendo que el cuerpo de Flavia se acercase al suyo y colocando un brazo en torno a ella, haciéndola sentir segura. Puede que fuera la chica más dura y guay de Río, pero la habían herido, le habían tendido una emboscada. No importaba las amigas que pudiera tener alrededor, nada podía competir contra un fuerte torso masculino en el que apoyar su mejilla o contra unos musculosos brazos que la envolvieran.

Después, cuando los dejamos en casa de Flavia, Marco la ayudó a salir de la furgoneta y la abrazó con dulzura. Otro apunte sobre la soltería: durante la noche desafortunada en la que te den con una lata de cerveza en la cara, no sabes quién puede estar ahí, preparado y con ganas de consolarte.

Cuando Alan nos dejó en el hotel, las únicas que quedábamos éramos Georgia y yo. Georgia miró a Alan y dijo, por última vez:

—Debería darte vergüenza.

—¿Estás acostándote con otro *swami*? —preguntó Ruby, confusa.

Alice y ella se habían reunido con Serena en un restaurante en la Vigésimocuarta con la Octava y, sinceramente, todas se sentían un poco avergonzadas. No por la confesión de Serena de tener sexo *swami*, sino porque Serena parecía una de esas personas Hare Krishna que ya no se ven en los aeropuertos, y todo el mundo las estaba mirando.

—¿Pero no habías hecho un voto de castidad? —inquirió Ruby.

—¿Y no te habías acostado con nadie antes de hacer el voto *nunca*? —Alice hizo la pregunta con poco tacto.

—Hacía cuatro años que no tenía sexo con nadie.

Ruby miró a Serena con mucha simpatía. Alice continuó interrogando a la testigo.

—¿Así que no tienes sexo, haces un voto de castidad y ahora te acuestas con alguien?

—No es así —dijo Serena a la defensiva—. Me he enamorado. Me podía haber enamorado de alguien que hubiera conocido en una cafetería o en una clase de la universidad, simplemente pasó que me enamoré de alguien que conocí siendo *swami*. Es muy fuerte, es una de esas cosas que solo pasan una vez en la vida.

Las chicas no supieron qué responder. Todavía trataban de ignorar el hecho de que todo el mundo estaba mirando a Serena.

—Bueno —repuso Ruby—, supongo que los curas y las monjas se enamoran todo el tiempo, ¿no?

Alice bebió de su coca cola light.

—Y no es como si todo esto fuese de verdad, ¿no? Quiero decir que es algo como una religión que se finge, ¿verdad? ¿Alguien te va a decir que has pecado y vas a ir al infierno o algo así?

—Los hinduistas no creen en el infierno, solo en el *karma*.

Alice cogió las patatas fritas de Ruby.

—Entonces, si rompes tus votos, ¿crees que te reencarnarás en tu próxima vida en una hormiga o algo?

—Seguramente en una prostituta —dijo Serena, sintiéndose culpable.

Alice se echó a reír.

—Cierto, lo más seguro es que te reencarnes en una sucia prostituta callejera.

A Serena no le hizo gracia.

—Os he llamado porque Julie se ha ido y no tenía a nadie más con quién hablar. He hecho una gran promesa y creo que he tomado una mala decisión.

Todas se pusieron serias.

—¿Le has preguntado cómo se siente? —preguntó Alice.

Serena cubrió su cabeza con las manos.

—Se siente culpable. Se siente fatal.

Ruby se incorporó a la conversación:

—¿Quiere dejar la iglesia? ¿O templo, o cómo sea que lo llaméis?

—No está seguro. Dice que nunca le había pasado esto.

Alice cogió dos patatas y las engulló.

—Si es amor de verdad, ambos deberíais olvidaros de todo e intentarlo. Es *amor*, por Dios. ¡Es un milagro! ¡¿Qué va a ser más importante que eso?!

—Pero no es que no importe. Hay mucha gente que se enamora y luego lo suyo no funciona. En la religión hinduista se habla mucho de cómo es todo este mundo, esta existencia es un espejismo. Probablemente me enamoraría de *cualquiera* que me llevase a la cama por primera vez en cuatro años. Él lleva ocho años de *swami*. ¿Cómo le puedo hablar de esto si no estoy segura de que vaya a funcionar? Enamorarse no significa nada.

Alice esperaba que Serena tuviera razón. Ojalá estar enamorada no significara nada. Ojalá el respeto, la amabilidad y un poco de Brad Pitt mejoraran las cosas entre ella y Jim. Quizá estar enamorada era solo encaprichamiento y pasión y nadie debería tomar una decisión en su vida basándose en eso.

Ruby pensó en todos los hombres de los que había creído estar enamorada, con los que había tenido un sexo fantástico y con los que no había funcionado. Ahora no le importaban nada. Serena tenía razón. Era un espejismo. Antes de que las palabras salieran de la boca de Ruby, Alice las reprodujo.

—Quizá no deberías hacer nada drástico aún. Es muy reciente, así que no sabéis lo que hay de verdad entre vosotros. No te precipites.

Serena asintió con la cabeza, aliviada.

—Tienes razón. Tienes toda la razón. Es un buen plan. Debería esperar.

Se mantuvieron sentadas y en silencio, en cierta forma satisfechas de que al menos este problema se hubiera solucionado. Ruby bebió un sorbo de su café y miró por la ventana. Vio a dos niños de trece años vestidos con ropa de *hip hop*, señalando a Serena y riéndose, y miró hacia otro lado rápidamente, fingiendo que no había visto nada.

Otra vez en Río

La mañana siguiente, me desperté y vi a Georgia echada en la cama mirándome.

—Hoy voy a contratar a un prostituto.

—Buenos días para ti también.

—¿Por qué no? No tengo que estar en el aeropuerto hasta las ocho. Tengo mucho tiempo.

Y con eso abrió el Catálogo de Prostitutos por una página que había dejado señalada y cogió el teléfono. Marcó sin dudar. En un tono de voz muy profesional, preguntó si podía ver a Mauro a la una ese mismo día. Dio la dirección del hotel y el número de nuestra habitación, se mostró de acuerdo con el precio de quinientos dólares y colgó el teléfono. Nos sentamos en silencio durante un momento.

Entonces se echó a reír.

—¿No puedo hacerlo, verdad? ¡Soy madre, por el amor de Dios! Suspiré aliviada.

—No, no puedes. Me alegro de que por fin hayas entrado en razón. Vuelve a llamar.

Pero en ese momento Georgia se lo pensó dos veces.

—No, de hecho creo que lo voy a hacer. Quiero saber si podré disfrutar con el sexo que he pagado. Y, además, después de todo… ¡estamos en Río!

No me lo podía creer. Georgia planeaba acostarse con alguien que había contratado en serio. Estaba mortificada, nerviosa, enfadada y, debo admitirlo, ligeramente impresionada.

Al mediodía, Georgia y yo empezamos a prepararnos para su «cita» con Mauro. Habíamos acordado que yo estaría ahí cuando él llegase para que ambas pudiéramos echarle un vistazo antes de que ella se quedara sola con él. En parte deseaba que se echase para atrás en algún momento antes de que él se presentase —¡era una locura!—, pero de momento decidimos con cuidado lo que se pondría. Después de mirar dentro de su maleta llena de vestidos de verano, pantalones cortos, tacones y ropa de noche, tomamos una decisión: vaqueros y una camiseta. Por algún motivo desconocido no queríamos que pareciera demasiado ansiosa. Quería que llevara algo con lo que, si por alguna razón abortaba la misión, no se sintiera tonta. Es decir, ¿hay algo peor que estar sola en tu habitación de hotel con un camisón atrevido después de despedir a un prostituto sin acostarte con él? Vaqueros y una camiseta nos pareció lo mejor a las dos. Porque, después de todo, ¿no era eso para lo que necesitaba los quinientos dólares? Para que ella tuviera sexo sin preocuparse por cómo iba vestida.

A la una en punto el conserje avisó de que un tal señor Torres quería ver a Georgia.

—Gracias. ¿Podría decirle que suba en cinco minutos? —dijo Georgia en tono monótono antes de colgar. Y entonces ambas nos pusimos a gritar y correr por la habitación.

—¡¿Qué hacemos?! ¡¿Qué decimos cuando entre?! —chillé mientras saltaba sobre el sofá.

—Primero tenemos que decirle que no te vas a quedar, que no queremos algo tipo dos por el precio de uno.

—¡Cómo dices eso sin parecer… no sé!

—¡Es una locura! ¿Estoy loca? ¡Estoy loca! —dijo Georgia dando vueltas tratando de serenarse.

—¡Vino! ¡Necesitas beber! ¿Cómo no hemos pensado en eso antes? —Me estaba haciendo a la idea, el tren estaba a punto de partir y yo tenía curiosidad por ver a dónde nos llevaba.

Georgia corrió hasta el minibar. Descorchó una pequeña botella de vino y bebió. Me la pasó. Qué diablos, yo también necesitaba pegarle un buen trago.

—¿De qué vamos a hablar? —preguntó Georgia, nerviosa—. Normalmente, en una primera cita se hacen preguntas como: «¿En qué trabajas?» o «¿dónde vives?», pero ¡¿qué le voy a decir?!

Bebí otro poco de Chardonnay.

—No lo sé. Habla de Río, pregúntale sobre Brasil. Y ¿cómo se llama aquello que nos gusta tanto? Aquello que parece arena…

—Río y comida, vale.

Terminé la botellita y abrí otra.

—Lo echaré en dos vasos, uno para ti y otro para él.

—Vale, vale, bien, es una buena forma de empezar. —Georgia sacó dos copas. Luego se detuvo.

—Espera. ¿Y si no bebe?

—¿Un prostituto sobrio? ¿Tú crees? —dije mientras echaba el vino. Mis manos temblaban.

—Tienes razón, tienes razón.

Georgia colocó las copas sobre la encimera.

—Ahora necesitamos un plan. Necesitamos una palabra clave por si una de nosotras tiene un mal presentimiento.

—Lo tengo, vale —dije, paseando de un lado a otro—. Qué te parece, hum, bailar samba. Diré que fuimos a bailar samba y que fue divertido.

—No, eso es demasiado positivo. Me confundiré y pensaré que te gusta.

—Vale, ¿y algo como «fuimos a bailar samba pero era demasiado difícil»?

—Está bien, sí, bailar samba, malo, significa que es malo, lo tengo. ¿Y qué pasa si tengo un buen presentimiento y quiero que te vayas? —Georgia se miraba al espejo y se ahuecaba el pelo. Se giró y se metió en el baño. Cogió una botella de Listerine y empezó a hacer gárgaras.

—Sé sincera. Di algo como: «Bueno, Julie, creo que deberías irte a esa cita tuya que tienes».

—Bien, vale.

Georgia, de vuelta en la habitación, bebió un buen trago de vino. Hizo una mueca.

—¡Puaj, Listerine y Chardonnay, aj! —Se fue al baño y lo escupió, después se volvió a lavar.

En ese momento pregunté:

—¿Pero qué pasa si me dices que me vaya pero tengo un mal presentimiento sobre él?

—Entonces, después de que te diga que te vayas di: «Vale, pero ¿podemos hablar un minuto?», y después nos iremos al pasillo y hablaremos. —Georgia regresó a la habitación y volvió a beber vino. No puso ninguna cara esta vez, y siguió bebiendo.

—Vale, me parece bien. —Dejé de dar vueltas—. De acuerdo. Creo que estamos preparadas. —Y justo en ese momento llamaron a la puerta. Georgia y yo nos detuvimos. Después fuimos la una hacia la otra y nos agarramos de las manos, nerviosas.

—Abro yo —dije, en un arranque de valentía. Llegué hasta la puerta y puse la mano sobre la manilla. Antes de girarla miré a Georgia. Ambas gritamos en silencio. Me giré y abrí la puerta.

Como salido de un juego de mesa de los setenta, ahí estaba nuestra cita misteriosa. Mauro. No sé lo que tienen estos brasileños, pero él tenía una sonrisa deslumbrante que inmediatamente te hacía sentirte relajada.

Podía haber sido una estrella de telenovelas con su pequeña nariz puntiaguda y el pelo corto algo engominado. Era joven, de unos veintisiete años. Que llevara vaqueros y camiseta fue una coincidencia. Lo primero que pensé fue «no es ni gay ni asesino en serie». Lo segundo fue preguntarle: «¿qué hace un chico como tú…?», pero en lugar de eso dije:

—Tú debes ser Mauro. Pasa, por favor.

Él sonrió y entró. Georgia tenía una sonrisa tan amplia que parecía que su piel estaba a punto de romperse.

—Ya me iba. Solo quería saludar y asegurarme de que todo va… bien —dije para evitar confusiones.

Mauro asintió con la cabeza.

—Claro, por supuesto.

Georgia se acercó con una copa de vino. Observé que sus manos temblaban.

—¿Te gustaría una copa de vino? —Su voz parecía mucho más calmada que sus manos.

—Sí, estaría bien. —Cogió la copa y dijo—: Por favor, sentémonos y relajémonos.

Ambas nos sentamos al instante como si fuésemos cachorrillos obedientes. Georgia y yo lo hicimos en el sofá y Mauro en el sillón a la derecha de Georgia. Me di cuenta que, en medio de nuestro nerviosismo, nos habíamos olvidado de algo importante: puede que fuera nuestra primera vez para algo así, pero definitivamente no era la suya.

—¿Os lo estáis pasando bien en Río? —preguntó, animado.

Mientras Georgia hablaba de la playa, Lapa y lo que sea que estuviese diciendo, yo traté de crear un perfil de Mauro. No parecía que odiase su trabajo. No parecía drogarse o tener un tío gordo que llevase pieles y un sombrero de fieltro esperándole abajo para pegarle y llevarse su dinero. Parecía a gusto de estar allí con nosotras. Quizá se sentía aliviado; Georgia era preciosa, incluso en camiseta y vaqueros. Quizá a él simplemente le gustaba acostarse con mujeres. ¿Por qué no ganar dinero con ello? ¿Pero cómo se excita con todas las mujeres? No es algo que puedas fingir. ¿Qué pasaba con las poco agraciadas? ¿Acaso tiene un suero intravenoso de viagra en algún lado? Tenía tantas preguntas que no pude resistirme.

—Dime, Mauro. ¿Te gusta este tipo de trabajo?

Georgia me miró, con los ojos desorbitados, tratando de mantener mi boca cerrada telepáticamente.

Mauro simplemente sonrió. Seguro que no era la primera vez que conocía a una chica cotilla.

—Sí, mucho. No es fácil trabajar en Río, y me encantan las mujeres —dijo amablemente. Lo volví a mirar y él continuaba pareciéndome bueno. Pero había algo de él que le hacía parecer… vacío. Idiota, vamos.

—¿Es difícil acostarse con mujeres que, ya sabes, no son… atractivas? —perseveré.

Mauro alzó una ceja y negó con la cabeza.

—No hay mujer poco atractiva cuando se le da placer.

Evidentemente aquello formaba parte de la primera lección del Manual de Prostitutos, pero funcionó. Lo siguiente que oí fue: «Julie, ¿no tenías que ir esa cita tuya?» Miré a Georgia, que ahora trataba de sacarme por la puerta telepáticamente. En realidad, las mujeres son igual de fáciles que los hombres cuando se trata de excitación sexual. Pero en lugar de porno, necesitamos un hombre que nos pueda mentir y decirnos que somos hermosas sin importar lo demás.

—Sí, claro. Tengo que irme. —Me levanté de la silla y también lo hizo Mauro. Le habían entrenado bien.

—Encantado de conocerte.

Cogí mi bolso, me puse una chaqueta y me fui hacia la puerta. Me giré para mirar a Georgia. Ella hizo un gesto con la mano despidiéndome y yo sonreí. Sabía que estaría bien. Quizá mejor que bien.

Decidí pasear por la playa para hacer tiempo. Desde la arena, fijé mis ojos en las dos montañas verdes que sobresalían del océano, las que muchos comparaban a las nalgas de una mujer.

No había salida posible. Incluso las montañas tenían mejor culo que el mío.

Mientras caminaba por la playa pensé en Thomas, en el tiempo que pasamos juntos. Quizá me había imaginado todo aquello: la conexión, el romance… Mientras pasaba al lado de las mujeres en bikini con sus traseros al aire, intenté ver si tenían algo de celulitis. Nada.

Observando todos esos perfectos y suaves cuerpos me pregunté si la razón por la que Thomas no me había llamado tenía algo que ver con mi celulitis. Se acostó conmigo porque conectamos, pero después, al recordar los horrores que había visto y tocado, habría vuelto en sí. Me senté en la arena y me pregunté cuándo se acabaría todo aquello. ¿Cuándo iba a sentirme bien conmigo misma? ¿Es demasiado pedir querer quererme tal como soy? Las mujeres heterosexuales necesitan hombres que les digan que son preciosas, sexis y fantásticas; lo necesitamos, qué se le va a hacer. Porque cada día el mundo nos dice que no somos lo suficientemente bonitas, lo suficientemente delgadas, o lo suficientemente ricas. ¿Pasa algo por sentirnos bien con unas pocas frases y un par de velas? Pero justo cuando empezaba a caer en aquella espiral de autocompasión y desesperación, me acordé de algo: aquel hombre, Paulo, me había dado su número de teléfono.

Casi me había olvidado de esa sensacional información, pero como alguien que se aferra a un salvavidas, cogí mi móvil y busqué su número. Llamé. No pude evitarlo. Después de todo, ¡estaba en Río! Y Thomas no me había llamado.

Entonces caí en la cuenta que Paulo no hablaba mi idioma. Decidí mandarle un mensaje, por si estaba cerca de alguien que lo hablase y que le pudiera ayudar. Escribí en el teléfono: «Hola, Paulo. ¿Te gustaría que nos viéramos hoy?» Cerré el móvil y pensé en cómo le iría a Georgia.

¿Éramos asquerosas? Acostándonos con prostitutos, con hombres casados, teniendo sexo de una noche. ¡¿Es eso manera de estar soltera?! Antes de poder profundizar en ello, mi móvil sonó, para indicar que tenía un mensaje. Era Paulo. Decía que podíamos quedar en mi hotel en diez minutos. Como hubiera dicho Thomas: «Hay que decirle que sí a la vida». Y una de las mejores cosas de estar soltera era que podías decirle que sí a la vida ¡las veces que te diera la gana!

Regresé corriendo al hotel y utilicé mi tarjeta de crédito para reservar una habitación extra. Gracias a Dios, tenían una libre. Le contesté a Paulo con el número de habitación y vino. Cuando abrí la puerta sus ojos brillaron.

—¡Hola, Paulo! —dije, sin saber cuánto podría entender. Pero antes de poder decir nada más él ya había envuelto sus brazos en torno a mi espalda, besándome. Su lengua era tan suave como una pluma y acariciaba la mía despacio y con suavidad. Nos quedamos allí, suspendidos en el tiempo por nuestros labios y lenguas. Como si toda su concentración fuese dirigida a sus besos, asegurándose de que su lengua no hiciera un mal movimiento. Permanecimos en medio de la habitación durante unos quince minutos, besándonos. Era el hombre que mejor besaba de todos los que había tenido el gusto de besar.

Entonces, él puso sus brazos en torno a mi cintura y me alzó en brazos. Me levantaba, me besaba y me hacía sentir pequeña. Delicada. Me volvió a posar en el suelo y empezó a besar mi cuello suavemente. Me tocó la cabeza, el pelo y masajeó mis hombros mientras me besaba. Con suavidad me giró, levantando mi cabello y besando mi nuca, manteniendo nuestros cuerpos pegados. Sus manos pasaron despacio sobre mi pecho, bajaron hasta mi cintura y se colaron por debajo de mi camiseta. Giré mi cara hacia él y él se inclinó para besarme, acariciando mis senos con la mano mientras tanto. Su mano izquierda se dirigía ahora hacia mi pierna, a través de mi muslo. Coló la mano bajo la falda holgada y larga que llevaba y suavemente la guio hacia arriba. Nuestras respiraciones se aceleraban y yo dejé escapar un jadeo cuando su palma encontró el camino entre mis piernas. Mi mano derecha estaba en el escritorio, yo me balanceaba mientras él pegaba su cuerpo al mío. Él levantó mi pierna izquierda y la puso en una silla al lado del escritorio. Mi brazo izquierdo estaba detrás de mí, tocando su trasero y sus muslos. Podía sentir su erección pegada a la parte baja de mi espalda. Él acariciaba mi ingle con los dedos, buscando, explorando. Mi respiración era agitada. Con las dos manos, me bajó la falda y la ropa interior. Terminé de sacarme la parte de abajo mientras él me quitaba la camiseta por arriba. Después, él se quitó la suya. Podía sentir su piel caliente y suave contra la mía. Quería girarme y pasar las manos por su torso, envolver su cadera con mis brazos y mirarlo a la cara, pero no me atreví a moverme.

Y entonces —como si a esas alturas no se hubiese ganado ya el título de genio— metió la mano en el bolsillo trasero de sus pantalones cortos y sacó un condón. Mi mente ya estaba temiendo ese momento en el que tendríamos que separarnos, aquel en el que alguien murmura algo así como «¿tienes un…? Deberíamos coger un…», pero me salvé. Paulo era un caballero, un actor porno amateur, y sacó el condón, quitó el envoltorio y se lo puso.

Imagino que hay mujeres que son buenas en eso de la transferencia de condón: desenvolverlo, desenrollarlo y ponérselo al hombre expectante. Pero yo no, ni hablar. Desde mis treinta y cinco, los condones suponían la temible posibilidad de perder una erección. No sé si eran los hombres con los que había estado o algo mío, pero hubo tantas oportunidades fallidas al sacar yo a escena el condón que aquello me empezó a aterrorizar. Después de varios infortunios, me negué a estar cerca de uno. Los usaba, por supuesto, pero mis manos no se aproximaban a ellos. Aquello iba a ser problema del otro. Él solo iba a ser el culpable de la pérdida de erección. En cualquier caso, en aquel momento Paulo tenía erección, condón y ganas de pasarlo bien, así que entró elegantemente dentro de mí. Su cabeza estaba al lado de la mía, sus brazos, hombros y bíceps estaban a mi alrededor, envolviéndome. Me susurró al oído: «Eres tan hermosa». Lo besé. Tras eso, su lengua empezó a lamerme el lóbulo de la oreja y a moverla, y su cálida respiración me hacía cosquillas. Dios, parecía un hombre-orquesta: su mano derecha volvía a estar entre mis piernas, tocando justo el punto exacto, su lengua me hacía temblar y su miembro estaba dentro de mí, moviéndose y penetrándome suavemente, a la perfección. Todo eso de pie, casi nada. Sentía como si estuviera en un trío en el que me estuvieran tocando y besando todas y cada una de mis zonas erógenas, pero ese hombre encantador lo estaba haciendo todo él solito. Estaba haciendo sonidos algo ruidosos que nunca antes habían salido de mí. No perdió el ritmo cuando mi cuerpo se retorció, se arqueó y llegué al orgasmo. Me giré para mirarlo y lo besé en la boca. Él me cogió y me llevó al sillón, donde se sentó, y me colocó sobre él, sin dejar de penetrarme. Quería darle un premio. Posó sus manos en mis caderas y estableció el ritmo. Ahora me tocaba a mí trabajar y me moví bajo sus directrices, rezando para que mis muslos aguantasen, un calambre sería muy descortés en ese momento. Observé cómo cerraba los ojos, toda su concentración dirigida ahora hacia el placer. Pero entonces me miró, me atrajo hacia él y me besó, enredando sus manos en mi pelo. Nos movimos juntos, con mis brazos en torno a su cuello, besándonos y jadeando, hasta que de repente se agarró a los brazos del sillón, apretó mis piernas en torno a él con fuerza y se levantó. Se dirigió a la cama y me posó sobre ella. Por un momento me entró la paranoia. ¿No lo estaba haciendo bien? ¿Había llevado el ritmo mal? Algunas veces, encima, es difícil conseguirlo... Aparté ese pensamiento de la cabeza cuando su cuerpo se pegó al mío, con mis piernas envolviendo su torso. Sus ojos se abrían de vez en cuando para mirarme, sonreírme y besarme. Estaba por su cuenta ahora, sabía exactamente cómo moverse para alcanzar el éxtasis. Y lo hizo, diciendo en portugués: «*Meu Deus, meu Deus!*»

Rodó hasta ponerse de costado y yo rodé hasta ponerme de cara a él. Nos besamos suavemente, con nuestros brazos y piernas enroscados. Después de veinte minutos de estar así, me susurró al oído un «ahora debo irme». Y tres minutos después ya estaba vestido y dándome un beso de despedida. Me dijo tiernamente: «Me gustas», y después fue historia. Me eché en la cama para pensar en cómo me sentía respecto a esto pero no tuve mucho tiempo para ello porque Georgia me llamó al móvil. No había moros en la costa para entrar en la habitación. «Cómo nos gustan los intercambios», pensé.

Cuando regresé, la cama estaba hecha, gracias a Dios, y no había signos de sexo en ningún lado. Georgia ya había hecho la maleta y estaba preparada para ir al aeropuerto.

—Hola, Julie —dijo, sin desvelar nada.

—Hola —contesté mientras me sentaba en el sofá. Decidí no ser tímida—. Bueno ¿cómo te ha ido?

Georgia se sentó en el sillón y pensó la respuesta durante un par de minutos.

—Debo decir que no está nada mal pagar por sexo.

Georgia no parecía diferente en absoluto. Sé que es algo raro de apreciar, como si pagar por sexo se pudiese reflejar en la cara de alguien. Si ese fuera el caso, habría muchas más mujeres pidiendo el divorcio por toda América. De todas formas, esperé su contestación.

—Ha estado bien. Ha estado muy bien.

—Bueno, ¡¿cuéntamelo ya, no?!

—Vale, vale.

Georgia se puso seria, como si fuera una astronauta describiendo cómo era eso de caminar en la Luna.

—Ha sido increíble en la cama. Como un profesional de verdad. Ha sido capaz de estar erecto durante un buen rato, mucho rato; se me ha echado encima por toda la habitación, en el buen sentido, y ha sido muy satisfactorio.

—Así que ha estado bien —dije—. Ha estado bien. ¿Te alegras de haberlo hecho?

Georgia se lo pensó.

—Sí. Es decir, físicamente ha sido absolutamente satisfactorio. —Se levantó del sillón y se miró contra el espejo del escritorio. Cogió una barra de labios y se los empezó a pintar.

—¿Y...?

—Y... ya está. Ha sido completamente satisfactorio físicamente. Si tengo que quejarme de algo es de que ha sido un poco frío. No frío tipo bruto o sin sentimiento. Frío como...

—Como si estuvieses teniendo sexo con un prostituto.

Georgia se echó a reír.

—Exacto. Como si tuviera sexo con un prostituto.

Justo entonces sonó el teléfono. El taxi de Georgia había llegado.

—¿Pero sabes qué? —me dijo—. Completamente satisfecha físicamente no es una mala manera de dejar una habitación.

Sonreí. No lo era en absoluto.

Llegó la hora de que Georgia se fuese. La acompañé hasta el taxi y le di un gran abrazo. Pensé en lo genial que estaría poder montarme en el coche con ella y volver a casa. Pero me resistí. Ella me dio un trozo de papel.

—Este es el número de mi prima Rachel en Australia. Es muy divertida y conoce a todo el mundo.

—¿Qué? ¿Australia?

—Es solo una idea.

—¿Tienes familia en Sídney, Australia? Eso está bastante lejos.

—Lo sé, ¿pero no tienes esa cosa del billete?

—Sí, pero parece que está muy lejos. No quiero tener un ataque de ansiedad y terminar el Lexomil para después estar alucinando en el Pacífico Sur.

—Toma. —Georgia me dio una pequeña bolsa de plástico que contenía unas pastillas—. Llévate unas pocas de mis Xanax. Solo como suplemento para el Lexomil. Son increíbles.

—Pero voy a viajar sola. Es un viaje muy largo.

—Pero una vez llegues allí conocerás a mi prima Rachel. Ella te ayudará con todo lo que necesites.

Miré la bolsita. Tenía suficiente medicación para el viaje.

—Bueno, he leído que hay sequía de hombres allí. *Quizá* sería un buen sitio para mi investigación.

Georgia me observó con esa mirada y me habló con ese tono.

—Julie. Vete.

Obedecí inmediatamente.

6

Haz las paces con las estadísticas
porque no hay nada que hacer con ellas

(*¿O sí?*)

Siempre pensé que vivimos en un mundo en el que, si querías ir de Río de Janeiro, Brasil, a Sídney, Australia, simplemente te metías en un avión —quizá con una escala en, pongamos, Nueva Zelanda— y seguías con tu camino. Pero cuando recibí el itinerario impreso en la recepción del hotel, aquello parecía un ejemplar del *National Geographic*. Tenía que ir de Río a Santiago de Chile, donde haría escala cuatro horas y media más tarde. Hasta aquí sonaba bien. Después tenía que coger un vuelo de cinco horas desde Chile a Hanga Roa. Y os preguntaréis, ¿dónde demonios está Hanga Roa? Es la «capital» de la Isla de Pascua. ¿Y dónde está la Isla de Pascua? Está cerca de la costa de Chile, en el océano Pacífico Sur. Los nativos la llaman Rapa Nui, tiene una población de tres mil habitantes y es famosa por las misteriosas esculturas gigantes de hombres aterradores que surcan la costa. Supuestamente es un sitio encantador para ir de visita, ir de buceo, montar a caballo, ver ruinas místicas y paisajes, y hacer rutas de escaladas espectaculares. Pero solo iba a pasar una hora en el aeropuerto, esperando la conexión con Papeete, Tahití. Aterrizar en Tahití llevaría otras cinco horas, llegaría a las once y media de la noche. Y, tras esperar en Papeete hasta las tres de la mañana, cogería un avión que me dejaría ocho horas más tarde en Sídney.

Superé la mayoría de las veintidós horas y media de vuelo como una campeona, mezclaba las pastillas como si fuera una farmacéutica.

Tomé Tylenol PM en Chile y en la Isla de Pascua. Un Lexomil para ir a Tahití y un Xanax para Sídney. Una maravilla.

En esta ocasión no empecé a respirar agitadamente, a sudar y a marearme durante el vuelo, no (las pastillas funcionaron bastante bien para eso). En esta ocasión fue en los diferentes aeropuertos donde casi pierdo la cabeza.

Había decidido que, a lo largo de las escalas en los aeropuertos, iba a empezar a leer acerca de la supuesta «sequía masculina» que asolaba Australia y Nueva Zelanda, así que imprimí todos los artículos que pude encontrar en Internet y los leí. En los bares y salas de espera de los aeropuertos del Pacífico Sur recibí las malas noticias: que, en 2004, una neozelandesa de treinta y dos años tenía las mismas oportunidades de encontrar a un hombre de su misma edad con el que iniciar una relación que una mujer de ochenta y dos; que por cada cinco mujeres hay un hombre en Sídney, Australia. Y después había un informe británico que afirmaba que por cada incremento en dieciséis puntos del cociente intelectual femenino había un descenso del 40% de probabilidad de contraer matrimonio, sin mencionar el consejo que se le daba a las veinteañeras australianas de «cazar y atar» a sus hombres antes de cumplir los treinta, porque después quién sabe si serás capaz de conocer a un hombre, y no hablemos ya de compromiso.

Para cuando me dirigía a Papeete ya no estaba aterrorizada por caerme desde las nubes hacia una muerte segura, ni porque esos últimos minutos se alargasen una eternidad, lo suficiente para darme cuenta de que esos serían mis últimos segundos en la Tierra, que no volvería a ver a mis amigos o familia, que nunca me enamoraría ni tendría hijos y que mi vida estaba a punto de acabarse. No, eso ya no me preocupaba en absoluto. Ahora ya estaba suficientemente aterrada leyendo sobre las solteras de más de treinta y cinco años. Mientras entraba en el avión con dirección a Sídney y me tomaba un Xanax, me sentí confusa. ¿Dónde quedaba aquello de que «había una tapa para cada olla»? La gente tiene que dejar de decir esas gilipolleces. Porque esto es lo que hay: las estadísticas nos dicen que *no* hay una tapa para cada olla. Es como si las tapas se hubieran ido de la cocina para buscar ollas mejores, o para buscar ollas más nuevas. Sea cual sea el motivo, parece que hay muchas ollas destapadas en las cocinas de hoy en día.

El Xanax intentaba hacerse con el control de mi mente mientras mis pensamientos iban a mil por hora; estaba obsesionada y preocupada. ¿Qué les va a pasar a todas estas mujeres? Si no hay garantía de que haya un anillo para cada dedo, ¡¿en qué van a creer estas mujeres?! ¿En que puede que no se enamoren, se casen, o tengan una familia convencional? ¿O hay algunas que piensan que, a la hora de asentarse, no todas pueden hacerlo con el amor de su vida así que toca hacer lo que se pueda? ¿Y qué van a pensar sobre la idea de no tener nunca a nadie en su vida a quien quieran de verdad, y que las quiera profundamente y con pasión? Y cuando digo *ellas*, quiero decir *nosotras*. Y cuando digo *nosotras*, estoy hablando específicamente de *mí*.

Así que mi pregunta es la siguiente: ¿cuánta pena representa que nos tiene que dar todo esto? Por un lado, las canciones de amor y las películas —y a veces nuestras propias experiencias personales— nos dicen que la vida sin amor es una tragedia; que es uno de los peores destinos que se puedan imaginar, y todo ese rollo. Por otro lado, también se nos dice que no necesitamos a un hombre en nuestras vidas. Que somos personas fantásticas y vivaces, fabulosas tal y cual somos. ¿Entonces, se puede saber en qué quedamos? ¿Es una tragedia no encontrar el amor que estábamos buscando o esto es una idea carca y antifeminista? ¿Será que el amor está sobrevalorado? ¿Quizá no sobrevalorado, pero sí demasiado simplificado? Puede que debamos olvidarnos de películas y canciones de aquellas que hacen pensar que enamorarse y vivir felices es algo tan frecuente y fácil como mascar chicle. Deberían decirnos que es más bien como ganar la lotería. Mucha gente juega, pero muy pocos ganan. Según los estudios, del 43 al 51% de matrimonios americanos terminan en divorcio. De hecho, el americano medio pasará más años de su vida adulta sin estar casado que estándolo si vive más de setenta años. Y un nuevo estudio censal informa de que las parejas casadas y con familia se han convertido oficialmente en un colectivo ligeramente minoritario.

Las luces del interior del avión se empezaron a apagar. Me encanta eso de los vuelos nocturnos. Los azafatos se convierten en monitores de campamento y deciden cuándo toca apagar las luces, obligando sutilmente a un grupo entero de adultos a irse a dormir. Pero yo no podía. Incluso con el Xanax me obsesionaba la idea de las estadísticas en general. ¿Qué se supone que tenemos que hacer con estas cosas odiosas?

Es decir, cualquier mujer que viva en Nueva York puede hablarte sobre la estadística de 1986, cuando *Newsweek* nos dijo que, si tenías más de cuarenta años y vivías en Nueva York, había más probabilidades de que fueses víctima de un ataque terrorista que de casarte. Pero después, mira por dónde, veinte años más tarde, después de que muchas cuarentonas se fueran a Vermont, o se casaran con hombres a quienes no querían, o se gastaran miles de dólares en cursos de Marianna Williamson o cirugía estética, o se levantaran cada puñetera mañana aterrorizadas por esa maldita estadística... *Newsweek* publicó un artículo diciendo: «¡Vaya! ¡Nos habíamos equivocado! Lo sentimos. La verdad es que tenéis bastantes probabilidades de casaros. Que todo el mundo siga con lo que estaba haciendo».

En fin, ahí van mis estadísticas. Punto número uno: todo hombre que conozco, veo o del que oigo hablar —pobre, aburrido, calvo, arrogante o lo que sea, a menos que esté encerrado en algún lado— puede tener novia cuando quiera. Punto número dos: conozco a docenas de mujeres en Nueva York —inteligentes, divertidas, saludables, económicamente estables, profesionalmente satisfechas, fascinantes y en forma— que tienen entre treinta y cincuenta años y que están solteras. Y no solteras tipo «entre novios», sino solteras solteras, solteras durante años. Cuando oigo que una pareja rompe sé que el hombre empezará una relación mucho antes que la mujer.

Saqué mi antifaz de vinilo de siempre y me lo puse porque me quedaba fenomenal. Es broma. Intentaba desconectar, silenciar a mi cerebro, dejar de pensar en aquello. Porque hay algo más: ¿El monólogo que acabo de soltar? No es mío. Muchas mujeres antes que yo lo han repetido, durante años, mujeres de la edad de mi madre, y quizá más mayores aún. Y la queja sigue siendo la misma: no hay suficientes hombres que merezcan la pena ahí fuera. ¿Y qué tiene que hacer una? ¿Cómo te quedas, como soltera, cuando las estadísticas (y la realidad) te dicen que estás condenada al fracaso?

Llegué al hotel cansada e irritada; después de más de veinticuatro horas de viaje, lo único que necesitaba era irme a la cama. Mientras el botones sacaba mis maletas del taxi me giré y observé el horizonte.

Incluso dentro de mi nube de pastillas y falta de sueño no pude evitar sentirme sobrecogida ante la Ópera de Sídney, sobresaliendo del puerto como un pequeño milagro. No me apasiona mucho la arquitectura en general, pero al verla de cerca, me sorprendí por lo hermosa que me parecía. Nunca había visto un edificio que pareciese una extensión orgánica del paisaje de una ciudad. Por lo visto, el arquitecto, Jorn Utzon, diseñó el tejado para que pareciera un «barco a toda vela». Y eso es lo que vi, la Ópera de Sídney a toda vela ante mis ojos.

Mi hotel estaba justo en el muelle y, aunque todo lo que quería era meterme en la cama, sentía que debía estar allí de pie mientras llevaban mis maletas al hotel para empaparme de ello. Mientras lo hice sentí que, con toda seguridad —y que le den a las estadísticas—, me lo iba a pasar genial en Sídney. El trayecto desde el aeropuerto había sido agradable, la temperatura era cálida y el sol brillaba. Sídney parecía moderna pero pintoresca, inglesa pero a la vez panasiática. El pesimismo que había sentido en el avión había desaparecido. Me había sobrepasado con las estadísticas y me habían hecho sentir mal. La realidad de Sídney era algo diferente.

Cuando entré en la habitación, la buena noticia fue que era preciosa, con vistas al agua y muy espaciosa. La mala noticia fue que ya había *alguien* durmiendo en una de las camas individuales. Dejé escapar un jadeo y me quedé quieta. Pensé que había entrado en la habitación de otra persona y traté de dar media vuelta, intentando salir antes de despertar a quien fuera que estuviese allí. Pero entonces escuché un sonido que podría reconocer en cualquier lado: la respiración de Alice cuando duerme. No es un verdadero ronquido, es mucho más delicado que eso, como un ronroneo fuerte. Lo sé por los viajes que hemos hecho a las Bahamas y a Nueva Orleans. Me acerqué a su cama y vi que estaba en lo cierto: era Alice, profundamente dormida. No sabía cómo había llegado allí, pero allí estaba. Me eché en la otra cama y el sueño me venció.

Cuando nos despertamos, Alice me explicó que Georgia la había llamado desde el aeropuerto de Río para contarle lo bien que se lo había pasado. Alice, que es un poco competitiva y nunca quiere perderse una fiesta, le preguntó a Georgia a dónde iba después y decidió acompañarme. No sabía cómo le iba con Jim pero no me parecía buena señal que Alice, en medio de una nueva relación, decidiera que *tenía* que irse a la otra punta del mundo. Así que, como amiga, tenía que preguntárselo.

—Cuéntame sobre ese tal Jim, ¿cómo te va con él?

Alice sacudió la cabeza y medio sonrió.

—Es genial. Muy bueno. Es decir, Dios mío, superbueno. —Alice salió de la cama rápidamente—. ¿Vamos a comer algo? Me muero de hambre.

Aquella noche quedamos con la prima de Georgia, Rachel, para tomar algo en el bar del hotel. Estábamos sentadas en una mesa de la terraza, observando el puerto. El agua brillaba, la brisa era agradable y la maldita ópera estaba otra vez presumiendo. Todo divino.

Rachel era una australiana urbanita de treinta años, alegre y animada, y con el pelo rubio, largo y rizado. Trabajaba como publicista para una exitosa empresa familiar que era propietaria de muchos restaurantes y hoteles por todo Sídney, y hablaba muy rápido y con un acento un poco nasal, propio de los australianos. Bebíamos un buen rosado australiano y ella nos contaba lo que íbamos a hacer esa noche.

—Va a ser una fiesta increíble. Es el cumpleaños de un tipo muy rico. Su familia ganó dinero con las reses. ¡Es una pasada que podamos ir! Mi amigo Leo nos ha conseguido las invitaciones. ¿No es genial?

—Sí, estamos entusiasmadas —dije educadamente.

—Y los chicos de Sídney están buenos, y mucho.

—¿Y qué pasa con lo de la sequía de hombres? —pregunté—. ¿Es cierto?

Rachel asintió enérgicamente.

—Parece que a los hombres no les falta dónde escoger. Por eso no pienso dejar a mi novio, por muy cabrito que sea.

—¿No se porta bien contigo? —le pregunté, intentando adivinar el sentido de *cabrito*.

—Para nada, pero está para mojar pan.

Cuando llegamos a la fiesta, esta ya estaba en su apogeo. Los hombres y mujeres más atractivos de Sídney estaban allí, con sus mejores galas de sábado noche. Las chicas llevaban tops con vaqueros o vestidos vaporosos, el pelo ahuecado y echado hacia atrás y los labios rosas y brillantes. Los hombres lucían elegantes con sus chaquetas, sus vaqueros y su pelo cepillado. La gente de Sídney sabía cómo vestirse para la ocasión (era un estilo al que podríamos llamar «informal pero exquisito»). El club privado parecía querer emular la estética de la opera de París, con terciopelo rojo, laminados de oro y murales.

Mientras nos dirigíamos al bar, un hombre alto con pelo negro estudiadamente moldeado se acercó a nosotros. Rachel nos dijo que él era nuestro anfitrión, Clark. Besó a Rachel en la mejilla.

—Así que estas deben de ser las mujeres de Nueva York.

—Sí, ellas son Julie y Alice.

Él me miró.

—¿Eres tú la que está entrevistando a mujeres de todo el mundo?

—Supongo que sí —contesté un poco avergonzada.

—Fenomenal —dijo—. ¿Os apetecen unos sammy's? Es lo que todo el mundo está bebiendo esta noche.

—Perfecto —repuso Rachel, y él se inclinó para pedir.

—¿Qué es un sammy? —le preguntó Alice a Rachel.

—Un Semillón. Vino blanco local. No es muy conocido en Estados Unidos, pero está por toda Australia.

Clark nos trajo el vino.

—¿Te gustaría que te presentase a varias mujeres solteras con las que poder hablar?

—Claro —dije, y saqué mi pequeño cuaderno del bolso.

Alice me cogió de la muñeca.

—No, ahora no —negó—. Ha llegado la hora de que Julie hable con hombres solteros. —Me llevó hacia una multitud de hombres y después añadió—: Sequía de hombres, ¡y un huevo! Las estadísticas no prueban nada. Y lo voy a demostrar.

Poco después Alice se había hecho amiga de cuatro hombres jóvenes trajeados. Mantenía la atención de todo el grupo a medida que les contaba cómo hizo que un juez liberara a un drogadicto por falta de pruebas y el drogadicto trató de agradecérselo dándole un gramo de cocaína. Estaban embobados e impresionados.

—Es increíble, de verdad —dijo uno de los hombres extraordinariamente guapos.

—Es fantástico, tan joven y haber logrado tanto —comentó otro.

De algún modo, eso de estar con Jim le estaba yendo de maravilla a Alice porque ya no sentía la necesidad de mentir para quitarse importancia. Se sentía lo suficientemente bien consigo misma como para decir la verdad.

—Bueno, no soy tan joven. Tengo treinta y ocho.

Todos ellos la miraron sorprendidos.

—¡Vaya, pensaba que tendrías unos treinta y dos! —soltó el extraordinariamente guapo.

—Yo te echaba unos treinta —dijo el más bajo y fornido.

Sus dos amigos estaban de acuerdo con ellos.

—Pues no. Treinta y ocho. —Y entonces Alice tuvo que incluirme—: Julie también tiene treinta y ocho.

Y ahora, seamos sinceros, la única respuesta educada por parte de cualquier hombre en ese momento sería una enorme muestra de incredulidad, y gracias a Dios eso fue lo que hicieron.

Siempre me he sentido culpable por la alegría que me entra cuando alguien piensa que soy más joven de lo que soy en realidad. Como si aparentar tu edad fuera una desgracia. Cada vez que respondo «gracias» cuando alguien me dice que me veo más joven, siempre pienso: «ambos acabamos de reconocer que ser vieja es terrible».

—Vaya, estás genial para la edad que tienes —dijo el bajo y fornido.

Aquella manera tan desenvuelta que tuvo de soltarlo me hizo sentir una anciana... La música empezó a subir de volumen y la gente comenzó a bailar, y de repente, se ve que dos de los tipos necesitaban irse urgentemente al otro lado de la sala. El rubio extraordinariamente guapo no se iba a escapar tan fácilmente. Alice le preguntó si quería bailar. Él aceptó y, entonces, el hombre bajito y fornido y yo nos quedamos allí parados mirándonos hasta que le sugerí bailar y él educadamente dijo que sí.

Alice y yo fuimos a la pista de baile con aquellos dos. Y no quiero fardar, pero Alice y yo sabemos bailar. No nos volvemos locas en la pista, nada de qué avergonzarse, solo somos un par de chicas con ritmo. Sonaba la canción *Groove Is in the Heart* y ¿a quién no le gusta bailar eso? Alice y yo estábamos meneando el esqueleto, moviendo las caderas y los pies, dando palmas, pero los hombres simplemente daban un paso de izquierda a derecha. Vale, no son bailarines, no pasa nada. Pero me cortó el rollo discotequero. Dejé de menear tanto las caderas y me moví más despacio. Alice, al contrario, siguió a su ritmo, bailando cada vez más cerca del tío guapo, posando la mano sobre su cadera durante un momento para luego apartarla y dar vueltas. No estaba haciendo el ridículo ni por asomo. Se lo pasaba bien. Pero el señor Tío Guapo no parecía querer seguirle el rollo. Yo todavía me lo estaba pasando bien porque me encanta la canción, pero era difícil no darse cuenta de que el tío bajito miraba al techo mientras bailábamos, no manteníamos contacto visual. Esto es lo que me gusta de bailar: es un momento en el que te sientes libre, sexy, y puedes tontear con alguien que no te interesa. Al igual que besar en Río, es una manera muy buena de subirte el ego sin acostarte con nadie que no quieras.

Así que yo miraba al Tío Bajito, sonriendo, tratando de ser maja y tontear. Tenía el pelo muy corto y la cara redonda y rubicunda. Me sonrió brevemente y volvió al plan de mirar metro y algo por encima de mi cabeza. Fue bastante desconcertante. Así que cuando terminó la canción tenía pensado irme de la pista y alejarme del Tío Bajito. Pero entonces *Hey Ya* de Outkast empezó a sonar y me gusta *muchísimo* bailar esa canción. Así que seguí bailando y no le di oportunidad al Tío Bajito de escaquearse.

Mientras brincaba arriba y abajo tuve un momento de contacto visual con Tío Bajito y le sonreí. Él me ignoró y volvió a fijar su atención sobre mi cabeza. En ese medio segundo me di cuenta de lo que pasaba: no le parecía sexualmente deseable. Claro que ya me había pasado antes, en citas o conversaciones, pero nunca en una pista de baile cuando me movía de forma sugerente. Me sobrevino una oleada de humillación.

—¡No veas cosas donde no las hay! —me dijo Alice más tarde mientras esperábamos nuestros sammy's en la barra—. No le gusta bailar. Me ha pasado lo mismo con mi chico. Por eso se movía de un lado a otro. ¿Tú has visto que yo me lo haya tomado como algo personal?

—Alice, miraba por encima de mi cabeza *todo el rato*. ¡Por encima de mi cabeza! —casi chillaba.

Nos bebimos el vino, que estaba delicioso. La música era genial para bailar.

—Bailemos por nuestra cuenta —sugirió Alice—, ¡que les den a los tíos!

Eché un vistazo a toda esa gente guapa. Era mi primera noche en Sídney y no iba a pasarlo mal por un tío que me miraba por encima de la cabeza, maldita sea. Dejamos la copa y nos dirigimos a la pista.

Yo seguía a lo mío. Grité por encima de la música para hacerme oír.

—Te lo aseguro, si estuviera ardiendo, ese tío no se hubiera acercado ni para apagar el fuego.

Alice me contestó chillando.

—¡Y yo te digo que a algunos tíos no les gusta bailar, Julie! No tiene *nada* que ver contigo.

Y justo entonces mis ojos se posaron en una figura situada detrás de Alice. Era el tío que miraba sobre mi cabeza, y estaba haciendo el «baile de la mayonesa» a una rubia bajita de veintidós años. Sudaba de lo que se esforzaba. Por lo que vio en mi cara, Alice se giró y lo vio. Se volvió a poner frente a mí, muda de asombro. Y, al mismo tiempo, vimos al Tío Bueno restregándose contra una muchacha en la pista. Había puesto sus manos en sus caderas y su pelvis daba estocadas contra la de ella. La debía de haber conocido hacía unos tres minutos y medio. Sus manos tomaron su cara y la besó. Dejaron de bailar y empezaron a liarse en la pista. Alice lo vio. Esa es otra razón por la que la quiero. Sabe cuándo admitir la derrota. Se inclinó hacia mí y dijo: «Vayámonos de aquí».

Y en Estados Unidos...

Lo más mono del chico que iba a tener una cita con Georgia era que estaba nervioso. Tímido. Era la primera cita de Sam desde su divorcio, cuatro meses atrás, y parecía un adolescente en el baile del instituto. Alice había organizado la cita a ciegas, ya que conocía a Sam de cuando trabajaba en el turno de oficio. Ahora que Jim y ella estaban saliendo en serio, Alice tenía un exceso de energía y tiempo para dedicarse a encontrar novio a la gente.

Estaban en un restaurante en las afueras, en una manzana de la que Georgia nunca había oído hablar, Tudor Place, que estaba ligeramente elevada en relación con el resto del barrio. Aquello permitía una visión de 360 grados de la noche de Nueva York, y a un lado se podía vislumbrar la sede de Naciones Unidas emergiendo como un gigante. Georgia estaba embelesada. El restaurante estaba lleno de velas y cortinas, parecía el nido de amor de algún jeque. Sam se encargó de pedir una botella de vino para ambos, lo que impresionó a Georgia al instante. Dale sabía mucho sobre vinos y tenía que admitir que era algo que siempre le había gustado de él. De hecho, era algo que siempre le había gustado de *ellos*. Antes de tener a los niños, se iban a clases de cata de vinos en la bodega local y una vez hasta fueron a Sonoma de vacaciones enológicas.

Esa noche Sam ordenó un exquisito Shiraz y empezó su adorable confesión.

—Es mi primera cita desde el divorcio y estoy muy pero que muy nervioso. Me he probado tres camisas antes de salir de casa. —Sonreía con los ojos fijos en sus manos, que tamborileaban sobre la mesa.

A Georgia ya le gustaba. Un hombre sincero y vulnerable que sabía de vinos.

—Bueno, estás muy elegante.

Y lo estaba. Era alto y larguirucho, con un precioso pelo castaño liso que le llegaba justo hasta por debajo de las orejas. Se parecía un poco a James Taylor si este tuviera pelo todavía.

—Gracias. —Sam miró a Georgia y volvió a fijar los ojos en sus manos—. Alice me ha dicho que eras preciosa e inteligente, así que había algo de presión. —Sam clavó sus ojos en ella—. Aunque no podía ni imaginar lo hermosa que eres en realidad. —Se apartó el pelo de la cara, nervioso—. Gracias por aceptar cenar conmigo. Te lo agradezco mucho.

Georgia se rio.

—No lo hago como un favor. Parecías agradable por teléfono y Alice dice que eres muy simpático.

Sam también se echó a reír, avergonzado.

—Bueno. Supongo que no debería sonar tan patético, ¿no? Es que pasar por un divorcio y los años infelices de matrimonio, pues, te borra la seguridad en ti mismo, ya sabes.

Georgia asintió despacio y contestó.

—Lo sé.

Pero lo que realmente estaba pensando, mientras lo miraba, era «ingenuo». Era un hombre completamente ingenuo, sin pretensiones. Un adulto sincero que le había dicho que estaba preciosa y prácticamente se había sonrojado. Quería dormirlo con un dardo, enjaularlo y llevárselo a casa, para tenerlo todo para ella y que el mundo exterior no lo cambiase. A lo largo de la cena se enteró de que era del Medio Oeste de Estados Unidos, lo cual explicaba bastantes cosas. Sus modales eran impecables. Era amable con la camarera pero también tenía un humor mordaz que divertía a Georgia sobremanera. Lo mejor de todo era que, cuando hablaba de su mujer, le dolía decir algo malo de ella (en plena conversación Georgia le sonsacó que ella lo había engañado.

Muchas veces). Hablaron y hablaron, compartiendo vivencias personales sobre sus matrimonios y cómo acabaron y, además de estar completamente embelesada, Georgia estaba impresionada. De alguna forma, ese hombre hacía que un marido atormentado, engañado y maltratado resultase deseable. Era noble, amable y divertido, con la suficiente conciencia de sí mismo sobre lo absurdo que era todo como para resultar profundamente encantador hablando sobre su matrimonio desastroso y los quince años que había perdido. Terminaron de cenar y pidieron otra botella de vino. La bebieron y acabaron un poco borrachos. Él esperó a que Georgia se montara en el taxi para darle un beso de buenas noches y entonces, con total sinceridad, le dijo que se lo había pasado muy bien y que le encantaría volver a verla. Programaron otra cita una semana después, lo que le pareció una eternidad a Georgia, pero sabía que él era nuevo en esto de salir, así que no quiso presionarlo. Georgia subió a su apartamento, pagó a la canguro y se fue a la cama, feliz. Había esperanza, y se llamaba Sam.

De vuelta en Australia

Me levanté temprano la mañana siguiente para buscar más estadísticas. Nada me parecía bastante. Buscando «sequía de hombres» en Internet, encontré una escritora cuyos artículos aparecían una y otra vez. Su nombre era Fiona Crenshaw, de Tasmania (una pequeña isla al lado de la costa del sur de Australia) y escribía para las solteras de Australia. Lo hacía con un divertido humor australiano, pero defendía que, sin importar lo grave que fuera la sequía, las mujeres debían recordar que eran *Diosas*, que no se debían asentar y que debían permanecer positivas. Había que «quererse a sí mismas», decía. ¿Innovadora, eh? Por lo visto, si te quieres a ti misma los hombres van a empezar a hacer colas kilométricas para conquistarte.

Aquello me irritó muchísimo. Sentada en la cama, escuchando cómo ronroneaba Alice, me sentí furiosa. Esa mujer recitaba las estadísticas en sus artículos pero les decía a las chicas que, de todas formas, se quisieran a sí mismas y se mantuvieran positivas. Si hubiera un pueblo hambriento, sin perspectivas de comida, nadie en su sano juicio le diría a la gente que todo lo que tenían que hacer era quererse a sí mismos, pensar en positivo y que la comida ya aparecería. Pero el amor es un elemento místico que hace que podamos ignorar los hechos que están a la vista, siendo uno de ellos que no hay hombres suficientes. Afortunadamente, no tuve que pensar en eso durante mucho tiempo, porque nuestra anfitriona, Rachel, nos llamó para alegrarnos el día.

—Mi amigo Will quiere llevaros hoy en su barco. ¿Estáis libres? Parece que lo vamos a pasar genial.

—¿En serio? ¿Nos quiere llevar en su barco?

—Sí, es un hombre de negocios, así que le gusta hacer todo eso de las redes de contactos.

—¿Pero sabe que Alice y yo no somos…?

—¡Oh, venga!, estás escribiendo un libro sobre citas. ¿A quién no le gusta eso? Va a llevar a algunos de sus amigos para que tengas un punto de vista masculino.

—Vaya, es muy generoso por su parte.

No estaba acostumbrada a toda esa amabilidad. Soy de Nueva York y siempre estamos demasiado ocupados como para hacer favores a la gente.

—Os veo en el hotel a las dos. El barco os recogerá allí mismo.

Y colgó.

Su barco era un Donzi, una lancha de carreras que parecía muy cara y rápida. Íbamos como un cohete por el muelle, con la piel de nuestra cara hacia atrás por culpa de la velocidad y el viento, y nuestro pelo enredado y enmarañado. Will nos enseñó dónde vivía Russell Crowe (te lo montas bien, Russell) y nos señaló el edificio propiedad de Rupert Murdoch. Había llevado a dos de sus amigos consigo, John y Freddie. Tenían treinta y pocos, eran guapos y, por lo que pude observar, muy ricos. John era el primer hombre moreno que veía en Sídney, parecía casi italiano. Freddie era miembro de la familia para la que Rachel trabajaba y él solito era propietario y copropietario de cinco o seis restaurantes y hoteles del centro de Sídney. Me recordaba un poco a Lance Armstrong: alto, delgado, seguro de sí mismo y un poco gilipollas. Tenía ojos pequeños y la habilidad de no sonreír nunca ni mirarte a la cara. Le eché un vistazo a esos guapos y ricos caballeros que vivían en mitad de una sequía de hombres y los vi como lo que eran: niños en una tienda de caramelos.

Así que esa fue la actitud que adopté cuando Will detuvo por fin la lancha y pude sentarme para charlar con ellos. Will nos preparó una copa de champán y Rachel trajo unos diminutos canapés, trocitos muy pequeños de pan negro con salmón y *crème fraîche* por encima. Estaban deliciosos. Pregunte a los hombres si alguno tenía novia. Me dijeron que no. Inquirí si era debido a que había demasiado donde elegir y ellos se rieron y se encogieron de hombros. Bueno, Freddie no se rio porque él era demasiado guay para reírse.

—Eso significa que sí —comenté.

Ellos se volvieron a encoger de hombros, avergonzados. Pero John trató de explicarlo.

—No es exactamente así. Quiero sentar la cabeza, de verdad. Enamorarme. Pero no he encontrado a la chica adecuada todavía.

—¿Pero no crees que te puede costar encontrar a la adecuada porque no sabes si habrá otra chica después de esa?

Esta vez contestó Will.

—No, cuando te enamoras te das cuenta, ¿no? Lo sabes. Podría haber quinientas supermodelos y a ti no te importaría un carajo.

Todos estuvieron de acuerdo. La verdad es que solo tenía una pregunta que quería que me contestaran, y era sobre las malditas estadísticas.

—¿Qué se siente? Quiero decir, al no tener que preocuparse por encontrar a alguien a quien querer.

John me miró, sorprendido.

—¿A qué te refieres? A mí me preocupa. No estoy seguro.

Will pensaba lo mismo.

—Trabajo todo el tiempo. ¿Cuándo tengo un minuto libre para conocer a alguien?

—Solo porque haya muchas mujeres no significa que tenga la garantía de conocer a alguien de quien enamorarme —añadió John.

Will se echó un poco más de champán.

—De hecho, es aún más deprimente, conocer a todas esas mujeres y que ninguna sea la adecuada.

Will no conseguiría que sintiese lástima por él por el hecho de que había muchas mujeres. Volví a la carga.

—¿Entonces lo que estáis diciendo es que para vosotros es igual de difícil encontrar el amor en Sídney que para las mujeres? —Ambos asintieron. Freddie miraba hacia el mar, sin inmutarse. No iba a dejarlo estar—: ¿Pero no estáis de acuerdo con que la probabilidad de que vosotros os enamoréis es mayor que la de las mujeres, simplemente porque conocéis a más personas que pueden ser las adecuadas? ¿No creéis que es una ayuda para vuestras probabilidades de éxito?

—No creo que funcione así —respondió John.

—Solo hace falta una —repuso Will.

Tenían una forma de ver las estadísticas que no se parecía en nada a la mía. Por lo visto, a ellos no les importaba que hubiera muchos peces en el mar. Encontrar al pez al que amar durante el resto de tu vida era difícil nadases donde nadases.

Alice tomó el relevo:

—¿Habéis estado enamorados alguna vez?

Todos asintieron con la cabeza. Will fue el primero en responder.

—Cuando era adolescente me enamoré. Me rompieron el corazón. Tuve una novia a los diecinueve años que me pisoteó sin compasión.

John había pasado por lo mismo.

—Trataba bien a mis novias de joven. Les llevaba flores y les escribía poemas de amor. —Will se rio y John continuó, avergonzado—. No podía evitarlo, ¡era un romántico! Tuve una novia a los veintiuno con la que me hubiera casado. Estaba loco por ella. Pero ella rompió conmigo porque dijo que las cosas se estaban volviendo muy serias.

Me pregunté dónde estaría esta mujer ahora. Esperaba que no estuviera soltera y viviendo en Sídney.

Alice miró a Lance Armstrong.

—Freddie, estás muy callado.

Este la observó y se encogió de hombros.

—Me pasó lo mismo. Me rompieron el corazón de joven. Pero entendí lo que pasaba: hasta que una mujer cumple los treinta o treinta y dos, tiene todo el poder. Coqueteamos con ellas, luchamos por ellas, las perseguimos... Entonces, a los treinta y dos o treinta y tres, todo cambia. Nosotros tenemos el poder y son ellas las que luchan por nosotros y nos persiguen. Creo que es como una venganza. Por toda la mierda por la que pasamos cuando éramos jóvenes.

El resto de hombres miró a Freddie, sin discrepar pero sin querer meterse en líos. Alice entrecerró los ojos, se movió en su asiento y bebió un poco de champán tranquilamente. Yo continué con las preguntas:

—¿Consideraríais salir con una mujer mayor que vosotros? ¿De treinta y muchos o incluso cuarenta?

—Prefiero la estrategia de «divide tu edad y suma cuatro», ya me entiendes —contestó Freddie, sin bromear. Todos prorrumpieron en carcajadas.

Hice los cálculos. Eso significaría que querían salir con muchachas de diecinueve o veinte años. Pensé en saltar del barco en ese mismo momento.

Freddie añadió a sabiendas:

—No conocemos a mujeres mayores solteras cuando salimos, porque no las hay.

Alice saltó inmediatamente.

—Perdona, ¡¿qué?!

En un tono de voz lento, guay, como si hablara con un par de tontas, Freddie explicó:

—No hay mujeres de esa edad en mis clubes y restaurantes porque están todas casadas.

Entonces tuve que meterme de por medio.

—¿Me estás diciendo que crees que todas las mujeres que tienen más de treinta y ocho años están casadas y por eso no frecuentan tus discotecas?

—Sí, así es.

Los otros estaban de acuerdo.

Alice, confusa, preguntó:

—¿Estás diciendo que no hay, literalmente, mujeres solteras en Sídney que tengan más de treinta y ocho años?

Freddie asintió con seguridad.

—Sí.

Lo observé durante un minuto y después me aclaré la garganta.

—¿Te das cuenta de que las estadísticas, de las cuales sé bastante, no apoyan eso en absoluto?

Freddie se encogió de hombros.

—Soy dueño de la mitad de bares y restaurantes de la ciudad. ¿A quién vas a creer, a las estadísticas o a mí?

—¿Y tú no crees, Freddie, que la razón por la que no hay mujeres solteras por encima de los treinta y ocho es porque quizá tú no te has fijado en ellas? ¿Porque son invisibles para ti? —No había podido evitarlo, no podía dejarlo así.

Freddie volvió a encogerse de hombros.

—Quizá.

Alice y yo nos miramos. Era la confesión más grande que les habíamos sacado a estos tres en todo el día.

—Bueno, vosotras no tenéis nada de lo que preocuparos durante años, así que, ¿qué importa? —inquirió Will—. ¿Cuántos años tenéis? ¿Treinta y uno, treinta y dos?

Incluso allí, en ese barco y con esos hombres, escuchar aquello me hizo sentir bien. Maldita sea. Esta vez, Alice no sintió la necesidad de corregirlos.

Puede que aquella noche Alice se hubiera arreglado el pelo, se hubiera puesto tacones y se hubiera echado rímel, pero podría haberse puesto pantalones militares, botas de montaña, un gorro de safari y llevar un rifle. Iba a la caza de lo que van todas las mujeres mayores de treinta y cinco.

Fuimos a uno de los locales de Freddie, que muy originalmente había llamado Freddie's World. Era un sitio cavernoso con una barra circular enorme en medio y multitud de gente alrededor. Y allí no parecía que hubiera sequía.

—Tú te encargas de la derecha, yo iré por la izquierda. Nos encontraremos en la arcada de ahí delante.

Me fui por la derecha, mis ojos buscaban mujeres con líneas en la frente o arrugas en la parte baja de la nariz o la comisura de los labios. Todo lo que vi fue chicas guapas y jovencísimas con piel de menos de treinta años. Llegué al punto de encuentro al mismo tiempo que Alice.

—Me he acercado a dos mujeres que pensé que tenían más de treinta y cinco. Me han dicho que tenían treinta y siete. Una de ellas casi me pega y la otra se ha ido a llorar al baño. —Alice volvió a mirar alrededor—. Excepto eso, no he encontrado nada.

—Vayamos a uno de sus restaurantes —propuse—. Las mujeres de más de treinta y cinco tienen que comer, ¿no?

Caminamos por varias calles y encontramos el Freddie's Fish, un moderno restaurante de *sushi* que ocupaba toda la esquina, con ventanas altas que mostraban a toda la gente que estaba comiendo arroz y pescado crudo dentro. Afortunadamente, nos sentaron en una mesa en medio de todo. La mesa de al lado estaba vacía, pero para cuando nos trajeron el *sake*, cuatro mujeres con arrugas y bolsos caros se habían sentado en ella. Bingo.

Después de que pidiesen, tratamos de mirar en su dirección y sonreírles de vez en cuando para parecer amistosas. Alice escondió nuestra salsa de soja baja en sodio en su bolso para poder preguntar, en un fuerte acento de Staten Island, si nos podían prestar la suya. Ellas mordieron el anzuelo.

—¿Sois de Nueva York?

—Sí, lo somos —contestó Alice. —Mi amiga Julie está escribiendo un libro sobre cómo ser soltera por todo el mundo. Una especie de novela de autoayuda desde un punto de vista global.

Las mujeres se interesaron y una preguntó:

—¿Entonces habéis venido a Sídney para investigar?

—Así es.

—¿Y qué habéis descubierto? —preguntó otra.

—Bueno, todavía no he aprendido nada, pero tengo varias preguntas —dije tímidamente.

Las cuatro mujeres se inclinaron hacia nosotras. Eran muy guapas. Una sonrió y dijo:

—¡Dispara!

Alice fue la primera en hacerlo.

—¿Dónde vais para conocer a hombres? ¿A los bares?

—No, no —dijo una—. Nunca voy a bares.

—Nunca —dijo otra.

—Yo voy a veces con otras amigas mías y normalmente es deprimente —comentó la tercera.

—Los hombres de nuestra edad actúan como si fuésemos invisibles.

Alice golpeó la mesa con el puño.

—¡Lo sabía! ¿Vais a alguna discoteca de Freddie Wells?

—Es difícil no hacerlo —contestó la cuarta—. Pero yo he dejado de ir. Tengo treinta y siete años y empiezo a sentir como si se me hubiera pasado el arroz.

Todas estaban de acuerdo.

—Ahora salimos a cenar.

—O por trabajo, a actos empresariales.

—Si no, me quedo en casa.

Quizá Freddie tuviera razón después de todo. A lo mejor esta era la ciudad de las mujeres perdidas, donde las mujeres, a partir de cierta edad, se sentían obligadas a permanecer en casa y ver la televisión. Observé a esas guapas, activas y elegantes mujeres hablando como si solo les quedara jugar a la petanca u operarse de cataratas.

No pude evitar preguntar:

—¿Habéis pensado alguna vez en mudaros? ¿Mudaros a cualquier otro lugar donde haya hombres?

—¿O que haya bares para la gente que tenga más de veinticinco años? —añadió Alice.

—Pensaba mudarme a Roma —contestó una de ellas.

—Sí, Europa… Allí creo que los hombres quieren follar contigo aunque tengas cincuenta —dijo otra, esperanzada.

El resto de mujeres parecían animadas ante esto. Pensé que estaban en lo cierto. Quizá ese podría ser otro *bestseller*: *Lugares en los que los hombres follarán contigo aunque tengas cincuenta años*.

—Ahora, en serio. ¿Cómo podríamos hacer eso? ¿Cómo podríamos hacer las maletas e irnos de casa porque nuestras vidas personales son horribles? Es ridículo —dijo una de las mujeres.

Mientras comíamos nuestro *edamame* y bebíamos *sake*, pensé en mis amigas y en mí. Nuestras vidas amorosas podían considerarse un desastre, pero nunca se me pasaría por la cabeza marcharnos de Nueva York para buscar hombres. ¿O sí? ¿Deberíamos tomarnos las estadísticas más en serio? Terminamos nuestro *sushi* y como éramos mujeres de treinta y muchos en Sídney, nos fuimos al hotel y a la cama.

De nuevo en los Estados Unidos…

La semana de Georgia se había resumido a dos breves pero ingeniosos correos electrónicos de Sam, una corta conversación y un mensaje que decía «m ha nkntdo hablr cntigo!». A Georgia, el mensaje le pareció raro debido al carácter dulce y poco moderno de Sam cuando lo había conocido una semana atrás, pero no volvió a pensar en ello. Simplemente se sentía aliviada de que hubiera un hombre interesado en ella, sin importar lo lejano que pareciera. Este pequeño hilo de esperanza te puede ayudar a sobrevivir durante los días en los que les haces la comida a tus hijos sola, te vas a la cama sola y te imaginas a tu ex teniendo sexo con una joven y atractiva bailarina de muslos fibrosos. Georgia tenía un pretendiente, e incluso cuando Sam le mandó un correo preguntándole si podían retrasar su cita un par de días porque le «había surgido algo» ni siquiera sospechó nada. Todo lo que le importaba era que no cancelaba sus planes, que seguía siendo un pretendiente.

Quedaron en un bar de Brooklyn. Fue idea de Sam, ya que estaba cerca de su apartamento. A Georgia no le importó. ¿Por qué no iba a ser ella la que se desplazase? Puesto que vivía en Brooklyn, él tenía que viajar en el metro todo el tiempo; levantarse temprano por la mañana para ir a trabajar y viajar aún más lejos cuando quedaron la última vez. Parecía justo. Pero cuando Georgia entró, se sorprendió al ver lo joven que era la gente; parecía el típico bar universitario.

Y en el instante en el que vio a Sam, Georgia se dio cuenta de que había algo diferente en él. Parecía lleno de... algo. Seguridad en sí mismo. Eso era lo que tenía. Parecía mucho más seguro de sí mismo que hacía una semana y media. Pasó por alto ese dato y se centró en su objetivo: ser encantadora.

—¿Te importa que nos sentemos en la barra? —preguntó Sam de manera informal, con seguridad.

—No, por supuesto que no, me parece bien.

Sam señaló un taburete que estaba libre en la esquina de la barra.

—¿Por qué no te sientas?

Georgia se sentía un poco confusa.

—Oh, vale, vaya. ¿Tú no quieres...?

—No, he estado sentado todo el día; me vendrá bien estar de pie.

—Georgia tomó asiento en el taburete y miró a Sam mientras este se apoyaba en la barra.

—¿Qué te apetece? Tienen una Guinness buenísima.

Georgia no pudo evitar darse cuenta de la degradación: de restaurante a bar, de silla a taburete, de vino a cerveza.

—Suena genial —respondió.

Sam pidió al camarero y se giró sonriente hacia Georgia. La sonrisa tímida y avergonzada de la semana pasada, aquel día era radiante. Llevaba el mismo tipo de ropa, pero ahora lucía… diferente. A la moda. Hablaron educadamente mientras él estaba de pie y ella permanecía sentada. Georgia no había tenido las suficientes citas como para saber por qué aquello le estaba resultando tan sumamente incómodo. ¿Por qué no se iba a quedar de pie si quería? Era un país libre.

—¿Qué tal estás desde la última vez que nos vimos? —le preguntó Georgia informalmente, bebiendo su Guinness.

—Genial. Muy bien.

—Me parece fabuloso. ¿Y qué ha pasado que te haga estar «muy bien»?

—Ya sabes. Darme a conocer. Encontrar a gente, descubrir quién soy sin Claire. Abrir las alas. Es excitante.

—Excitante. Vaya. Es increíble. ¿No se puede ganar a lo excitante, verdad?

—¡No, no se le puede ganar!

Georgia pensó en su vida tras divorciarse de Dale. Bueno, se había acostado con un prostituto brasileño. Pensó que eso podía considerarse excitante.

Sam bebió un gran trago de cerveza y se limpió con la manga. Georgia lo miró sin estar segura de querer saber más, pero incapaz de contenerse.

—¿Y qué lo hace tan excitante?

—Bueno, es fascinante, ¿sabes? Conocer a tantas mujeres.

Georgia alzó una ceja. Sam se explicó.

—Ambos estamos saliendo y conociendo gente, ¿no? Volvemos a estar en el mercado, descubriendo dónde encajamos.

Georgia asintió cortésmente.

—Sí, exacto.

—Voy a admitirlo. He estado tonteando por Internet esta semana. Cada noche. He decidido tirarme a la piscina de cabeza. ¡Pafff! —Sam hizo gestos de lanzarse al agua y luego formó uno de salpicar.

—¡Pafff! —imitó Georgia.

—Y lo que he descubierto es increíble. Mi mujer no quiso acostarse conmigo durante años. Y asumí que era porque no le gustaba físicamente. Pero ahora he estado teniendo citas y las mujeres quieren volver a verme. No les importa que tenga dos hijos o que cobre sesenta mil pavos al año. ¡Quieren verme otra vez!

Georgia le dio la respuesta que quería.

—¡Eso es genial, Sam! ¡Me alegro por ti!

Sam se inclinó y cogió el brazo de Georgia.

—La verdad es que, durante toda mi vida, nunca he sido el que se quedaba con la chica. Era el chico majo al que todas las mujeres «querían como amigo». Y salían con gilipollas. Bueno, pues, ¿adivina qué? Todas esas chicas, con treinta o cuarenta años, están solteras, y yo, el chico majo, tengo un trabajo decente. ¡Es como si fuera el mismísimo Jesucristo!

Cuando las palabras «el mismísimo Jesucristo» salieron de la boca de Sam, Georgia sintió cómo se le revolvía el estómago. Se apoyó contra la barra, tratando de permanecer tranquila. Sabía que aquello era probablemente verdad, pero nadie lo había dicho de esa manera tan impertinente. Estaba claro que, en Nueva York y en lo que respectaba a citas, los tíos de más de cuarenta que valían la pena siempre salían ganando. Son tan milagrosos como los panes y los peces cayendo del cielo. Georgia sintió cómo se sonrojaba y cómo las lágrimas acudían a sus ojos.

—¿Sabes? No me encuentro muy bien.

Sam se preocupó de inmediato.

—¿Qué? ¿En serio? Lo siento mucho. ¿Puedo traerte algo? ¿Agua?

Lo cierto es que Sam era un buen tipo, lo que explica su éxito con las citas en Nueva York.

—No, no te preocupes. Creo que voy a pedir un taxi e irme a casa, si no te importa. Lo siento mucho.

Pero, de hecho, Georgia no lo sentía. Sam tenía tantas citas pendientes que seguramente se sentiría aliviado de tener la noche libre. Ahora entendía lo de estar de pie junto a la barra. Había tenido tantas citas que le dolía el trasero de sentarse tanto. O quizá ya sabía que tendría que apresurarse para llegar a la siguiente cita y no quería que un taburete le hiciese llegar tarde. Georgia se levantó. Sam la ayudó a ponerse la chaqueta, la acompañó afuera y gesticuló hasta que un taxi se detuvo.

—¿Estarás bien?

Georgia lo miró con un leve malestar en todo el cuerpo.

—No te preocupes. Estoy bien. Creo que he comido algo en mal estado. Me he sentido así todo el día.

Sam abrió la puerta del taxi y Georgia se montó.

—Bueno, te llamaré en veinte minutos para asegurarme de que has llegado bien a casa. ¿Te parece bien?

—Sí, por supuesto. Gracias —murmuró Georgia. Giró la cara para que no viese que estaba llorando, que la tristeza se reflejaba en su rostro. Georgia acababa de aprender otra lección importante sobre ser soltera: tú quizá salgas para buscar al hombre de tu vida, pero puede que el otro solo quiera comer un buen solomillo un sábado por la noche, o simplemente tirarse a la piscina. Se sentía humillada. ¿Cómo podía haber pensado que iba a ser tan simple? Conocer a un buen hombre, que le gustase y que él quisiese estar con ella. Esto era Nueva York y las estadísticas le estaban escupiendo en la cara.

Y haciendo honor a su palabra, Sam la llamó veinte minutos después para preguntar cómo estaba. Era un buen hombre. Qué gilipollas.

Dos horas después de empezar su primer turno como voluntaria en el refugio de animales, Ruby vio cómo llevaban tres perros a sacrificar. No le dijeron lo que pasaba, pero ella lo entendió. Un hombre con bata blanca sacaba al perro de la jaula y se marchaba de la habitación con él. El perro no regresaba. Ruby estaba horrorizada. Sabía que eso era lo que hacían allí, que era su política, pero no tenía ni idea de que ocurría tan a menudo. Parecía tan al azar, algo tan cruel... Cuando iban a sacar al tercer perro de su jaula, Ruby detuvo al hombre joven.

—Disculpe, señor.

Con la puerta abierta, el hombre miró a Ruby.

—¿Me podría decir por favor... cómo los eligen?

Él cerró la puerta de la jaula, como si no quisiese que el perro lo oyera.

—¿Te refieres a cuál... cogemos?

Ruby asintió.

Obviamente era un tema incómodo. Se aclaró la garganta.

—Decidimos según las probabilidades de que sean adoptados, consideramos la edad, la salud... el temperamento.

Ruby sacudió la cabeza.

—¿Temperamento?

El hombre asintió con la cabeza.

—¿Así que cuanto más cascarrabias el perro más posibilidades tiene de que lo sacrifiquen?

El hombre volvió a asentir. Se veía claramente que no lo hacía feliz. Le sonrió cortésmente a Ruby y volvió a abrir la puerta de la jaula. Cogió a *Tucker*, una mezcla de pastor alemán. Este no había dicho ni pío, pero parecía delgado, de aspecto enfermizo. Ruby trataba de no llorar.

—¿Puedo sujetar a *Tucker*, por favor? Solo un momento.

El tipo miró a Ruby. Estudió su cara y dedujo que no era una demente. Sacó a *Tucker* de la jaula y caminó con él hacia Ruby. Ruby se arrodilló y dio un gran abrazo a *Tucker*. Lo acarició y le susurró al oído cuánto lo quería. No lloró, no montó una escena. Al rato se levantó y lo dejó marchar.

Cuando lo hizo, el pensamiento más extraño acudió a su mente, un pensamiento que no estaba orgullosa de tener: se alegraba de haber decidido trabajar como voluntaria en el refugio. Y no porque sintiera que podía hacer cosas buenas allí; no porque pensara que los animales la necesitaban. No. «Si puedo hacer esto y no perder la compostura», se dijo: «"seré capaz de hacer cualquier cosa, y eso incluye volver a tener citas".»

Aquello se convirtió en su rutina. Ruby se convirtió en una Sor Mary Prejean, la hermana que ejercía de consejera de los condenados a muerte. Se aseguraba de que la última cara que veían antes de reunirse con el Creador fuera una cara llena de amor. Así que, cuando Ruby trabajaba, una vez a la semana, si había un perro a punto de ser sacrificado, aquel joven, Bennett, llevaba el perro a Ruby, ella le daba la extremaunción —que consistía en un gran abrazo y muchas palabras cariñosas—, y después se iban a la habitación donde se les pondría la inyección y se les dormiría.

Mientras tanto, Serena quedaba con su hombre en todos lados: cuartos de limpieza, alacenas, e incluso el baño de señoras de Integral Foods en la Trigésima.

Lo único que no se arriesgaron a hacer fue encontrarse en una de sus habitaciones. Era el primer lugar donde los buscarían si los necesitasen, así que no habría manera de explicar por qué se escabullía de la habitación cerrada de *swami* Swaroop. Pero cualquier otro espacio cerrado estaba aceptado. Si el propósito de convertirse en *swami* era ayudarla a sentir un poderoso amor que lo abarcaba todo y que hacía que se comunicase con el espíritu de Dios, entonces esos locos juramentos *sannyasin* habían funcionado.

Mientras meditaba aquella mañana después de haber tenido un breve *tête-a-tête* con *swami* Swaroop en los aseos del sótano, sus pensamientos volvieron a la escena del crimen: su culo en el lavabo, él frente a ella, después ambos sentados sobre la tapa del inodoro, después contra la pared. Aquellos eran «pensamientos externos» que el líder de la meditación querría que apartase de su mente. Pero, por mucho que lo intentase, Serena no podía. Porque estaba enamorada y porque era la primera vez. Se quedó perpleja de lo adecuada que era esa palabra: enamorada, *en-amor*. Serena quería tanto a ese hombre que se sentía como si flotase en una burbuja. En una burbuja de amor. Que estaba, cada momento de cada hora, *en-amorada*. Y era, irónicamente, la mayor experiencia espiritual que había tenido. Ni las clases de yoga, ni los cursos de meditación o ayuno de diez días la habían acercado tanto al júbilo que sentía con esta nueva sensación de estar enamorada.

Durante la meditación se permitió confesarse todas las cosas que quería decirse. «Esto es de lo que habla todo el mundo. Todas las canciones de amor, los poemas y las películas. Es de lo que trata la vida. Estar enamorada. Querer a alguien. Que alguien te quiera.» Y mientras dejaba que el aire entrase y saliese de su cuerpo, se aventuró a ir un paso más allá. «No entendía lo que significaba estar viva. Sin amor en tu vida, nada tiene sentido.» Ya está. Lo había dicho. Y lo decía en serio. ¿Cómo podría volver a vivir sin ese sentimiento? Era todo, era vida, era verdad, era Dios. Afortunadamente, no tendría que vivir sin ello. Porque *swami* Swaroop no se iría a ninguna parte. Lo raro era que ella todavía lo llamaba *swami* Swaroop. Y en sus momentos más íntimos se le escapaba un «oh, *swamiji*», pero eso era lo más civil que compartían. Y el señor «Oh *swamiji*» parecía estar en la misma burbuja de amor, siempre queriendo estar con ella, tocarla, hablar con ella, mirarla por el rabillo del ojo y compartir sonrisas o caricias. Incluso le había dado un regalo, un símbolo secreto de que ella era suya: una pequeña cuerda negra. Él se la ató alrededor del tobillo y le dijo que cada vez que la viese sabría que estaban atados para siempre. Para Serena, aquello era una prueba de que él también estaba enamorado, y ella estaba feliz de que las cosas siguieran como entonces.

Lo único que disminuía ligeramente su alegría por esa convergencia cósmica de almas era el hecho de que todavía no le había expresado sus emociones a nadie. Por culpa de mis viajes, solo intercambiábamos algunas llamadas, y ella no había hablado con Ruby, Georgia o Alice desde hacía bastante tiempo. Tampoco le había dicho nada a *swami* Swaroop. Y todo ello empezaba a hacerle mella. La alegría estaba atascada en su interior, calentándola, subiéndole el ánimo, pero también necesitaba salir a la superficie. Necesitaba mostrarla al mundo, como algo real, para volar aún más alto de lo que ya lo hacía, para que el amor tuviera un sitio al que ir, fuera de su corazón, en el mundo.

Le tocaba enseñar la primera clase de yoga del día. Era temprano, las siete y media, y la clase la formaban seis mujeres y un hombre muy aplicados. Los estaba guiando a través del Pranayama, sus ejercicios de respiración, diciéndoles que inhalasen a través del orificio nasal derecho, cerrasen el otro con el pulgar izquierdo e hiciesen el proceso contrario. Mientras se abrían paso por el proceso estimulador del *chakra*, Serena tomó una decisión. Le iba a decir a *swami* Swaroopananda lo que sentía. Serena creía que era una falta de respeto hacia el universo y Dios no reconocer la bendición que se le había otorgado.

Ese centro de yoga en particular era muy antiguo. Aquello no era cardio-yoga o yoga dentro de una sauna. Era yoga del antiguo, y ahora tocaba levantar las piernas. «Pierna izquierda arriba, y abajo. Pierna derecha arriba, y abajo.» Mientras hablaba, su mente se distrajo. Planeó ir a hablar con él. Decidió romper la regla sagrada de no ir a la habitación de *swami* Swaroop después de clase. Le contaría con gentileza y dulzura lo que ya ambos sabían y sentían. Describiría la profundidad de sus emociones, sin pedir que se tomaran decisiones o se prometiera nada, solo quería dejar de mantenerlo en secreto. Sentirse así debería ser una celebración, y necesitaba celebrarlo, aunque solo fueran ellos dos. Justo entonces, cuando miraba a la clase y las piernas levantadas vio algo que la hizo jadear. Sonó como algo así: «Ahora las dos piernas, arriba, y abajo... arriba, y... ¡aj!»

De las doce piernas femeninas levantadas en clase de yoga, cuatro de ellas tenían una cuerdecilla negra anudada en torno al tobillo.

Serena trató de controlar su respiración inmediatamente; después de todo, ella era *swami* e instructora de yoga. Se recuperó lo suficiente como para decir: «Disculpadme. Ahora las dos piernas arriba, y abajo, arriba, y abajo».

Buscó en su mente una explicación. Quizá era alguna moda nueva que Britney Spears o alguna otra celebridad había creado en honor a alguna enfermedad. ¡Un momento! ¿La gente de la Cábala no lleva puestas cuerdecitas? Todas estas mujeres eran cabalistas. Esa era la respuesta. Dio la clase, en paz y serenidad. Se consoló sabiendo que todas esas mujeres se habían cambiado en ese mismo vestuario antes y después de clase, seguramente se habrían dado cuenta de las cuerdecillas. *Swami* Swaroop sabía que enseñaba yoga a estas mujeres, sabía que vería sus tobillos cuando levantasen la pierna o pusiesen el peso sobre sus hombros. ¿Qué tipo de hombre daría una cuerda negra a todas las mujeres con las que se acostase? No. Había otra explicación, ella estaba enamorada e iba a decirle lo que sentía.

Justo después de clase, Serena buscó en las otras salas de yoga y oficinas para ver si él estaba por allí, pero no lo vio por ninguna parte. Fue a su habitación y oyó la respiración profunda de *swami* Swaroop durante su Pranayama de la mañana. Entró sin llamar.

Lo primero que vio fue la cuerda negra… en el tobillo de Prema, la interna de diecinueve años que trabajaba en su pequeña librería/*boutique*. La cuerda estaba levantada sobre la cabeza de Prema. *Swami* Swaroop estaba encima de ella sobre la cama, empalándose y pranayameando. Miró hacia arriba y vio a Serena observándolo. Con una compostura increíble y su respiración lenta y regular, aunque su corazón latía desenfrenado y sus manos temblaban, Serena cerró la puerta en silencio, asegurándose de no molestar a nadie del centro.

Bajó las escaleras hasta el sótano y se dirigió a los vestuarios. Todavía quedaban tres mujeres allí, tres que había visto con un cordón en su tobillo. Todas parecían estar a punto de irse.

—Hola, *swamiji* —dijo la delgada veinteañera de pelo castaño claro y axilas repletas de largo vello castaño. Se estaba poniendo el abrigo—. Ha sido una clase genial.

—Sí, muy buena —comentó la rubia de treinta y cinco años. Llevaba un traje y se pintaba los labios mirándose al espejo.

—Gracias, estaba… ¿hay un jersey por aquí? Alguien ha llamado y ha dicho que se le ha olvidado.

Las mujeres, incluida una mujer de cincuenta años con un cuerpo muy tonificado, empezaron a ayudarla a buscar. Serena no sabía exactamente qué hacer o decir, pero sabía que debía hacer o decir algo.

—Vaya, qué casualidad. Me he dado cuenta de que todas lleváis cuerdas negras alrededor del tobillo. ¿Practicáis la Cábala?

Las mujeres se miraron unas a otras y sonrieron misteriosamente.

—Creo que eso es una cuerda roja —dijo la del vello en las axilas.

Todas empezaron a reírse. La de cincuenta años dijo educadamente:

—De hecho, pertenecemos a un culto diferente.

—¿En serio?

Las mujeres volvieron a observarse unas a otras sin decir palabra. Todas empezaron a recoger sus cosas y prepararse para salir lo más rápido posible. La mujer rubia trajeada abrió la puerta del vestuario, a punto de marcharse.

Antes de darse cuenta siquiera, Serena había cerrado la puerta de una patada y la mantenía así con su pierna derecha apoyada contra la puerta. La cuerda negra en el tobillo derecho de Serena estaba completamente a la vista. Los ojos de la mujer se abrieron como platos al verla. La mujer de axilas velludas miraba incrédula. Señaló a Serena.

—Pero… eres una *swami* —dijo, indignada.

—¡También lo es *swami* Swaroopananda! —contestó chillando Serena—. ¡No lo entiendo! ¿Todas sabéis del resto y no os importa? ¿Ha tonteado con todas a la vez y habéis decidido hacerlo en grupo?

La mujer de cuerpo tonificado habló tranquilamente.

—*Swami* Swaroop se me acercó hace unos seis meses; de hecho, fue en este mismo vestuario.

«No eres la única», pensó Serena, mientras la de veintidós años se reía a la vez:

—¡No eres la única! —dijo la de veintidós años.

—De todas formas —continuó la mujer—, cuando me dio la cuerda pensé que había sido un gesto bonito. Pronto vi que Gina tenía una —dijo a la vez que señalaba a la rubia—, y también Ricki —señaló a la velluda—. No me importa porque estoy casada; es solo para divertir-me. Lo hablamos una vez en el vestuario y nos reímos de lo lindo.

—Está tan bueno —dijo Ricki—. No nos importa compartir.

—¿Compartir? ¿Bueno? ¡Es un *swami*!

La rubia sonrió con atrevimiento.

—Su espiritualidad, la naturaleza prohibida de ella. Excita mucho. Pero ya debes saberlo. Tú también eres *swami*, así que es tabú por par-tida doble.

—Partida doble. Sí. Qué excitante —comentó Ricki, que ahora estaba menos sorprendida y más celosa.

Todas las mujeres observaron a Serena con envidia y por un mo-mento pareció que deseasen haberse rapado la cabeza, haber hecho un voto de castidad y llevar ropas naranjas solo para añadirle atrevimiento a la cosa.

—Básicamente sois su harén, ¿eso es lo que decís? —Serena inqui-rió, enfadada.

Todas las mujeres dejaron escapar una especie de sonrisa. La rubia se encogió de hombros.

—Supongo que tú ahora también eres parte de él.

Serena sacudió la cabeza con furia. Se inclinó, cogió la cuerda y tiró. Y tiró un poco más. No se rompía. Era increíble lo fuerte que puede ser un trozo de cuerda. Tiró varias veces más hasta que pareció que iba a empezar a quitarse la piel. Escaneó la habitación, buscando desesperadamente un objeto punzante. Nada.

—¿Alguien tiene una puñetera llave? —Serena la *swami* chilló.

La rubia le entregó rápidamente su juego de llaves de casa. Serena las cogió y utilizó una para serrar la cuerda del tobillo. Las mujeres observaron, un poco alarmadas, cómo Serena intentaba emanciparse.

—Esto es de lo que no soy parte. Del jodido harén de nadie. Esto es una puta mierda. —Y mientras dijo *mierda*, la cuerda se rompió. Serena se giró y se marchó inmediatamente, dejando a las mujeres allí.

Corrió escaleras arriba hasta la habitación de *swami* Swaroopanan-da, pero estaba vacía. Serena recordó que estaba dando una clase de meditación a esa hora.

«Oh, a la mierda todo», pensó. Y corrió escaleras abajo hasta la Habitación Kali para después abrir la puerta. Tres mujeres y dos hom-bres inspiraban y espiraban; *swami* Swaroopananda estaba dirigiéndolos en un «om». Serena entró y le tiró el trozo de cuerda. Cayó justo enfrente de ella, invisible, y pareció que hubiese dado un manotazo al aire. *Swami* Swaroopananda abrió los ojos y Serena vio en ese momento, bajo la poderosa espiritualidad que siempre emanaba, que también había un ramalazo de miedo. Ella recogió la cuerda y se la volvió a tirar. Esta volvió a caer frente a ella. *Swami* Swaroopananda parpadeó.

—Te quería. ¿Sabes? ¡Te quería!

Swami Swaroop se levantó para detener el próximo ataque. Pero Serena se giró y se marchó también de esa habitación. Volvió a correr escaleras arriba, entró, abrió su armario y cogió todas las prendas naranjas. Bajó las escaleras hasta su propia habitación, cogió toda su ropa naranja y la añadió a la pila. Las prendas naranjas sobresalían por encima de su cabeza y no era capaz de ver muy bien, pero Serena consiguió llevar todo hasta la puerta de la entrada, bajó las escaleras y tiró todo a la acera. *Swami* Premananda, la fornida *swami*, la había seguido hasta fuera del edificio.

—*Swami* Durgananda, por favor, estás creando mal *karma* para ti misma. Te estás atando demasiado a tu ego.

—Besa mi culo naranja —dijo Serena.

Llegados a este punto, *swami* Swaroop y sus estudiantes estaban fuera en las escaleras de la entrada observando a Serena.

Serena clavó sus ojos en *swami* Swaroop y dijo:

—Ya, sí, ardías de deseo por Dios. —Miró la furgoneta del centro, aparcada a su lado. Había un letrero de «CLERO» en el salpicadero. Le había llevado mucho tiempo al centro Jayananda que la ciudad aceptase concederles es estatus de clero, y les ayudaba muchísimo a la hora de aparcar en Nueva York. Como último acto de rebeldía, Serena metió la mano por la ventana medio bajada, haciéndose un arañazo en el brazo y casi dislocándose el codo mientras cogía el letrero, lo sacaba y lo rompía en pedazos delante de todos los que se agolpaban en las escaleras.

—Si sois miembros del clero también lo es el jodido Howard Stern —dijo Serena mientras rompía y rompía y rompía. Después empezó a pisotear la ropa naranja como si quisiera extinguir fuego.

Así fue cómo la trayectoria de *swami* de Serena terminó de forma espectacular. Los estudiantes y *swami* Swaroop regresaron dentro y *swami* Premananda pidió a Serena que recogiese sus cosas y se marchase antes de que llamara a la policía. Para Serena fue un placer hacerlo.

De vuelta a Australia

Aquella noche el *jet lag* volvió a hacer de las suyas. Me levanté a las cuatro de la mañana y volví a leer uno de los artículos de Fiona en *Hobart News*. En este, le decía a una mujer que hiciese «la cucharita» en su mente, que se arropase con su «autoamor» cada noche antes de irse a dormir. Quería matarla.

Tenía una dirección de correo electrónico para que cualquiera pudiese contactarla y, ya que eran las cuatro de la mañana y yo era una mujer enfadada y amargada, decidí escribirle:

«¿No crees que es un poco irresponsable por tu parte decir a las mujeres que lo que tienen que hacer para encontrar el amor es quererse a sí mismas y ser optimistas? ¿Qué pasa si viven en un lugar donde literalmente no hay hombres? ¿O donde los que hay son viejos, gordos o feos? ¿Lo único que tienen que hacer es quererse a sí mismas, tener confianza y estar alegres porque alguien aparecerá para quererlas? ¡¿En serio?! ¿Me lo aseguras? ¿Te podemos llamar cuando lleguemos a los ochenta para decirte si nos ha funcionado? Y si te has equivocado, ¿podríamos ir a verte para partirte la cara?»

Vale, no envié ese, sino este otro:

«¿No crees que es un poco irresponsable por tu parte decir a las mujeres que lo que tienen que hacer para encontrar el amor es quererse a sí mismas y ser optimistas? ¿Qué pasa si viven en un lugar donde *literalmente* no hay hombres? ¿Crees de verdad que las estadísticas, y todo lo que conllevan, no significan nada? ¿Que todas podemos, si brillamos lo suficiente, dejar de formar parte de esas estadísticas?»

Después, pasé a explicarle que estaba escribiendo un libro sobre mujeres solteras, que yo misma lo era y que era un tema que me interesaba mucho.

Al final me fui a la cama a las seis. Cuando me desperté a las diez, Alice me había dejado una nota diciendo que estaba desayunando abajo. Me levanté y comprobé si había recibido respuesta de la señorita Fiona, y así era.

«Julie, me gustaría hablar contigo en persona, si te parece bien. Es más fácil para explicarse. ¿Podrías venir un día a Tasmania para que podamos hablar?»

Vaya, había sido bastante civilizada. Me pregunté si haría lo mismo con cada lector descontento. Quizá era una de esas personas complacientes que querían contentar a todo el mundo y siempre se aseguraban de que nadie se enfadara con ellas. O puede que fuera porque mencioné que era de Nueva York y que estaba escribiendo un libro. Eso parecía abrirme muchas puertas últimamente.

Bajé a desayunar. Allí estaba Alice, al lado de una enorme cafetera y con una cara horrible.

—Acabo de probar el Vegemite, esa pasta que untan en las tostadas. Llevaba días viéndolo y pensé que había llegado la hora de probarlo. ¡Dios, esa cosa es un asco! —Bebió un gran trago de agua y añadió—: Un asco con levadura.

Me eché una taza de café.

—Alice, ¿te apetece venir hoy a Tasmania conmigo?

—¿Eso existe? —preguntó seriamente. Como veis, a los americanos no se nos da nada bien la geografía.

—Sí, existe. Quiero hablar con una mujer que escribe sobre las citas aquí, en Australia. Es muy… entusiasta.

Alice me miró.

—¿Entusiasta? ¿Sobre tener citas en Australia? —Puso su trozo de tostada en la mesa de forma dramática—. Eso tengo que verlo.

Y en Estados Unidos otra vez…

Georgia decidió no aceptar la derrota. Como todavía era nueva en eso de salir con hombres, pensaba que, gracias a su voluntad y a su ingeniosa estrategia, podría salir victoriosa de todo aquello. Así que ideó un plan. El primer paso era llamar a Sam y ver si su abarrotado calendario amoroso le permitía encontrar un hueco para cenar con ella, en su casa. Sabía que era un buen tipo, así que, si hacía falta, apelaría a sus buenos modales. Cogió el teléfono, dispuesta a dejar un mensaje, pero él respondió:

—Hola, Georgia, ¿cómo estás? ¿Te sientes mejor?

—Oh. Hola, Sam. Sí, gracias. Siento lo de la otra noche, me preguntaba si podría compensártelo.

—No hace falta que...

—Pero quiero hacerlo. Me preguntaba si te gustaría venir a casa a cenar alguna noche que los niños estén con su padre.

—Claro, me parece genial. De hecho, tenía planes este sábado por la noche pero me los han cancelado. ¿Te viene bien entonces?

—Sería estupendo. ¿Te parece quedar a las ocho?

—Perfecto.

Georgia sonrió, satisfecha, y le dio su dirección.

La noche del sábado llegó y todo iba según lo planeado: Georgia preparaba su famoso pollo al vino blanco para cenar, y los aromas del pollo, la nata y las hierbas inundaban el apartamento. También había cientos de dólares gastados en flores —compradas con la tarjeta de crédito de Dale— colocados en lugares estratégicos por todo el apartamento. Las tarjetas de cada uno de los supuestos remitentes estaban colocadas al lado de cada ramo, junto con los restos de algunos lazos y papel en los que habían llegado. Tenía un Shiraz descorchado y estaba preciosa. Todo iba perfecto. Sonó el timbre y ahí estaba Sam, sujetando un minúsculo ramo de flores.

—¡Hola! —Por su expresión, Georgia supo lo que se le estaba pasando por la cabeza: «está más guapa de lo que recordaba».

—Vaya, ¡estás fantástica!

—Gracias.

Georgia le hizo pasar. Sam le dio su pequeño buqué de seis rosas y justo se dio cuenta de los enormes ramos de flores que parecían estar por todos lados.

—Caray, supongo que te gustan las flores —dijo algo cohibido mirando alrededor.

Por un momento Georgia vio un atisbo de la inseguridad que lo había caracterizado durante su primera cita. Su plan ya estaba funcionando; había cogido al enemigo desprevenido. Georgia actuó con un sonrojo avergonzado digno de Julia Roberts.

—Ah, eso... es una larga... hombres, ya sabes, algunas veces son... demasiado *entusiastas*. De todas formas son preciosas, ¿verdad?

—Lo son, lo son.

—El tuyo también es muy bonito, ¿eh? Dios, es muy bonito. Deja que lo ponga en agua.

Georgia cogió el minúsculo buqué y puso las seis tristes rosas en un jarrón. Nunca hubiese pensado que le llevaría flores, fue un regalo del cielo.

—¿Cómo te va? ¿Bien? Ocupado, supongo —le preguntó Georgia mientras colocaba las rosas sobre la encimera.

—Sí, muy ocupado. Pero me alegro de estar aquí.

—Y yo me alegro de que estés. Es difícil hacer planes con todo lo que nos está pasando. Es increíble que lo de hoy haya podido suceder. Siéntate, por favor.

Georgia señaló el taburete situado al lado de la encimera de su preciosa cocina. Él se sentó tal y como le había sugerido y ella le ofreció una copa de Shiraz. Esta vez sería él el que se sentase mientras ella permanecía de pie. Mientras ella daba los toques finales a la cena, se rieron con las historias de las desastrosas comidas que había preparado Georgia en su día. Hasta el momento, la cita iba de perlas.

Entonces, Sam contó una historia de uno de sus hijos. Estaba en confianza, hablando sobre el padre de uno de los niños del equipo de la liga infantil de su hijo. Era una historia divertida y él la contaba con seguridad. Georgia estaba riéndose cuando sonó el teléfono. Como un reloj.

—Que dejen mensaje. Continúa, por favor.

—Así que el hombre se volvió loco, gritando y chillando, y tenía un helado en la mano… —justo entonces, una voz de hombre desesperada se oyó a través del contestador de Georgia.

—Hola, Georgia, soy Hal. Solo quería decirte que me lo pasé genial anoche. Espero verte pronto. ¿Qué te parece el miércoles? ¿Puedes quedar ese día? No puedo dejar de pensar en…

Georgia «se apresuró» a interrumpir el mensaje.

—Lo siento mucho, pensé… creía que había apagado el contestador… —reajustó el teléfono y se giró hacia Sam con las mejillas sonrosadas—. Lo siento. Por favor, sigue.

Sam la miró, un poco sorprendido.

—Vaya, está coladito.

—No, es que fuimos a una obra de teatro muy divertida y fue una gran… no importa… no es… Por favor, dime, ¿qué pasó con el helado?

Sam se levantó del taburete y se apoyó contra la encimera, ella a un lado y él al otro. De repente, la encimera parecía un gran escrito-

rio y era como si él estuviera en una entrevista de trabajo. O una au-
dición.

Sam se rio de forma nerviosa.

—Eso. Entonces, el entrenador le dijo que si no se calmaba iba a
expulsar definitivamente al chaval. El tío agarró el helado y se lo lanzó
al entrenador, como un niño de dos años, ¿te lo puedes creer? Después, su hijo corrió hasta él y dijo…

En ese momento, el contestador volvió a saltar y se oyó la voz de
otro hombre, profunda y autoritaria, como la de un trabajador de la
CIA o la del presidente de los Estados Unidos.

—Hola, Georgia, soy Jordan. Me lo pasé muy bien cuando fuimos
de copas la otra noche y me gustaría volver a… —Georgia fingió sor-
prenderse y sentirse molesta.

—Lo siento mucho, debo de haber apagado el timbre en lugar del
contestador, qué grosera… —Se acercó al teléfono y pulsó varios botones—. Ya está, lo he apagado del todo —dijo Georgia tímidamente—.
Discúlpame.

—Tranquila. No pasa nada —respondió Sam. Georgia se dio cuenta de que, a esas alturas, el tipo estaba sonrojado. Ni siquiera comentó
el contenido del segundo mensaje y Georgia decidió no dar explicaciones. Pensó que lo mejor era que el deseo del otro hombre quedara en
el aire.

—¿Y qué dijo el niño entonces? —preguntó ella dulcemente.

Sam miró a Georgia para después posar los ojos en la encimera.

—Nada, no tiene importancia.

—Bueno, la cena ya está lista.

Empezaron a comer pero todo había cambiado. En primer lugar,
Sam se estaba fijando en ella de verdad. Las mujeres se preguntan qué
sienten los hombres con los que salen; analizan correos electrónicos o
contestaciones de mensajes. Pero todo lo que hay que hacer es observar cómo te mira. Si lo hace como si no quisiera despegar los ojos de ti
por miedo a que desaparezcas, estás con un hombre al que le gustas de
verdad. Y así era como Sam miraba a Georgia ahora. En el bar apenas
mantuvo contacto visual. Ahora no le quitaba los ojos de encima.

Georgia había conseguido algo que dejaría a los corredores de bolsa y los economistas de Wall Street con la boca abierta: en una sola hora
había incrementado su capital creando «demanda» de la nada y simu-

lando una guerra de pujas. Ella solita se obligó a parecer lo que nuestra cultura no le deja creer que es: valiosa. Y todo lo que necesitó fueron un par de cientos de dólares en flores y las llamadas de sus encantadores vecinos homosexuales. Vio cómo Sam trataba de impresionarla con sus bromas o cómo se pasaba los dedos por el pelo en un gesto nervioso. Sonrió para sus adentros cuando él tocó su brazo para hablar de algo o cuando notó que sus ojos la seguían cada vez que iba a por más vino. Al final de la cita, él no dejó de besarla hasta que Georgia le dijo que era hora de que se marchase.

Y ahora os preguntaréis: ¿acaso Georgia se sentía mal porque todo había sido falso? ¿Porque tuvo que crear una gran mentira para sentirse mejor consigo misma? ¿Se sentía mal porque nada de aquello era verdad? ¿Se sentía así por haberse mandado flores a sí misma para llamar la atención de un paleto del Medio Oeste? ¡No! Georgia se sentía *orgullosa*. Veía la realidad y no estaba dispuesta a engañarse a sí misma. Con la cabeza clara y con previsión había entendido el cambio de poder por el que Sam había pasado con respecto a su visión del mundo y había hecho algo al respecto. Se convirtió en un «cebo», ¡era para ponerse una medalla! Las mujeres estaban jodidas: los números estaban en su contra, el tiempo estaba en su contra, y si su único recurso era inventarse una vida personal para escalar posiciones en la agresiva escala de citas, pues que así fuera.

Sam la llamó el día siguiente. Su voz sonaba nerviosa, probablemente se preguntaba si la atractiva y deseada Georgia cogería siquiera el teléfono:

—Hola Georgia, soy Sam.

—¡Hola, Sam! —respondió ella amablemente —¿Qué tal estás?

—Genial, genial —dijo tratando de parecer animado pero no muy ansioso—. Verás, solo quería decirte que me lo pasé muy bien anoche y que me encantaría volver a verte pronto.

Georgia ya había decidido qué hacer cuando llamase (porque sabía que lo haría).

—Bueno, Sam, yo también me lo pasé muy bien. Pero acabo de hablar con Hal y hemos decidido empezar a salir en serio.

Sam se aclaró la garganta.

—Ah. Vale. Vaya. Bueno, es una pena, no te voy a mentir, pero te agradezco que me lo digas.

Sabía que su decisión era arriesgada. Había cortado con el único pretendiente que tenía. Y, como ya he dejado claro, ¡nos encantan los pretendientes! Pero al final, Georgia solo quería estar con alguien que no tuviese que demostrarse nada a sí mismo, que no necesitase analizar el terreno y que no necesitase competición para darse cuenta de lo valiosa que era. Además, las flores son muy caras.

Desgraciadamente, Serena había dejado su apartamento. Eso es algo que nadie de Nueva York debería hacer nunca, ni que te mudes, te cases o tengas hijos. Nunca. Solo si te mueres, luego quizá sí puedes dejarlo. Pero incluso entonces, trata de no hacerlo.

Pero Serena lo había hecho y ahora estaba sin pelo y sin techo. Como yo había realquilado mi apartamento y Serena no tenía dinero para un hotel, no sabía qué hacer. Así que llamó a la única persona que entendería la depresión en la que estaba a punto de caer. Llamó a Ruby y le preguntó si podía quedarse en su casa. Ruby –cómo no– aceptó de inmediato.

Cuando me enteré de lo que había pasado, a través de mensajes de texto, pensé que lo mejor sería hacer una teleconferencia. Incluso le dije a Georgia que las visitase para asegurarse de que las dos iban a estar bien juntas. A veces me preocupo.

Alice y yo todavía estábamos en Sídney, haciendo la maleta para nuestro viaje a Tasmania. Ruby estaba sentada con Serena y Georgia, todas ellas alrededor de la mesa del comedor mientras escuchaban a través del altavoz mis gritos de sorpresa:

—¿¡Un tío que supuestamente no debe tener sexo con nadie se estaba acostando con cinco mujeres distintas!?

—A las que no les parecía nada mal compartirlo. ¡Estaban encantados de compartirlo! —me chillaba Serena en respuesta.

Georgia simplemente sacudía la cabeza.

—Vaya, ahora los hombres célibes tienen un harén. Es el fin del mundo.

—Quizá deberían empezar a practicarnos la eutanasia a todos —dijo Ruby, casi para sí misma.

Se escuchó un jadeo colectivo por el teléfono, yo incluida.

—¿¡Qué!? —murmuré, deseando que la conexión me hubiera hecho malinterpretarlo.

—Lo digo en serio —contestó Ruby—. Igual que con los perros. Quizá los del ayuntamiento deberían empezar a matar a las mujeres con temperamento, las que no están en perfecto estado de salud, tienen mal los dientes o algo así. Para que los buenos candidatos tengan más probabilidades de encontrar una casa adecuada.

Todas nos quedamos pasmadas. Por lo visto, las cosas en el refugio de animales habían empezado a afectar a Ruby.

—¿Y yo he decidido vivir contigo para que me animes? —preguntó Serena cortando el silencio.

Georgia se sumó:

—Ruby, no te conozco muy bien, así que disculpa si suena mal, pero si no coges el teléfono y dejas ese trabajo de voluntaria en este mismo momento te voy a dar un puñetazo en la cara.

—Ahora en serio, Ruby, eso ha sido lo peor que he oído decir a alguien en mi vida —añadí.

Georgia se echó a reír.

—No me puedo creer que hayas dicho algo así.

Serena estalló en carcajadas.

—Has sugerido que la ciudad nos empiece a «gasear».

Ruby dejo caer su cabeza contra la mesa y su risa dio a entender que se había dado cuenta de lo que había dicho.

—Dios mío, y todavía lo pienso en parte. ¡Me estoy volviendo loca!

Alice y yo estábamos en nuestro hotel en Australia, escuchándolas gritar de la risa.

Georgia sacó su móvil.

—Dame el número del refugio. *Ya.*

Ruby hizo lo que se le ordenó. Georgia llamó y le tendió el teléfono a Ruby. Esta empezó a hablar.

—¿Hola? Soy Ruby Carson. Soy voluntaria de allí. Quería hacerles saber que no continuaré trabajando. Afecta a mi salud mental, muchas gracias. —Colgó rápidamente y Serena y Georgia empezaron a aplaudir.

—No he podido oír bien, ¿ha dejado lo del voluntariado? —pregunté desde la otra punta del mundo.

—Sí, lo ha hecho —respondió Georgia—. Ahora solo tenemos que buscar trabajo para Serena y nuestra labor por hoy habrá concluido.

—¿No puedes volver a tu antiguo trabajo? ¿Con la estrella de cine? —inquirió Alice.

Serena se encogió de hombros.

—Estoy segura de que han contratado a alguien más.

Yo traté de animarla.

—Pero, Serena, por todo lo que me has contado de ellos, parecían muy majos. Daba la sensación de que les gustabas mucho.

—Es cierto —comentó Serena por teléfono—. La verdad es que les he echado un poco de menos. Joanna fue muy dulce conmigo. Y Robert era muy divertido.

Georgia sacó el móvil.

—Llámales y entérate. ¿Qué número tienen?

Serena empezó a dudar.

—Por favor, que no se lo voy a vender a la revista *People*. Solo trato de conseguirte trabajo.

Serena le dio el número a Georgia. Esta marcó y le pasó el móvil a Serena.

—¿Hola, Joanna? Soy Serena… —Serena prestaba atención a la voz al otro lado del teléfono. Sus ojos se iluminaron—. Bueno, de hecho es una coincidencia que lo preguntes. Lo del centro de yoga no ha funcionado. Así que me preguntaba si… ¿De verdad? Oh. Genial. Sí, me pasaré mañana y hablaremos de ello. Vale, nos vemos entonces. —Serena cerró el teléfono de Georgia, sorprendida—. No tienen a nadie.

Georgia aplaudió y comentó:

—¡Increíble!

—Sí —repuso Serena—. Pero no sé… su voz sonaba triste.

—¿Qué? —dije, ya que el sonido se había entrecortado durante un momento.

Serena se inclinó hacia el teléfono y dijo más alto: «Que sonaba triste».

De vuelta a Australia

El vuelo a Tasmania solo duró una hora y media. Imaginé que sería una isla salvaje repleta de canguros saltando y tribus aborígenes saludándonos con sus diyeridú, pero Hobart, la capital de Tasmania, era bastante civilizada. Era una ciudad pintoresca con un aire colonial junto a un puerto estrafalario, con edificios bajos de arenisca, convertidos en tiendas y bares, a ambos lados de las calles. Lamentablemente, incluso vi un Subway por allí.

Había contestado al mensaje de Fiona antes de dejar Sídney diciéndole que íbamos a visitarla, y nos dijo de quedar en el bar del pueblo para charlar. Yo todavía sospechaba que había algo detrás de aquello —soy neoyorquina, vamos, no podía pensar que Fiona estuviera haciendo todo aquello solo para ser amable.

Tengo que admitir que ese día no estaba de muy buen humor. Una cosa es tener en consideración las terribles estadísticas y otra verlas con mis propios ojos en hombres que miraban por encima de ti, en mujeres de treinta y cinco años que se sienten viejas, o en chicos jóvenes que dividen y suman cuatro. En Nueva York, no hay mucha diferencia entre el comportamiento de alguien de veinticinco y alguien de treinta y cinco. En Nueva York, si rozas los cuarenta puedes seguir tan ocupado disfrutando de la vida que no te importa recibir la invitación a la reunión por el vigésimo aniversario de tu graduación. Pero en Sídney, mi burbuja de ilusión se rompió. Por primera vez en mi vida, me sentí vieja.

Nos encontramos al lado del puerto, en un pub irlandés con una larga barra de madera y una señal gigante en la que se leía «FISHMONGER».

En cuanto entramos, escuchamos un «¡esas deben de ser mis chicas neoyorquinas!». Una mujer se acercó a nosotras con los brazos abiertos y una gran sonrisa en su rostro. Era exactamente como me la había imaginado: con una cara rubicunda y un tono de piel pálido, a lo británico. Tenía el cabello castaño claro y fino, recogido en una coleta. Era una ricura, tenía algo que la hacía atractiva y frágil aunque un poco sosa. Nos miró de arriba abajo. «¡Pero si sois preciosas!» Me sentí culpable al instante por pensar que era sosa. Nos hizo ir a la barra.

—Venga, si habéis venido a Hobart tenéis que beber una pinta. ¿Habéis probado la James Boag?

—No —contesté—. La verdad es que no bebo cerveza.

—Yo tampoco —murmuró Alice.

—Pero tenéis que probarla, aunque sea un poquito. Estáis en el muelle. No podemos dejar que bebáis vino aquí. —Tanto Alice como yo pensamos que *sí podía*, pero Fiona pidió cerveza para todas. Esperó hasta que se las dieron, las pagó y nos las tendió.

—Y ahora dime, ¿crees que soy una verdadera idiota por lo que escribo? ¿Has venido a quejarte? Venga, cuéntame lo que piensas.

Era tan cálida y amable que no tuve ganas de sacar mi vena guerrera con ella.

—No he venido a gritarte, es que...

—Parezco demasiado *happy-flower*, ¿no?

—Es que el hecho de decir a las mujeres que se quieran a sí mismas para encontrar el amor me parece...

—Una mentira —intervino Alice—. Estadísticamente imposible. Incluso si nos casásemos con hombres homosexuales las cifras no concordarían.

Fiona se tomó la crítica con deportividad.

—Las estadísticas son muy convincentes. ¿Habéis oído eso de que se ha sugerido que se ofrezcan incentivos fiscales a los hombres para quedarse en Australia? ¿Qué tipo de porquería es esa? Ya se creen que son el milagro de Dios, por favor. —Fiona hizo señas a un par de mujeres que entraron en el bar—. ¡Katie! ¡Jane! ¡Estamos aquí! —Volvió a mirarnos—. Intentar tener una cita como Dios manda con un hombre, es como intentar que un koala corra.

Katie y Jane se acercaron a nosotras, Fiona les dio besos en las mejillas y nos las presentó.

—Les estoy diciendo que tener citas en Tasmania es algo inaudito.

Jane y Katie asintieron, dándole la razón.

—¿Y qué hacéis en lugar de eso? —inquirió Alice con curiosidad.

Fiona dio un trago a su cerveza y se rio.

—Bueno, vamos a algún bar, nos emborrachamos, nos caemos y tenemos esperanza. Es una situación espantosa, la verdad.

Todas nos partimos de risa. Fiona seguía gesticulando y saludando a la gente con un beso en la mejilla, diciéndoles cosas aduladoras pero que pensaba de verdad.

Me di cuenta de que estábamos en presencia de alguien a quien Dios había concedido una abundancia de serotonina y un carácter alegre. Ya sabéis: una persona feliz.

—Y sí, es cierto. Les digo a mis lectoras que si amas tu vida y te sientes realizada entonces vas a resultar irresistible, y los hombres saldrán de sus escondrijos.

No pude evitar insistir.

—Pero eso no es cierto. Conozco a docenas de mujeres solteras que son fantásticas, están dispuestas, son encantadoras y no encuentran novio.

—No son muy exigentes y no tienen altas expectativas —añadió Alice. ¡Allí había un vacío legal!

El sitio empezaba a llenarse y la música estaba más alta, así que Fiona contestó casi gritando.

—Aún.

—¿Qué? —le pregunté.

—No han encontrado novio *aún*. Todavía no han tirado la toalla, ¿no?

—No. Pero es lo que hay.

—Y mañana eso podría cambiar. Eso es lo que pienso. ¡Mañana podría cambiar todo! —Y como si estuviera ensayado, un tipo con camiseta y pantalones de camuflaje se acercó a Fiona y la saludó. Ella le contestó y le dio un beso en la mejilla—. Este es Errol. Nos conocimos el verano pasado y estuvimos juntos tres semanas, ¿verdad?

—Errol sonrió tímidamente. Ella le dio un tirón de orejas de broma—. Se portó como un capullo conmigo. ¿O no, Errol?

—Fui un gilipollas, es verdad —y se fue.

—Dime, Julie. ¿Qué sugieres que debería decirle a la gente? ¿En qué deberíamos creer? —me preguntó Fiona de buenas maneras.

Ahí estaba, otra vez esa pregunta. ¿Qué creía? Miré alrededor. Había un montón de hombres y mujeres, sobre todo mujeres. Y estas parecían estar trabajándoselo mucho más que los hombres.

—Que quizá la vida no es justa —respondí—. Que a todo el mundo no se le garantiza ganar juagando a la lotería, tener buena salud o llevarse bien con su familia, que no todas podremos tener a alguien que nos quiera. —No podía parar de hablar—. Puede que entonces podamos empezar a ver las cosas de una forma distinta. Una forma que no haga tan trágico el hecho de que no consigamos el amor.

Fiona analizó mi opinión durante un momento.

—Lo siento, chicas. Si les dijera eso a mis lectoras sería la responsable del primer suicidio en masa de la historia de Australia. Habría cientos de mujeres flotando boca abajo en el mar de Tasmania.

Alice y yo nos miramos. Sonaba muy pesimista, incluso para nosotras.

—Además, va en contra de la naturaleza humana —continuó Fiona—. Todas queremos amar y ser amadas. Es lo que hay.

—¿Eso es la naturaleza humana o Hollywood? —le preguntó Alice.

Un grupo empezó a tocar en un pequeño escenario al final del local. Eran unos animados músicos irlandeses, y en poco tiempo la pista estaba repleta de borrachos pálidos saltando.

—Quizá nuestra verdadera naturaleza humana es formar parte de una comunidad. Es lo único que parece que soportamos. Mucho más que el matrimonio, eso seguro —dije en voz alta.

Fiona se puso seria. Se levantó y puso una mano en cada uno de nuestros hombros, mirándonos fijamente.

—Tengo que decíroslo, y lo digo con el corazón en la mano. Ambas sois preciosas. Sois inteligentes, divertidas y atractivas. Que penséis que podéis acabar sin amor en vuestras vidas es una completa gilipollez. No es posible. Sois diosas. Sé que no queréis creerme, pero es cierto. Diosas hermosas y atractivas. Y no deberíais considerar, ni siquiera por un momento, que no tendréis felicidad en vuestras vidas.

Y, con eso, se marchó a pedir otra cerveza.

Mis ojos empezaron a inundarse de lágrimas. Alice se giró hacia mí, también con los ojos llorosos. La tía era buena.

La música y los bailes se volvieron más estridentes, Alice me cogió de la mano y me arrastró hasta la pista para saltar. Fiona vino con nosotras junto con diez de sus mejores amigas. La observé riéndose, dando vueltas y cantando. No importaba lo que dijera, no importaba lo lista que fuera, podía ver claramente que Fiona era más feliz que yo. Se había inoculado a sí misma contra el veneno de las estadísticas que yo había cargado sobre mis hombros durante toda la semana. Mientras veía cómo el sudor empezaba a empapar sus mejillas y su cara se iluminaba cuando se reía, tuve que admitirlo: era una de esas personas que todo el mundo quiere a su alrededor, y cuando el día termina, la gente positiva y optimista es más atractiva que la negativa y pesimista. Alice puso su brazo alrededor de mi cintura y fingió cantar una canción cuya letra no entendíamos: «*Fly into my fla fla baby baba ba… yeah*». Fiona bailaba con Errol, Jane y Katie haciéndoles reír al intentar moverse al estilo *hip hop*. Alice me dijo en voz alta al oído: «Me gusta, es una tía guay».

Un hombre atractivo y fuerte se acercó a la pista, esquivando a la multitud, y fue directo hacia Fiona. Cuando ella lo vio envolvió sus brazos alrededor de él y lo besó en los labios. Hablaron durante un rato, abrazados. Él se dirigió a la barra y Fiona vio nuestras caras llenas de curiosidad, por lo que vino a explicárnoslo todo:

—Nos conocimos hace varias semanas. Se llama George. Estoy coladísima. Ha vivido en Hobart toda su vida pero nunca nos habíamos cruzado hasta el mes pasado. ¿No es raro?

Alice y yo la miramos, confundidas.

—¿No nos ibas a contar nada sobre él?

Fiona se encogió de hombros, sonriendo.

—¿No odiáis a las mujeres que creen que lo saben todo porque han conocido a un buen hombre? ¡Preferiría morir antes de que pensaseis que soy así!

Fijé los ojos en Fiona, impresionada. Tenía el arma definitiva en su arsenal, pero no la había utilizado. Había decidido deliberadamente no jugar al «mira, a mí me ha funcionado». Quería asegurase de que no sintiera que mi punto de vista no era igual de válido que el suyo porque ella tenía novio y yo no. Esto sí que la hacía una diosa de verdad, y me había dado una lección importante: cuando te enamores, no presumas de ello.

En el taxi de camino al aeropuerto de Hobart no pude dejar de pensar en Fiona. No sería honesta si no admitiera que tenía razón, en parte. Brillaba tan fuertemente que un hombre salió de su escondite de Hobart por ella. ¿Significaba que eso le pasaría a todo el mundo que se comportara como ella? No. ¿Creía de repente que todo el mundo tenía garantizado el amor en su vida? No. ¿Me hacía pensar que debería ignorar las estadísticas y asegurarme de parecer adorable? No.

Pero lo que aprendí de Fiona, Australia y sus estadísticas de soltería es lo siguiente: «el cien por cien de los humanos necesitamos esperanza para seguir adelante. Y si alguna estadística te quita eso, es mejor no saber nada de ella. Ah, y también hay que viajar lo máximo posible a lugares donde haya muchos hombres». ¿Qué pasa? ¡No hay nada malo en intentar aumentar las probabilidades!

Había llegado la hora de que Alice volviese a casa. En nuestra habitación de hotel de Sídney la vi recoger sus cosas y eché de menos Nueva York. Echaba de menos mi cama, mis amigos, mi ciudad. Sídney me había dejado inquieta. Cuanto más me alejaba de Fiona y su luz menos optimista y animada me sentía. Tomé una decisión:

—Voy a volver a casa. Regresaré, volveré a mi trabajo, escribiré y terminaré con esto. No puedo seguir.

Alice se sentó en la cama, pensando qué decir.

—Me da pena que te sientas así. Creo que todo esto te va muy bien. Siempre has sido responsable, con un trabajo de oficina. Es bueno que no sepas lo que va a ocurrir.

Para mí era insoportable. Me sentía increíblemente sola.

—Me siento tan… asustada.

Alice asintió con la cabeza.

—Yo también. Pero no creo que te haya llegado el momento de volver a casa. No me lo parece.

Mientras acompañaba a Alice al taxi me preguntó:

—¿Por qué no te vas a la India? Todo el mundo parece que vive un momento espiritual allí.

—Serena dijo lo mismo. Me lo pensaré.

Cuando el taxi se puso en marcha, Alice gritó:

—¡Sigue, Julie! ¡Todavía no has terminado!

Observé cómo se alejaba y me sobrevino una sensación de soledad. «¿Por qué me obligaba a mí misma a pasar por esto? ¿Y por qué Thomas no me había llamado?» Y este último pensamiento no era nada nuevo; lo había tenido cada día desde Italia porque, como puede que haya mencionado anteriormente, soy una criatura patética y porque, cuando las mujeres conectamos con alguien, joder, es difícil dejarlo ir. La buena noticia era que yo tampoco lo había llamado. Gracias a Dios. Porque si hay una regla que he aprendido sobre cómo ser soltera —una regla que he aprendido a las malas, y no he tenido que viajar por el mundo para darme cuenta de ello—, esta es: no lo llames, no lo llames, no lo llames. Y entonces, justo cuando crees que tienes la excusa perfecta para llamarlo, *no lo llames*. Ahora mismo estaba pensando en hacerlo.

Y justo en ese momento, el teléfono sonó. Respondí y un hombre con acento francés habló.

—¿Eres Julie? —inquirió.

—Sí, soy yo. —dije, sin poder creer que era quien yo pensaba.

—Soy Thomas. —Mi corazón empezó a latir desenfrenado.

—Vaya. Thomas. ¿Qué tal estás?

—Bien. ¿Dónde estás? ¿Singapur? ¿Tombuctú?

—Estoy en Sídney.

—¿Australia? Perfecto. Bali está muy cerca.

—¿Bali? —repetí, moviéndome nerviosa.

—Sí. Tengo que ir por negocios. ¿Por qué no nos vemos?

Mi corazón dejo de latir un momento.

—No sé si...

Entonces, la voz de Thomas cambió a un tono más serio.

—Julie. Me hice una promesa a mí mismo. Si podía estar tres días sin pensar en ti, sin querer coger el teléfono para preguntarte cuándo podríamos volver a vernos, no te volvería a llamar jamás. ¡Ni siquiera he podido aguantar un día entero!

Escuchar a alguien decir eso era chocante. Especialmente en Sídney, donde mi autoestima había sufrido un golpe, donde mi luz se había reducido a un ridículo vatio.

—Julie. Por favor, no me hagas suplicártelo. Ven a Bali.

Miré hacia el puerto de Sídney y pensé en las estadísticas. ¿Cuáles eran las probabilidades de que un atractivo francés quisiera verme en Bali? ¿Y las probabilidades de que volviera a pasar? ¿Y su mujer?

Así que pregunté:

—¿Y qué pasa con tu mujer?

—Sabe que voy a Bali, pero sobre el resto prefiere no preguntar.

Dije que sí. Porque por una vez en la que las probabilidades están a tu favor, ¡cómo vas a negarte!

7

Admite que a veces te sientes desesperada

(no se lo diré a nadie)

Cuando Alice regresó a Nueva York, era otra. Sídney le había hecho algo. Estaba asustada. Aunque se quedó impresionada con Fiona, aquello no le duró demasiado. Al pensar en los últimos seis meses de citas, y en Australia, y en el hombre que no quiso bailar con ella, tuvo que admitirlo: aquello era un infierno. Le había sacado todo el partido posible, había mostrado su actitud de «Alice puede con todo», pero la idea de tener que empezar de nuevo con las citas le resultaba demasiado insoportable. Se sentía tan aliviada de estar con Jim que casi rayaba el delirio. ¿Estaba enamorada de él? No. ¿Era el hombre de sus sueños? ¡Por supuesto que no! Pero ella lo apreciaba hasta tal punto que casi era como estar enamorada, casi como si fuera el hombre de sus sueños.

Y así, Alice, la pelirroja, la superheroína de Staten Island, se mostró dispuesta a aceptar un trato. Jamás lo había hecho en los juzgados, ¡ni hablar!, pero sí que lo haría en su vida. Había visto una imagen de lo que sería el futuro sin Jim y aquello la había dejado realmente aterrorizada.

Bajó por Prince Street pensando en todo aquello mientras se dirigía a reunirse con Jim por primera vez desde que había llegado a casa desde Sídney. Dobló la esquina y allí estaba él, al otro lado de la ventana de un bonito y pequeño bar de barrio, el único que aún queda en el Soho. Puntual, por supuesto. Vio a Alice a través de la ventana y sonrió a la vez que la saludaba con la mano. Ella le sonrió también y le devolvió el saludo. Aceleró el paso de manera que para cuando estuvo dentro del bar ya iba corriendo. Ella le rodeó el cuello con los brazos y lo besó con fuerza en los labios. Él se rio, sorprendido, y la abrazó por la cintura.

Cuando finalmente se separaron, Alice lo miró con total seriedad:

—Quiero casarme contigo —susurró.

Jim se apartó un poco y le puso las manos en las caderas a la vez que la miraba directamente a los ojos.

—¿Lo dices en serio? —le preguntó con la voz un poco temblorosa por la sorpresa y la emoción.

—Totalmente —le confirmó Alice, sonriendo y riendo.

Abrazó a Jim como si nunca fuera a soltarlo. Jim la levantó en brazos allí mismo, en el bar, y giró sobre sí mismo mientras ella se reía y enterraba la cabeza en su cuello.

¿Y qué si no era exactamente lo que ella se imaginaba que sería? Era cierto, no hubo rodilla en tierra ni anillo ni propuesta, y era ella la que se lo había pedido. Pero él sí que la había levantado en brazos y le había hecho saber que se sentía como el hombre más afortunado del planeta.

Mientras se reía y giraba pensó: «La verdad es que amo a Jim. Lo amo de verdad».

De camino a Bali

Yo estaba en el avión que iba de Tokio a Denpasar, en Bali, cuando sucedió. Me encontraba inmersa en un agradable sueño de Lexomil cuando de repente me desperté. Estaba sentada en el asiento del pasillo. No habían cerrado la cortinilla de la ventana de mi fila, por lo que se podía ver la oscuridad más absoluta. Algo de toda aquella negrura, la visión de ese abismo nada más despertar, hizo que el corazón me comenzara a palpitar agitadamente. Y con rapidez. Empecé a jadear y, de repente, mi pecho subía y bajaba aceleradamente. Noté que me faltaba el aire, como si alguien me estuviera estrangulando. Mi vecino, un tipo asiático regordete y de unos veinte años, estaba dormido, con su pequeña manta azul remetida bajo la barbilla y con la cabeza apoyada en la ventana. El pobre no tenía idea de que había una loca a su lado. Miré a mi alrededor. Todo el mundo estaba bastante dormido. Supuse que los asustaría mucho despertar con el sonido de una americana que gritaba con toda la fuerza de sus pulmones. Me incliné, apoyé los codos en los muslos, sostuve la cabeza entre las manos y traté de respirar, pero me pareció que había oscuridad por todas partes y que estaba a punto de tragarme por entero. Los ojos se me comenzaron a llenar de lágrimas y traté desesperadamente de contenerlas.

Evidentemente, evitaba llorar para no molestar a mis compañeros de viaje, alarmar a los auxiliares de vuelo, pasar vergüenza, o montar un numerito. Pero existía una razón todavía más apremiante y vanidosa por la que no empezar a sollozar de forma desgarradora: cuando lloro, aunque sea una gota, mis ojos se hinchan como dos bolsas de palomitas de maíz metidas en el microondas y mis ojeras se vuelven instantáneamente de un color negro azabache a la vez que me bajan prácticamente hasta la barbilla. Resumiendo: mi principal preocupación era que me iba reunir con Thomas en el aeropuerto de Denpasar, y yo quería estar guapa. Ya está, ya lo he dicho.

Me pregunté si habría alguna manera de llorar sin hacer ruido o sin derramar lágrimas. Lo intenté durante unos pocos segundos: retorcí la cara en aquel sollozo silencioso de loca mientras parpadeaba rápidamente para no dejar que se acumularan las lágrimas. No me puedo ni imaginar qué debía parecer en esos momentos. Por supuesto, como me encontraba en mitad de un ataque de pánico y no tenía control sobre mí misma, aquello no funcionó. Me puse a llorar. Lloraba porque estaba sufriendo un ataque de pánico, y también lloraba porque sabía que iba a tener un aspecto horrible después. Solo quedaban treinta minutos de vuelo y no tardaríamos en tener que ponernos el cinturón para el descenso. Decidí ir al baño, donde por lo menos podía comportarme como una loca en privado. Me las arreglé para recuperar el control de mí misma lo suficiente como para recorrer el pasillo pasando al lado de todos los hombres, mujeres, adolescentes, niños y bebés, que dormían. Caminé lo más rápido que pude en dirección al baño y entré. Me senté en el inodoro y dejé escapar un sollozo de inmediato y, después, seguí llorando. Traté de hacerlo lo más silenciosamente que pude; mantuve el suficiente sentido de la autoprotección como para no querer provocar un incidente internacional. Comencé a mecerme hacia adelante y atrás en el asiento del váter, abrazada a mí misma como un niño pequeño y conmocionado. Me tiré del pelo. Me hundí más profundamente en mí misma. En algún momento me miré en el espejo y vi mi cara, que parecía la de una tortuga centenaria, y lloré todavía más y con más fuerza. Me sentí perdida, flotando en el aire, en la oscuridad. No sabía dónde iba o lo que estaba haciendo con Thomas, con el amor, con mi vida. Sentí que la catástrofe era inminente.

Me eché un poco de agua fría en la cara. Eso nunca ayuda. Nunca. ¿Por qué la gente te dice que lo hagas? Anunciaron que teníamos que volver a nuestros asientos para el aterrizaje, así que me apoyé en el lavabo y me obligué a calmarme. Cerré los ojos y me centré en conseguir poco a poco que mi respiración volviera a la normalidad. Comencé a relajarme. Tras un minuto, ya estaba completamente bien, como si nada hubiera pasado. Me dirigí a mi asiento y me senté sin hacer ruido. Miré al pasajero que tenía al lado, que seguía cómodamente dormido, y me sentí victoriosa. Sí, tuve un ataque, pero esta vez nadie se dio cuenta. Fui capaz de limitarlo a la zona del baño. Yo sabía que tenía un aspecto horrible, y que ninguna cantidad de maquillaje que me pusiera iba a cambiar eso, pero, de momento, aquello era más que suficiente.

En situaciones como esa, cuando vas a ver a alguien que no has visto desde hace mucho tiempo, y las expectativas son quizá un poco altas, y hay un nerviosismo y una sensación de no saber qué esperar, creo que el primer segundo en el que posas tu mirada en el otro lo es todo. Es el momento en el que te das cuenta exactamente de lo que sientes por esa persona, y cómo va a ser el tiempo que paséis juntos. Estaba esperando mis maletas en la cinta transportadora. Eché un vistazo al reloj de la pared. Era medianoche. Había un montón de turistas cansados esperando sus maletas, y un montón de conductores pululando alrededor, con la esperanza de conseguir clientes.

Fue entonces cuando lo vi.

Estaba de pie, un poco alejado de todos los demás. Llevaba una camiseta de color marrón y unos vaqueros, y me estaba saludando, y sus ojos azules centelleaban. Estaba sonriendo, pero no demasiado, lo suficiente como para que yo supiera que estaba encantado de verme. Un momento después, yo ya estaba corriendo hacia él para abrazarlo. Él me rodeó con sus brazos y me sostuvo así mientras me besaba la cabeza. Allí estábamos, abrazados, besándonos y sonriendo. Debíamos parecer los amantes más maravillosos del mundo.

Me tomó la cara entre las manos y me miró fijamente.

—Y ahora dime. ¿Qué tal el vuelo?

Lo miré directamente a los ojos y le mentí:

—Fue estupendo. No tuve ningún problema.

Él me examinó mi cara.

—¿De verdad? Parece que has estado llorando.

Me aparté de él y bajé un poco la mirada. Mentí de nuevo:

—No. Estuvo bien, de verdad. Solo estoy cansada.

Thomas me miró de cerca y sonrió.

—Está bien, voy a fingir que te creo. Y ahora, ¡vamos a salir de aquí!

Llegamos a nuestro hotel alrededor de las dos de la mañana. Un portero nos llevó por un pequeño camino de piedra. Cuando abrió la puerta de nuestro alojamiento, no pude evitar que se me escapara una exclamación de sorpresa. Thomas había reservado una enorme villa para nosotros, ¡una enorme villa dos veces el tamaño de mi apartamento! Las paredes relucían levemente por la madera de color marrón claro y el techo de bambú parecía elevarse hasta el infinito hasta llegar a cerrarse en un punto muy por encima de nuestras cabezas. El suelo era de mármol y la cama, enorme, estaba situada frente a un balcón privado. Uno de los laterales de la villa estaba cubierto exclusivamente por ventanas que daban a unos arrozales interminables. Incluso de noche, la vista era magnífica.

—Es… esto es tan hermoso. ¡No me lo puedo creer! —tartamudeé.

Nadie me había llevado a un lugar tan hermoso. Nadie había podido permitirse el lujo de llevarme a un lugar tan hermoso. Me volví hacia Thomas y simplemente lo miré asombrada. Él me tomó en sus brazos y me besó.

Bueno, ¿y cómo puedo describir lo que pasó después? Vale, digamos que a veces en la vida, después de años de simplemente vivir al día, de tratar de sacar lo mejor de una mala situación, de mantener la cabeza en alto, a veces los cielos te dan una recompensa, un pequeño premio por todos tus esfuerzos. La vida te da una breve muestra de lo gloriosa que puede llegar a ser. Uno no sabe cuánto tiempo va a durar y la verdad es que no me importa, porque sabes que en ese momento has tropezado con un pequeño estanque de felicidad y no vas a perder ni un segundo en preocuparte por saber cuándo tienes que salir del agua.

Lo que quiero decir es que, durante los ocho días siguientes, no salimos del hotel. Apenas salimos de la habitación, y cuando lo hicimos, solo fue para comer. Ni siquiera soy capaz de recordar la última vez que me pasó algo así. La verdad es que no tengo novios muy a menudo. Tengo citas, tengo aventuras, tengo «situaciones». Pero no tengo hombres, uno detrás de otro, a quienes pueda llevar por ahí como mi novio, con los que luego poder romper por alguna razón u otra y decir más tarde a mis amigos: «¿En qué estaba pensando?» Por desgracia, siempre sé en lo que estoy pensando, y ellos también. Así que nadie es realmente capaz de engañarse a sí mismo durante mucho tiempo, y la situación termina más o menos de forma rápida y relativamente sin dolor. Bueno, todo esto para decir que hacía mucho tiempo que no pasaba mucho tiempo, día tras día, con un mismo hombre. Hacía mucho tiempo que no estaba con alguien con quien quisiera pasar mucho tiempo y que quisiera pasar mucho tiempo conmigo. Alguien con quien me quisiera despertar, hacer el amor, hablar, comer, volver a hacer el amor una y otra vez, etc. Era triste estar tan poco acostumbrada a todo aquello. Me di cuenta de cómo, cuando estás soltera, te acostumbras realmente a la falta de ese tipo de complicidades e intimidad en tu vida. Bueno, que lo que estoy tratando de decir es que aquella fue una semana de felicidad ininterrumpida para mí.

Durante ese tiempo, Thomas hizo nueve llamadas telefónicas, seis de negocios y tres a su esposa. Siempre salía de la habitación cuando hablaba con ella, así que no sabía si su mujer le preguntaba cuándo volvería a casa ni cómo le habría respondido él. Mientras hablaba con ella, me quedaba sentada en la cama sintiéndome un poco avergonzada y profundamente incómoda. No podía dejar de preguntarme qué tipo de matrimonio tenían. Él era, en todos los sentidos, un hombre sumamente inteligente, que no aceptaba las mentiras estúpidas y que valoraba la sinceridad. Pero cuando se trataba de su matrimonio, ¿todo aquello era de verdad? Si tu pareja puede irse con otra persona por simple capricho, ¿cómo puedes pensar que realmente tienes un matrimonio? ¿O es que simplemente estaba minimizando su matrimonio con el fin de no sentirme como una zorra asquerosa?

Finalmente, no pude evitarlo y le pregunté si su esposa no se estaba preguntando cuándo volvería a casa. Thomas me contestó que tenían un acuerdo: podían desaparecer durante dos semanas seguidas, pero no más de eso, sin hacer preguntas. Luego, llegaba el momento de volver a casa.

Se trataba de un pequeño arreglo interesante y, de pasada, sabía cuándo se acabaría nuestro tiempo. No tenía que seguir preguntándome cuándo terminaría nuestra pequeña luna de miel. Dos semanas, luego «*selamat tinggal*», como dicen en Bali.

Uno de esos días, mientras Thomas hacía sus llamadas, hablé con mi madre simplemente para hacerle saber que estaba sana y salva. Estaba despidiéndome de ella cuando oí el pitido de una llamada en espera. Descolgué y la voz en el otro extremo era distinta, llena de superioridad y frialdad. Era Candance, mi editora, que me llamaba desde Nueva York. Una pequeña sacudida me recorrió. Me senté un poco más erguida.

—Hola, Julie, soy Candance. Solo quería saber cómo iba el trabajo.

—Ah. Hola. Hola, Candance. Pues… el trabajo va muy bien. De verdad. Estoy aprendiendo mucho, es increíble.

—Me alegro, es bueno oír eso. Me preocupaba que te hubieras escapado con algún italiano y te hubieras gastado todo nuestro dinero de vacaciones en Capistrano —dijo con un acento italiano perfecto.

—No, no, por supuesto que no. Estoy trabajando mucho. Mucho.

En ese momento miré a mi alrededor y vi a Thomas, que solo llevaba puesta una toalla y que se dirigía hacia la pequeña piscina de poca profundidad que teníamos justo fuera de nuestra habitación. Empecé a sudar un poco.

—Bien, bien. Soy consciente de que tomé la decisión de un modo un tanto impetuoso, pero te pagamos el adelanto y firmaste un contrato, así que solo quiero dejar claro que esperamos que lo cumplas.

—Por supuesto —le dije. Thomas escogió ese preciso momento para lanzarse a la piscina, lo que provocó un tremendo sonido de salpicaduras. Me pegué el teléfono al pecho para tratar de amortiguar el sonido—. Estaré encantada de cumplirlo. Llevo tanta información reunida que va a ser un libro asombroso.

Para tranquilizarla, le confirmé unas cuantas veces más lo mucho que estaba trabajando, con cuántas mujeres había hablado, y luego me despedí de ella todo lo deprisa que pude… Y luego intenté sacarme aquella conversación de la cabeza con la misma rapidez, ¡que estaba de vacaciones, por el amor de Dios!

Al final, en nuestro octavo día en Bali, decidimos salir del hotel y dar unos cuantos paseos. Caminamos por Monkey Road y miramos algunas de las galerías de arte locales. Nos sentamos en un pequeño café y compartimos un plato de *ayam jeruk*: pollo fresco salteado con ajo y leche de coco, la especialidad local. Mientras estábamos allí mirándonos a los ojos y sonriendo (yo me alegraba de estar lejos de casa, porque así nadie veía aquella conducta un tanto idiota), una pareja se detuvo en una motocicleta. Él era un hombre joven de unos veinticinco años y ella era una mujer de unos cincuenta. Dejaron sus cascos en la moto y se sentaron cerca de nosotros. Hablaron agarrados de la mano y, al cabo de un rato, ella se inclinó y lo besó. Dejé de mirar a Thomas y me quedé mirándolos.

Thomas observó cómo yo los observaba y sonrió.

—Ah, la antropóloga tiene un nuevo objeto de estudio. —Aparté la vista. No tenía ni idea de lo descarada que era—. Bueno, es interesante, ¿no? —Thomas los miró—. Dime, ¿qué ves?

Les eché un rápido vistazo esta vez. La mujer era atractiva, pero se veía mayor. Estaba en plena edad madura, con una cintura algo gruesa, unos brazos de musculatura floja y el cabello gris recogido con horquillas. El joven era guapísimo. Llevaba el pelo negro peinado con una raya en medio y los mechones le caían detrás de las orejas en una melena corta. Tenía un rostro delicado, pero las cejas gruesas y los grandes ojos marrones le daban un aire de intensidad. Tenía un cuerpo delgado, pero aun así, parecía musculoso, fibroso.

—Un hombre que se aprovecha de una mujer —le dije.

—Ah. Así que ves una mujer desesperada a la que la engaña un joven.

—Tal vez.

—Eso es muy interesante. Yo veo una mujer que se aprovecha de un hombre.

—¿En serio? —le pregunté.

—Quizá. Puede que ella esté aquí para pasarlo bien, pero quizá esté haciendo que el chico se crea que está enamorada de él, que lo va a cuidar para siempre. Pero después se marchará a su casa, a Londres o a Sídney o a Detroit, satisfecha, y él se quedará aquí. Solo.

—Como suelen hacer los hombres.

—Sí, como suelen hacer los hombres.

Reflexioné sobre aquello durante un momento.

—¿No es triste que asumamos que tiene que ser uno o el otro?

—¿Qué quieres decir?

—Los dos asumimos de inmediato, por la diferencia de edad, que uno de ellos se estaba aprovechando del otro.

—Bueno, sí, por supuesto, Julie. Quiero decir, no somos idiotas, ¿verdad?

Me reí ante aquella afirmación, y Thomas me puso una mano sobre la mía. Me miró directamente a los ojos, con alegría.

—¡Tu risa! Tu sonrisa. Todo eso es bastante adictivo, la verdad.

Bajé la mirada y traté de no sentir nada.

Caminamos hasta el centro de Ubud, hasta el famoso templo de Puri Saren Agung, para ver una representación de una danza tradicional llamada *legong*. Mientras paseábamos al lado de las cafeterías y las tiendas de baratijas, Thomas sacó de nuevo el tema de la pareja.

—Sabes, Bali es muy famoso por este tipo de situación. Las mujeres vienen aquí en manada para eso.

—¿De verdad?

Thomas asintió.

—Por lo general no suele ser en Ubud, sino en Kutu. Ahí es donde van.

—¿Dónde está Kutu?

—Está en la playa, cerca del aeropuerto. Es una ciudad muy turística, donde todo el mundo intenta venderte algo. Ahí es donde van todos los gigolós balineses para encontrar mujeres.

—Es triste.

—¿Por qué?

—Porque me gustaría que las mujeres no pensaran que tienen que venir aquí para conseguir a alguien con quien acostarse. Es tan… desesperado.

—Ah, sí, y no hay nada más triste que una mujer desesperada, ¿verdad?

—Bueno, es triste cuando alguien, sea quien sea, se siente desesperado… pero sí, es una sensación un poco trágica.

Seguimos caminando, pero en silencio. Todo lo que sabía acerca de Bali era que se trataba de una isla llena de representaciones artísticas, pero que no había ninguna palabra en la cultura balinesa que significara «artista» porque el arte era algo que todos hacían, así que no había necesidad de ninguna delimitación. Y el pueblo realizaba todas esas actividades artísticas, el baile, la pintura, la música, todo en honor de los dioses hindúes y sus templos. Eso era lo que yo sabía sobre Bali. No que fuese un lugar para ir a tirarse a los chicos balineses.

—Hablando de Kutu, creo que tendremos que marcharnos de aquí e ir a Kutu mañana, si no te importa. Ya va siendo hora de que trabaje un poco. —Se detuvo en el camino—. A pesar de que esto ha sido absolutamente maravilloso.

Cuando puso su mano en mi mejilla y me besó, me sentí un poco mareada. No estaba acostumbrada a todo aquel placer. Le dije que me encantaría ayudarlo en lo que necesitara. Entonces, de repente, me sentí insegura y me pregunté si lo que él tenía pensado era irse sin mí.

—Quiero decir, a menos que te apeteciera ir solo. Quiero decir, yo no quiero suponer que…

Me rodeó con los brazos y me susurró al oído:

—¡Cállate, Julie, no seas pesada! —Y me besó de nuevo.

Cruzamos un gran patio y vimos que la actuación ya estaba a punto de empezar. El público estaba sentado en el suelo formando un semicírculo, y las artistas fueron entrando por una de las puertas del patio. Todas eran mujeres vestidas con saris azules y dorados, y con grandes tocados de oro y los ojos finamente delineados. La coreografía fue tan precisa que todo, desde los gestos de las manos hasta los movimientos de los abanicos, lo realizaron al unísono. Me di cuenta de que la pareja del restaurante también estaba allí. Traté de ver si ella parecía estar enamorada de él. No estaban teniendo ningún contacto físico en ese momento, así que traté de captar pistas sobre quién tenía la voz cantante por el modo en el que se miraban mientras contemplaban la función. Fue difícil de adivinar. Miré de nuevo hacia las bailarinas. Mientras escuchaba la música *gamelan* en directo que las acompañaba, me di cuenta de que incluso los movimientos de los ojos estaban coreografia-dos. Cada mirada, a la izquierda, a la derecha, arriba o abajo, estaba planeada de antemano. Miré a Thomas. Los ojos le brillaban por el interés y el asombro ante todo lo que estaba pasando. Me di cuenta de que estaba absorbiendo todo aquello en esa brillante mente que poseía, que luego lo combinaría con todo el conocimiento de su educación fran-cesa y que, por último, lo mezclaría con su percepción global y su sabi-duría para, al final, decir algo sobre esta experiencia que me resultaría absolutamente fascinante. Al pensar en que nos marcharíamos de Ubud y poco después de Bali, me di cuenta de que aquella aventura no tardaría en acabarse. Él iría a casa a por más amor, más sexo, más inti-midad y más compañerismo. Y yo seguiría hacia mi próxima aventura por mi cuenta. Estaba claro quién mandaba en nuestra relación.

Después del espectáculo, cuando salimos por la puerta que daba a la carretera, vi a la pareja de nuevo. Estaban besándose en la calle a unos pocos metros de distancia. Cuando finalmente se separaron, la mujer me sonrió y me habló con un fuerte acento australiano.

—¿No nos vimos en el café hoy?

Por supuesto que era australiana. Había pensado con inteligencia y había viajado a un lugar donde los hombres se te llevaban a la cama incluso cuando tenías cincuenta años.

Le dije que sí que nos habíamos visto en la cafetería ese día, y nos presentamos mutuamente. Se llamaba Sarah y su compañero, Made (pronunciado «Madei»). Nos dijo que llevaba seis meses viviendo en Bali y que estaba pensando en mudarse allí de forma permanente.

—¿Estáis de luna de miel? —nos preguntó.

—No, solo estamos de vacaciones —le aclaró Thomas.

—Oh, es que parecéis tan enamorados. No pude evitar fijarme en vosotros cuando estábamos en la cafetería.

Me preguntaba si aquello era un pasatiempo principal entre las parejas: mirar a las otras parejas tratando de averiguar lo felices que son.

—Bueno, gracias —dijo Thomas—. Lo estamos.

Me miró, con sus ojos azules llenos de picardía.

—¿Os gustaría cenar con nosotros hoy? ¡Sería tan agradable ha-blar con occidentales y escuchar lo que pasa en el resto del mundo! Aquí tienen la CNN, pero, a pesar de eso, a veces me siento aislada.

Yo no quería de ningún modo pasar la última noche en Ubud con otra pareja, pero no supe cómo decir que no. Thomas al menos lo intentó:

—Creo que esta noche no nos viene muy bien. Mañana nos vamos a... —dijo Thomas, confiando en su encanto habitual.

—Por favor, estoy desesperada por tener algo de compañía occidental —le interrumpió Sarah—. Podemos cenar temprano para que podáis tener el resto de la noche para vosotros. Podemos ir al Lotus Café. Es un lugar muy bonito.

Al parecer, no íbamos a ser capaces de rechazar la invitación.

—Nos encantará —le dije.

Empezamos a recorrer el camino, con Thomas y yo unos pocos metros por delante de ellos. Dejé que el silencio se instalara unos momentos entre nosotros, antes de girarme hacia él.

—Enamorados, ¿eh?

—Sí, enamorados —me contestó.

Llegamos al Lotus Café y nos sentaron en lo que parecían ser los mejores asientos de la casa, junto a un estanque iluminado por pequeñas luces que resaltaban los viejos árboles que lo rodeaban. Unas pequeñas gárgolas situadas a lo largo del borde de la laguna lanzaban chorros de agua por la boca. Por encima de nosotros, al otro lado de la laguna, se alzaba un templo deslumbrante, el Pura Taman Kemuda Saraswati. Era muy exótico, muy a lo *Tomb Raider*, aunque seguía teniendo un aspecto austero. Era imposible no sentirse pequeño ante todo aquello. Thomas pidió una botella de vino para nosotros y empezamos a conocernos. Nos sentamos, Sarah junto a mí, Made junto a Thomas. Todos sentados para poder mirar de frente a nuestros amados.

—¿Cuánto tiempo lleváis aquí? —me preguntó Sarah.

—Una semana —le dije.

—Qué maravilloso. ¿Llegaste a ver la ceremonia de cremación que celebraron hace dos días? Fue algo espectacular.

Thomas y yo sonreímos y negamos con la cabeza.

—¿Fuisteis al Bosque de los Monos? Me encantan los monos. Me parece que son muy divertidos.

Negué con la cabeza, avergonzada.

—No, la verdad es que no hemos llegado a ir.

—¿Qué hay del paseo por el Monte Batur? ¿Tampoco?

Los dos negamos con la cabeza de nuevo. Thomas se le acercó un poco.

—La verdad es que no hemos salido del hotel. Es un lugar bastante romántico.

—¡Ah! —Sarah sonrió con complicidad—. Lo entiendo perfectamente. —Miró a Made con amor—. Bali es un lugar excepcional para enamorarse.

Thomas cogió mi mano desde el otro lado de la mesa.

—Sí que lo es.

—Hay algo en el entorno, obviamente, pero también está la cultura balinesa, su dedicación al arte y la belleza y la adoración. Es muy... arrebatador. —Sarah apartó un mechón de pelo de los ojos de Made—. Es imposible no dejarse arrastrar por todo esto.

Made habló por fin:

—Sí, eso es Bali. Es una isla dedicada a todo tipo de amor. El amor a Dios, amor a la danza, a la música, a la familia, y... al *amor*.

Sarah alargó una mano por encima de la mesa y él la sostuvo entre las suyas antes de besársela con dulzura. ¿Qué había de malo en eso?

Nada, excepto que, para mí, era todavía difícil pasar por alto el hecho de que ella ¡podría ser su madre! Ahora bien, para ser justos, siento lo mismo cuando veo a un hombre mayor con una mujer mucho más joven. Una vez que vi a Billy Joel en la calle con su joven esposa pensé: «Debería pagarle la matrícula de la universidad, en vez de tener relaciones sexuales con ella».

Pero ¿quién era yo para juzgar a Billy Joel, o a Sarah y a Made? Si son felices, que así sea.

Para cuando íbamos por la segunda botella de vino, ya habíamos cubierto una gran variedad de temas. Made habló del estilo de vida de Bali, de las familias que viven en un mismo recinto de casas: los padres, los hijos, sus esposas y sus familias, todos con sus casas individuales conectadas por un patio central. Made también habló del hinduismo y de la muerte y la creencia generalizada de que la existencia es un ciclo de vida, muerte y reencarnación hasta que el alma llega al culmen de la iluminación, del Samadhi.

Sarah ya estaba alcanzando el culmen de su embriaguez en esos momentos, y comenzó a apoyarse en Made poniéndole la cabeza de vez en cuando en el hombro, como si fuera una adolescente. Había un par de británicos en la mesa de al lado que no podían dejar de mirarlos. Sarah se mostró menos reservada acerca de sus sentimientos sobre la situación. Habló un poco más alto de la cuenta.

—Sé lo que están pensando. Están pensando que Made solo me está utilizando. Pero él no pide nada. Absolutamente nada. —Asentí con la cabeza hacia ella para mostrarle mi apoyo. Sarah tomó un sorbo de vino—. Nos conocimos en la playa de Kutu. Se acercó a mí y me dijo que yo era la mujer más hermosa que jamás había visto. Por supuesto, sabía que era mentira, pero aun así fue muy dulce. —Sarah debió captar lo que pensaba por algo de mi expresión, a pesar de que yo me esforzaba desesperadamente por mostrarle mi apoyo—. No es lo que piensas. Se sentó en la arena conmigo y solo hablamos y hablamos. Durante horas. Fue maravilloso.

—Eso suena muy romántico —le dije alentadora.

Sarah comenzó a mostrarse más insistente y un poco gritona. Empezó a golpear con un dedo sobre la mesa para reforzar lo que decía.

—Él nunca me ha pedido nada. Lo digo en serio. Yo le compré su motocicleta porque quise. Le di dinero a su familia porque amo a Made y quería ayudarlos. Son muy pobres. Vive conmigo y pago nuestros gastos porque puedo, porque es lo que quiero hacer. Pero nunca me pidió nada. ¡Nunca! Trabaja en una *boutique* de esta misma calle. Cada día. Tiene una capacidad de trabajo asombrosa. —Miró fijamente y con expresión borracha a la pareja de británicos y lo repitió en voz alta—. ¡Una capacidad de trabajo asombrosa!

La pareja la miró y luego se miraron el uno al otro. El hombre hizo un gesto a un camarero y pidió la cuenta.

—Se está haciendo tarde. Tal vez deberíamos irnos —dije mientras me movía incómoda en la silla.

Sarah simplemente frunció el ceño un poco y abrazó a Made.

—Él me ama mejor que cualquier otro hombre que haya conocido. Y a veces todo esto me irrita. Todas esas miraditas.

Made la besó en la frente.

—Algunas personas no entienden lo que compartimos. No pasa nada, mi amor.

—Sí, bueno, pues todas esas personas son gilipollas —respondió ella, ahora en voz suficientemente alta como para que todo el restaurante la pudiera oír—. *Gilipollas.* —Entonces ella me miró fijamente—. Además, Julie, muéstrame una sola relación que esté realmente en condiciones de igualdad. Muéstrame una pareja en la que los dos sientan exactamente lo mismo el uno por el otro, exactamente al mismo tiempo. Muéstrame una, Julie. ¡Muéstramela ahora mismo!

A estas alturas, todo el restaurante nos estaba mirando. No quise contestarle a aquello.

—Exacto. No existe —añadió Sarah golpeando el puño sobre la mesa—. No existe. ¿Y qué si le doy dinero a él y a su familia? ¿Y qué? Él me ama. Eso es lo único que necesitan saber los demás. ¡Me ama!

Llegó la cuenta y Thomas pagó con mayor rapidez de la que he visto nunca a nadie pagar una cuenta, y salimos con la misma velocidad.

Mientras caminábamos por la calle, me sentí un poco temblorosa. Aceleré el paso. Sentí que no escapaba de ellos con la rapidez suficiente. Para mí, Sarah era una mujer realmente desesperada. Desesperada por que el mundo los viera como una verdadera pareja, y tan desesperada como para no ver que el hombre «que la había amado mejor que cualquier hombre que jamás hubiera conocido» lo estaba haciendo como si fuera un trabajo a tiempo parcial. Creo yo, claro.

La semana anterior había sido un milagro. Me había sentido tan feliz que le había pedido a los dioses, a los hindúes y a lo que fuera, que nunca se terminara. Cuando pensaba en volver a mi vida de aceras de hormigón, a las reuniones, a los almuerzos, al desempleo, a las citas y a las fiestas, tenía que echar mano de toda mi fuerza de voluntad para no ponerme a gritar. Si Thomas me hubiera pedido que me quedara allí con él durante el resto de mi vida, sin estar cerca de mi familia o de mis amigos nunca más, simplemente quedarnos allí y construir una vida junto a él en Bali, le habría dicho que ¡sí, sí, sí!, al momento. Era como si se hubiera abierto una pequeña trampilla en mi corazón, una que había estado cubierta todos esos años por una estantería y una alfombra, y él hubiera desencadenado una necesidad mayor de la que jamás hubiera creído que tenía. Lo único que quería hacer en ese momento era arrojarme a sus pies y suplicarle que no me dejara nunca.

En vez de eso, seguí caminando. Con rapidez.

Volvimos a nuestra pequeña villa y de inmediato nos desplomamos en la cama con dosel exuberante. Nos abrazamos y comenzamos a besarnos con los cuerpos apretados el uno contra el otro.

Mientras, en Estados Unidos...

Nunca es bueno que las dos personas de una relación estén deprimidas. Es extremadamente útil tener siempre a uno capaz de consolar y animar al otro en un momento dado. Serena y Ruby no mantenían lo que se podría considerar una relación íntima clásica, pero Serena dormía en el sofá de Ruby, y las dos estaban teniendo muchas dificultades para levantarse de la cama. Aquella mañana en concreto, Serena se despertó y por un momento se olvidó por completo de su breve experiencia como *swami*... hasta que se pasó adormilada los dedos por su largo cabello rubio y se dio cuenta de que ya no lo tenía. Entonces se echó a llorar.

Ruby estaba en la otra habitación sufriendo una pesadilla sobre el último *pit bull* que había abrazado antes de que se lo llevaran. Sus grandes ojos marrones parecían tan... desprevenidos. Se despertó sollozando contra su almohada. Si alguien se hubiera colado en el apartamento de Ruby, habría oído a ambas entregadas a un apagado desahogo del dolor.

Finalmente, Ruby dejó de llorar y se dio cuenta de que estaba despierta. Mientras seguía tumbada reordenando sus pensamientos, oyó los suaves sollozos de Serena en el salón. Se sintió confundida, sin saber qué hacer. Todo lo que sabía sobre Serena era que había decidido afeitarse la cabeza y unirse a un convento yogui después de que le lavaran el estómago para sacarle las alitas de pollo y el alcohol. No estaba segura de si quería conocer mucho a Serena, pero lo cierto era que estaba llorando en su propia casa, así que Ruby se levantó de la cama. Llevaba un pijama de franela con las fotografías de pequeños perros en él. Se puso sus zapatillas blancas peludas y salió al pasillo. *Vainilla* estaba allí y se frotó contra su pierna. Serena oyó cómo Ruby se acercaba a ella y se calló rápidamente. No hay nada peor que el que te vea llorar un desconocido. Si hay una sola razón para vivir sin compañeros de piso es que puedes llorar en privado. Serena fingió que estaba dormida con la esperanza de que Ruby se fuera, pero esta se quedó junto a la cama plegable. Esperó un momento antes de hablarle con un susurro.

—Serena, ¿estás bien?

Serena se movió un poco.

—Oh, sí—contestó con un falso atontamiento—. Estoy bien.

—Si necesitas algo, dímelo, ¿vale?

—Está bien. Claro.

Ruby cruzó de nuevo el pasillo y se metió nuevamente en la cama. Se tapó la cabeza con el edredón sobre su cabeza y pensó: «En esto se ha convertido mi casa, en la Tierra de las Chicas Tristes». Entonces Ruby empezó a soñar despierta, algo que hace a menudo. De hecho, durante sus peores momentos, eso era lo que siempre la hacía seguir adelante: soñar despierta con una vida mejor. Por algún motivo, ese día en concreto le dio por soñar en cómo sería la mañana si tuviese un niño pequeño en casa. No tendría tiempo para quedarse en su cama mullida con sus almohadas suaves. Se habría levantado ya a preparar el desayuno y el táper con el almuerzo, todo eso antes de vestirlo y dejarlo listo para la escuela. Esa idea, en vez de agotarla, la hizo sonreír. Ruby se dio cuenta de que estaba impaciente de que llegara el día en el que no tuviera tiempo de pensar en sí misma. Fue entonces cuando se dio cuenta, también, de que ese mismo día podía ser el primero en ese sentido. Puede que Serena no tuviera siete años, pero necesitaba ayuda. Estaba deprimida y llorando y, si Ruby no recordaba mal, tenía que reunirse con su antiguo jefe en aproximadamente una hora. Ruby podía ayudar a alguien esa misma mañana. Se quitó el edredón, saltó de la cama y caminó por el pasillo. Serena ya no lloraba, pero estaba en posición fetal, con la cabeza entre los brazos, tapándose los ojos y respirando suavemente.

—Serena, ¿puedo traerte algo? ¿Un poco de té o un café? ¿Tal vez un huevo o algo así?

Serena negó con la cabeza todavía entre los brazos. Ruby se quedó allí, sin saber exactamente lo que ocurriría a continuación. Pensó en lo que hacen las madres en ese tipo de situaciones. Ellas no aceptarían un «no» por respuesta. Eso es lo que harían. Harían algo aunque la persona hubiera rechazado toda ayuda o consuelo. Así que Ruby se dio la vuelta y se fue a la cocina. Puso un poco de agua en la tetera, encendió el fuego y puso la tetera a calentar. Luego abrió el armario de la cocina y rebuscó. Supuso que Serena era bebedora de té, ya que había sido yogui. Ruby recordó que ella había comprado una caja de té verde una vez, en su único intento de comenzar a beberlo por sus atributos antioxidantes increíbles, aunque nadie le había logrado explicar lo que era un antioxidante. Metió la mano al fondo del estante y sacó el té verde. Cuando la tetera silbó, le preparó a Serena una taza. Ruby abrió un yogur griego espeso y sabroso, y le metió una cuchara. Volvió al lado de Serena decidida a romper un poco las distancias sentándose en la propia cama. Le tocó el brazo a Serena.

—¿Quieres una taza de té verde? La tengo aquí mismo.

No hubo respuesta. El instinto de Ruby se activó y supo que tenía que esperar. Tras unos momentos, Serena se irguió lentamente y se apoyó en el respaldo del sofá cama. Ruby pensó que con su pequeña cabeza rapada y sus ojos hinchados Serena se parecía un montón a un pollito de avestruz.

—Gracias, Ruby. Te lo agradezco —le dijo Serena con voz débil.

Tomó la taza y bebió un sorbo. Aleluya. Ruby sintió que el corazón se le hinchaba de orgullo maternal.

—¿Quieres hablar de ello? —le preguntó.

Serena miró la taza y no dijo nada al principio.

—No tenía ni la menor idea de lo bien que se siente una al estar enamorada. —Las comisuras de los labios de Serena comenzaron a bajar y las lágrimas se agolparon en sus ojos—. Me volví tan estúpida.

Ruby tomó la mano de Serena.

—Lo siento mucho, cariño —le dijo simplemente en voz baja.

Serena continuó:

—Y además, ni siquiera era de verdad. Todo era mentira. Así que, ¿cómo iba a estar enamorada si todo era una mentira? ¿Estaba tan desesperada por sentirme enamorada que me lo inventé todo?

Ruby no supo realmente qué decir, pero trató de ser útil.

—Tal vez esto fue solo un ensayo. Tal vez necesitabas esto para abrirte a la posibilidad de estar enamorada de alguien que se lo merezca.

Serena miró el envase en la mano de Ruby.

—¿Qué es eso?

—Yogur griego con miel. Espeso y delicioso. ¿Quieres probar?

Serena asintió levemente. Ruby sumergió la cuchara en el yogur y se la tendió a Serena para que la cogiera. Sin embargo, lo que hizo Serena fue inclinarse y abrir la boca, como si sostener la cuchara exigiera más energía de la que tenía. Ruby metió la cuchara en la boca de Serena y esta le sonrió.

—Está bueno.

—¿No tienes una reunión dentro de un rato? —le preguntó Ruby con voz suave.

Serena asintió lentamente y respiró profundamente.

—Supongo que debería levantarme. —Pero antes de sacar las piernas fuera de la cama para levantarse, Serena la miró—. Gracias, Ruby.

Ruby le respondió con una sonrisa. Aquello se le daba bien.

Después de que Serena se marchara, Ruby empezó a pensar que tal vez había una forma de evitar todo aquel asunto de la «maternidad a solas». Se dio cuenta de que tal vez no tendría por qué hacerlo sola. Había muchas maneras de conseguir un padre para hacerle participar en aquella situación. Mientras caminaba por la calle en dirección a su oficina, que estaba convenientemente a unas pocas manzanas de distancia, comenzó a pensar a quién podría acudir. Se le ocurrió al instante: ¡Dennis y Gary! De los amigos que tenía, eran los que mantenían la relación más estable. Llevaban juntos tres años y vivían en un hermoso *loft* en la calle Dieciocho en Chelsea. Ruby vivía en el Upper West Side, pero estaría encantada de mudarse a Chelsea para poder compartir las tareas de crianza. Creyó recordar que habían hablado de tener hijos algún día. No podía creer que no hubiera pensado en ello antes. Eran las dos personas más acogedoras que había conocido nunca. A menudo, uno de los componentes de cualquier pareja es muy dulce, y el otro es más del tipo «poli malo». Pero Dennis y Gary eran los dos tan atentos que cuando ibas a su casa te sentías como si hubieras entrado en un hostal mágico donde todo es suave y acogedor y donde atienden todas tus necesidades. Ruby conoció a Gary cuando este vivía en el piso de al lado, hacía ya cinco años, y habían mantenido un contacto cercano desde entonces. Cuando Dennis llegó, él y Ruby se cayeron bien de inmediato. Se reunían con bastante frecuencia, como una gran familia feliz. Ruby empezó a jugar con la idea. Ella tendría la custodia del bebé, pero ellos podrían estar cerca de él todo lo que quisieran. Y lo mejor de todo, no tendría solo un padre para su hijo, ¡tendría dos! Tendría libertad para salir y tener su vida porque Dennis y Gary estarían allí para cuidar del niño. Tal vez podrían incluso encontrar apartamentos en el mismo edificio.

Ruby se preguntó cómo ocurriría exactamente todo aquello. ¿De quién sería el semen? ¿De Gary o de Dennis? Ambos eran muy guapos, y los dos estaban tremendamente en forma. Bueno, Dennis era un poco más robusto que Gary, pero Gary tenía una vista terrible. Y Dennis estaba empezando a perder el cabello. Pero Gary fue el primero de los dos en ser su amigo; quizá sería mejor si era hijo de Dennis, para que no se sintiera excluido. Había leído en alguna parte que a veces las parejas masculinas mezclan el semen de ambos y juegan así a una versión de la ruleta rusa. Ruby ya lo veía. Su bebé en un portabebés Baby Björn, con su ropita toda rosa. O azul. Ruby con su bebé azul o rosa por ahí mientras gorgoteaba y balbuceaba. El bebé azul o rosa caminando por el apartamento, con ella, Dennis y Gary aplaudiendo y riendo. Y entonces tal vez ella conocería a alguien. Y ese alguien podría pensar que ella era genial con su clan loco y moderno, y que él encajaría perfectamente. Tal vez tendría hijos propios y se convertirían en una familia mixta progresista y excéntrica. Le encantó tanto la idea que no pudo esperar. Sacó el móvil y llamó a Dennis y Gary para quedar para comer.

El día del almuerzo, Ruby decidió vestirse de forma «maternal». Llevaba una blusa campesina holgada, pantalones anchos y un lindo par de sandalias. Por la forma en la que se le ajustaba la blusa, casi parecía embarazada, y ese era exactamente el plan: dejar que Dennis y Gary vieran cómo sería si ella ya llevara a su hijo en el vientre. Lo suave, femenina y maternal que podría ser. Por desgracia, no estaba segura de lo suave que nadie podría llegar a parecer gritando por encima de aquella música infernal y el vocerío de los *hipsters* que comían ensaladas y hamburguesas. Se habían citado en Cafeteria, y Ruby se dio cuenta al llegar que había sido un error: Cafeteria era posiblemente el restaurante más ruidoso de toda la ciudad de Nueva York. Por la combinación de la música *techno* y el ruido de los comensales, era igual que tratar de comer en medio de una *rave*.

Ruby estaba nerviosa. Nunca había tenido ese tipo de conversación antes. Ni siquiera le había pedido a un hombre que saliese con ella jamás (ni creía en ello, ni había tenido que ponerlo nunca en práctica), aunque lo cierto es que no iba pedirle matrimonio a nadie, sino que más bien se trataba de algo a lo que nunca podría renunciar. Sería una decisión que podía unirlos durante el resto de sus vidas. Más que eso, ella estaba a punto de tener el descaro de preguntarles a aquellos magníficos cuidadores si pensaban que era lo suficientemente buena para ser la madre de sus hijos.

Los dos llegaron por fin. Gary llevaba una chaqueta de ante, impecable, perfecto, y Dennis un jersey de cuello alto de cachemira negro con un chaleco encima. Muy al estilo adorable de la serie *Land's End*. Se sentaron claramente contentos de verla.

—Me alegro tanto de verte, Ruby —le dijo Dennis a la vez que le tomaba la mano para darle un apretón.

Ruby se relajó de inmediato. Aquellos dos hombres seguro que iban a pensar que sería una buena madre. Conocían sus buenas cualidades mejor que nadie. Que era paciente, amable y tranquila. ¿Y qué si también habían presenciado algunos ataques de decepción destructiva? Nadie es perfecto. De repente, recordó una vez en la que Gary había aparecido en su casa para llevarla a dar una vuelta con el pijama puesto. Ruby se había venido abajo por culpa de algún nuevo tipo. Gary le había dicho que entrara en el coche «o que ella vería…». Luego condujo todo el camino de ida y vuelta hasta Bear Mountain. Ruby, en pijama y anorak, se sintió tan conmovida que aquello la sacó de su depresión y fue capaz de seguir adelante. Sin embargo, lamentó en ese momento que Gary hubiera visto ese rasgo suyo. Podría utilizar ese momento conmovedor contra ella. Se maldijo en silencio por no estar siempre perfectamente alegre delante de su mejor amigo. ¿Qué pasaría si Gary pensaba que era demasiado inestable mentalmente para ser la madre de su bebé o el de Dennis?

Decidió soltarlo de golpe:

—Quiero que me inseminéis.

Ruby puso las manos sobre la mesa para tranquilizarse.

Gary miró a Dennis.

—Te lo dije.

Ruby los miró.

—¿Qué?

Gary se limitó a encogerse de hombros.

—Es que tenía una corazonada.

Ruby comenzó su discurso:

—Sabéis lo responsable que soy. Nunca entrego tarde un trabajo, y no importa lo deprimida que esté o lo mal que me encuentre. No es que me fuera a deprimir ni nada parecido, porque la razón por la que estaba deprimida eran los chicos, ya sabéis, por darles tanto poder sobre mi vida. Pero cuando sea madre, no podría deprimirme por ningún tío ni nada parecido porque tendría algo más importante en la vida. Sería madre.

Dennis y Gary se miraron y luego volvieron a mirar a Ruby cada uno con una expresión diferente de incómoda piedad en sus ojos. Dennis se inclinó y le tocó el brazo.

—Lo siento, cariño. Hace poco que dimos nuestro semen a Verónica y Lea.

Ruby se quedó callada durante un momento mientras absorbía aquella nueva información. Entonces pensó: «¿Quién coño son Verónica y Lea?» Nunca había oído hablar de Verónica y Lea.

—¿Quiénes son Verónica y Lea?—preguntó Ruby, quizá con un poco de indignación de más en la voz.

—Son unas amigas a las que conocimos mientras hacíamos de voluntarios en el comedor social que hay cerca de nuestra casa. Son una pareja de lesbianas. Son muy agradables —respondió Gary.

—¿Nuevas amigas? ¿Les habéis entregado vuestro a semen antes que a mí? —preguntó Ruby en voz baja pero con voz temblorosa.

—¡No sabíamos que lo querías!

—¡Pero me lo podríais haber preguntado! ¡Antes de darle vuestro semen a unas desconocidas, deberíais haber pensado por un momento en cuál de vuestras buenas amigas podría querer vuestro semen primero! —Ruby levantó un poco la voz, pero nadie lo notó gracias a la cacofónica combinación de las charlas y la música *techno*—. ¡Deberíais haber sido más considerados!

Esta vez, fue Dennis quien le contestó:

—Cariño, la última vez que hablamos contigo, tu gato acababa de morir y no te habías levantado de la cama en tres días.

—Nos acercamos a tu casa y te lavamos el pelo, ¿te acuerdas? —agregó Dennis.

Ruby se encogió de vergüenza. Lo sabía. Mientras estaban siendo agradables y cariñosos habían tomado pequeñas notas mentales sobre su idoneidad para la maternidad. Se sintió traicionada. Añadió una nueva regla propia sobre cómo ser soltera: «Nunca dejes que nadie te vea en tu peor momento. Porque algún día es posible que desees el semen de esa persona o una cita con su hermano, así que nunca puedes dejar que te vean enloquecida o triste o fea». Eso es lo que me diría que pusiera en mi puñetero libro en cuanto tuviera la oportunidad. Se calmó de inmediato.

—Estaba deprimida. Pero han pasado muchas cosas desde entonces. Ayudé a matar perros en un refugio en la parte alta de la ciudad para endurecerme y ahora estoy lista para tener un hijo.

Gary y Dennis la miraron con expresión confundida. Dennis fue el primero en hablar.

—¿Has ayudado a matar perros en ese horrible refugio de Harlem?

—Sí. Vale. Esa no es la cuestión. —Ruby, que era una mujer de negocios, decidió precisamente hacer eso, empezar a negociar—. La cuestión es que no creo que haya nada malo en que vuestro hijo con las lesbianas tenga un medio hermano en alguna parte de la ciudad de Nueva York. Organizaríamos encuentros para jugar. ¡Sería divertido!

—Ruby, no creo que...

El camarero se acercó a tomarles nota. No tuvo la oportunidad.

Ruby levantó la voz todavía más.

—Es porque estoy soltera, ¿verdad? Preferís darle vuestro semen a una pareja, aunque sean lesbianas, antes que a una mujer soltera heterosexual. Ahora lo entiendo. La discriminación de la soltera. Vale.

El camarero se apartó de la mesa con una excusa discreta. Ruby empezó a levantarse, pero Gary la agarró del brazo y la hizo volver a sentarse.

—Cariño, lo sentimos, de verdad.

Ruby se reclinó en su silla.

—Lo siento. No quise reaccionar de forma exagerada. Es que estoy decepcionada, solo es eso.

—Lo sabemos, cariño —le dijo Dennis, en voz baja—. Después de que veamos cómo va esto, tal vez pensamos en tener otro.

—No importa. Entiendo.

Pero Ruby no estaba muy segura de si realmente lo había entendido. No sabía si la verdadera razón por la que no se lo habían pedido primero a ella fue porque no se les ocurrió o porque pensaban que iba a ser una madre terrible. No sabía si realmente se lo pensarían de nuevo en uno o dos años, si las cosas iban bien con el primer hijo. Ella no sabía nada, excepto que quería conservar la poca dignidad que le pudiera quedar.

—Debería habéroslo preguntado antes—dijo tratando de sonreír.

El camarero se acercó en ese momento para tomarles nota.

Para cuando regresó a su oficina, ya había decidido que esta vez no iba a ceder ante la decepción. El de ellos no era el único semen del mundo. Había un montón de posibles padres por ahí entre los que ella podía elegir. Mientras caminaba hacia el ascensor, tuvo otra brillante idea: su amigo gay Craig. Un antiguo diseñador de iluminación teatral que había cambiado de carrera unos años atrás y que, en esos momentos, se dedicaba a la venta de setas raras para sibaritas en los restaurantes más exclusivos de la ciudad. Estaba soltero y se ganaba bien la vida, pero su semen no debía estar tan codiciado como el semen de altos vuelos y tremenda educación de Dennis y Gary. Decidió llamarlo, pero esta vez, lo dejó bien claro desde el principio

—Hola, Craig, soy Ruby. ¿Podemos quedar y hablar de la posibilidad de que seas el padre de mi hijo? ¿Qué tal si nos vemos en el Monsoon, digamos... esta tarde a las ocho? Llámame cuando puedas.

Cuando Craig le devolvió la llamada, Ruby no contestó y dejó que la grabara el buzón de voz. Aceptó reunirse con ella.

Ruby entró en el Monsoon a las ocho y cuarto. Era un restaurante de una cadena de comida vietnamita sin pretensiones y con una decoración a juego. Esta vez decidió tenerlo sentado esperándola, lo que la ponía en una posición de poder. Entró con paso lento vestida con un top muy caro de Catherine Malandrino y unos tacones altos. No sabía cuál sería su reacción a la gran pregunta, así que Ruby decidió que debería, al menos, tratar de parecer que todo le iba de maravilla. A pesar de que estaba desesperada por conseguir algo de él, iba a dejar claro que ella también tenía algo. Ella se sentó, pero antes de que tuviera la oportunidad incluso de decir «hola», Craig se lo soltó:

—Tengo sida, Ruby. Nunca te lo dije.

Ruby notó que el estómago le daba un vuelco. Ni siquiera se le había pasado por la cabeza aquella posibilidad, sobre todo porque suponía que, de ser así, se lo habría dicho, así que simplemente supuso que no lo tenía. En ese momento se dio cuenta de lo ingenua que era. También se sintió desconcertada en cuanto a cuál debía ser la reacción apropiada. Actualmente, tener sida implicaba algo muy diferente a lo que solía ser. ¿Debía decirle que lo sentía? ¿Debía preguntarle cómo estaba? ¿Cómo estaban sus células T? ¿Qué tipo de cóctel de medicamentos estaba tomando?

—Lo siento mucho. ¿Estás...?

—Estoy bien, llevo tomando medicamentos desde hace años, sin efectos secundarios. Voy a vivir hasta los cien años.

—Me alegro tanto—le dijo Ruby aliviada—. ¿Quieres hablar de eso?

—No, estoy bien, solo pensé que deberías saberlo ahora, debido a... todo.

Ruby asintió. Los dos se quedaron callados. Pensó en aquella noticia durante largo rato. Luego volvió a pensar en lo mucho que quería ese niño. Conocía a Craig desde la universidad, más tiempo del que conocía a Gary. Craig era una persona increíblemente dulce, y leal, y amable, y coherente. Sería un gran padre.

—Sabes, he oído que ahora te pueden hacer un lavado —le dijo.

—¿Cómo?

—Ya sabes, un lavado del virus. En tu semen. Antes de inseminar a alguien. Pueden limpiar tu semen del sida antes de inyectárselo a nadie y es seguro para todos.

Craig se removió en su silla.

—¿En serio?

—Sí. Lo leí en la sección de ciencia del *Times*, hace un año, creo. Me parece que es posible que tenga que ir a Italia o a algún otro lugar a hacerlo, pero se puede hacer.

Ruby no quería sonar demasiado agresiva, pero al mismo tiempo, estaba decidida.

—Oh.

Craig se quedó callado y tomó un sorbo nervioso de su té.

—Sé que podría preocuparte cómo me podría afectar a mí y a mi salud, pero podría investigar un poc...

Craig dejó la taza de té en la mesa.

—Sé lo del lavado.

A Ruby se le iluminó la cara.

—Oh, ¿lo sabes? Así que, ¿te parece factible? ¿Estarías interesado en...?

Craig la interrumpió de nuevo.

—Ruby, no quiero herir tus sentimientos y no pensé que sugerirías lo del lavado…

Ruby miró a Craig confundida.

—No te entiendo.

—Mi amiga Leslie ya me preguntó si podía hacerme el lavado. Tiene cuarenta y un añ…

Ruby echó hacia atrás la silla y estampó las manos sobre la mesa antes de comenzar a hablar sin pensar.

—No, no, no, no, no quiero oírlo. Pensé que estaba siendo generosa al aceptar que te hicieras el lavado. No tenía ni idea de que estabas aceptando otras ofertas de mujeres que estaban dispuestas a hacerlo.

—A mí también me sorprendió. Pero a Leslie le gusta que yo estudiara en Brown y que sea alto —dijo Craig con timidez.

—Y a todo esto, ¿quién es esa tal Leslie? —preguntó Ruby moviendo las manos en el aire, pero sin señalar a nadie en concreto.

—Es mi entrenadora de Pilates.

Ruby acercó de nuevo la silla a la mesa y se inclinó hacia Craig.

—¿Tu entrenadora de Pilates?

Craig la miró con expresión desvalida.

—Ruby, si me hubieras preguntado tú primero me habría encantado…

La camarera se acercó en ese momento.

—¿Ya saben lo que quieren?

Ruby se puso de pie, con el abrigo puesto todavía.

—Sí. Me gustaría tener un bebé sano, me da igual que sea niño o niña, con diez dedos en las manos y en los pies, con un compañero de crianza responsable y amable. De verdad, ¿es mucho pedir?

La camarera miró a Ruby con frialdad, con una expresión que decía: «No voy a responderte hasta que no me digas algo que no sea una locura». Ruby inspiró profundamente.

—No gracias. No tengo hambre. —Luego se volvió hacia Craig—: Me alegro mucho de que estés bien, y también de que vayas a ser padre algún día, pero creo que me voy a ir a casa ahora mismo, si no te importa.

Craig asintió mientras Ruby daba la vuelta a la mesa. Se inclinó y le dio a Craig un gran beso en la mejilla antes de girarse y dirigirse hacia la puerta.

Y en Bali

Nuestro hotel en Kutu era otra villa tremendamente lujosa, esta con su propio patio y una piscina privada con vistas al océano. Lo sé. Una locura. Thomas se había marchado a una reunión de negocios hacía una hora. La mala noticia era que yo lo echaba terriblemente de menos. Era la primera vez que nos separábamos en más de una semana y era horrible. Me había convertido en alguien absolutamente dependiente de él en el sentido emocional. Nunca fui una novia posesiva, ni siquiera en mi adolescencia o cuando era una veinteañera, pero si hubiera podido coserme un bolsillo en la piel para meterme a Thomas dentro de mí, lo habría hecho. No quería que se separara de mí nunca jamás.

Me hicieron falta todas mis fuerzas para resistirme al deseo de quedarme en aquella habitación de hotel y negarme a salir de allí durante el resto de mi vida, pero Thomas me había dicho que Kutu era una gran playa para los surfistas, así que decidí ir a verlos. Por fin no tendría un aspecto tan fuera de lugar con mi bañador de surf. Además, también sentía curiosidad por si veía a algunos de los gigolós que esperaban para decirle a una señora que era la mujer más hermosa que habían visto en su vida. Y me pregunté si la playa estaría llena de señoras mayores a la espera de que un Made cualquiera les alegrara el día.

Había algunos surfistas por aquí y por allí a la espera la próxima ola. La playa todavía no estaba abarrotada y, por lo que vi, no había ni gigolós ni mujeres a la espera de que las abordara uno de ellos.

Cuando me senté en una de las tumbonas que ofrecía el hotel, se me acercó un joven balinés con una bolsa de plástico grande.

—Perdone, señorita, ¿le gustaría tener uno? Muy barato.

Sacó de su bolsa algo que parecía un Rolex. Voy a arriesgarme mucho y a decir que no creo que fuera auténtico. Negué con la cabeza.

—Pero mire, son muy bonitos, muy baratos. Compre uno.

Soy neoyorquina, así que sé cómo dejar bien claro lo que quiero. Moví con energía la cabeza en un gesto negativo y le hablé en voz bien alta:

—No, gracias.

Captó el mensaje, recogió su bolsa, y se marchó.

Los surfistas habían encontrado una ola y observé cómo hacían todo lo posible para cabalgarla. Hicieron que pareciera muy fácil; la mayoría de ellos lograron mantener el equilibrio hasta que la ola los depositó con suavidad en la orilla.

Mi cabeza no tardó en volver a pensar en Thomas y en el hecho de que iba a volver a su casa en menos de una semana. Volvería a París, con su esposa. Empecé a darme cuenta de que, en tan solo unos pocos días, quizá no volvería a verlo nunca.

Comencé a pensar de nuevo en lo bien que se lo montaba Thomas: un agradable y corto periodo de vacaciones respecto a la monotonía del matrimonio y, ¡hala!, otra vez para casa sin sentimiento de culpa, porque había sido completamente sincero conmigo acerca de su matrimonio abierto y a su esposa no parecía importarle. Lo tenía muy bien montado, no hay duda. Empecé a cabrearme.

Justo en ese momento, una balinesa ya mayor se me acercó y me preguntó si quería que me trenzara el cabello. Le dije que no, con energía, con un solo movimiento brusco de la cabeza. Siguió su camino.

También comencé a darme cuenta de que, muy posiblemente, no era la única mujer con la que Thomas había hecho algo así. Lo sé, a veces soy un poco lenta. Me di cuenta de que quizá aquel era el lugar al que llevaba a todas sus amiguitas. De hecho, quizá sabía que tenía que ir a Bali y se había asegurado de tener una novia preparada para el viaje. ¿Quién sabe? Lo único que sabía con certeza era que yo me lo había tragado todo, hasta el último detalle romántico, como un turista que compra un Rolex falso.

Un hombre se acercó con una brazada de camisetas, pero antes de que pudiera hablar, le grité: «¡No!», y se marchó apresurado.

Entonces se me pasó por la cabeza lo que a ninguna mujer en mi situación debe pasársele *jamás* por la cabeza: Empecé a imaginarme a Thomas diciéndome que quería dejar a su esposa por mí. Me lo imaginé con lágrimas en los ojos, suplicándome que me quedara con él, que me amaba demasiado, que no podía soportar vivir sin mí.

Sacudí la cabeza tratando de echar de allí aquel pensamiento peligroso lo antes posible. Iba a ser terrible decir adiós. Me pregunté si habría alguna manera de hacerle sentir culpable para que se quedara conmigo. Si hubiera una manera de parecerle tan patética y vulnerable como fuera posible y simplemente llorar y suplicarle que se quedara. En los culebrones siempre funciona...

Un joven balinés se me acercó y se sentó en la tumbona que tenía al lado.

—Perdone, señorita, pero es la mujer más hermosa que he visto en esta playa.

Al oír aquello, casi grité:

—¡Se acabó, joder!

Me levanté de la silla y recogí la toalla, el sombrero y bolsa de playa. Él se sobresaltó ante mi pequeño arrebato, pero no tengo ni idea de lo que hizo después, porque me alejé rápidamente sin mirar atrás en ningún momento.

Puedo decir algo de ese momento: nunca me había sentido tan completamente, tan literalmente, tan absolutamente, lo que sea, insultada en mi vida. ¡¿Se creía que estaba tan desesperada y tan solitaria como para creerme esa frase de mierda?!

Mientras caminaba de regreso a nuestra pequeña villa de mentiras, se me ocurrió que tal vez aquel joven balinés me había leído la mente. Tal vez notó que, en ese momento, yo era una mujer que planeaba cómo parecer tan lamentable como para que un hombre se sintiera suficientemente culpable como para quedarse conmigo.

Tal vez ese chico sabía exactamente con quién estaba hablando.

Mientras caminaba a grandes zancadas por el camino de piedra, me di cuenta de que tenía que parar. Estaba perdidamente enamorada de Thomas, quería desesperadamente tener a alguien en mi vida, y en Nueva York me había sentido desesperadamente sola. Sin embargo, a medida que me acercaba a la puerta de la villa, también decidí que aquello era fantástico. Aquello iba a ser mi salvación. Era una mujer desesperada. Bien. Ahora que sabía aquello sobre mí misma, podía estar en guardia para hacerle frente. No me iba a atacar por sorpresa y obligarme a hacer algo vergonzoso. A mí no. Porque la verdad es que no hay absolutamente nada malo en sentirse desesperada. «Lo único que ocurre es que nunca, bajo ningún concepto, se debe actuar como si estuvieses desesperada.»

Empecé a meter de cualquier manera todas mis cosas en la maleta: mi ropa, los objetos de aseo, todo. Mientras corría por toda la habitación para recoger mis cosas, Thomas entró con una gran sonrisa en su rostro.

—Julie, te he echado de menos... —Vio mi maleta en la cama y de inmediato puso cara de inquietud—. Pero ¿qué estás haciendo? —dijo con tono de pánico.

—Te vas a casa pronto de todos modos, de vuelta a tu esposa y a tu vida. Será mejor que me vaya ahora, antes de que las cosas se pongan... —Me callé. No podía llorar—. Solo quiero irme, ya.

Thomas se sentó en la cama. Agachó la cabeza, como si estuviera pensando. Yo seguí recorriendo la habitación en busca de cualquier cosa que se me hubiera pasado por alto. Cuando Thomas finalmente levantó la vista, tenía lágrimas en los ojos. Lo primero que pensé, porque soy de Nueva York y estoy mal de la cabeza, fue que estaba fingiendo.

—Me pasé toda la reunión pensando en ti, Julie. No podía mantenerte fuera de la cabeza. Te eché mucho de menos.

Me mantuve firme. Para él era fácil tener todas esas ideas románticas, con su bonita y gran red de seguridad en París. Le hablé con un poco de frialdad.

—Has pasado por esto antes, imagino, así que lo entenderás. Esto se iba a terminar dentro de pocos días de todos modos, así que solo se acaba un poco antes. Eso es todo. —Cerré la cremallera de la maleta. Esta vez tenía un plan—. Me marcho a China. Es muy interesante. He leído que allí hay muchos más hombres que mujeres, debido a las políticas de...

Thomas se levantó, me agarró y me besó.

—Sí, Julie, lo admito, he pasado por esto antes, pero esta vez es muy diferente. Por favor, por favor, déjame ir contigo a donde quiera que vayas ahora, por favor. A China, a Zimbabue, donde sea. No puedo dejarte, no puedo. Dime que me dejas quedarme a tu lado, por favor. Te lo suplico.

Me atrajo hacia él, me puso una mano en la cabeza y me agarró del cabello con gesto de desesperación.

Y en Estados Unidos...

Voy a tratar de ir al grano con este tema porque es algo incómodo, aunque no estoy segura de si voy a poder hacerlo porque necesito dar todos los detalles. Los detalles son importantes.

Desde el incidente con Sam, la verdad es que Georgia se había sentido bastante bien. No hay nada como tomar la decisión de no ver a un hombre perfectamente decente para hacer que a una chica se le suba un poco la moral. Había tenido unas cuantas citas con unos pocos hombres que conoció por Internet (ninguno de ellos era realmente adecuado para ella, pero tampoco habían sido un desastre). Dale se había quedado con los niños tanto como se lo había pedido Georgia, y también tenía una larga lista de niñeras fiables. Quizá no les estaba prestando tanta atención a sus hijos como debería, pero se sentía optimista. Así que se había producido cierta mejora.

Conoció a Bryan en una reunión de la escuela. Los dos estaban esperando en el pasillo, en aquellas diminutas sillas y empezaron a charlar. Su hijo tenía seis años y estaba en la misma clase que la hija de Georgia. Era de mediana estatura, de rostro delgado y mejillas brillantes. Parecía escocés. Llevaba divorciado tres años. Hablaron de sus respectivos matrimonios y rupturas, y coincidieron en la pérdida que supone para todos los involucrados. Para cuando llamaron a Bryan para que hablara con el maestro, ya le había preguntado a Georgia si podía llamarla, cosa que hizo, *esa misma noche*. Dos días más tarde, salieron. Cenaron y él la acompañó hasta su edificio y se besaron una y otra vez frente a su casa, y le dijo que se lo había pasado muy bien y le preguntó si podía verla de nuevo. La llamó al día siguiente, para decirle lo mucho que había disfrutado y para hacer nuevos planes. Decidieron tener otra cita dos noches más tarde. Esta vez, ella fue a su casa (el hijo de Bryan estaba con su madre) y él le preparó un delicioso estofado de carne y comieron y hablaron, y él fue muy dulce y luego lo hicieron en su cama, con mucha ternura, pero no sin pasión. Él la llamó al día siguiente y le preguntó si podrían verse de nuevo. Ella le dijo que estaba libre el martes o el jueves. Bryan respondió: «Bueno, esperar hasta el jueves me parece demasiado tiempo, así que, ¿qué tal el martes?» Vaya, ¿qué os parece? Voy a repetirlo porque Georgia me lo repitió a mí, una y otra vez, en una llamada a larga distancia, en los siguientes Muchos Largos Días de Bryan. Él le había dicho: «¿Cuándo puedo volver a verte?» Y Georgia le había contestado: «El martes o el jueves», y él le había dicho: «Bueno, esperar hasta el jueves me parece demasiado tiempo, así que, ¿qué tal el martes?» ¿Entendido? Bueno. Esta clase de comportamiento increíblemente consistente y directo, ese «me siento increíblemente emocionado de haberte conocido pero no pierdo la cabeza» se prolongó durante la siguiente semana y media. Hablaron por teléfono casi todos los días, y todo apuntaba a una sola cosa: «pasas a la siguiente fase». Aquello era algo real con un hombre coherente y cariñoso, en el que nada de todo lo que decía o hacía (o murmuraba o bromeaba) revelaba otra cosa que no fuera eso: un hombre que estaba listo y emocionado por tener una relación con Georgia. No había señales de alerta, ni advertencias vagas ni directas, ni una conversación que empezara por «hay una cosa que debes saber». Una vez más, Georgia tuvo la sensación de que las cosas por fin empezaban a encajar. De repente, todo era fácil. De repente, no sabía a qué venía tanto alboroto. Se volvió un poco engreída, y pensó de nuevo: «Ya sabía yo que no sería tan difícil encontrar un buen hombre».

Poco después se acostaron. Fue un sábado por la noche, y Georgia tenía que volver a casa para que la canguro se pudiera ir. Hubo suficiente afecto y ternura como para amortiguar la marcha postcoital, así que no se sintió como una completa puta cuando tuvo que irse. Volvió a su casa, le pagó a la niñera, y se fue a la cama, feliz y segura. Lo había hecho todo correctamente. Habían sentado las bases de una amistad y establecido un ritmo de citas y llamadas que, obviamente, convenía a los dos. Así que cuando se despertó el domingo, cuando abrió los ojos de golpe, lo primero en lo que pensó fue en Bryan. Recordó el sexo. En realidad, todavía sentía el sexo. Y una gran sonrisa relajada apareció en su rostro.

Se podría decir con cierta seguridad que Georgia había tenido poca paciencia con sus dos hijos desde que Dale se marchó. Para algunas mujeres, tener a sus hijos con ellas durante un momento así les proporciona una sensación de confort, de pertenecer todavía a algo. Pero para Georgia, la monotonía que suponía criar a sus hijos solo sirvió para subrayar la tristeza y la soledad que experimentaba en ese momento. Así que cuando Beth le gritó a Georgia pidiéndole que llamara a un taxi porque no tenía ganas de caminar la media manzana que tenían que recorrer para llegar a casa, bueno, tal vez Georgia no tuvo la misma paciencia que tenía cuando todavía estaba con su marido.

Sin embargo, ese domingo se despertó sonriendo, y no sintió más que paciencia y adoración por sus dos hijos pequeños. Los levantó, los vistió, les preparó el desayuno y se los llevó a dar un paseo a lo largo de

Riverside Drive. Beth iba en su bicicleta, y Gareth llevaba su patinete. Apenas miró su teléfono porque no había necesidad de hacerlo. Estaba saliendo con un buen hombre con quien acababa de dormir por primera vez, y hablaría con él en algún momento de ese mismo día, como solía hacer.

Así que cuando Georgia vio que eran las cuatro de la tarde, ni siquiera se inmutó. Probablemente estaba ocupado con su hijo. «Probablemente no quiere llamar cuando no puede hablar», se dijo a sí misma. Llevó a sus hijos a una cena temprana en su restaurante chino favorito y luego volvieron a casa.

Pero a las ocho en punto, cuando Beth salió de su habitación y le pidió su tercer vaso de agua, Georgia estalló.

—¡¿Qué te dije, Beth?! Basta ya de agua. Vuelve a tu habitación. —Beth comenzó a gimotear—. ¡Te he dicho que vuelvas a tu habitación!

Bryan no había llamado. Georgia encendió la televisión. Empezó a tener los pequeños indicios, el primer susurro de un sentimiento, pero allí estaba: el pánico. Y cuando el pánico empieza a colarse, incluso aunque sea de puntillas, la mente de una mujer se pone a girar a toda velocidad. Por lo menos, la mente de Georgia así lo hizo. Quizá parecía que estaba viendo la televisión, pero en realidad estaba convocando a todos los poderes que pudo reunir para mantener a raya ese posible ataque de pánico. A veces, después de una experiencia sexual intensa, algunos hombres necesitaban dar un paso atrás, una especie de enfriamiento del sistema, para recomponerse emocionalmente. Tal vez estaba realmente muy ocupado. Tal vez le había pasado algo a su hijo. Tal vez no se encontraba bien. Podía haber muchas buenas razones por las que no haberla llamado. «No voy a ser una de esas mujeres que se vuelven locas solo porque un hombre no la ha llamado», pensó. «No tiene importancia. Ya llamará mañana.»

—¡Te dije que volvieras a tu habitación! —le gritó a Gareth cuando apareció en el pasillo.

Georgia trató de sacárselo de la cabeza, pero el miedo no quería abandonarla. Tomó una decisión sabia y se fue a la cama. El día siguiente sería otro día. Y ese otro día, él la llamaría.

Cuando la alarma del reloj de Georgia sonó a las seis y media de la mañana siguiente, la primera sensación que la inundó fue la emoción. «¡Viva! ¡Bryan me va a llamar hoy!» Se preguntó cuánto tiempo tendría que esperar. Georgia trató de no pensar en ello. Se levantó y miró lo que podría preparar a los niños para desayunar. Suspiró. Le pesaba toda aquella monotonía. Sacó los huevos y el pan y se puso manos a la obra. Los niños se despertaron y al principio Beth no quería los huevos, y luego no quiso los cereales, y finalmente no quiso comerse la tostada porque Gareth la había tocado durante un segundo. Fue entonces cuando Georgia le dijo a Beth que hay muchos niños que no pueden elegir qué comer para desayunar y que sería mejor que se comiera lo que tenía en el puñetero plato o se iría a la escuela con el estómago vacío. Y entonces Bethle tiró un trozo de pan tostado a Georgia y se marchó enfadada a su habitación.

Después de eso, lo que siguió fue una pelea sin cuartel para llevarlos a la escuela: gritos, lágrimas, palabrotas... —y eso solo por parte de Georgia—. «Ja, ja» (vale, no tiene ninguna gracia). Al llegar a la escuela buscó a Bryan, pero no estaba allí. Caminó de regreso a casa agotada y miró el reloj. Eran las nueve. Las nueve. «¿Qué estará haciendo ahora mismo?», se preguntó. «¿Qué estará haciendo en este momento que es más importante que llamarme?» Decidió ser productiva. Había llegado el momento de buscar un empleo. Desde el divorcio, había ido dejando ese asunto para otro momento porque quería castigar a Dale con sus necesidades financieras. Sin embargo, había llegado el momento de seguir adelante. Sabía que eso es lo que una mujer inteligente y fuerte haría.

Fue entonces cuando tuvo el pensamiento más reconfortante y tranquilizador de toda su vida.

Ella lo podía llamar.

¡Oh, Dios! ¡Lo podía llamar! Le encantó la idea. Ahora bien, ella ya sabía que siempre era mejor no llamar al *hombre*, pero aquello era diferente. Aquello la estaba matando. Aquello no le daba fuerzas: esperar al lado del teléfono a que un tipo la llamara. Eso no era de ningún modo lo que ella llamaría liberación femenina. Iba a llamarlo, sí. Pero Georgia era suficientemente inteligente como para pedir una segunda opinión. Por desgracia, terminó consiguiendo una segunda opinión de Ruby porque no consiguió ponerse en contacto conmigo (yo estaba con Thomas en Bali, ¡lo siento!), y Alice no contestaba al teléfono. Si hubiera hablado con Alice o conmigo, le hubiéramos dicho: «No llames, no llames, no llames».

Creo que hay muchas razones por las que no se debe llamar, pero la principal es que es el único modo de averiguar sus verdaderas intenciones. Necesitas saber cuánto tiempo puede pasar él sin hablar contigo, sin la molestia de unas incómodas llamadas, correos electrónicos o mensajes de móvil por tu parte. Si una llama, está contaminando las pruebas. Pero ni Alice ni yo estábamos disponibles, así que Georgia llamó a Ruby, y Ruby es todo corazón, todo emoción y, básicamente, se puede conseguir que diga lo que uno quiera.

Georgia le explicó rápidamente la situación a Ruby, y luego le hizo la pregunta.

—Entonces, no hay nada malo en llamarlo, ¿verdad? Quiero decir, no hay ninguna regla que diga que yo no lo puedo llamar, ¿verdad que no?

Ruby negó con la cabeza mientras examinaba la página *web* del Centro Médico de la Universidad de Nueva York. Estaba buscando información en la Red acerca de la inseminación artificial.

—No creo que haya una regla per se, pero tengo la sensación de que se insiste mucho en eso de no llamar.

—Lo sé. Pero no puedo terminar nada de lo que empiezo. ¡Esto me está volviendo loca! ¡Solo necesito saber qué está pasando!

Ruby no conocía bien a Georgia, pero era capaz de darse cuenta del momento en el que alguien se estaba volviendo ligeramente histérico. En ese momento, Georgia sacó su mejor carta, el mejor argumento para la defensa de la llamada y que solo las personas altamente experimentadas en el mundo de las citas son capaces de rebatir:

—Quizá le ha pasado algo —comentó Georgia—. ¿Y si le ha pasado algo y yo estoy aquí sentada con mi orgullo en vez de tratarlo como a cualquier otro amigo del que esperara saber algo y que no me llamara? Estaría preocupada y lo llamaría.

Parecía un argumento completamente lógico… (¿Por qué, oh, por qué no cogimos el teléfono ni Alice ni yo?)

—Tienes razón. Si solo fuera un amigo, que ya lo es, lo llamarías y averiguarías qué pasa.

—¡Exactamente! —exclamó Georgia llena de alegría—. Tengo derecho a tratarlo igual que haría con cualquier otro amigo.

Colgó a Ruby y comenzó a marcar el teléfono de Bryan con tanta rapidez como le permitieron sus dedos.

Al igual que alguien que acaba de recibir una inyección de un medicamento contra la migraña, Georgia se sintió muy emocionada al pensar que su dolor se iba a aliviar de forma instantánea. Mientras marcaba se sintió proactiva. Fuerte. No hay nada peor que sentirse impotente ante tu propia vida. O indefensa ante un tío.

Si hubiera hablado con Alice o conmigo, cualquiera de las dos le habríamos dicho algo como «No es tu amigo. El sexo lo cambia todo. Esa es la triste verdad. ¡Tienes que suponer que está bien! Tienes que suponer que su vida es exactamente igual que la última vez que lo viste. Y si descubres más tarde que a su hijo le picó una abeja sudamericana rara y que Bryan ha pasado los últimos días durmiendo en la sección de enfermedades altamente contagiosas del hospital Mount Sinai, bueno, pues le mandas un correo electrónico para pedir disculpas». Pero no estuvimos disponibles para Georgia. Así que en vez de eso, lo llamó con fingida despreocupación.

Dejó un mensaje. Sabía que era bastante probable de que le respondiera el contestador automático, así que estaba preparada.

—Eh, Bryan, soy Georgia. Solo llamaba para saludarte. Espero que estés bien.

Y luego colgó, casi con orgullo. «Bueno. Ya me ocupé de eso.» Y dejó escapar un suspiro de triunfo. La preocupación, el miedo, el pánico, como se quiera llamar, había desaparecido. Supo de inmediato que había hecho lo correcto y se sintió como una supermujer.

Durante exactamente cuarenta y siete segundos.

Entonces, se percató de algo terrible que le provocó una sensación de fatalidad muy superior a todo lo que había experimentado hasta ahora. Cayó en la cuenta de que lo que había hecho era volver a esperar que la llamara… de nuevo. Lo único que había conseguido era una breve pausa en la agonía de esperar a que la llamara. Y tenía que volver a esperar de nuevo… «¡pero era mucho mucho peor porque lo había llamado!» Si ahora no la llamaba, no sería simplemente que se estaba tomando su tiempo para llamarla después de dormir con ella, en realidad, ¡sería que no le devolvía la llamada! Había duplicado la sensación de angustia.

Y ahora, para acelerar un poco las cosas: el resto del día transcurrió sin novedad. Bryan no llamó. Y Georgia tuvo que irse literalmente a la cama. A los niños los recogió una canguro que se quedó y les hizo la cena. Georgia todavía estaba en la cama a las nueve en punto, cuando las campanas de la iglesia sonaron, las palomas cantaron, las nubes se abrieron, y los ángeles tocaron sus arpas.

Porque Bryan llamó. Llamó, llamó, ¡llamó! Georgia no recuerda en qué momento de todos los días de su vida había sentido tanta liberación. Charlaron. Y rieron. El nudo del estómago desapareció. Oh, Dios, no sabía por qué se había preocupado tanto. ¡Las mujeres pueden estar tan locas a veces! Hablaron durante unos veinticinco minutos (por supuesto Georgia llevó la cuenta del tiempo) antes de que Georgia comenzara a darle fin a la conversación. Justo cuando estaban a punto de colgar, Bryan empezó por fin a hacer planes.

—Bueno… Deberíamos vernos pronto.

—Sí. Sería genial —respondió Georgia, y dos días de tensión y preocupación desaparecieron por completo.

—Te llamo esta semana y hacemos planes —dijo Bryan.

—Ah-h-h. De acuerdo —tartamudeó ella, confundida.

Colgó el teléfono y lo primero que pensó fue: «¿Qué coño? ¿Por qué tenía que llamarla para hacer un plan cuando ya estaban en el teléfono en ese momento?»

Fue entonces cuando comenzó la siguiente fase del desmontaje de un sueño. Se obsesionó con averiguar qué era lo que había hecho mal. ¿Qué había hecho que él había pasado del «No, para el jueves falta mucho» a «Te llamo esta semana y hacemos planes»?

Así que Georgia tuvo que esperar de nuevo. Martes, miércoles, jueves. Trató de sacárselo de la cabeza. Consiguió un par de entrevistas de trabajo. Se reunió con Alice e hicieron algunas compras. Se esforzó por gritarles menos a sus hijos. El diablo sinvergüenza que llevaba pegado al oído le decía que si tanto quería ver a Bryan, debería llamarlo, que no había nada malo en que una mujer le pidiera salir a un hombre que era el siglo XXI, ¡por el amor de Dios! Sin embargo, el viernes, justo cuando estaba a punto de coger el teléfono, se le concedió un aplazamiento de la ejecución: Bryan llamó y le preguntó si podían quedar la noche del martes. ¿El martes por la noche? Bueno, vale. Sin duda, sabía que no se le debe pedir a una mujer un viernes por la noche salir el fin de semana. No es de buena educación. Y supuso que podría pedirle a Dale que se quedara con los niños.

Así que salieron el martes por la noche, y Georgia recordó por qué le gustaba tanto. De vez en cuando, una idea perturbadora se le metía en la cabeza: «¿Qué hubiera pasado si no le hubiera llamado el lunes? ¿Me habría llamado?» Pero Georgia se la sacaba de la cabeza con la misma rapidez con la que había entrado. Volvieron a ir a casa de Bryan. Se acostaron. Y Georgia consiguió otro chute de la droga del amor/ sexo que la haría obsesionarse con él durante los siguientes cuatro días, durante los cuales lo único que Bryan hizo fue mandarle solo un mensaje en el que le decía «¡EH, NOS VEMOS PRONTO!» Pero esta vez, no lo llamó. Se mostró decidida. Por mucho que quisiera verlo, acostarse con él y sentirse valorada, más que todo eso, necesitaba saber cuánto tiempo podría estar Bryan sin verla. Bueno, eso requería fuerza, resistencia y fortaleza emocional a un nivel que nunca se le había pedido, ni siquiera en el parto, y la única forma en que fue capaz de reunir esa contención hercúlea fue llamando y torturando a Ruby y a Alice (y a mí cuando lograba ponerse en contacto conmigo por teléfono). Las conversaciones eran algo parecido a esto:

Georgia a Ruby: «Pero es que no lo entiendo. Si él no quiere salir conmigo, ¿por qué no deja de invitarme a salir? Pero si le gusto, ¿por qué no le gusto tanto como al principio?» Ruby no tenía una buena respuesta para eso, porque, la verdad, ¿cómo responder a algo así?

Georgia a Alice: «Tal vez no me va a llamar de nuevo jamás. Quiero decir, me dijo que me iba a llamar pero no dijo cuándo. ¿Tan difícil es hacer un plan para el futuro? ¿Incluso uno aproximado? ¿Qué significa eso de que no quieres programar la siguiente cita mientras todavía estás en la actual? ¿Tan ocupado está? ¿Se siente como demasiada presión?» Y Alice, una chica muy parecida a mí, le seguía diciendo: «No lo llames, no lo llames, no lo llames».

Supongo que sería justo decir que Georgia, cuya cordura no solía estar muy presente de entrada, la había perdido ya de forma totalmente oficial.

Hay algunas personas que padecen efectos catastróficos al mezclar su sangre y el alcohol. Se podría decir lo mismo para Georgia cuando se trataba de mezclar su temperamento con sus deseos. Algunas personas sufren con ello, otras personas lo superan y siguen adelante, y Georgia… Georgia quedó destrozada y volvió a su cama. Llevaba a los niños al colegio, regresaba a casa, se ponía de nuevo el pijama y se metía otra vez en la cama. Parecía ser la mejor manera de dejar pasar el tiempo lo más rápidamente posible hasta que él llamara. Si llamaba. Y, en defensa de Georgia, hay que decir que siempre fue capaz de volver a levantarse para recoger a los niños del cole, llevarlos a casa y hacerles un bocadillo. Después, eso sí, se tumbaba en el sofá. Era como si alguien le hubiera sacado todo el aire y la hubiese convertido en el cadáver de un globo, roto y sin vida, tendido en el sofá, reventado. Bueno, tal vez no se trataba solo de Bryan. Tal vez fuera la culminación del trauma del divorcio, de echar en falta a Dale más de lo que quería admitir, de convertirse en una madre soltera, de haberse lanzado con demasiada rapidez al brutal mundo de las citas. O tal vez quería de un modo realmente desesperado que Bryan la llamara. Quién sabe. La droga del amor que había tomado resultó ser tóxica y poco a poco se estaba envenenando de manera letal.

Finalmente llamó. A las nueve. La noche del miércoles. Bryan le dijo que estaba en una pequeña cafetería delante de su casa. ¿Estaba con los niños o podía salir?

Los niños estaban de hecho con ella. Así que eso es lo que debería haber dicho. Pero no estaba en su sano juicio. Tenía que verlo en persona y averiguar qué estaba pasando. ¿Qué había hecho mal? Necesitaba saberlo para no cometer el mismo error de nuevo. No quería enfrentarse a él; solo quería la tranquila y posiblemente brutal verdad. Así que le dijo que los niños estaban con ella, pero que su hermana también estaba allí, así que podía salir unos minutos.

¡Lo sé! Pero hay que entenderla: Beth nunca nunca, bajo ninguna circunstancia, se despertaba en mitad de la noche. Era capaz de sacarte de tus casillas antes de irse a la cama, pero una vez estaba dormida, una apisonadora que atravesara la pared de su dormitorio no sería capaz de despertarla. Y en cuanto a Gareth, pasaba lo mismo. Además, él era lo bastante mayor como para que, por si por alguna razón se despertaba, fuera capaz de leer la nota que ella le dejaría: «¡VUELVO EN CINCO MINUTOS! ¡NO TENGAS MIEDO!» Sabía que lo que iba a hacer era arriesgado, pero estaba desesperada por acabar con aquello. Así que escribió la nota y salió corriendo del apartamento, bajó a toda prisa por las escaleras, y cruzó al otro lado de la calle para llegar a la cafetería. Bryan estaba sentado junto a la ventana grande, y cuando la vio caminando por la calle, comenzó a saludarla agitando la mano y con una gran sonrisa en la cara.

Georgia se sentó y trató de mostrarse despreocupada. Sabía que lo importante era no parecer una histérica. No debía llorar. No debía tener una voz temblorosa. No se puede tener una voz temblorosa al hablar con un hombre sobre algo importante. Debía hablar con una voz despreocupada y alegre.

—¿Te pido un café, o ya es tarde? —le preguntó Bryan, con educación.

Georgia se limitó a negar con la cabeza porque estaba demasiado ocupada tratando de respirar con lentitud y calmar los golpes que sentía en el pecho para poder hablar.

—Siento haberte llamado en el último momento. Iba a tomarme una taza de café y pensé en llamarte por si estabas libre.

Georgia finalmente habló.

—Estoy muy contenta de que hayas llamado. Llevo tiempo queriendo preguntarte algo. —De momento, todo bien. Nada de voz temblorosa—. Me preguntaba, no es importante, pero se me ocurrió que no parece que estés… —Georgia añadió un encogimiento despreocupado de los hombros y un gesto de la mano para quitarle importancia— tan interesado por mí. Y no pasa nada, pero me preguntaba si había hecho algo mal. Porque parecía que estabas emocionado conmigo, y ahora parece… que no lo estás.

Bryan aceptó aquel suave ataque de vulnerabilidad emocional con una tremenda elegancia y caballerosidad.

—Oh, Georgia, siento mucho que te sientas así. Por supuesto que no has hecho nada malo. Por supuesto que no. Creo que eres fantástica. No sabía que te sentías así. Lo siento mucho. Es que he estado muy ocupado con la escuela y… solo han pasado unas pocas semanas, ¿verdad? Así que supongo que pensé que nos estábamos tomando las cosas con calma…

Georgia lo miró. Tenía todo el sentido del mundo. Solo habían pasado unas pocas semanas. Estaba muy ocupado con la escuela. Había pensado que solo se estaban tomando las cosas con calma. Por un momento, se sintió como una idiota. ¿Por qué se había preocupado tanto por aquello? Él no había hecho nada malo. Solo estaba siendo… responsable. Juicioso. Maduro. Pero entonces recordó algo. Recordó el asunto del «martes jueves». Era el mismo tipo. Cuando lo conoció, no era el tipo de «Nos lo tomamos con calma». Era el tipo del «martes jueves». Y una vez una chica sabe lo que se siente al estar saliendo con un tipo de «martes jueves», no importa lo mucho que quiera fingir que se cree que está ocupado o se toma las cosas con calma, nunca puede olvidar que ese mismo hombre pensó que el miércoles, el cruel e implacable miércoles, y el jueves, ese desagradable e interminable jueves, eran demasiado tiempo sin verla.

Trató de imaginar lo que ella había estado esperando que fuera a decir en este momento. «Lo siento mucho, Georgia, tienes razón, gracias por recordarme que estoy enamorado de ti. De ahora en adelante voy a verte dos veces a la semana y te llamo cada noche para darte las buenas noches.» O «Bueno, ahora que lo mencionas, Georgia, lo que pasó es que debido a mi reciente divorcio, las relaciones sexuales equivalen a un compromiso, y desde el momento en que te penetré supe que necesitaba mantenerte a distancia, porque al final no voy a ser capaz de amarte y en el fondo ya lo sabía». Georgia se dio cuenta de que cualquiera que fuera el cierre de conversación que estaba tratando de encontrar, no lo iba a descubrir en el Adonis Coffee Shop. Y sus dos hijos estaban en sus cuartos sin la supervisión de un adulto.

—Tienes razón. Claro. Nos estamos tomando las cosas con calma. Por supuesto. Nunca está de más comprobarlo, ¿verdad? —Bryan asintió mostrándose de acuerdo. Miró su reloj. Llevaba allí exactamente cuatro minutos—. Mira, debería volver. Tengo la sensación de que mi hermana quiere irse ya a casa.

—Por supuesto, claro. No pasa nada —dijo Bryan—. Te llamo pronto.

—Sin duda —respondió Georgia con mucha despreocupación.

Se alejó de la cafetería con paso tranquilo y relajado porque sabía que Bryan la estaría observando. Pero en cuanto estuvo dentro del edificio, subió a la carrera los cuatro tramos de escaleras hasta entrar en su piso. No había fuego. No había cadáveres. Se acercó rápidamente a las habitaciones de sus hijos. Beth estaba profundamente dormida. Dejó escapar un gran suspiro de alivio y recorrió el corto pasillo para asomarse a la habitación de Gareth.

Fue entonces cuando el tiempo pareció detenerse.

Gareth no estaba allí. Corrió a su habitación y se sintió aliviada al verlo sentado en su cama, asustado pero perfectamente bien. Fue lo que dijo a continuación lo que realmente aterrorizó a Georgia:

—Llamé a papá.

Georgia respiró profundamente, con un jadeo.

—¿Qué? ¿Por qué lo hiciste?

—Estaba asustado. No estabas aquí. No sabía dónde estabas.

—¿Pero no viste mi nota? ¡La dejé en la almohada junto a ti! Te decía que volvía enseguida.

Él negó con la cabeza, y su miedo de niño pequeño se convirtió en grandes lágrimas que prácticamente le saltaron de la cara.

—¡No la vi! —gimoteó—. ¡No la vi!

Georgia lo abrazó con fuerza. Lo meció y le besó la cabeza y trató de hacer todo lo que se le ocurrió para compensar los cuatro minutos anteriores. Se quedó allí durante lo que probablemente fueron diez minutos, posiblemente menos, cuando oyó a Dale entrar en tromba. Georgia tumbó a Gareth y trató de atajarle el paso a Dale. Corrió hacia la sala de estar para que viera que estaba en casa y todo iba bien.

—¡Estoy aquí, estoy aquí! —susurró con fuerza—. No pasa nada.

Pero Dale no iba a aplacarse con tanta facilidad.

—¿Dónde coño estabas? ¿Es que has perdido la cabeza? —Georgia retrocedió unos pasos hacia atrás. Aquello iba mal. Muy mal—. En serio, Georgia, ¿dónde coño estabas?

Georgia estaba sobrecogida. La furia de Dale y su culpabilidad flagrante la dejaron sin palabras para defenderse.

—Yo… Yo… Se trataba de una emergencia.

—¿Una emergencia? ¿Qué clase de emergencia podría obligarte a dejar solos a tus hijos? ¡Eso es la puta emergencia!

Fue entonces cuando Georgia empezó a llorar. No quería hacerlo, pero no pudo evitarlo, y lloró.

—Yo… Lo siento… Fue solo…

—¿Era un tío? —Dale caminó hacia ella con gesto amenazador—. ¿Has dejado la casa por un puto tío?

Georgia oyó cómo sonaba aquello, oyó la locura que había cometido en la acusación de Dale, y lloró con más fuerza.

—Lo siento. Por favor. No volverá a pasar.

—Y tanto que no volverá a pasar. Me voy a llevar a los niños.

Georgia dejó de llorar inmediatamente, como si por instinto supiera que iba a necesitar todas sus facultades para hacer frente a aquel ataque.

—¿Qué?

—Voy a contratar a un abogado. Quiero la custodia completa. Esto es una mierda.

—¿¿Qué?? —exclamó Georgia a voz en grito.

—Ya me has oído. Se acabó. Eso de dejarlos conmigo cada vez que tienes una cita. Lo de gritarles todo el rato. Los maestros dicen que van sucios, que se comportan mal en la escuela. Está claro que prefieres estar soltera y salir a echar un polvo, así que ahora vas a tener la oportunidad de hacerlo.

Georgia tartamudeó.

—No puedes hacer eso… No puedes.

Dale comenzó a marcharse, pero se dio la vuelta para apuntarle con un dedo.

—Deberías sentirte feliz. Tendrás la oportunidad de salir cada puñetera noche de la semana si quieres. No trates de luchar contra mí, Georgia. En vez de eso, mándame una tarjeta de agradecimiento.

Y tras decir aquello, salió de la casa. Si hubiera mirado a su izquierda antes de irse, habría visto a Beth y Gareth de pie al lado de la puerta. Lo habían oído todo.

Georgia se sentó a la mesa de la cocina y empezó a sollozar. Se dio cuenta de que acababa de poner en peligro a sus hijos y a su propia maternidad por culpa de la desesperación, de una desesperación que no tenía idea de lo mucho que sentía hasta que ya fue demasiado tarde.

8

Hay muy poca gente que lo tenga todo,
así que no te dejes llevar por la envidia

En el avión que iba de Singapur a Beijing me sentí como si Thomas y
yo estuviéramos a la fuga. Cada momento que pasábamos juntos me
sentía casi como una delincuente. Aquello era un acto de rebelión contra el acuerdo que él y su esposa tenían respecto a su matrimonio. Tenían permitido escapar el uno del otro y de su matrimonio durante un
máximo de dos semanas cada vez, pero él quería más en esos momentos. Era igual que si quisiera escapar de un hotel de lujo.

Cuando llamó a su esposa desde la habitación del hotel en Bali
para decirle que iba a estar fuera más tiempo, yo ya había salido de la
habitación. En realidad, todo aquello era bastante desagradable. No
importaba lo mucho que tratara de racionalizarlo: estaba participando
en algo que probablemente le causaba angustia a otra persona. Aunque
no estaba muy segura de eso último, porque, como ya he dicho, había
salido de la habitación. Cuando volví, no pude evitar preguntarle cómo
había ido.

—No estaba muy contenta —me respondió Thomas con aspecto
muy serio.

No le pregunté nada más.

De modo que, en esos momentos, de camino a Beijing, todo parecía un poco ilícito, un poco sucio, y un tanto peligroso. Así que, por
supuesto, era de esperar algún momento de pánico. Justo antes de entrar en el avión me había tomado un Lexomil entero. Pero a pesar de

eso, cuando nos elevamos comencé a sentir una opresión en el pecho. No estoy segura de si Thomas trató de desviar la atención del ataque de pánico o si solo trataba de distraerse de sus preocupaciones domésticas, pero decidió fingir que era mi ayudante de investigación en aquel viaje. Le había hablado de mi conversación telefónica con Candance, así que creo que también estaba un poco preocupado ante la perspectiva de que no estuviera trabajando lo suficiente en el libro. Comenzó a pasarme toda la información sobre lo que había aprendido.

—Creo que es muy interesante, o eso me parece, averiguar todo lo que podamos sobre esta sequía de mujeres. Creo que debemos llegar al fondo de la cuestión. —Me miró un poco preocupado—. El Lexomil debería empezar a funcionar pronto.

Había un grupo de unas quince personas que charlaban de forma animada unas cuantas filas por delante de nosotros. Parecían ser cuatro parejas y siete mujeres que viajan solas, todos estadounidenses. Intercambiaban fotos y compartían historias. Había otras dos personas que parecían ser sus guías. Presté atención a sus conversaciones mientras intentaba ralentizar mi respiración y sacarme de la cabeza el terror inminente. Miré a Thomas.

—Van a China para adoptar niños —le susurré a la vez que le señalaba al grupo con un gesto de la cabeza.

Thomas los miró a su vez. Me quedé mirando a las mujeres que no parecían tener pareja. Parecían tan emocionadas como si hubieran ganado la lotería y se dispusieran a recoger el premio.

—Es increíble, ¿verdad? Han decidido ser madres solteras. Creo que es muy valiente —le dije mientras mi cuerpo comenzaba a relajarse.

Thomas miró a las mujeres, y luego me miró a mí.

—¿Quieres tener hijos, Julie?

Aquello me puso tensa de nuevo.

—Bueno… No lo sé. Creo que si encontrara a la persona adecuada lo haría. No sé si sería capaz de hacerlo sola.

La verdad era que desde que conocí a Thomas había pensado en los niños. Era un cliché, pero así era. Había conocido a alguien a quien amaba y de repente me estaba imaginando que tenía hijos con él. Me sentí avergonzada por la rapidez con la que me había convertido en alguien tan predecible. Por supuesto, era una fantasía que nunca llegaba muy lejos, ya que rápidamente me acordaba de que mi amado ya tenía esposa, pero había creado unas nuevas imágenes sorprendentes en mí: Thomas conmigo en el parto, los dos juntos en la cama con un bebé, o aplaudiendo los primeros pasos del niño. La perspectiva de que un hombre y una mujer se enamoraran y criaran a un hijo juntos me parecía, en esos momentos, algo parecido a una idea genial.

Thomas asintió.

—Serías una madre estupenda.

Me puso una mano en la mejilla. La mantuvo allí mucho tiempo, y simplemente me miró. Quise preguntarle si él quería tener hijos. Cuáles eran sus planes para el futuro, para una familia. Sería un padre fantástico. Pero me acordé de que ninguno de esos planes me incluiría a mí, así que me separé y cerré los ojos. Empecé a sentir un poco de sueño.

Thomas decidió investigar un poco antes de que todo el mundo se empezara a dormir o a ver películas. Había una mujer que supuse tendría unos treinta años sentada al otro lado del pasillo, a nuestra altura. Parecía ser china y no llevaba anillo de casada. Thomas se inclinó hacia ella y le sonrió.

—Disculpe, ¿habla inglés? —La mujer levantó la vista del libro que estaba leyendo—. Perdóneme por hacerle la pregunta, pero mi amiga aquí presente ha estado viajando por el mundo hablando con mujeres acerca de lo que se siente al ser solteras en sus respectivas culturas. Va de camino a Beijing para hablar con mujeres chinas. Me preguntaba si usted sabría algo de ese tema.

La mujer me miró. Traté de poner la cara más digna de confianza que pude a pesar de lo aturdida que estaba. Era bastante bonita y parecía dulce, posiblemente un poco tímida. Me pregunté si se habría ofendido por aquella pregunta tan directa.

—Sí, lo hablo. Soy soltera y vivo en Beijing.

Thomas se volvió hacia mí, como para darme un pequeño empujón.

—Hola, me llamo Julie.

Me incliné sobre Thomas y extendí una mano hacia ella, y ella me la estrechó.

—Me llamo Tammy. Mucho gusto. ¿Qué es lo que te gustaría saber?

—Bueno, en las noticias han dicho que debido a la política del hijo único de los años ochenta y a todas las niñas que se han adoptado, ahora hay una sequía de mujeres en China, y que los hombres tienen problemas para conseguir una cita.

Tammy se echó a reír y negó con la cabeza.

—Tal vez en el campo sea así, pero no en las ciudades, en absoluto.

—¿En serio? —preguntó Thomas

—En serio. Los hombres lo tienen muy fácil en Beijing. Pueden tener todas las citas que quieran, y cuando sientan la cabeza, a menudo tienen amantes. Los ricos al menos.

Incluso con mi Lexomil, empecé a deprimirme.

—¿De verdad?

Tammy se limitó a asentir con la cabeza y una expresión divertida en la cara.

—Sí, por desgracia, tu teoría no es del todo correcta.

Me recosté en el asiento. Eso no era lo que quería oír. Le hablé a Thomas con un susurro.

—¿Así que vamos a recorrer todo este camino hasta China para descubrir que a los hombres de allí les cuesta comprometerse y les gusta ser infieles?

Thomas se echó a reír.

—No es una buena noticia, ni para nosotros ni para las chinas.

Me incliné sobre Thomas de nuevo para hablar con Tammy. Sería mi último intento de conversación antes de desmayarme.

—Entonces, ¿qué hacéis al respecto?

Tammy se encogió de hombros.

—Yo nunca salgo con chinos. Creo que son horribles.

—¿Nunca?

—No he tenido un novio chino desde que era una adolescente. Solo tengo citas con extranjeros: australianos, alemanes, estadounidenses. Pero nunca con chinos. Nunca.

Thomas también se sintió interesado.

—¿Y dónde conoces a esos hombres?

—Trabajo para una empresa estadounidense, así que a mi último novio lo conocí en la oficina.

Pero también hay un bar al que me gusta ir, el Brown, donde hay una gran cantidad de expatriados.

—¿Brown? —Thomas repitió—. ¿Como Charlie Brown?

—Sí, está en el distrito de Chaoyang. Es muy divertido —asintió Tammy.

Thomas me miró.

—Bueno, ya tenemos plan para esta noche. ¿Vamos al Brown, no?

—Sí —murmuré, y luego me quedé dormida.

Cuando salimos del taxi al llegar a nuestro hotel en Beijing, nos encontramos con todo un evento. Nos alojábamos en uno de los mejores lugares del centro de la ciudad y, frente a nosotros, una mujer muy elegante había salido de su gran coche negro y de veinte a treinta fotógrafos la apuntaban con las cámaras mientras entraba en el vestíbulo. Entramos justo detrás de ella y vimos que había una docena de personas de aspecto importante que la esperaban para recibirla oficialmente. Luego la llevaron hasta un ascensor, a lo que supuse que sería alguna clase de rueda de prensa. Cuando por fin se nos permitió acercarnos hasta el mostrador de recepción, pregunté quién era la mujer.

—La vicepresidenta de España.

Aquello fue la presentación perfecta de Beijing. Allí estaban sucediendo cosas, desde la construcción de rascacielos allá donde quiera que se mirara hasta la llegada de empresas que trataban de conseguir un pedazo de aquel creciente poder global, pasando por la vicepresidenta de España de visita. Aquella era la nueva China. Y Thomas y yo teníamos una tarea muy importante que realizar: yo debía ir a un bar esa misma noche y hablar con las mujeres acerca de las citas.

Fue un poco triste. Nuestra primera noche en Pekín y estábamos tomando cervezas y comiendo alitas de pollo picante en un pub inglés. El disyóquey acababa de poner *Get Right With Me* de Jennifer López, y el lugar estaba lleno de extranjeros de todas las formas y tamaños. Oí hablar alemán, inglés británico, inglés australiano e inglés americano. Había algunos italianos y un par de franceses y, sí, algunos chinos también. La gente parecía tener, en su mayoría, poco más de treinta años, y todo el mundo se lo estaba pasando bien bailando, charlando y coqueteando.

Thomas todavía se tomaba en serio su trabajo como ayudante de observador cultural, y no tardó en trabar conversación con unos alemanes en el bar. Lo dejé solo pensando que sería capaz de obtener más información de ellos que yo.

Una mujer joven, de unos veinticinco años, se me acercó y me entregó su tarjeta de visita. Su nombre era Wei y en su tarjeta decía que era «consultora turística».

—Hola, me llamo Wei. ¿De dónde es?

—De Nueva York —dije en voz alta para tratar de hacerme oír por encima de la música.

—Me encanta Nueva York —dijo Wei riéndose—. ¡Me gusta tanto Nueva York!

Se rio todavía más alto. El cabello, largo y negro, le bajaba por la espalda y llevaba una falda corta negra y unas botas altas de ante, también negras. No podría haber sido más atractiva.

—¿Conoce la serie de *Sexo en Nueva York*? ¡Me gusta tanto! —Siguió riéndose mucho—. Yo soy Samantha. ¡Esa soy yo!

Enarqué las cejas porque entendí exactamente lo que eso significaba, pero sin saber exactamente cómo responder.

—Ah, vaya. Eso es genial. Así que debes pasártelo muy bien siendo soltera.

Se echó a reír de nuevo.

—Sí. Adoro estar soltera. Me encanta. Soy tan feliz por no tener que casarme y tener hijos. ¡Me encanta mi libertad! —Se rio de nuevo y señaló su tarjeta, que yo todavía tenía en la mano—. Si necesita cualquier ayuda mientras esté en Beijing, cualquier cosa, hágamelo saber. Trabajo para una agencia de viajes. Ayudamos a la gente con todo lo que necesitan.

—Gracias, muy amable de tu parte. —Pero no quería que se fuera todavía, así que seguí hablando—. Entonces, ¿esta noche estás aquí por negocios, o simplemente para conocer a un buen chico extranjero?

Wei volvió a reírse en voz alta.

—¡Ambas cosas! ¡Usted es muy inteligente!

Me reí con ella tratando de ser amable antes de seguir preguntando:

—Entonces, ¿no te interesan los chinos?

Wei dejó de reír. Frunció las cejas y los labios.

—Los chinos son aburridos. Lo único que les importa es el dinero. No saben cómo comunicarse. No saben cómo ser románticos. —Meneó la cabeza con disgusto—. No, solo me interesan los hombres occidentales. Son mucho más divertidos.

Wei miró a su alrededor y vio a un hombre alto y rubio al que conocía. Empezó a mover la mano y reírse de nuevo.

—¡Ben! ¡Ben! —Se volvió hacia mí—. ¿Y qué hace en Nueva York?

—Bueno, yo era publicista editorial, pero ahora soy una especie de...

—¿De verdad? Estoy escribiendo un libro sobre mi vida loca en Beijing. ¡Como en Nueva York!

—Vaya, eso es genial —le dije con entusiasmo.

—Tengo que irme, pero voy a volver, ¿de acuerdo?

—Sí, por supuesto.

Wei corrió hacia el hombre llamado Ben y le dio un abrazo acompañado de grandes risas. Justo en ese momento, Thomas regresó.

—Julie, he estado trabajando mucho para ti. Tenemos mucho de lo que hablar. —Acercó dos taburetes de la barra y nos sentamos—. He hablado con dos alemanes que me dijeron que estaban aquí para conocer a las chicas chinas.

Sonreí disfrutando de su entusiasmo acerca del tema.

—¿De verdad? ¿Qué más?

—Me dijeron que les gustan más las chinas porque son más delicadas que las mujeres occidentales. Me contaron que con las alemanas hay demasiados rollos con el tema del poder y la negociación, pero que las chinas les dejan ser hombres sin tratar de cambiarlos.

Enarqué de nuevo las cejas. Thomas se encogió de hombros.

—Solo te estoy diciendo lo que me dijeron.

—Vaya, pues ese sitio es realmente perfecto entonces. Los hombres occidentales están aquí para conocer a las mujeres chinas, y las chinas están aquí para conocer a los occidentales.

—Sí —dijo Thomas entrecerrando los ojos—. Estoy muy cabreado conmigo mismo por no haber tenido esta idea. Con esto se puede ganar mucho dinero.

Wei regresó en ese preciso momento.

—Nos vamos todos al Suzie Wong. Es un lugar muy divertido. Tienes que venir.

Volvió a echarse a reír.

Dicen que para entender al pueblo chino, tienes que entender su lenguaje. Así que en el Suzie Wong, mientras Thomas y yo nos tomábamos un té helado de Long Island en una pequeña salita lateral que compartimos con dos empresarios chinos, Jin y Dong, estos nos dieron una lección de mandarín. Jin nos lo explicó: En primer lugar, hay cuatro tonos diferentes en el idioma mandarín. Así que cada palabra puede tener cuatro significados diferentes dependiendo de cómo se pronuncie, y a veces, más. Por ejemplo, la palabra *ma*, que pronunciada en un tono plano significa «madre», dicha en un tono que primero baja y luego sube ligeramente significa «conflictivo». Cuando se dice *ma* con un tono más descendente, casi como si uno estuviera desaprobando algo, significa «caballo». Y cuando se dice rápidamente significa «maldecir». A todo esto hay que añadir que existen dos maneras diferentes de aprender el idioma, ya sea con *pinyin* —cuando se escribe en alfabeto romano— o en los caracteres chinos originales. Hay cuarenta mil en total. Los dos empresarios nos dijeron que en la escuela hacen falta de cuatro a seis años para que los chinos —que, por cierto, ya hablan chino— aprendan realmente el idioma.

Así que la próxima vez que alguien quiera burlarse de la incapacidad de una persona china para hablar otro idioma, hay que tener en cuenta que esa persona, incluso si solo es el cocinero de un restaurante chino de comida rápida de la esquina, es mejor que cualquier occidental en uno de los idiomas más difíciles del mundo. Y más vale pensar en esto: cuando se necesita tanta disciplina y determinación simplemente para hablar tu propio idioma, es fácil tener una capacidad de trabajo que quizá te ayude a conquistar el mundo. Ahí lo dejo.

Después de dos rondas de té helado de Long Island, conseguí que pasaran del mandarín al lenguaje del amor.

—Díganme, ¿es cierto que debido a la historia reciente de China, no hay suficientes mujeres para los hombres?

Los dos hombres se echaron a reír de inmediato.

—No, ¿dónde ha oído eso?—me preguntó Jin.

Pensé durante un momento.

—Pues creo que el *New York Times.* Y creo que también lo oí en *60 minutos.*

Dong negó con la cabeza.

—Tal vez en el campo, pero no aquí. No es cierto en absoluto. Este es un muy buen momento para ser un soltero en Beijing. Muy buen momento.

Jin asintió.

—No es difícil encontrar mujeres con las que tener una cita. Pero, francamente, prefiero las mujeres occidentales.

—¿De verdad? ¿Por qué? —Me había animado un poco al oír aquello.

—Las chinas se han vuelto muy materialistas. Lo único que les importa es la cantidad de dinero que gane el hombre.

Me volví y miré a Dong.

—¿Está de acuerdo?

Dong asintió.

—Tuve una novia que cuando nos separamos después de dos años, me pidió que le pagara setenta mil yuanes.

—¿Por qué? —le pregunté confundida.

Dong se encogió de hombros.

—No lo sé. ¿Por su tiempo?

—¿Fue usted el que acabó la relación? —intervino Thomas—. ¿Acaso ella estaba enfadada?

Dong golpeó con la mano en la mesa y levantó la voz:

—Eso fue lo peor de todo. ¡Fue ella la que rompió conmigo! —Negó con la cabeza al recordarlo—. Las occidentales son mejores. Más independientes, menos materialismo.

Al parecer, en lo que concierne a las citas y los chinos, las manzanas siempre parecen mejores en el huerto del vecino, ¡o al otro lado del mundo!

Cuando se manifestaron por completo los efectos de las bebidas, Thomas y yo nos dirigimos hacia la pista de baile. Había algunos occidentales aquí y allí, pero era un local al que acudían los habitantes locales a la moda para conocer gente.

Wei estaba en la pista de baile con unas cuantas de sus hermosas y elegantes amigas. Me vio y nos hizo señas con la mano.

—Os presento a mis amigas, Yu y Miao. Quieren hablar contigo acerca de su soltería aquí en Beijing.

—Vaya, genial —dije en voz alta por encima de la música—. ¿Qué queréis contarme?

El inglés de Yu no era tan bueno, pero dejó bien clara su opinión:

—Somos muy afortunadas, para poder ser libres. Ser independientes. Para viajar, trabajar. ¡Me gusta mucho!

Su otra amiga, Miao, se mostró de acuerdo:

—Puedo tener relaciones sexuales con quien yo quiera. ¡Es muy emocionante!

En ese momento vi que Thomas sacaba su móvil, que debía haberle vibrado en el bolsillo. Miró el número y su expresión se volvió bastante seria. Me hizo un gesto para hacerme saber que salía para contestar la llamada.

Todos empezamos a bailar la canción de Shakira *Hips Don't Lie*. En cierto modo, estaba celosa de aquellas mujeres. Estaban experimentando la alegría de la independencia recién descubierta. El mundo se había abierto para ellas hacía tan solo unos años, y por fin tenían opciones, desde qué zapatos comprarse hasta con qué tipo de hombre querían acostarse. Me gustaría poder ver la soltería de ese modo otra vez, con ese tipo de emoción y alegría. Contemplé a todas aquellas bellezas maquilladas y con minifalda que se retorcían en la pista de baile, y tuve envidia. Eran jóvenes, estaban solteras, y se lo estaban pasando genial.

Después de un par de canciones, seguí sin ver a Thomas por ningún lado. Me disculpé y salí. Estaba apoyado en la pared del edificio vecino, hablando todavía por teléfono, con un tono de voz íntimo, emocional. Sentí un nudo en el estómago. Una vez más, mi francés era limitado, pero supe que estaba llevando a cabo alguna clase de negociación. Escuché discutir, explicar y halagar.

Yo sabía que ella le estaba llamando en ese momento para exigirle que regresara a casa. Y sabía que ella sabía que, al final, él le haría caso, porque era suyo. Yo solo lo tenía prestado y todo el mundo lo sabía.

—*D'accord. Je comprends. Oui.*

Colgó y decidí ser valiente y hablar en primer lugar.

—Puedes marcharte mañana mismo si es necesario. No quiero retenerte…

Thomas me rodeó con los brazos.

—Pero yo no quiero dejarte. Ese es el problema. —Me dio un beso en la frente antes de hablarme con voz suave—. Me está amenazando con venir aquí y arrastrarme de vuelta a casa. —Debí poner una cara bastante alarmada porque se apresuró a tranquilizarme—. Yo nunca había hecho esto antes, sabe que pasa algo, que es distinto.

Le hablé con rapidez:

—Bueno, entonces tienes que volver a casa. Es lo es hay. —Sentí que me ahogaba, pero tragué saliva y continué—. Esto ha sido muy agradable, pero estás casado. ¡Estás casado! —Inspiré profunda y rápidamente para controlarme. Funcionó. Luego lo miré con tranquilidad—. Sabíamos que esto se tenía que terminar. Así que se acabó. No pasa nada. Ha sido fantástico. Será un hermoso recuerdo.

Entonces bajé la mirada a la acera y volví a respirar profundamente. Me sentía orgullosa. No me había derrumbado. Thomas asintió y me rodeó de nuevo con sus brazos.

—Así que dentro de tres días tengo que estar de vuelta en Francia. —Ya era oficial. Esa era la fecha límite—. Este acuerdo que tenemos mi esposa y yo ha funcionado muy bien hasta ahora, muy bien. —Enterré mi cabeza en su pecho—. Eres una mujer muy emocionante, Julie. Tan divertida, tan llena de vida. No tenía ni idea de que esto iba a suceder. —Me dio un beso en la frente—. Pero así es la vida, supongo. Esto es lo que sucede cuando te mantienes abierto. —Me abrazó con más fuerza—. Me siento muy mal por todo esto.

Nos quedamos allí durante lo que me pareció una eternidad. Iba a volver con ella. Aquello no sería más que otra historia de su vida loca juntos. Ella iba a ganar. Por supuesto que ella iba a ganar; ella tenía que ganar, era su esposa, su vida, su promesa al mundo.

—Te quiero mucho, Julie. Espero que lo sepas.

Oír aquello fue simplemente un premio de consolación, pero fue agradable de todos modos. Volvimos a nuestro hotel y nos tumbamos en la cama juntos, rodeándonos con los brazos hasta que nos dormimos. Todo era demasiado triste como para hacer nada más.

Y en Estados Unidos

Serena se sintió siempre, en el fondo, y tal vez no tan en el fondo, resentida con ellos. A ver, voy a expresarlo mejor: No era resentimiento, no. Es una palabra demasiado fuerte. Era más bien una cierta envidia. Es el peligro de cualquier trabajo donde te pagan por cuidar de alguien que es lo suficientemente rico como para contratar a alguien que lo cuide. Al principio, Serena lo atribuyó a estar tan cerca de tanta riqueza. Y no se trataba de una riqueza ostentosa, derrochadora, capaz de revolver el estómago. La suya era algo mucho mucho más envidiable. Durante los tres años que Serena fue la cocinera de una famosa estrella de cine, su encantadora esposa y antigua modelo, y su único hijo, llegó a ver de primera mano que el dinero sí que da la felicidad. Que nadie diga lo contrario, porque la ecuación es simple: el dinero compra la libertad que se necesita para hacer más de esas cosas que quieres hacer, y menos de esas cosas que no quieres hacer. Por lo tanto, uno pasa más tiempo feliz y menos tiempo infeliz. Así pues, el dinero da la felicidad.

Vamos simplemente a hablar de cómo el dinero te permite vivir donde quieras en Nueva York mientras pasas más tiempo siendo feliz. Se puede vivir en un *loft* de cuatro mil metros cuadrados en West Street, cerca de Franklin, en Tribeca. A lo largo de toda la pared trasera de ese enorme *loft* hay ventanas que dan al Hudson, así que cuando entras en tu piso tienes la sensación de que has subido a bordo de un trasatlántico.

El dinero también hace que tengas buen aspecto. La esposa, Joanna, era guapísima y estaba en forma, Robert era guapísimo y estaba en forma, y su hijo, Kip, era adorable gracias principalmente a haber ganado la lotería genética, pero también porque llevaba perfectos y preciosos trajes de niño que lo hacían parecer aún más adorable de lo que su ADN ya lo hacía.

Desde que Serena había vuelto a trabajar para ellos, a veces veía a Joanna salir volando a alguna reunión de la junta de alguna organización caritativa, ir al gimnasio, llevar a su hijo al parque, o simplemente sentarse junto a Robert en el sofá leyendo el periódico con él, y Serena, a veces, no podía evitar sentir envidia. El ADN de Joanna la había hecho hermosa, lo que le permitió ser modelo, lo que le permitió conocer a Robert, quien, por supuesto, se enamoró de ella y luego le dio aquella vida extraordinariamente bendecida.

Y cuando Serena era capaz de dejar de notar todas las cosas importantes y trascendentales por las que podía sentir envidia, ya podía pasar a fijarse en las cosas más superficiales. Y eso, para Serena, significaba *literalmente* sus cosas. Tenían una cocina increíble: unos fogones Viking, una nevera Sub-Zero, un colgador para los cacharros de cocina, y todo un armario solo para las tapas de esos cacharros. Serena podía salir a comprar cualquier clase de aceite de oliva que uno se pudiera imaginar: aceite de oliva con romero, con albahaca, con ajo asado. Y luego estaba la botella de cuarenta y cinco dólares de vinagreta balsámica. Y los aparatos: la magnífica Kitchen-Aid, la máquina de hacer helados, la máquina de hacer *paninis*... Aquello era Disney landia para los cocineros. Su parte favorita de la cocina era la larga y estrecha columna de estanterías que albergaba todos los CD de la casa, así como un reproductor y un iPod y altavoces, porque hay que tener música puesta cuando se cocina y se come. Dinero igual a felicidad, ¿está claro?

Ahora bien, la parte verdaderamente maravillosa de esta historia es que aquella familia tan afortunada, rica y feliz amaba a Serena. Porque de todas las personas que podrían haber trabajado para ellos, y aprendido sus costumbres y sus pequeñas excentricidades, y estado cerca cuando su hijo se comportaba mal y a ellos no les apetecía ser unos padres encantadores, Serena era aquella que te gustaría tener ahí fingiendo ser invisible.

Además, era una cocinera impresionante. Dicen que el periodo máximo de servicio para los cocineros privados es de dos años, ya que cada cocinero, por mucho que intente cambiarlo, tiene un estilo de cocina propio que después de dos años termina cansando a la gente, como es natural. Sin embargo, cuando Serena dejó su trabajo con ellos y se marchó al centro de yoga, ya había superado en un año ese supuesto periodo de vida útil. Eso se debía a que Serena podía cocinar cualquier cosa y a que una de sus aficiones favoritas era encontrar nuevas recetas y probarlas por diversión. Y no está de más decir que una de las aficiones favoritas de aquella familia era comer las nuevas recetas de Serena. Y ella no tenía ni idea de lo mucho que la apreciaban. Cuando Serena les dijo que se iba, Joanna se comportó con amabilidad y le deseó buena suerte y le dijo que esperaba que fuera muy feliz. Serena no tenía ni idea de que después de que ella saliera de su piso, Robert se rio y dijo: «Bueno, supongo que ya no volveré a tener otra comida decente en esta casa».

Cuando Serena comenzó a trabajar para ellos por segunda vez, algo había cambiado. Se dio cuenta de que había un montón de cosas que le gustaban mucho de aquella familia y de las que ni siquiera se había percatado hasta que le faltaron. Por ejemplo: Robert. En realidad, era enormemente agradable, un tipo con los pies en la tierra que entraba con paso lento en la cocina cuando tenía un momento libre y empezaba a bromear con Serena.

—¿Qué tenemos hoy para cenar, Se? —le preguntaba.

«Se» era el sobrenombre que tenía. Serena supuso que no se trataba tanto de cariño como de que se trataba de una estrella de cine, ¿y no les gustaba a todas las estrellas de cine llamar a la gente por sus apodos?

—Pollo con salsa de mostaza y grelos —decía Serena, por ejemplo. Y entonces él, invariablemente, torcía el gesto antes de contestar:

—Eso es repugnante, no pienso comérmelo, estás despedida.

Como un reloj. No es muy divertido las primeras treinta veces que te lo hacen, pero cuando se llega a la trigésimo quinta, bueno, hace que en cierto modo te sientas como en casa.

No es que Robert ya no estuviera allí. Estaba, pero parecía diferente. Más apagado. Joanna parecía un poco distraída, y todo lo que Serena hacía por ellos, desde la organización de la despensa hasta dar una buena limpieza a ollas y sartenes, era recibido con una gratitud tan enorme que la confundía. Sabía que algo estaba pasando, pero no preguntó nada, ya que como he mencionado antes, la tarea principal de un empleado doméstico es llegar a pasar lo más desapercibido posible.

Pero un día, mientras Serena estaba preparando el salmón a la parrilla y una gran ensalada para el almuerzo, Joanna y Robert entraron en el *loft*. Robert sonrió y puso una de sus grandes manos en el hombro de Serena.

—¿Cómo lo llevas, Águila? —la saludó.

Ese era el nuevo apodo de Serena desde el primer día que entró en su casa con su nueva falta de cabellera. Robert le había puesto la mano en el cuero cabelludo y le había dicho que se parecía a un águila, pero una de esas águilas calvas. Sin embargo, esta vez, apenas sonrió al decirlo. Se limitó a marcharse a su habitación. Joanna parecía a punto de llorar, o de explotar, o de derrumbarse en el suelo. Ella le sonrió con gesto tenso y trató de seguir siendo profesional. Se aclaró la garganta con un carraspeo y comenzó a hablar:

—Sé que esto es un cambio radical respecto a lo que estamos acostumbrados, y sé que esto no se encuentra en absoluto en tu área de especialización, pero me preguntaba si a partir de ahora podrías empezar a cocinar una dieta crudívora para nosotros. —Serena se sorprendió. Una dieta crudívora es increíblemente complicada y requiere mucho tiempo, además de que ella no tenía ninguna clase de experiencia en ese aspecto—. Sé que es una dieta extrema, pero habrá un médico con el que podrás hablar a diario, y tenemos todos los libros de cocina que necesitarás y una lista de las cosas que tendrás que comprar. —Joanna inspiró profundamente. La voz le temblaba un poco—. ¿Estarías dispuesta a intentarlo? Sé que puedes lograr que esa comida horrible nos sepa deliciosa —añadió tratando de hacer una broma.

Serena dijo que por supuesto, que iría de compras ese mismo día y que comenzaría al día siguiente. No había necesidad de decir nada más. En aquel *loft* con vistas al río Hudson y el Kitchen-Aid y los CD en la cocina, Serena comenzó a entender que el encantador y guapo hombre de la casa con los pies en la tierra estaba muy enfermo. Y que nadie en esa casa podría ser feliz. En absoluto.

Ruby ya no tenía más homosexuales para conseguir quedarse embarazada, pero a pesar de ello, no podía deshacerse de la idea de tener un bebé. Sabía que podía adoptar, pero desde que comenzó a pensar en alguien para que la fecundara, no pudo dejar de querer un bebé propio.

Ese es el motivo por el que Alice, solo una semana más tarde, iba a ir a casa de Ruby a clavarle una aguja en el culo.

Bueno, tal vez tengo que explicarlo un poco: Ruby decidió recurrir a la inseminación artificial con donación de semen. Escogió al padre donante (judío, alumno de la Ivy League, alto), y comenzó el proceso. Un análisis de sangre mostró que sus niveles hormonales necesitaban aumentar un poco, pero con los medicamentos adecuados, se podría quedar embarazada al primer intento. Por supuesto, también podría terminar con quintillizos, pero Ruby no iba a preocuparse por eso. Lo que le preocupaba era que no tenía manera de clavarse una aguja en su propio culo durante dos semanas. Lo intentó en el consultorio del médico y ni siquiera fue capaz de hacerlo con un pomelo. La idea de perforar de verdad su propia carne la ponía enferma. No importaba lo mucho que quisiera quedarse embarazada y sostener en brazos a un bebé chillón: jamás sería capaz de clavarse una aguja en su propio trasero.

En la primera que pensó fue en Serena, que seguía viviendo con ella hasta que encontrara su propio hogar. Serena había buscado piso en Park Slope, Brooklyn, porque se enteró por las malas de lo mucho que habían subido los alquileres en Manhattan. (No renunciar nunca a tu piso de Nueva York, no renunciar nunca a tu piso de Nueva York, no renunciar nunca a tu piso de Nueva York.) Parecía que iba a encontrar algo pronto y Ruby no estaba preocupada. En las pocas ocasiones en las que realmente estaban en el piso al mismo tiempo, disfrutaba de la compañía de Serena.

Ruby entró en el salón, donde Serena estaba sentada, leyendo. No sabía exactamente cómo abordar el tema, así que simplemente empezó a hablar.

—Bueno. Ya sabes que comenté que estaba pensando era tener tal vez un bebé por mi cuenta, ¿verdad?

Serena dejó el libro y asintió. Aquello no parecía que fuese a terminar en una de esas conversaciones informales de compañera de piso de «resulta que estamos las dos en la cocina al mismo tiempo».

—Bueno—continuó explicando Ruby—. He decidido que voy a ponerme primero las inyecciones de hormonas, para subir mis probabilidades. Y creo que puede ser muy duro para mí clavarme una aguja. ¿Sabes?

Serena asintió de nuevo. Esperaba que aquello no fuera hasta donde ella pensaba que iba, pero si así era, pensó que sería cortés no hacer que Ruby tuviera que decirlo.

—¿Así que quieres que lo haga por ti?

Ruby soltó un suspiro de alivio. Adoró a Serena en ese momento por evitar que tuviera que decirlo.

—Bien. Sé que puede sonar como la petición más extraña del mundo entero, pero sí. ¿Te parece muy extraño?

—No es extraño, en absoluto —le mintió Serena—. Estaré encantada de hacerlo —mintió de nuevo.

—Sé que es un favor muy importante.

—Bueno, si me pidieras llevar a tu hijo en el vientre, eso sí que sería un favor muy grande, pero esto...

—Bueno, eso es cierto. —Ruby aprovechó el momento—: Empezaríamos mañana. ¿Te parece bien?

Serena se quedó sorprendida. No tenía idea de que estaban hablando de algo que sucedería a la mañana siguiente.

—¿Quieres decir mañana por la mañana?

—Sí. ¿Antes de que vayas a trabajar?

—Está bien.

—Bien. Genial. Bueno, gracias.

Y sí. Fue la conversación más extraña que Serena había tenido jamás.

Pero por la mañana, la situación fue todavía más incómoda. Ruby estaba en el baño inclinada sobre el lavabo, con la ropa interior bajada por el trasero y su nalga expuesta, toda blanca y vulnerable. Le imploró a Serena que se la clavara en el culo, «Tú hazlo, ¡hazlo!». Pero Serena no podía. Se quedó mirando la carne blanca de Ruby, y luego la aguja que tenía en la mano, y empezó a marearse. Miró al reflejo de Ruby en el espejo:

—No puedo hacerlo —dijo Serena un poco histérica.

—¿Qué no puedes? —respondió Ruby con dulzura, pero algo preocupada.

—No. Pensé que podría. Pero no puedo. No puedo seguir con esto. Estoy perdiendo los nervios.

Ruby fue suave:

—No pasa nada, cariño. Si todo el mundo fuera bueno clavándole agujas a la gente no tendríamos esta escasez de enfermeros, ¿verdad?

Serena se sintió fatal. Allí estaba ella, prácticamente una desconocida, que vivía sin pagar en el piso de Ruby. Lo menos que podía hacer era clavarle una aguja en el culo. Pero no podía. Se sintió avergonzada. Ruby se quedó allí con el culo literalmente al aire, preocupada. Para no salirse del importante plan establecido, tenía que empezar con las dosis ese mismo día.

—¿De verdad no puedes hacerlo? ¿Solo por hoy?

Serena sabía lo importante que era.

—Vale. Lo intentaré. Lo haré.

Serena tomó la aguja, puso una mano en la nalga de Ruby, respiró profundamente, y... siguió sin poder hacerlo.

—¿Por qué no llamas a Alice?

Ruby se animó:

—¿A Alice? Es muy buena idea. Te apuesto a que lo puede hacer sin pestañear. ¿Crees que le va a parecer raro?

—Tal vez. Pero a quién le importa. La voy a llamar y se lo explicaré.

Ruby soltó un enorme suspiro de alivio.

Dos horas más tarde, soltó otro cuando Alice le inyectó el medicamento hormonal estimulante del folículo conocido como Repronex en el culo.

Ruby no sabía cómo pedírselo, pero realmente necesitaba que Alice le pusiera una inyección todos los días durante las dos semanas siguientes. Pero allí estaba Serena, que no tenía problemas para hablar porque no era su favor y no era su culo y Alice no era en realidad su amiga.

—Bueno, pues nos vemos mañana. ¿A la misma hora, mismo culo? —le preguntó Serena intentando parecer despreocupada.

Alice se giró y las miró sorprendida.

—Ah. ¿Entonces…?

—¿Y los siguientes doce días?

—¿Quieres decir… bueno, cada mañana?

Ruby asintió avergonzada.

—Bueno. Claro. —Fue la reacción inmediata de Alice.

Ruby realmente rezumaba gratitud por todos los poros cuando se lo agradeció.

—Gracias, Alice. Muchas gracias.

Alice sacudió la mano para quitarle importancia al tema.

—Por favor. No es nada —respondió antes salir.

Durante la siguiente semana, Alice se acercó cada mañana y le puso a Ruby su inyección.

Fue entonces cuando a Ruby le recordaron que todo tiene un precio…

Alice estaba inmersa por completo en la planificación de la boda. Y, como toda novia antes que ella, era lo único de lo que era capaz de hablar. Todos los días, mientras que inyectaba en el culo de Ruby una dosis llena de hormonas para que esta pudiera utilizar el semen de un desconocido y convertirse en madre soltera, Alice le recitaba de un tirón los últimos avances en los arreglos florales o el color de lencería que había decidido utilizar.

—A la madre de Jim le encantan las peonías, pero mi mamá adora las hortensias, que la verdad es que no se pueden poner en un ramo, porque son descomunales. Por lo tanto, estoy pensando que quizá hortensias para las mesas y luego peonías para mi ramo.

—Parece un buen acuerdo —comentó Ruby inclinada sobre el lavabo del cuarto de baño—. Me encantan las dos.

—Lo sé, pero la floristería, por supuesto, tiene su propia idea de conjunto sobre lo que debería ser, y no incluye ni hortensias ni peonías. —Alice clavó la aguja en el culo de Ruby—. Hoy traje cruasanes. ¿Quieres?

Así que cada día, Ruby se quedaba en el baño con las bragas bajadas escuchando todos los problemas y asuntos de la boda de Alice y era evidente que tenía celos. ¡Celos! Alice tenía la edad de Ruby, pero iba a casarse y luego se iba a quedar embarazada y luego tendría hijos corriendo por el parque infantil. Iba a tener una familia con una mamá y un papá. Y Ruby no. Alice estaba eligiendo un vestido de novia. Los pechos de Ruby estaban empezando a hincharse por las inyecciones de hormonas. Pero Alice le estaba haciendo un enorme favor, así que Ruby tenía que agacharse y aceptarlo.

Alice comenzó a traer más pasteles y panecillos para Serena y Ruby. Se sentaban y charlaban cada mañana antes de que Ruby y Serena tuvieran que irse a trabajar. Alice, que tampoco es que fuera completamente insensible, también les preguntaba cómo les iba. Ruby se dio cuenta de que Alice parecía disfrutar realmente del tiempo que pasaba con ellas, y pronto sus visitas pasaron de los diez minutos a una media hora, y luego a una hora. Y a pesar de que Alice se ponía un poco pesada con sus charlas sobre la boda, Ruby se dio cuenta de que era entretenida y una buena compañía.

Alice se reunió durante el fin de semana siguiente con Jim en casa de la hermana de este, Lisa, y su marido, Michael, para tomar un *brunch* a media mañana. Todos empezaron a hablar de la inminente boda, y Lisa y Michael comenzaron a hablar emocionados sobre los buenos recuerdos de su luna de miel. Michael no tardó en sacar su Mac para mostrarles a Alice y Jim una pequeña presentación de fotografías.

Michael abrió con un *clic* la primera foto mientras todos empezaban a dar buena cuenta de los huevos revueltos y los panecillos. En la foto, los dos estaban al comienzo del Camino Inca en Perú. Eran unos recién casados radiantes, Michael tenía el brazo alrededor de los hombros de Lisa y ella inclinaba la cabeza hacia él hasta casi apoyarla en su hombro. Lisa ya no necesitaba enfrentarse al mundo de cara, con la cabeza erguida y una postura fuerte. Estaba enamorada y podía sonreír e inclinarse. Estaban muy arriba en las montañas, con las nubes aparentemente a poco más de un metro por encima de sus cabezas.

—Estábamos tan arriba que casi flotábamos en el aire —comentó Lisa mientras lo recordaba todo.

—Es que estábamos flotando —le dijo Michael a Lisa mientras le ponía un brazo sobre los hombros para darle luego un beso en los labios—. ¿Recuerdas?

Lisa sonrió y le devolvió el beso. Luego se volvió hacia Alice:

—Estoy tan contenta de que Jim y tú os hayáis encontrado el uno al otro. Algunas personas pensarán que estáis yendo demasiado deprisa, pero yo creo que cuando uno lo sabe, lo sabe, ¿verdad?

—Sí, totalmente cierto.—Alice asintió y notó una opresión en el pecho.

Clic.

—Esto es cuando por fin llegamos a Machu Picchu. ¿No es increíble? —dijo Michael.

Él le agarró la mano a Lisa y se la apretó.

Clic.

—Esto es el Templo del Sol. Dicen que fue construido para los astrónomos de la aldea —explicó Lisa.

Le devolvió el apretón de mano a Michael.

Clic.

—Esto es lo que ellos llaman la Cárcel. Creen que encerraban a los presos allí —comentó Michael.

En la foto se veía a la pareja besándose rodeada por grandes paredes de roca.

Clic.

—Este es el hotel en la base de Machu Picchu. No es lujoso, ¡pero la vista es increíble! —exclamó Lisa.

—Pasamos un día más allí y ni siquiera salimos de la habitación —comentó Michael con las cejas levantadas.

Lisa se echó a reír y le golpeó en el brazo.

—Michael, Alice y Jim no necesitan enterarse de eso.

—¡Lo siento, chicos! —se disculpó Michael entre risas—. Es que el viaje fue genial. Espero que vosotros os lo paséis igual de bien en vuestra luna de miel, vayáis donde vayáis.

Alice también lo esperaba.

Clic.

—¡Michael, no!

—¿Qué? Solo unas pocas más.

—Por favor, no hace falta que aburramos a Alice —dijo Jim riéndose.

Michael no se pudo resistir y decidió enseñarle a Alice algunas de las fotos de la boda. En la primera que mostró se les veía besándose fuera de la iglesia. Michael y Lisa se quedaron callados, casi con veneración. Alice hubiera jurado que les oyó suspirar al unísono, en un ensueño de felicidad unificado.

Entonces Lisa dijo algo que retorció la opresión del pecho de Alice y la convirtió en un dolor punzante:

—Fue el día más feliz de mi vida.

Alice les había visitado para tomar un *brunch*, pero acabó sometida a un estudio pictórico del amor. Era la clase de amor que siempre deseó tener, del tipo que sabía que nunca sentiría con Jim. El día de su boda no sería el día más feliz de su vida. Nunca miraría a Jim del mismo modo que Lisa miraba a Michael. No importaba cómo lo racionalizara, no importaba cuántas vueltas le diera, era la verdad. Si se casaba con Jim, nunca iba a tener eso. Vio una tras otra las fotos donde aparecían bailando en el banquete o cortando la tarta de boda. Alice sabía que en sus fotos de la boda tanto ella como Jim tendrían el mismo aspecto feliz que ellos. En su boda, nadie sospecharía nada. Pero ella lo sabría.

Solo cuando Alice y Jim salieron del edificio y caminaron por la calle, ella por fin comprendió realmente lo que significaba sentar la cabeza. No estaba simplemente tomando una decisión en plan «¿Sabes qué? Mira por dónde, es lo suficientemente bueno». Lo que se estaba diciendo a sí misma era: «Este es el nivel de felicidad en el que estoy dispuesta a parar. Para siempre».

Al día siguiente, Alice llevó queso danés, porque sabía que era el favorito de Ruby, para celebrar la última inyección de la serie. Esta vez, sin embargo, después de la inyección, mientras estaban sentadas a la mesa de la cocina, no hubo muestras u hojas de revista arrancadas o fotos de arreglos florales para mirar.

—Ojalá te quedes embarazada, Ruby, de verdad. Te lo digo since-ramente —le dijo Alice en voz baja mientras cogía un trozo de queso.

—Gracias. Me he emocionado mucho con la idea. —Ruby asintió con timidez.

—Es muy bonito que hayas hecho todo esto, Alice. Siento ser tan cobarde —añadió Serena.

—No pasa nada. Me lo pedisteis, y pensé: «¿Por qué no inyectarle un poco de optimismo a la vida?» —contestó Alice riéndose. Ruby y Serena se rieron y gimieron al mismo tiempo—. Además, creo que eres muy valiente por lo que estás haciendo, Ruby. Muy valiente. Vas a por algo que realmente quieres. Es increíble.

Ruby notó tanta buena voluntad en el aire que se sintió sincera-mente inclinada a decirlo.

—Vaya, no nos has dado la actualización diaria de tus planes de boda. Alice asintió.

Después de caminar durante muchas horas el día anterior, Alice había llegado a una decisión importante. No podía pasar por alto el hecho de que, sin duda alguna, estaba sentando la cabeza. Tampoco podía hacer caso omiso al hecho de que el día de la boda no sería el día más feliz de su vida. Sabía que era una mujer fuerte, inteligente y obs-tinada, y que podría hacer lo que se propusiera. Esa noche fue al piso de Jim. Habló largo rato con él, y a pesar de que se sintió muy decep-cionado, Jim sabía que era lo que Alice quería. Y al fin y al cabo, lo único que él quería era la felicidad de Alice.

—Hemos decidido escaparnos —dijo Alice.

Se las arregló para esquivar las reacciones de ambas tomando un gran trozo de queso danés y poniéndoselo delante de la cara.

Ruby y Serena, efectivamente, reaccionaron. Era lo último que se esperaban que dijera Alice.

—Es que simplemente iba a ser demasiado.

Ruby y Serena se limitaron a asentir fingiendo que entendían lo que Alice quería decir.

—Todas las parejas amenazan siempre con hacerlo. Creo que es genial que lo hagas —apuntó Ruby.

—Estoy muy emocionada. Vamos a ir a Islandia el mes que viene y nos casaremos allí. Solo nosotros —les explicó Alice.

Ruby y Serena se quedaron sentadas y un poco sin palabras.

—¿Islandia? —se limitó a decir Ruby por fin.

Alice asintió de nuevo:

—Se supone que es un lugar realmente precioso. Y con toda la oscuridad que hay ahora, creo que va a ser muy romántico.

Alice siguió masticando sin mirarlas a los ojos. En ese momento, era su culo el que estaba al aire. Cambió de tema rápidamente e hicieron planes para reunirse pronto para almorzar juntas. Después se marchó.

Tan pronto como la puerta se cerró, Ruby se volvió hacia Serena:

—¿Crees que Alice parece alguien que está locamente enamorada y emocionada por casarse?

Serena miró fijamente Ruby:

—Se va a Islandia para poder casarse en la oscuridad. Así que no, no lo parece.

Ruby, que acababa de pasar las últimas dos semanas en plena ebullición de envidia por Alice y todo lo que tenía, comenzó a preocuparse por ella. Tal vez Alice no tenía todo lo que Ruby quería. Pero eso, en vez de hacerla sentirse bien, la entristeció.

—Tal vez va siendo hora de llamar a Julie.

No es por presionar, pero empieza a plantearte todo el asunto de la maternidad

(La verdad es que no tienes toda la eternidad)

Cuando me desperté a la mañana siguiente, vi a Thomas entrando en la habitación. Por un momento, me recorrió un escalofrío. Me di cuenta exactamente de lo mucho que lo iba a echar de menos. Allí estaba: su sentido del humor, su intelecto, su bondad, todo reunido en un mismo y hermoso paquete. Todo aquello se iba a acabar pronto, y me iba a sentir destrozada. Traté de sacarme rápidamente esa idea de la cabeza.

—¿Dónde has estado? —le pregunté somnolienta.

Los ojos azules de Thomas se iluminaron de entusiasmo.

—He estado investigando para ti. Hay un parque al que debemos ir hoy. ¡Será perfecto para tu investigación!

Tras un típico desayuno chino, consistente en un *congee* de arroz (unas gachas de arroz aguadas con trozos de carne o pescado), tomamos un taxi hasta el parque Zhongshan. Thomas había practicado la pronunciación del parque durante todo el desayuno, pero al final tuve que mostrar al taxista el papel que el conserje nos había dado, escrito en caracteres mandarines. Como ya he dicho, el mandarín no es algo que uno deba tomarse a la ligera.

Thomas no quería contarme de qué iba el viaje, así que me picaba la curiosidad. Una vez salimos del taxi y caminamos hacia el parque, Thomas finalmente me lo explicó.

—Lo vi en Internet. Los padres vienen a este parque a concertar matrimonios para sus hijos solteros. Cada jueves y sábado por la tarde.

—¿En serio? ¿Te refieres a que es una especie de trata de caballos pero con personas?

Thomas se encogió de hombros y me agarró la mano.

—Vamos a averiguarlo.

En el parque vimos a unas pocas docenas de personas alrededor de una fuente. Algunas estaban sentadas en silencio, algunas estaban charlando. Pero todas ellas llevaban colgando del pecho un gran cartel blanco. Estaba todo en chino, pero la investigación de Thomas había dado sus frutos:

—Muestran detalles y hechos acerca de su hijo o hija. Edad, estatura, qué tipo de educación han recibido...

Esos ancianos padres chinos parecían estar haciendo negocios. Algunos hablaban entre ellos, para ver si podía salir un matrimonio de ahí. A veces se enseñaban las fotos de sus hijos que habían mantenido fuera de la vista. Parecía un proceso lúgubre, en el que todos hablaban seriamente entre ellos y nos miraban a nosotros, los occidentales, con gran suspicacia. Muchos de los padres estaban simplemente allí sentados, mirando al vacío, con la foto o información de su hijo o hija colgándoles del cuello.

No creo que esos ancianos chinos me estuviesen mostrando lo felices que eran de que sus hijos tuvieran tantas opciones disponibles, ni lo encantados que estaban de que su hija de treinta y seis años estuviera soltera aún. A esos padres, la vida amorosa de sus hijos les producía tal consternación que los había empujado *literalmente* a las calles. En un país con un rechazo evidente a las reuniones en público, aquella gente estaba en la calle con carteles en el pecho, tratando de casar a su prole. Aquellos padres estaban experimentando las consecuencias de la independencia de sus hijos. Era difícil no encontrarlo deprimente.

Traté de ver el lado bueno de las cosas:

—Quizá deberíamos pensar que es algo muy dulce. Su preocupación, quiero decir. No hacen daño a nadie, ¿no?

—O puedes verlo de otro modo —dijo Thomas—, a causa de la norma de un único hijo, solo tienen un hijo para que cuide de ellos cuando se hacen mayores. Quizá piensen que es mejor para su propio bienestar tener a sus hijos casados.

—Ay no, qué tétrico...

Thomas sonrió y me cogió la mano.

—Sé cuánto te gustan las teorías. Solo te estaba ofreciendo la mía.

Habíamos decidido hacer una pequeña excursión a Houhai, un hermoso y pequeño vecindario que conservaba algunas de las últimas casas tradicionales chinas —*hutongs*— que quedan. Esas pequeñas estructuras grisáceas, algunas de ellas unidas por un patio y todas conectadas por pequeños callejones, fueron una vez el domicilio típico de la mayoría de pekineses, pero las estaban demoliendo para hacer sitio a los rascacielos. Sin embargo, en Houhai, las pequeñas tiendas y los puestos de comida de los *hutongs* se habían convertido en una atracción turística en sí mismos. Quizá ese barrio podría salvarse de la obsesión por el desarrollo en Pekín.

Paramos para almorzar en uno de los pequeños «restaurantes» que estaban en el centro del *hutong*. Era un lugar sucio y diminuto que básicamente tan solo servía bollos de masa frita o hervida y fideos. Los botes de pasta de guindillas picantes que había sobre la mesa no los habían limpiado desde hacía años, las moscas zumbaban por todas partes, y las dos personas que trabajaban allí no hablaban inglés ni por asomo. En un mundo en el que cada vez es más difícil encontrar a alguien que no sepa hablar inglés o que no sepa dónde está el Starbucks más cercano, aquello era un consuelo. Estábamos en mitad de algo auténtico, incluso a pesar de que la única razón de que mantuviese su autenticidad fuese gracias al turismo. Algo en todo aquello me conmovió. Nos sentamos allí compartiendo un plato de fideos con verduras y un plato de bollos de masa hervida. Tras unos momentos en silencio, hablé:

—Quiero que sepas que todo esto ha sido bueno para mí —dije tratando de sonar filosófica, pero informal. Thomas me miró sin decir una palabra—. Me ha dado la esperanza de que hay amor ahí fuera, de que existe la posibilidad de encontrarlo. No deberías sentirte mal por nada. Entiendo tu situación.

Thomas soltó los palillos chinos:

—Mi querida Julie, no me siento mal por ti. Sé que estarás bien. Es por eso por lo que es tan difícil para mí.

Sonrió y me tomó la mano. No quise llorar delante de él, ya que sabía que mi homóloga francesa mostraría mucha más dignidad. Le pregunté a la señora que nos había servido los bollos dónde estaba el baño. Señaló hacia afuera, a la calle. Me quedé confusa. Le dije otra vez: «¿Baño?» Ella meneó la cabeza, me habló en chino y volvió a señalar hacia afuera. Me puse en pie y miré hacia la puerta. Unos metros más lejos vi a una mujer que salía por otra puerta.

—Deséame suerte —le dije a Thomas y fui hacia esa puerta.

En Pekín, como pronto descubrí, les gustan los retretes en el suelo. Incluso en algunos de los establecimientos de mayor categoría no habían visto la necesidad de instalar un buen inodoro al viejo estilo de Occidente. Era algo para lo que yo estaba preparada, ya que había estado en Roma y no soy nada remilgada al respecto, pero al entrar en aquel baño público me encontré con una situación en la que no solo no me había encontrado jamás, sino de la que ni siquiera había oído hablar.

En primer lugar: el hedor. Conforme me iba acercando a esa instalación pública, el hedor resultaba insoportable (tuve que dejar de respirar por la nariz cuando todavía estaba en la calle). Pensé en darme la vuelta sin más, pero realmente necesitaba hacer pis. Entré por la puerta y di unos cuantos pasos hacia el interior. Miré a mi alrededor: me encontraba en una habitación grande, sin puertas ni muros de separación, tan solo con unos ocho retretes de suelo, todos juntos, con mujeres chinas en cuclillas sobre ellos. Lo único que separaba un retrete de otro era un pequeño tabique de metal entre ellos, de tan solo unos treinta centímetros de altura. Así que daba la sensación de estar en algo así como un gallinero.

Entré y vi aquello, y me quedé literalmente alucinada. Eso, para un neoyorquino, no es moco de pavo. Estaba pasmada por la visión de cuatro o cinco mujeres chinas acuclilladas haciendo pis juntas, y entonces me volví a quedar pasmada al darme cuenta súbitamente de que se esperaba lo mismo de mí.

Alguna de las mujeres alzó la vista hacia mí y sentí algo extraño, un nuevo tipo de orgullo. No quería parecer una mojigata en esas cuestiones y justo en ese momento. Esta es mi vida, estoy en los *hutongs*, y así es como se hace pis.

Caminé hasta uno de los retretes, me desabroché el pantalón, y me agaché. Levanté la mirada y me encontré cara a cara con una anciana china que estaba en el retrete situado justo frente al mío, a cosa de un paso. Si habláramos la misma lengua hubiésemos podido tener una agradable conversación. En lugar de eso, se tiró un pedo; yo bajé la mirada y terminé de hacer pis.

Así que había ido desde un beso en el Coliseo, pasando por enamorarme en Bali, hasta hacer pis en cuclillas en Pekín. Estaba clarísimo: mi gran romance estaba descaradamente llegando a su final. No había nada que yo pudiese hacer al respecto salvo pasar por ello con la mayor brevedad y dignidad posibles. Cogí un pañuelo usado que tenía y me sequé.

Al volver a nuestro hotel había un mensaje telefónico de nuestra nueva mejor amiga, Wei, invitándonos a una fiesta en un bar-restaurante llamado Lan.

—¡Va a ser muy divertido, muy emocionante! —Y luego soltó una de sus escandalosas y prolongadas carcajadas.

Thomas y yo nos cambiamos de ropa y fuimos al bar, que casualmente estaba cruzando la calle de nuestro hotel. Cuando se abrieron las puertas del ascensor fuimos conducidos de inmediato a uno de los espacios más impresionantes que jamás había visto. Tuvimos que atravesar el inmenso restaurante y club nocturno para llegar al lugar en el que se celebraba nuestra fiesta. Todo tenía una elegancia melodramática, como si se tratase del palacio de un rey, con cortinas de terciopelo y lámparas de araña cubriendo lo que parecían ser miles de metros cuadrados. Había diferentes espacios en el restaurante, varias áreas en el bar, *lounges*; todo diseñado para crear distintos ambientes de opulencia.

Caminamos hasta el final del restaurante, donde estaban celebrando la fiesta. Ya se oía el jaleo de la gente hablando y riendo. Conforme nos acercamos, vimos que había otra hermosa aglomeración de *hipster* chinos, todos maravillosamente ataviados y tomando copas. En el mismo momento que entramos vimos a Wei.

—¡Oh, Dios mío, qué alegría de veros, amigos míos!

Vino hacia nosotros corriendo con un diminuto minivestido blanco y negro de lentejuelas y nos dio un fuerte beso en la mejilla. Nos empujó hasta el bar y entonces salió corriendo para saludar a otra persona. Mientras Thomas pedía vino para los dos me giré y vi a Tammy, la mujer que habíamos conocido en el avión, de pie y con un Martini en la mano.

Nos miramos la una a la otra, con sorpresa, tratando de recordar de qué nos conocíamos.

—¡Ah, hola! Te conocí en el avión —le dije.

—Sí, es verdad. Hola.

—Hola.

Thomas se me acercó con nuestras dos copas de vino.

—Bueno, cuéntame. ¿Qué te parece Pekín? ¿Estás aprendiendo mucho acerca de las mujeres solteras de aquí? —me preguntó Tammy con amabilidad.

—De hecho, sí. Es un momento muy estimulante para estar aquí.

—Sí, así es —me confirmó Tammy—. Se han producido tantos cambios, tan rápido... Ha sido muy interesante verlos todos.

—¿Sí?, ¿qué clase de cambios? —pregunté con curiosidad.

—Bueno, tan solo hace diez años que tenemos supermercados, por ejemplo.

Antes no podías tocar las frutas o las verduras.

—Perdona, ¿cómo has dicho? —preguntó Thomas.

—Hace muy pocos años que tenemos colmados en los que sí que podemos coger las verduras del expositor y revisarlas antes de pagarlas. Antes de eso, estaban detrás del mostrador.

Por alguna razón, la idea de no poder tocar las verduras me resultaba fascinante.

—De modo que ahora sois libres para ser solteras, para divorciaros, para tocar las verduras... Todo es diferente.

—Sí, ahora tenemos mucha libertad, no como pasaba con nuestras madres.

—Dime una cosa, ¿las mujeres aquí han llegado a plantearse ser madres solteras? ¿Es algo que se hace? —pregunté como de pasada.

Tammy le dio un bocado al rollito de primavera y contestó sin darle mayor importancia:

—No.

Thomas y yo nos miramos. Era una contestación tan definitiva. Sin matices.

—¿En serio? ¿Nunca?

—No, nunca. No es posible.

—Pero ¿qué quieres decir?

—Que no es posible.

Esperé un instante por no presionar. Y entonces repetí la pregunta.

—¿Pero qué quieres decir con que «no es posible»?

—Cada niño queda registrado cuando nace. Con ese registro recibe acceso a la sanidad y otros servicios. Un hijo nacido fuera del matrimonio no puede ser registrado. El Gobierno no lo reconoce. No existe.

Thomas y yo nos quedamos con la mirada fija en ella durante un instante.

—Pero entonces, a ver, ¿qué hace una china soltera si se queda embarazada? —le preguntó Thomas.

— Aborta —respondió Tammy como si fuese la respuesta más obvia del mundo.

—¿Y qué hay de la adopción? ¿No puede una mujer soltera adoptar uno de esos bebés de los orfanatos? —Yo no podía creer lo que estaba oyendo.

—No, no es posible —respondió Tammy con total seriedad.

—Pero ¿por qué no? Hay tantos huérfanos.

Tammy sencillamente se encogió de hombros.

—¿Es que no lo veis? Si permites a una mujer soltera china adoptar, le estás permitiendo que sea madre soltera. Sería como permitirle quedarse con su propio bebé. Eso nunca ocurrirá. O tal vez llegue a ocurrir, pero no hasta dentro de muchos años.

Entonces comencé a vislumbrar que todas esas mujeres que vivían por su cuenta en Pekín disfrutando su libertad, rehusando sentar cabeza, que trabajaban duro en sus carreras profesionales, tenían una gran diferencia con nosotras, las mujeres occidentales. Ellas no tienen un plan B. Nosotras tenemos la oportunidad de salir con los hombres equivocados y tener nuestras pequeñas aventuras y, al final, en última instancia, sabemos que nuestra maternidad no está en juego. Muchas de nosotras no queremos ser madres solteras, muchas de nosotras no lo elegiríamos ni aunque esa fuera nuestra última opción, pero sigue siendo una opción.

Esas señoritas, que ahora tienen la posibilidad de elegir entre tres tipos distintos de champús, no tienen la opción de ser madres a pesar de no haber encontrado al hombre adecuado. Su soltería conlleva un precio mucho mayor del que yo había llegado a imaginar.

—Entonces, si tienes treinta y siete o treinta y ocho años y quieres ser madre, ¿qué haces? —quise saber.

Tammy se encogió de hombros de nuevo:

— Te casas con el primero que conozcas. —Debió captar la tristeza en la expresión de mi rostro—. Ocurre continuamente.

De repente, aquellos padres del parque no me parecían tan demenciales.

Los dos caballeros que conocimos la noche anterior en el Suzie Wong, Jin y Dong, aparecieron en la fiesta. Se los presenté a Tammy. A pesar de que Tammy había dejado claro que no le gustaba salir con hombres chinos, por un momento tuve la esperanza de que ella y Jin sintieran un flechazo. Hablaron durante un rato mientras Thomas y yo conversábamos con Dong. En un momento dado, Jin y Dong fueron a la barra a pedir unas copas. Decidí hacer de casamentera.

—Sé que no te gustan los hombres chinos, pero Jin parece agradable, ¿no? Pensé que tal vez… Tammy miró hacia Jin, que era el equivalente chino del norteamericano agradable y asentado que vende seguros o que se hace dentista, solo que un poco más guapo y capaz de hablar más lenguas.

—¡Por favor! —me respondió entornando los ojos—. Si quisiera casarme con un tío así podría llevar mucho tiempo casada.

Fui al bar a pedirme otra copa.

Al día siguiente, nuestro último día juntos, decidimos ir caminando desde el hotel hasta la Ciudad Prohibida, el principal destino turístico de Pekín. Thomas me llevaba de la mano mientras caminábamos por la calle. Era hora punta, había coches zumbando por todas partes y una multitud de ciclistas yendo al trabajo. Muchos de los ciclistas llevaban en la cara una mascarilla para protegerse de la intensa polución, otro resultado de la creciente economía de Pekín. Thomas me detuvo y me dio un largo beso. Me entristecí, como si fuese el inicio de la despedida.

A primera vista, la Ciudad Prohibida no es tan impresionante. Todo lo que puedes ver desde el exterior es un largo muro rojo con una imagen de Mao Tse-tung colgando. Parece un poco soso, no voy a mentiros. Pero una vez que entras, todo cambia. Es, de los palacios que se conservan en pie, el más grande del mundo. Lo que representan kilómetros y kilómetros de caminitos que conducen hasta los varios templos y salones de los que han hecho uso todos los grandes emperadores desde que se inició la dinastía Ming. Todos los salones tienen nombres solemnes y magníficentes que no pude evitar encontrar llamativos: La Puerta de la Pureza Celestial, el Palacio de la Armonía Suprema, el Salón del Cultivo Mental, el Salón del Brillo Duradero. Incluso los modernos carteles en los que se indica que no se arroje basura estaban redactados melodramáticamente: «UN SOLO ACTO DE DESCUIDO CONDUCE A LA ETERNA PÉRDIDA DE LA BELLEZA».

Thomas y yo decidimos hacer el recorrido con audioguía, lo que resultó bastante estresante al principio. Los dos llevábamos auriculares y un pequeño dispositivo GPS y tratábamos de entender dónde se suponía que debíamos mirar y qué era lo que estábamos mirando realmente, basándonos en lo que la guía nos decía al oído.

—¿El tuyo ya está funcionando? —le pregunté a Thomas.

—Sí, el mío está diciendo algo sobre instrumentos musicales. ¿Aún no has llegado a eso?

—No. No oigo nada.

—Bueno, a lo mejor tienes que intentar…

—Chsss… ya está empezando. Espera, ¿estamos en el lugar correcto? ¿Estamos en el Palacio de la Armonía Suprema? ¿Dónde está la estatua del león? ¿De qué está hablando?

Esa clase de cosas. Pero finalmente llegamos a acompasarnos y a ser capaces de caminar con la pequeña guía de nuestros oídos, que sabía exactamente dónde nos encontrábamos en cada momento y qué necesitábamos saber.

Era perfecto. Thomas y yo estábamos juntos, cogidos de la mano, experimentando la grandeza del mayor palacio del mundo, y no teníamos que hablar entre nosotros de ningún asunto.

Hacia el final de la visita, mientras observaba uno de los templos, miré alrededor y vi a Thomas sacando su móvil. La luz estaba parpadeando. Sacó sus auriculares y comenzó a hablar por teléfono. De nuevo, parecía bastante agitado. Preferí darme la vuelta. Escuché con atención mi audioguía, que sonaba un poco como Vanessa Red-grave. De hecho creo que era Vanessa Redgrave. Mientras yo observaba el Palacio de la Pureza Celestial, Vanessa me estaba contando cómo escondía el emperador el nombre de su sucesor, a quien tan solo él podía escoger, bajo una placa que decía «JUSTICIA Y HONOR». Al mismo tiempo, llevaba una copia duplicada en una bolsita alrededor de su cuello, por lo que, si moría súbitamente, se evitarían los tejemanejes de la Corte Suprema. Mientras escuchaba esta historia de intrigas palaciegas, volví la mirada hacia Thomas. Había colgado el teléfono y había empezado a deambular, nervioso. Me quité los auriculares.

—¿Qué ocurre? —le pregunté.

Thomas pasó las manos a través de su ondulado cabello negro. No respondió.

—*C'est incroyable* —murmuró en francés.

—¿Qué? —pregunté, un poco preocupada ya.

Thomas no respondió. Tan solo continuó meneando la cabeza.

—Está aquí, en Pekín.

—¿Quién está aquí? —insistí con la esperanza de no haber entendido lo que él acababa de decir.

—Dominique, está aquí.

Fue entonces cuando me di cuenta de que ni siquiera sabía su nombre. La había expulsado de tal manera de la burbuja de mi realidad que ni siquiera sabía cómo se llamaba.

—¿Tu mujer? —inquirí alarmada. Thomas asintió. Su rostro empezaba a ponerse un poco rojo—. ¿Ha venido a Pekín? —quise saber con seguridad, intentando no chillar.

Thomas asintió de nuevo, tirándose del pelo.

—No se creyó que volvería a casa, así que ha venido a buscarme.

Me quedé clavada allí, de pie sobre los diminutos peldaños que conducían hacia el palacio de la Pureza Celestial. Había ahora una multitud de turistas, en su mayoría chinos, agolpándose contra mí.

—¿Dónde está ahora?

Thomas cruzó los brazos sobre el pecho. Entonces comenzó a mordisquearse un pulgar. Bajó las manos hacia sus costados.

—Está al otro lado de la calle, en la Plaza Tiananmen. Viene hacia aquí, ahora mismo.

—¿Cómo puede estar al otro lado de la calle…? ¿Cómo ha…?

Thomas me miró, atónito.

—No lo sé. Creo que sencillamente llegó aquí y le dijo al taxista que la trajese a la Plaza Tiananmen y entonces me llamó.

Me quedé mirándolo, incrédula.

—Bueno, ¿qué debo hacer…? ¿Dónde debería…?

Miré a mi alrededor, como una emperatriz tratando de encontrar una ruta de escape ante el avance del ejército.

—Déjame llevarte fuera por la entrada de atrás y entonces volveré y hablaré con ella.

—De acuerdo —dije con el corazón latiendo a toda prisa—. De acuerdo.

Caminamos a toda prisa a través del Jardín Imperial (era precioso —por lo poco que pude contemplar—) y estábamos a punto de cruzar la puerta de entrada en la que ponía «SALIDA», cuando me di la vuelta para decirle a Thomas que iba a volver al hotel y que podía llamarme allí, o algo así, y lo vi mirando por encima de mi cabeza. Estaba petrificado, pero sus ojos parecían los de alguien que acaba de activar una alarma antincendios. Me di la vuelta, y vi a aquella diminuta y hermosa mujer rubia con un abrigo largo de cachemira y elegantes zapatos de tacón caminando deprisa hacia nosotros. Llevaba el pelo recogido en una cola alta que se balanceaba tras ella conforme avanzaba hacia nosotros como un huracán. Había atravesado las puertas de la Ciudad Prohibida y estaba a punto de enfrentarse a nosotros en el Jardín Imperial. ¿Qué mejor lugar para que una esposa se enfrente a su esposo y a su concubina?

Thomas es un hombre extraordinariamente sereno y elegante, pero incluso él, en esos momentos, parecía como si fuese a estallarle la cabeza por encima de los cipreses.

—¿Qué hago…? ¿Qué…? —farfullé.

Quise huir, correr de vuelta los cinco kilómetros hasta la entrada delantera y a través de las calles de Pekín hasta el hotel y saltar bajo las mantas y esconderme.

Dos segundos más tarde fue demasiado tarde para eso.

Dominique cargó contra Thomas gritándole en francés. Después me miró con cara de asco evidente y comenzó a gritar algo más. Pude descifrar algunas de las cosas que decía, acerca de los años que llevaban juntos, de lo mucho que lo quería. Yo seguía escuchando aquello una y otra vez, «*Est-ce que tu sais à quel point je t'aime?*» (¿Es que no sabes lo mucho que te quiero?) Ella seguía señalándome y gritando. A pesar de mi francés poco preciso, capté la esencia a la perfección: «¿Por qué has tirado por la borda todo lo que tenemos por ella, por esta mujer, por esta fulana, por esta don nadie? ¿Por qué es ella tan especial? Si no vale nada. Tenemos una vida juntos, ella no significa nada para ti». Thomas no me defendió pero ¿cómo hubiera podido hacerlo? Tan solo trataba de calmarla. A pesar de todo aquello, he de admitirlo, ella seguía pareciendo preciosa y digna. Yo estaba impresionada. Había volado alrededor del mundo para arrancarlo de los brazos de otra mujer, y seguía imponente y elegante mientras lo hacía. Los turistas chinos se quedaron mirando, confusos y un poco sorprendidos, pero siguieron a la suya. Con más de mil millones de personas en su país, realmente no tenían ni tiempo ni espacio como para que les importase una mierda nada.

Yo ya estaba dando unos pasos hacia atrás cuando Dominique le puso las manos en el pecho a Thomas y lo empujó, con fuerza. Las lágrimas le caían ya por el rostro. Thomas parecía realmente sorprendido, como si nunca antes hubiese visto a su mujer tan disgustada. Me di la vuelta para marcharme cuando la escuché gritar en francés: «*Je suis enceinte*».

No estaba segura, pero me parecía que acababa de decir: «Estoy embarazada». Y a juzgar por la expresión del rostro de Thomas, eso era exactamente lo que había dicho.

Agaché la cabeza y, sin decir una palabra, me acompañé a mí misma fuera de la Ciudad Prohibida. Había sido oficialmente destronada.

En una de las guías de viaje sobre China que había comprado en el aeropuerto, leí que hay un dicho común para resumir el régimen totalitario de Mao Tse-tung: «Ha sido bueno en un setenta por ciento y malo en un treinta por ciento». Me gustó aquello. Creo que los porcentajes son un buen modo de resumir la mayor parte de las cosas de la vida de una persona. Conforme caminaba de vuelta a mi hotel, traté de echar la vista atrás intentando recordar todo lo que había hecho para llegar a encontrarme en esos momentos en la Calle de la Gran Humillación y el Gran Pesar. Había estado tratando de decir sí a la vida y de jugar con las reglas de otra persona, y de experimentar el amor y el romance, e ir a por todas. ¿Tan incorrecto había sido todo aquello?

En Bali, ciertamente, había parecido una idea genial. Allí, en la Avenida Chang An Oeste, tal vez fuese más acertado decir que fue mala idea en un setenta por ciento y buena en un treinta por ciento. Todo lo que sabía con certeza era que había hecho llorar en la calle a una francesa, que me habían llamado puta, y que el hombre del que me había enamorado estaba a punto de marcharse y empezar una familia con su esposa. Tal como debía hacer. Me sentía humillada y avergonzada. Lo había vuelto a hacer. Había vuelto a salir con un mal chico. Tal vez un chico que era solo un veinte por ciento malo y un ochenta por ciento bueno, pero un mal chico en cualquier caso. Así que, además de experimentar la vergüenza de la humillación pública y la culpabilidad por mi comportamiento, tenía ahora que añadir que tomé conciencia de que seguía cometiendo los mismos puñeteros errores.

—No vuelvas a casa —me advirtió Serena. La había llamado a las seis de la mañana, hora local para ella—. No puedes salir corriendo sin más hacia casa por culpa de un tío. Es una locura.

—Bueno, ¿y qué se supone que debo hacer? —le pregunté sollozándole al teléfono—. No quiero viajar más. Estoy harta…

Mi voz se ahogó por el llanto.

—¡Ve a la India de una puñetera vez! —exclamó Serena—. Conozco un *ashram* justo a las afueras de Mumbai. Es un lugar fantástico para ir a sanarse. Te sentirás mejor allí. Ya verás. La India es un lugar fascinante para tomar perspectiva.

—No sé…

No podía imaginarme tomando otro avión de camino a la India. Solo quería volver a Nueva York, a mi cama y mi apartamento, y a todas las vistas y olores a los que estoy acostumbrada. Entonces me di cuenta de que tenía que avisar a mi subarrendado con dos semanas de antelación. Así que no podía volver a mi apartamento en ese momento aunque quisiera.

—Piénsalo. No tomes ninguna decisión definitiva aún. Dedícale unas pocas horas.

—Pero él va a tener que volver aquí. No quiero verlo.

—No va a volver hasta dentro de un rato, hazme caso. Tú tan solo tómate una o dos horas para calmarte y reflexionar.

Colgué el teléfono y me senté en la cama. No sabía qué hacer. En realidad, odiaba la idea de volver a Nueva York por culpa de mi corazón roto. Me parecía absolutamente patético. Apoyé la cabeza en la almohada, exhausta.

Me desperté con el timbre del teléfono del hotel sonándome en la oreja. Prácticamente salté hasta el techo al oírlo. Me senté y me quedé mirando fijamente al teléfono mientras sonaba y sonaba. No estaba muy segura de cuánto había dormido. ¿Una hora? ¿Tres días? No pensé que pudiera ser Thomas, él me habría llamado al móvil, pero no estaba segura. Dejé que saltara el contestador. Cuando revisé los mensajes resultó ser Wei.

—¡Julie! ¡Estoy ahora mismo en tu hotel en una gran fiesta karaoke de unos importantes empresarios chinos! ¡Estoy en el *lounge* de la planta dieciocho, tú y tu novio tenéis que venir!

Y luego, cómo no, soltó una carajada.

Para ella, la fiesta nunca se acababa. Aquello me resultó verdaderamente irritante. Aparte de describir a Thomas como mi novio, ¿cómo podía estar continuamente de fiesta como si no le importase nada en el mundo? ¿Es que no sabía que sus días estaban contados? ¿Que algún día se iba a ver en los cuarenta o los cincuenta y que puede que no lo encontrara todo tan divertido como ahora? ¿Que puede acabar siendo una mujer soltera y sin hijos en un país que se considera comunista, pero que espera de ti poco menos que te valgas por ti mismo? No estaba segura de si ella lo sabía pero, por alguna razón (culpemos al *jet lag* y/o al hecho de que Thomas estaba completamente fuera de mi vida, ¡fuera!) decidí que era tarea mía hacerle ver a Wei la verdad sobre lo de ser soltera. Me metí en las pequeñas zapatillas de tela de rizo que daba el hotel, agarré la tarjeta de la puerta de mi habitación y salí fuera. Caminé enérgicamente hacia el ascensor y lo tomé. Había dos hombres atractivos del Medio Oeste en el ascensor. Estaban hablando entre ellos, pero ambos bajaron la vista en cierto momento hacia mis pies. Se ve que nunca habían visto a alguien deambular en zapatillas por un hotel. Me bajé en la planta dieciocho, al igual que ellos. Los seguí hasta una gran sala situada justo enfrente del ascensor, la «Suite Ejecutiva». La habían transformado para aquella noche en un *lounge* karaoke, con una bola de discoteca y una gran pantalla de vídeo. Había montones de mujeres jóvenes brincando con sus vestidos de diseño, y montones de chinos y occidentales bebiendo y charlando con las chicas.

Wei estaba de pie sobre un pequeño escenario que habían montado, cantando una canción en chino mientras la pantalla del karaoke mostraba la letra junto con un vídeo de un hombre y una mujer chinos caminando a lo largo de un borboteante arroyo. Vaya, no sé de qué debía tratar lo que estaba cantando... esperad un momento, ¿puede que estuviese cantando acerca de, no sé, *el amor*? ¿Qué creéis? Justo cuando estaba acabando su canción y todo el mundo comenzaba a aplaudir, subí como un vendaval al pequeño escenario y me quedé de pie a su lado. Miré hacia ese mar de monísimas veinteañeras chinas y hombres trajeados...

Le arranqué el micrófono de las manos a Wei:

—Solo quiero que las damas sepáis que deberíais pensaros muy bien lo que estáis haciendo —dije en voz alta por el micrófono.

Todo el mundo dejó de hablar para clavar los ojos en la loca que había agarrado el micro. Wei solo me miró tapándose la boca con una mano para esconder una sonrisa.

—Creéis que tenéis todo el tiempo del mundo, creéis que es muy divertido ser tan libre e independiente. Creéis que tenéis todas estas opciones, pero en realidad *no*. No siempre vais a estar rodeadas de hombres. No siempre vais a ser jóvenes. Vais a envejecer y sabréis mejor lo que queréis y no estaréis dispuestas a sentar la cabeza y vais a mirar a vuestro alrededor y habrá incluso menos hombres entre los que elegir. Y no solo vais a estar solas, también vais a estar sin hijos. Así que debéis entender que lo que estáis haciendo ahora tiene consecuencias. ¡Consecuencias muy graves!

Nadie dijo ni una palabra. Estaba claro que todos pensaban que estaba loca. Le entregué el micrófono de nuevo a Wei. Mantuvo la mano en la boca y se rio.

—¡Oh, Julie, eres tan graciosa! ¡Eres tan divertida!

Y en Estados Unidos

Era el día en el que Ruby iba a ser inseminada y no tenía a nadie que la acompañara. Y la verdad, ¿que podía ser más deprimente que eso? A esas alturas, Ruby estaba hinchada, gorda, y notaba los pechos tan llenos como si ya estuviera embarazada. Se imaginó que alguien la pinchaba con una aguja y que el agua salía a borbotones de ella hasta que recuperaba su tamaño normal. También se había mostrado muy sensible los tres días anteriores, algo que atribuía a las hormonas, claro. Pero, la verdad, seamos sinceras, también podría ser porque estaba a punto de recibir la eyaculación de una jeringa y luego, posiblemente, pasar los siguientes nueve meses embarazada y sola. Es solo una observación, claro.

Se suponía que su buena amiga Sonia iba a ser la acompañante en la eyaculación, pero lo canceló en el último minuto porque su hija estaba enferma. Ruby no quería llamar a Serena porque le había contado lo que estaba pasando en su trabajo y no quería molestarla. Llamó a Alice, pero no le cogió el teléfono. Ruby se lo habría pedido a sus amigos gais pero todavía estaba enfadada con ellos. La única persona que quedaba era Georgia. Realmente no se conocían tan bien como para eso, y Ruby pensó que Georgia estaba un poco loca, pero tal vez sería mejor ir con una loca que no ir con nadie. No estaba segura. Pero Ruby pensó entonces en la alternativa: subirse a un taxi, ir a la clínica, acostarse en una mesa, recibir una descarga llena de semen y llamar a un taxi para volver a casa. Sola. Así que cogió el teléfono y llamó a Georgia. Alice le había hablado de las inyecciones diarias, por lo que no la pilló totalmente por sorpresa y le dijo que sí de inmediato. Georgia estaba desesperada por tener algo que hacer aparte de pensar en la inminente pelea con Dale por la custodia y la visita del trabajador social asignado por el tribunal, que se pasaría más tarde por su casa ese mismo día. Los niños estaban en la escuela, en lugar de en casa sin atención, y ella era libre de pensar acerca de la vida de otra persona, para variar.

Cuando Ruby llegó a la clínica, Georgia ya estaba fuera. Ruby se relajó. Era agradable tener a alguien allí, esperándola a ella.

—Hola, Ruby —dijo Georgia dulcemente—. ¿Cómo te sientes?

—Gorda y nerviosa —sonrió Ruby.

—¡Es muy emocionante! —exclamó Georgia cuando estaban a punto de entrar por las puertas giratorias—. Es posible que hoy te conviertas en madre.

—Lo sé. ¿No es un poco raro? —respondió Ruby mientras ponía una mano en la puerta giratoria y la empujaba.

Georgia siguió a Ruby.

—¿Sabes qué? *Todo es raro.*

Afortunadamente, no había mucha gente en la sala de espera, solo dos mujeres, las dos embarazadas, lo que a Ruby le pareció una buena señal. Firmó el registro de entrada, y Georgia y ella se sentaron a esperar.

—Creo que es fantástico que estés haciendo esto. Ser madre es una de las experiencias más maravillosas del mundo. De verdad —le dijo Georgia.

Ruby sonrió. Se sintió feliz por oír eso en ese preciso momento.

—Una nunca es realmente capaz de entenderlo hasta que sucede, pero es una enorme responsabilidad: cuidar de otro ser humano en este planeta. Esa pequeña persona se convierte en todo para ti. —Georgia parecía estar perdida en sus pensamientos—. Es algo increíblemente dulce. —Ruby la miró. Por una vez, parecía tierna. Vulnerable. Amable. No enloquecida—. Así que vas a hacerlo como madre soltera. ¿Y que importa? —añadió Georgia—. Todas acabamos divorciadas y convertidas en madres solteras de todas maneras. Tú solo lo empiezas de esa manera.

Ruby pensó que era un poco triste, pero quizá Georgia solo estaba tratando de hacerla sentir mejor acerca de la soltería. Miró el revistero lleno de *Women's Day* y *Redbook* y *People.* Georgia continuó con su charla motivacional.

—Es mucho mejor para los niños así. Mejor de cojones. —Ruby empezaba a preguntarse adónde iba a llevar todo aquello—. Por lo menos, contigo no van a estar sometidos a un padre capullo que quiere ir a los tribunales para demostrar que eres una mala madre. Por lo menos no te pasará eso.

—¿Qué? —exclamó Ruby, pillada con la guardia baja.

—Oh, sí. Eso es lo que está pasando en este momento. ¿Te lo puedes creer? —Ruby no apartó la mirada de Georgia en ningún momento, a fin de no revelar de ningún modo el pensamiento que se le cruzó por la cabeza, que era «Bueno, en realidad…». Georgia respiró profundamente, cogió un ejemplar de *Parents* y empezó a hojearlo—. Pero hoy la importante no soy yo, eres tú. Y lo que quiero decir es que no debes sentirte mal por esto. ¿Por qué privarse de tener hijos solo porque no quieres ser madre soltera? Para cuando tengamos cincuenta años, todas las que conocemos van a ser madres solteras. Se calló para mirar una foto del «Brownie en cinco minutos». —El problema de las madres solteras es que todas estamos compitiendo por los mismos hombres: aquellos que están dispuestos a salir con mujeres con niños. A ver, ¿cuántos de esos tipos hay en Nueva York? ¿Cómo va a ser posible que todas encontremos uno?

Ruby tuvo el impulso de ponerle la mano sobre la boca y no quitársela hasta que la llamaran. En cambio, se echó hacia atrás en la silla, cerró los ojos y suspiró. Después de todo, tal vez no había sido buena idea haber invitado a Georgia a su fiesta de inseminación.

—¿Ruby Carson? —llamó una enfermera.

Ruby se puso de pie de inmediato. Georgia también se levantó y le apretó la mano.

—¿Quieres que vaya contigo?

La imagen pasó por la mente de Ruby: Georgia sentada allí mientras algún médico o enfermera le metía una jeringuilla de semen en su…

—No, está bien, te puedes quedar aquí. Voy a estar bien.

—De acuerdo. Pero si Julie estuviera aquí, estaría ahí dentro contigo, así que solo quería que supieras que yo también lo haría si quieres.

—Gracias. Te lo agradezco mucho. Creo que es algo muy rápido. No me va a pasar nada.

—Está bien —le dijo Georgia, un poco aliviada—. ¡Diviértete!

Ruby estaba desnuda y sentada en la mesa de la consulta. Se sentía como una niña, con los pies colgando y las manos agarrando la bata de papel. Recordó su primer examen ginecológico. Tenía trece años, y su madre la llevó en cuanto tuvo su primer periodo. Se había quedado allí sentada, al igual que en ese momento, a la espera, sin tener ni idea de qué pasaría, pero consciente de que se trataba de un rito de paso, uno que marcaría el comienzo de un nuevo capítulo de su vida como *mujer*. La única diferencia era que entonces su madre estaba junto a ella. Su madre, que ahora vivía en Boston; su madre que la crio como madre soltera, por cierto; una madre que siempre estuvo deprimida (su padre los había abandonado cuando ella tenía ocho años, y su madre no se había vuelto a casar).

Cerró los ojos y trató de tener pensamientos fértiles, pero lo único que veía era a su madre sentada en la mesa de la cocina, fumando, con la mirada en blanco. Pensó en su madre, que llegaba a casa tarde por las noches después del trabajo y con las bolsas de la compra. Pensó en los tres en la mesa de la cocina —Ruby, su hermano Dean y su madre— comiendo juntos pero en silencio. Su madre, demasiado cansada y demasiado deprimida como para hablar, y su hermano y ella tratando de animar la situación con peleas de puré de patatas, echando leche por la nariz... Recordó la ira de su madre; luego, a menudo, las lágrimas de su madre.

—¡¿Es que no sabéis lo mucho que trabajo?! ¡¿No entendéis lo cansada que estoy?! —gritó un día mientras se levantaba para coger una bayeta y dirigirse a la pared para limpiar un pegote de puré de patatas.

Ruby recordó que se había reído de ella en ese momento. Parecía una caricatura grotesca, no una persona real. A ellos les pareció divertido ver a su madre con toda esa emoción enloquecida. Por supuesto, en ese momento, al ver las sonrisas y las risitas de sus hijos, la madre de Ruby se vino abajo y lloró.

—¡No puedo soportarlo más! ¡No puedo! —exclamó a la vez que tiraba la bayeta al fregadero. Dejó escapar una serie de sollozos mientras se apoyaba en la encimera de la cocina, de espaldas a sus dos hijos—. ¡Por mí podéis quemar toda la casa si queréis! —gritó mientras salía corriendo de la cocina.

Ruby recordó la sensación que le invadió la boca del estómago en aquel momento. Todavía no sabía lo que era, pero a medida que se hizo mayor, se descubrió a sí misma reconociendo esa sensación una y otra vez. La tuvo cuando vio a una persona ciega, completamente sola, avanzando con el bastón a lo largo de una concurrida calle de Manhattan, o una vez cuando vio a una anciana caer tras resbalarse sobre el hielo. Era *lástima*. A los diez años de edad, ella se reía de su madre porque no sabía de qué otra manera procesar la sensación de malestar que notaba en sus entrañas por la lástima que sentía por su propia madre. Cuando se convirtió en una adolescente, al ver la sarta de novios insoportables de su madre, procesó la lástima de una forma totalmente nueva: la odió. Vale, no es la historia más increíble jamás contada, pero Ruby dejó de hablarle a su madre durante los dos últimos años de instituto. Sí, no se llevaban bien y, sí, se peleaban por cosas como la hora de volver a casa, los vestidos o los novios, pero lo más importante: Ruby, definitivamente, ya no podía soportar más sentir lástima por ella. Así que cuanto menos se relacionara con ella, menos tendría que sufrir esa sensación horrible e inquietante en la boca del estómago.

Y allí estaba ella, sintiendo cómo su cuerpo desnudo se pegaba al papel sanitario que cubría la mesa, a la espera de ser inseminada por un médico. ¿Por qué? Porque cuando la música se paró y todas las demás agarraron a sus hombres, ella se quedó de pie *sola*. La carrera se había terminado y ella había perdido. ¡Había perdido! Era la única manera en la que era capaz de verlo mientras estaba allí sentada, desnuda y sola, a la espera.

Tal vez si yo hubiera estado allí, habría sido diferente. Tal vez hubiera bromeado con ella y le hubiera dicho lo correcto y le hubiera hecho sentir que lo que estaba a punto de hacer era el comienzo de una vida que, aunque difícil a veces, sería gratificante por encima de todo. Habría vida, y alegría, y niños, y risas. Pero yo no estaba allí y no dije nada genial, y Ruby empezó a caer en un pozo igual que tantas veces atrás.

El doctor Gilardi entró en mitad de aquel descenso. Tenía poco más de sesenta años, el cabello blanco, distinguido, y una piel con la clase de bronceado típica de una carrera universitaria como la suya. Ruby lo eligió porque era apuesto y amable y sintió que, al ser el hombre encargado de la inseminación, sería de alguna manera el padre de su hijo.

—Entonces, ¿estamos lista para empezar?

Ruby intentó ser chistosa.

—Sí. ¡Llene el depósito, doctor!

El doctor Gilardi sonrió.

—Ahora voy a examinarla una última vez, y luego vendrá la enfermera con la muestra.

Ruby asintió, se echó hacia atrás, puso los pies en los estribos y abrió las piernas. El médico acercó un taburete y se sentó, preparado para echar un vistazo.

Allí tumbada, Ruby notó esa vieja sensación de nuevo, y se le anegaron los ojos, y le pareció curioso lo cerca que la palabra «lástima» estaba de la palabra «lágrima»... Aunque poco importaba a qué se pareciera la palabra, lo único que sabía era que en ese momento sentía lástima, pero no una lástima cualquiera: sentía lástima hacia sí misma. Allí, con la bata de papel, la iluminación fluorescente y la ausencia de cualquier hombre en cualquier parte del mundo que la amara, ofrecía un aspecto penoso. Pensó en todos los hombres con los que había salido y por los que había pasado mucho tiempo sufriendo tras la ruptura: Charlie, Brett, Lyle, Ethan... Tíos, nada más. Unos tipos con los que no había funcionado la relación, por quienes Ruby había llorado sin parar. Sabía que en ese momento no se estaban masturbando en una taza para que alguna madre de alquiler pudiera tener sus hijos. Estaba segura de que todos tenían novias o esposas, o lo que demonios quisieran tener. Y allí estaba ella, a punto de convertirse en una madre soltera, sin sexo, deprimida y solitaria.

La enfermera entró con un refrigerador grande. Lo abrió y el humo del hielo seco salió ondulante. De allí sacó un bote que parecía un gran termo plateado. Estaba lleno de niños de Ruby.

—Aquí está —dijo la enfermera con dulzura.

El doctor Gilardi se puso de pie y lo tomó en sus manos. Miró a Ruby.

—Todo parece estar bien. ¿Estás lista?

En ese momento, a Ruby se le ocurrieron un millón de ideas: volvería a su hogar vacío después de aquello; se haría una prueba de embarazo y descubriría que estaba preñada; no tendría a un hombre a su lado, uno que estaría entusiasmado con la noticia; estaría en la sala de partos con sus amigos, su familia, pero sin pareja... Pero la idea que realmente la hacía encogerse de lástima era el recuerdo de su madre llorando, hablando con algún amigo en el teléfono: «No puedo soportarlo». Ruby recordó a su madre diciendo aquello entre lágrimas. «Es demasiado para mí. Es demasiado. No sé cómo voy a hacer esto, ¡no lo sé!» Luego su madre se había derrumbado sollozando en una silla.

Ruby se incorporó de repente y sacó los pies de los estribos de un tirón.

—No, no estoy lista. ¡No estoy preparada en absoluto! —Giró el cuerpo hacia un lado y se bajó de un salto de la mesa. Se cerró la bata mientras hablaba—. Siento mucho haberle hecho perder el tiempo, siento mucho haber desperdiciado todo ese buen semen y, en realidad, también siento mucho haber desperdiciado más de siete mil dólares, pero me tengo que ir.

Eran las once y media de la mañana. Georgia abrió la puerta de la nevera por duodécima vez en cinco minutos y miró el interior. Tenía leche, y huevos, y pan, y verduras, y fruta, y pequeños palitos de queso, y envases de zumo de fruta y tazas de pudín. Guardaba unos cuantos macarrones con queso en un táper, además de algunos trozos de pollo rebozado envueltos en papel de plástico. Pensó que aquello le daría un toque muy hogareño y mostraría que había preparado una buena cena la noche anterior (No había mejor manera de colgarse el cartelito de «buena madre» que con algunos restos de macarrones con queso y pollo rebozado, ¿no?)

No tenía muy buena disposición hacia aquella entrevista, no. Era una mierda de entrevista humillante realizada por alguna trabajadora social gilipollas, una psicóloga inútil o quienquiera que fuera, que iba a entrar en *su* casa y a rebuscar en *su* nevera y a hacerle preguntas, ¡a ella!, sobre cómo estaba criando a sus hijos. Y luego esa mujer, esa perra, esa farisea —«uy, qué noble que soy»— entrometida iba a decidir si se le permitiría quedarse con sus propios hijos. Georgia cerró de golpe la puerta de la nevera.

Pensó que tal vez debería cambiar de actitud antes de que llegara la trabajadora social. Empezó a dar vueltas por el piso.

—Esto es serio —se dijo a sí misma—. Esto es muy serio.

Trató de respirar. Inspirar y espirar. Inspirar y expirar. Comenzó a pensar en malas madres. Las madres que veía en las calles gritando a sus hijos, o pegándolos, que insultaban a sus niños llamándolos «estúpido» e incluso «tú, pequeño capullo». Pensó en todas las noticias que había leído en el periódico sobre mujeres que habían quemado a sus hijos con cigarrillos o a los que habían abandonado durante tres días, o que incluso habían dejado que se murieran de hambre. Se detuvo y miró a su alrededor, a su adorable piso en el West Village. «De ningún modo se van a llevar a mis hijos lejos de mí. Soy su madre, por el amor de Dios.» Entonces pensó en el cabeza loca de Michael Jackson y en su diabólica Neverland, y en su bebé colgando por la ventana mientras saludaba a sus fans. «Y él conservó a sus hijos», pensó Georgia mientras se dirigía hacia el baño. Abrió la puerta del botiquín y miró dentro: esparadrapo, aspirina infantil, aspirina de verdad, vendajes... ¿Faltaría algo en el botiquín que la haría parecer una mala madre? Todavía no se podía creer que Dale tuviera el descaro de llamarla mala madre. Vale, de acuerdo. Había salido de la casa una vez en la que había dejado a los niños sin vigilancia. Georgia cerró el botiquín y se miró en el espejo. Aquello había estado muy muy mal. Pero ¿acaso no hacían todos los padres alguna vez, en su puñetera vida de paternidad, algo muy muy negligente? ¿Acaso era la única en todo el mundo que había cometido un error? Georgia se quedó mirando su cara en el espejo. Vale, fue por un hombre. Eso también era muy muy malo. Lo era. Había entrado en un círculo vicioso, había perdido el norte y se le había ido un poco la olla. Vale, pues ya está. No había colgado a nadie desde un puto balcón.

Fue al salón y miró a su alrededor. ¿Había algún objeto afilado por allí, alguna esquina de mueble que sobresaliera peligrosamente y que podría hacerla parecer como una mala decoradora de interiores de mierda? Georgia, todavía iracunda, entró en la cocina y miró a la despensa. Ah, la despensa. ¿Qué hay mejor que una gran despensa? Eso casi la relajó: la mezcla para preparar madalenas, los trocitos de chocolate, el extracto de vainilla, la harina, los copos de coco... Su madre le dijo una vez que cada hogar debe tener en todo momento los ingredientes necesarios para hacer galletas caseras. Georgia nunca lo olvidó. «¿Te parece eso el pensamiento propio de una mala madre de mierda?» Estaba demasiado enojada. Demasiado enojada y de lejos. Trataba de respirar para tranquilizarse cuando sonó el timbre. Georgia quiso echarse a llorar, pero no lo hizo.

Inspiró profundamente y caminó tranquilamente hacia la puerta. Respiró profundamente de nuevo, pero cuando puso la mano en el picaporte no pudo evitar pensar: «Dale arderá en el puto infierno por esto».

Abrió la puerta con una sonrisa. Allí de pie, había un hombre bajito, con una cola de caballo gris y bigote. Ah, era uno de esos: un trabajador social liberal bienhechor anclado en los sesenta. El hombre le sonrió con gesto amable. Georgia le sonrió amablemente también. Lo odió. ¿Cómo iba a saber lo que era una buena madre? Era un hombre, ¡por favor!, igual que Dale..., ¡ya se podía ir a tomar por el culo!

—Por favor, entre —le dijo Georgia con suavidad y con un gesto de la mano.

El individuo entró y rápidamente miró a su alrededor. Los ojos de Georgia siguieron el movimiento y vio lo mismo que él: un hogar limpio, privilegiado, bien cuidado.

—Me llamo Mark. Mark Levine.

—Me alegro de conocerle, Mark. —«Me alegro de que entres en mi puta casa y me juzgues»—. ¿Quiere tomar algo de beber? Tengo café, té, zumo de uva, de naranja, de pera, de pomelo, agua del grifo, agua embotellada, agua con gas, Gatorade...

—Un vaso de agua estaría bien, gracias.

Georgia fue a la cocina y abrió de par en par la puerta de la nevera, lo que dejó a la vista su contenido maternalmente completo. Vio que él se fijaba y sonrió mientras sacaba la jarra Brita y llenaba dos vasos.

—¿Le apetece que hablemos en el salón, Mark?

—Perfecto.

Se dirigieron hasta el salón y se sentaron. Georgia se preguntó si debía poner posavasos en la mesa de café. ¿Eso la haría parecer una buena madre, porque prestaba atención al detalle, o una mala madre, porque era demasiado superficial? Decidió poner los posavasos. Luego se sentó y tomó un sorbo de agua antes de mirar a Mark Levine.

—Entiendo que todo esto es particularmente incómodo para usted —le dijo Mark con suavidad—. Voy a tratar de ser lo más sensible posible, a pesar de que voy a tener que hacerle algunas preguntas personales.

—Pregunte lo que tenga que preguntar —le respondió Georgia con buen ánimo. «Capullo.»

—Bueno, para empezar, me gustaría saber cómo es la relación con su exmarido. ¿Qué es lo que siente respecto a él y cómo habla de él con sus hijos?

«Mi relación con él es genial. Por eso estás aquí sentado en mi puto piso decidiendo si se debe permitir que mis hijos vivan conmigo.»

—Bueno, teniendo en cuenta la situación, creo que lo estamos llevando bastante bien. Yo le animo a ver a los niños. Yo estaba —y todavía lo estoy— totalmente dispuesta a llegar a algún tipo de acuerdo de custodia con él.

Mark miró sus notas.

—Él mencionó que usted tenía algunos problemas con su nueva novia.

El estómago de Georgia dio un diminuto salto mientras tomaba un sorbo de agua.

—Bueno, sí, es bastante joven, y él acaba de conocerla. —Miró a Mark Levine con unos grandes ojos inocentes—. ¿No se preocuparía cualquier madre?

Mark Levine asintió. Revisó sus notas de nuevo y luego habló con suavidad:

—Su marido mencionó que la llamó «puta» y... ¿«basura repugnante»?

Georgia lo miró fijamente a los ojos. «Así es como va a ir la cosa, ¿no, capullo?»

—Señor Levine, ¿ha pasado usted por un divorcio? —le preguntó con el tono de voz más neutro y tranquilo que pudo.

—Sí, por desgracia, así ha sido.

—Así que usted entiende que hay un periodo, un pequeño periodo lamentable, en el que se acentúan las emociones, en el que podemos hacer o decir cosas de las que nos arrepentiremos más tarde, ¿verdad?

—Por supuesto —admitió Mark Levine con una pequeña sonrisa tensa obligatoria. Siguió con la mirada en sus anotaciones. Georgia se imaginó que le perforaba un agujero en la frente—. Y respecto a esos sentimientos, posiblemente de resentimiento hacia su nueva novia, ¿ha hecho de algún modo que sus niños sean conscientes de ellos?

Georgia respondió rápidamente:

—Por supuesto que no. Incluso el... no sé... el padre menos *sofisticado* sabe a estas alturas que jamás se debe hablar mal de su cónyuge o sus amigos delante de los niños.

—Por supuesto —dijo Mark Levine con delicadeza. Inspiró profundamente—. Así que cuando su marido dijo que Beth había llamado a su novia «puta barata brasileña», ¿diría usted que...?

Mark Levine se detuvo, sin saber realmente cómo terminar esa pregunta o si realmente necesitaba hacerlo.

—¡Eso es mentira! —exclamó Georgia mintiendo—. Eso solo sirve para demostrar hasta dónde sería capaz de llegar mi exmarido con tal de retratarme como a una especie de monstruo vengativo fuera de control. —Georgia se levantó del sofá y se puso las manos en las caderas, luego las apartó y a continuación, las apoyó allí de nuevo—. ¡¿Es que parezco el tipo de mujer que llama a otra mujer «puta barata» delante de mi hija de cuatro años de edad?!

Mark Levine la miró y no dijo nada.

Y entonces empezó todo, Georgia empezó a hablar:

—A ver, no es que no sea doloroso descubrir que tu esposo, con el que llevas doce años, ha decidido dejar su matrimonio, romper su hogar y empezar a ver a una mujer casi quince años más joven que él; una mujer a quien quiere presentar a sus hijos, para ir al parque con ellos y tal vez ir a buscar comida china en Chinatown, o quizá para ver todos juntos una película, como una gran familia feliz... —Georgia había comenzado a pasear por la sala de estar del piso, frente a Mark Levine, que seguía sentado en el sofá, detrás de Mark Levine, todavía sentado en el sofá—, como si fuera completamente apropiado vivir con tu esposa e hijos un día, y que al día siguiente fuera como «eh, niños, quiero que conozcáis a mi nueva novia». ¿Eso le parece adecuado a alguien? Yo, mientras tanto, estoy tratando de concertar unas cuantas citas, tratando de encontrar a un hombre decente de una edad apropiada que, un día (dentro de mucho mucho tiempo a partir de hoy, cuando mis hijos ya estén recuperados y bien y fuertes), a lo mejor traería a casa para que lo conocieran. Sin embargo, es a mí a quien se critica, a quien se juzga. Ahora dígame, señor Levine, ¿esto es justo? —Una vez más, Mark Levine no dijo ni pío—. De verdad, señor Levine, ¿el comportamiento de mi marido parece el de un hombre que tenga la sensibilidad y la comprensión que requieren las necesidades de sus hijos? ¡¿No parece más un hombre que tal vez esté sumido en una neblina inducida por el sexo porque folla tres veces por noche con una puta brasileña?! —Georgia se detuvo en seco. Mark Levine dejó el bolígrafo y levantó la vista para mirarla con gesto inexpresivo—. Yo... Quiero decir... mierda. Mierda. ¡Joder! —Georgia fue consciente de cómo había sonado aquello—. Quiero decir, quiero decir...

Georgia volvió a sentarse en el sofá y se calló durante un minuto, mientras las lágrimas se le acumulaban. Miró a Mark Levine:

—Tiene que entenderlo. Todo esto es algo increíblemente estresante. Que venga usted aquí y me interrogue... es muy enervante. Y además, me ha puesto la palabra «puta» en la cabeza. Quiero decir, que usted utilizó la palabra puta primero, la puso en mi cabeza y luego me enfadé y luego, ¡pam! —Georgia hizo un gesto con las manos cerca de la cabeza para indicar también un, bueno, un «pam»—. ¡Y me salió por la boca!

Mark Levine cerró su cuaderno de notas.

—La entiendo perfectamente. Estoy seguro de que es una situación muy incómoda para usted.

Estaba claro por el lenguaje corporal de Mark Levine que ya había visto lo suficiente y que estaba a punto de levantarse para irse.

—Sí, lo es. Espero que lo entienda. Estamos hablando de mis hijos. Acerca de si mis hijos van a poder vivir conmigo. ¿Qué es más importante que eso? ¿Qué podría ser más estresante que eso?

Mark Levine, de nuevo, dejó la pregunta sin respuesta. Se puso en pie para irse. Georgia no tenía nada más que decir. Se había quedado sin cuerda a la que agarrarse.

—Creo que será mejor que vuelva en otra ocasión. La próxima vez voy a hablar con usted y sus hijos juntos. ¿Le parece bien?

Georgia se quedó inmóvil en el sofá.

—Sí, estaría bien, gracias.

Mark Levine salió sin más.

Georgia pasó unos diez minutos con la mirada en blanco, inmóvil, incapaz de llorar o de gritar, y luego se puso en pie. Sin pensarlo, se dirigió a la cocina y abrió la puerta del refrigerador. Se quedó mirando la leche, y el pan, y los huevos, y la fruta, y las verduras, y el agua con gas, y el pollo, y los macarrones con queso durante mucho tiempo. Cerró el frigorífico, se apoyó contra la puerta y empezó a llorar.

Serena lo estaba haciendo todo según las instrucciones: había empezado a hacer puré de verduras, ensaladas y recetas como el pesto de cáñamo o la «pasta» de calabacín; no cocinaba nada a más de 110 grados; se aseguraba de que todas las verduras fueran orgánicas y luego las lavaba hasta arrancarles dos centímetros de su vida cruda…

Serena, como ya he mencionado antes, sabía que una de sus tareas era ser una presencia lo más discreta posible en aquel hogar, pero en esos momentos, trataba de ser directamente invisible. Aquella familia, cualesquiera que fueran las dificultades por las que estaba pasando, se merecía al menos un poco de intimidad. Eso parecía ser exactamente lo que querían Joanna y Robert y, afortunadamente, era lo que estaban recibiendo. La prensa no tenía ni idea de lo que estaban pasando. No había amigos ni familia que entraran y salieran. Su *loft* era un oasis solemne pero tranquilo. Así que Serena intentó ser un hada invisible que flotara en la parte exterior de su sufrimiento. Quería alimentarlos, nutrirlos, ayudarlos a seguir adelante, sin que ni siquiera recordaran que estaba allí. Intentaría que no hubiera testigos ni dejar huellas. En cambio, intentó poner toda su «presencia» en la comida. Conservaba parte de su formación de yoga y comenzó a preparar la comida como si estuviera haciendo meditación: empezó a visualizar su fuerza vital fluyendo hacia la comida, se imaginó que toda su energía curativa irradiaba de sus dedos e imbuía a los alimentos crudos de unos poderes sanadores mágicos. Con aquellos pequeños detalles, con sus *zucchi-getti* y sus tortitas de semillas de girasol, Serena trataba desesperadamente, pero de un modo discreto, de salvarle la vida a Robert.

Pero por lo que veía, nada de eso funcionaba. Desde su perspectiva, todo el equipo médico que había comenzado a rondar por allí sonaba como la campana de una sentencia de muerte, y el precioso *loft* ya parecía más una sala de hospital que otra cosa. Por sus entradas y salidas como un fantasma, Serena dedujo que Robert iba a quimioterapia una vez por semana y que el tratamiento parecía dejarle totalmente reventado por las náuseas. Cualquier otra persona normal que estuviera pasando por aquello estaría en el hospital en ese momento, pero debido a quién era y a cuánto dinero tenía, habían logrado llevar el hospital hasta él.

Cada mañana a las ocho en punto, Serena usaba la llave que le habían dado y entraba. Joanna salía sin falta de su dormitorio y la saludaba con un animado «¡Buenos días!». Serena le sonreía y respondía con otro «¡Buenos días!» tan alegre como era capaz, y luego bajaba los ojos y se dirigía a la cocina para ponerse a trabajar. Ambas habían convertido aquello en un ritual. Serena preparaba el almuerzo, la cena y los aperitivos para Robert y Joanna (que también seguía la dieta crudívora para apoyar Robert), y luego una cena diferente para Kip. Se quedaba todo el día en la cocina, que era un gran espacio abierto por el que todo el mundo tenía que pasar para llegar a alguna parte, pero Serena siempre mantenía la mirada baja, sin responder en ningún momento a nada de lo que estaba sucediendo ante sus ojos.

Pero un día, alrededor de las dos y media de la tarde, mientras Serena movía las manos sobre algunos brotes de brócoli, rezando y meditando sobre ellos, Joanna se le acercó con el rostro ceniciento y voz temblorosa.

—Lo siento, Serena, normalmente no te pediría algo así, pero Robert tiene problemas para respirar. La enfermera ya está de camino, pero no creo que deba salir ahora para recoger a Kip. Sé que no es tu trabajo, pero me preguntaba si podrías recogerlo de la escuela. Solo esta vez, ¿vale?

—Por supuesto que puedo ir. Por supuesto —respondió Serena, y se quitó de inmediato el delantal—. Es en la calle Décima, ¿verdad?

—Sí. Normalmente sale por la puerta principal justo a las tres. Pero si te ve, podría... podría ponerse nervioso, así que si pudieras...

—Me aseguraré de que sepa que todo va bien, y que solo es que estás muy ocupada.

—Gracias. Muchas gracias, Serena —le dijo Joanna, cerrando los ojos por el alivio.

Serena aprovechó la oportunidad para mirar a Joanna directamente a la cara, algo que casi nunca hacía. Era una mujer hermosa, con el cabello negro azabache, piel de porcelana y unas cuantas pecas absolutamente adorables que le salpicaban la nariz. También se la veía muy cansada. Serena cogió rápidamente su abrigo y se fue.

Mientras caminaba hacia la escuela, Serena pensó en cómo entablar conversación con Kip. La verdad era que no entendía a los niños de ocho años, y la verdad era que hubiera tenido que admitir que en realidad no le gustaban demasiado. Todos los niños entre siete y trece años con los que había entrado en contacto parecían ser un laberinto de falta de comunicación y obsesiones por los superhéroes y por los videojuegos. La verdad, a quién podría importarle, aparte de a sus madres, cuyo trabajo era acabar con toda esa basura (con toda su bondad materna y ternura femenina mediante) para estar tranquilas sabiendo que no estaban criando a la siguiente generación de gamberros que hacen novatadas en la universidad o de violadores oportunistas.

Kip no era diferente. Él era todo Xbox, todo Club Penguin y todo aburrimiento. Era impenetrable y estaba un poco mimado. Serena siempre estuvo más que encantada de ser invisible para él, y él estaba más que encantado de no fijarse en que ella existía. Sobre todo en esos momentos, con aquel cabello corto de loca que llevaba. La única persona en todo el mundo que podía hacer que se animara, que se riera, que hiciera tonterías y hablara sin parar era su padre. Cuando no estaba trabajando, Robert recogía a Kip en cuanto terminaba la escuela y, al llegar a casa, atravesaban la puerta charlando como si estuvieran en medio de un debate en el que ambos se negaban a retractarse de sus apasionadas opiniones. Podía ser sobre cualquier cosa, desde de si era mejor Flash o Batman, o desde qué preferirían comer si no había más remedio: ¿tierra o arena? A veces se quitaban los zapatos y trataban de resolver la discusión viendo quién podía deslizarse más lejos solo con los calcetines. Robert le hacía cosquillas a Kip y reducía aquella actitud estoica preadulta a un convulso ataque de risa.

En ese momento, Serena estaba de pie frente a la escuela practicando la expresión informal y alegre —pero no demasiado alegre— que quería poner cuando Kip la viera por primera vez. Una expresión que de inmediato le mostrara, antes de que el corazón se le saliera por la boca, que todo iba bien, que no había ninguna emergencia, y que aquello no era más que una pequeña desviación molesta de un día por lo demás muy normal. Las puertas se abrieron y los profesores y niños empezaron a salir de la escuela. Kip miró a Serena y los ojos se le abrieron como platos, y su rostro normalmente impenetrable se llenó de miedo. Serena se le acercó con tanta rapidez como le fue posible para disipar sus temores.

—Tu madre está ocupada, pero todo va bien. Solo está un poco liada.

Serena esperaba, por Dios, no estar mintiendo. Sabía que probablemente existían un millón de razones por las que su respiración era dificultosa y estaba segura de que la enfermera ya estaba allí cuidándolo. A pesar de que Robert estaba enfermo, a pesar de que la situación se veía muy mal, a pesar de eso, desde su pequeña perspectiva era incapaz de imaginarse que Robert realmente moriría. Las estrellas de cine no mueren de cáncer. Que alguien nombre a una joven y apuesta estrella de cine que haya muerto de cáncer. Ninguna. Simplemente no lo hacen.

—Vamos a casa y lo podrás ver por ti mismo —le dijo mientras le ponía suavemente un brazo sobre los hombros.

Ambos vieron la ambulancia al mismo tiempo al doblar la esquina en la calle Watts. Serena instintivamente fue a ponerle la mano en el hombro a Kip, pero este ya había echado a correr. Estaban a solo media manzana de distancia y Serena vio a Joanna saliendo del edificio junto a una camilla. Serena también empezó a correr para alcanzar a Kip. Su mayor temor al ver salir a la camilla fue que la cabeza estuviera cubierta por la sábana. «Por favor, que no le tape la cabeza.» Cuando ya estuvo más cerca, vio a Robert en la camilla con una máscara de oxígeno en la cara. Vivo. Joanna lloraba mientras caminaba con paso rápido detrás de los enfermeros. Levantó la vista y vio a Kip. Trató de volver a poner cara de madre alegre, pero no pudo. Kip llegó a su altura, llorando también.

—¿Qué ha pasado? —le preguntó Kip gritando con voz infantil y aguda.

—Papá tiene problemas para respirar —le explicó Joanna, y fue la única frase que pudo pronunciar con calma antes de comenzar a sollozar de nuevo.

Serena no quería entrometerse, pero se acercó a Joanna y le puso un brazo sobre los hombros. Joanna se giró y hundió la cara en el hombro de Serena, donde comenzó a llorar con fuerza.

Serena miró a Kip, que estaba mirando a su madre con una enorme confusión y terror en sus ojos. Apartó la cara en cuanto se dio cuenta de que Serena lo estaba mirando.

Joanna levantó rápidamente la cabeza y también miró a Kip. Se secó los ojos, se acercó a él y se agachó para hablar con él.

—Tengo que ir en la ambulancia con papá... —empezó a decir.

Kip no le dejó terminar la frase; simplemente comenzó a gritar.

—¡No! ¡No! —aulló, a la vez que daba patadas contra el suelo y agitaba los brazos.

Fue entonces cuando Serena captó algo por el rabillo del ojo. Levantó la mirada, lo vio y salió disparada antes de ni siquiera pararse un momento a pensar en nada.

Steven Sergati. La prueba de que a veces se puede juzgar un libro por su portada, porque parecía una comadreja. O una rata. Su larga mata de cabello negro y grasiento le bajaba por la espalda y terminaba como si fuera la larga cola estrecha de un roedor. Llevaba escondidos sus ojos puntiagudos detrás de un par de gafas de cinco dólares, que compraba tan baratas porque se las habían partido muy a menudo. Sus cuatro dientes frontales sobresalían de un modo perfecto para poder roer un cable de teléfono, algo que probablemente habría hecho en algún momento de su vida por alguna razón repugnante. Era el *paparazzo* que más golpes y demandas había recibido de todo Nueva York, una mezcla de cucaracha y serpiente. No había guardaespaldas en Nueva York que no le hubiera dado, en algún momento, una paliza a Steven Sergati, preferentemente en alguna callejuela donde nadie lo viera. Aquel individuo era famoso por interrumpir rodajes, allanar edificios, aterrar a actrices jóvenes y hasta por acechar a una celebridad en concreto durante tanto tiempo y tan sin descanso que la susodicha tuvo que conseguir una orden de alejamiento en su contra. Lo habían visto gritando a una joven estrella de la televisión mientras paseaba con su recién nacido por una encantadora calle de Nueva York llena de árboles, diciéndole que tenía el culo gordo y nadie iba a querer follar más con ella solo para poder conseguir una foto suya como nueva mamá y con el ceño fruncido en plan Medea.

Serena lo reconoció por un reportaje que Robert le había mostrado sobre él el año anterior. Robert tenía su propio rencor contra Steve, ya que los había perseguido —a Robert y a Joanna— durante un tiempo cuando Kip tenía dos años. Pero el metro noventa de Robert, antiguo jugador de fútbol americano universitario que acababa de terminar de actuar en un papel de héroe de acción, no iba a esperar lo que dijera un juez. Y resulta que hay unos cuantos callejones en aquella parte de Tribeca. Así que Robert pertenecía a ese grupo de celebridades, que incluía a Sean Penn, a Bruce Willis y a George Clooney, que eran conocidos por haberle propinado en persona una paliza a Steve. Esa era la única orden de alejamiento que necesitaba Sergati, así que después de aquello los dejó tranquilos.

Pero allí estaba otra vez. Había estado esperando el momento adecuado, cuando sabía que su enemigo sería vulnerable, para organizar su próximo ataque. Joanna estaba a punto de entrar en una ambulancia con su marido moribundo mientras su hijo Kip, con la cara roja y contorsionada, pataleaba el suelo y gritaba a pleno pulmón delante de una cámara de fotos. Incluso Serena, que no era una gran conocedora de los medios de comunicación, sabía que una fotografía del hijo de Robert llorando, mientras una ambulancia se llevaba a su padre, se vendería por una gran cantidad de dinero.

Antes de que ella supiera lo que estaba haciendo, colocó a Kip detrás de la ambulancia fuera de la vista y caminó hacia el otro lado de la calle. No caminó en realidad, más bien dio unas zancadas largas que se aceleraron cuando ya estuvo cerca de él, de la misma forma en la que una leona se movería justo antes de atrapar a un antílope y arrancarle las patas traseras.

Steve, que estaba acostumbrado a ese tipo de cosas, se irguió con la espalda bien recta y levantó las dos manos en el aire.

—No estoy haciendo nada ilegal. ¡No puede impedírmelo!

Lo único bueno de Steve Sergati era que estaba tremendamente flaco. Así que a Serena le fue fácil derribarlo de un empujón, arrebatarle la cámara y estamparla contra el suelo, no sin antes sacarle la tarjeta digital.

—¡Voy a llamar a la policía! —le gritó Steve con su agudo chillido de rata—. ¡Te voy a demandar, zorra! ¡No puedes hacerme esto! ¡Conozco a todo el mundo! ¡A todo el mundo!

Entonces Serena, la antigua *swami*, se inclinó sobre él y pegó su cara a la suya. Las narices casi se tocaron.

—Escucha, hijo de puta —le gruñó con una voz que ya no era la suya—. Tengo una pistola. Si te acercas a esta familia otra vez, te juro por Dios que te voy a volar la puta cabeza. —Luego se puso en pie y lo miró allí, tendido en el suelo—. Ponme a prueba si quieres.

Al otro lado de la calle, Joanna y Kip la miraban como si acabaran de ver a un fantasma. Pero, de hecho, era exactamente todo lo contrario. Porque en ese momento, Serena ya no estaba dando vueltas por las afueras de su vida como si fuese niebla. Se había metido de lleno en ella. Cruzó la calle hasta la aturdida Joanna. En ese momento, había otros asuntos que atender.

—No he tenido tiempo de llamar a nadie... —tartamudeó Joanna—. ¿Te importaría quedarte con Kip hasta que...?

—Me quedaré todo el tiempo que me necesites. No te preocupes, por favor.

Joanna miró a Kip.

—Te llamaré en cuanto llegue allí, ¿vale, campeón?

Kip asintió. Las puertas de la ambulancia se cerraron y se llevó a Joanna y a Robert. Serena se volvió hacia Kip, aquella criatura masculina y angustiada de ocho años, y no supo qué decirle. Él se encargó de eso por ella.

Kip observó cómo Steve Sergati se levantaba y se alejaba tambaleándose. Entonces miró a Serena, con sus grandes ojos llenos de asombro.

—Vaya. Le has dado una buena patada en el culo a ese tipo.

Fue la primera vez en los tres años desde que lo conocía que Kip le había hablado directamente de verdad.

Serena sonrió.

—Sí, supongo que lo hice.

Y luego Serena, la superheroína, se llevó a Kip a casa.

La tarde siguiente a su inseminación cancelada, Ruby decidió visitar a su madre en las afueras de Boston. De vez en cuando, lo único que una chica necesita es ver a su mamá.

Ruby trató de averiguar durante su viaje en tren hacia el norte por qué iba a ver a su madre. ¿Qué quería de ella? Mientras el tren cruzaba Connecticut y contemplaba todas las pequeñas casas con sus piscinas cubiertas, sus casetas de perro y sus gimnasios infantiles de juguete con forma de selva, decidió que necesitaba saber si su madre había sido realmente tan miserable como Ruby la recordaba. Tal vez criarlos a ella y a su hermano no había sido algo tan infernal. Tal vez su madre no había sido tan infeliz como había quedado retratada en los recuerdos infantiles de Ruby.

Tocó el timbre. Su madre vivía en una pequeña calle tranquila en Somerville. Nadie respondió. Volvió a llamar, sorprendida. Ruby la había telefoneado para avisarla de que iría. Comenzó a recorrer el pequeño sendero que llevaba a la parte posterior de la casa. Shelley estaba en el porche trasero rastrillando las hojas secas. Tenía sesenta y ocho años y el pelo teñido de color marrón claro con mechas grises y cortado en una media melena. Tenía el cuerpo de Ruby, redondo y voluptuoso, pero con el peso adicional provocado por la decisión de envejecer con gracia en lugar de pasar cada momento libre en el gimnasio. Ruby, a quien todavía no había visto, observó a su madre durante un rato. Parecía sana, cómoda en su propia piel. Se preguntó lo feliz que sería actualmente. Su madre levantó la vista.

—¡Ruby! —exclamó y se acercó a su hija para darle un gran abrazo—. ¡Qué alegría verte!

«Por supuesto que lo es, porque tú eres mi madre y yo soy tu hija, y todas las madres siempre se sienten felices de ver a sus hijos. Tiene que haber una razón para todo eso.»

—Estás fabulosa, mamá —comentó Ruby, y lo dijo en serio.

—¡Tú también! ¡Tú también! ¡Vamos dentro!

Tras ducharse y cambiarse, Ruby se dirigió a la cocina, donde su madre tenía listo el té.

—¡También hice unas tostadas de canela! ¡Como en los viejos tiempos!

Ruby sonrió, pensando que aquello era algo muy nostálgico. Cada vez que nevaba, siempre había tostadas de canela cuando Ruby llegaba a casa. Era una pequeña tradición de su madre, que le había sido transmitida por su propia madre. El té para ellas era una tradición de adultos, una que compartían hasta el último detalle. A las dos le gustaba el flojo té estadounidense («el Lipton será suficiente, muchas gracias») y cuando estaban juntas, como ese día, sabían implícitamente que compartirían una sola bolsa de té entre las dos. Se sentó a la mesa.

—Bueno, háblame de Nueva York. ¿Cómo va todo por allí?

Algunas personas tienen madres sofisticadas, con las que pueden hablar acerca de pensamientos abstractos y a las que decirles dónde ir a comprar el sujetador que están buscando. Shelley no era así, algo que nunca había molestado a Ruby lo más mínimo, porque lo que tenía, en vez de a alguien que ha visto ese documental tan interesante acerca de los refugiados sudaneses, era a una madre que reaccionaba a todo lo que ella le contaba con total asombro y alegría, tenía a alguien que quería saberlo todo sobre Manhattan y sobre sus asuntos y sobre su vida, ya que todo seguía siendo muy emocionante para ella.

—Bueno, han abierto un nuevo restaurante en el Village —le comentó Ruby—. Pero nadie puede ir porque siempre está lleno de amigos de los propietarios. La gente está un poco cabreada.

—¿En serio? Qué interesante. ¿Y siempre hay muchos famosos por allí?

—Cada noche.

La mamá de Ruby se limitó a menear la cabeza.

—Eso no está bien.

—No, no lo está. —dijo Ruby con una sonrisa. Tomó un sorbo de té y cogió un trozo de tostada de canela. Le dio un mordisco—. Mamá. Me he estado preguntando… acerca de cómo fue para ti.

—¿A qué te refieres, cariño?

—Bueno, ya sabes, lo de ser madre soltera.

Shelley puso los ojos en blanco.

—Oh, fue un infierno. Fue horrible. Fui muy desgraciada.

—¿Te sentías sola?

—Cariño, me sentía tan sola que pensé en suicidarme unas cuantas veces. No bromeo. Fue horrible, realmente horrible. —Shelley tomó un sorbo de té—. Entonces, ¿quién es el propietario de ese restaurante? ¿Es famoso también?

—Sí, algo así. Dirige una revista —Ruby trató de que su madre volviera al tema—. Entonces, ¿en verdad fue una experiencia tan horrible para ti como yo la recuerdo?

—Oh, estoy segura de que fue peor de lo que recuerdas. Fue la peor época de mi vida —dijo con una risita.

Ruby tomó otro sorbo de su té flojo y se echó a llorar. Puso los codos en la mesa y la cabeza entre las manos.

—Lo siento, mamá. —Ruby miró a su madre—. Siento que fueras tan infeliz. Lo siento tanto.

Su madre le puso una mano en el brazo de Ruby y se inclinó hacia ella sonriendo.

—Pero ¿es que no lo ves? Ahora estoy bien. Estoy feliz. Tengo amigos y mi jardín y ¡no dejo de salir!

Ruby empezó a sollozar todavía con más fuerza.

—¡¡Es demasiado tarde, mamá!! ¡Necesitabas ser feliz en aquel entonces! ¡Así yo podría pensar que está bien ser una madre soltera! ¡Es demasiado tarde!

Shelley miró a Ruby mientras trataba de comprender aquello. No se sintió atacada, sino terriblemente triste. Le tocó el hombro a Ruby.

—Pero cariño, no eres como yo, ¡no te pareces en nada a mí! Si quieres ser madre soltera, ¡no te parecerás a mí en absoluto!

Ruby se levantó de un salto de la silla con la cara cubierta de lágrimas, y la voz ahogada y temblorosa.

—Pero si soy igual que tú, mamá. Me gusta el té, y estoy deprimida, y me quedo en la cama, y lloro mucho, y estoy muy muy sola.

La madre de Ruby se levantó y le puso las manos en los hombros.

—Bueno, pues si te pareces tanto a mí, haz lo que yo hice: búscate un médico y consigue un buen antidepresivo. A mí el Lexapro me ha ido de maravilla.

Ruby miró a su madre, sorprendida:

—¡¿Qué?!

—Llevo tomando antidepresivos desde el año pasado. Me ha cambiado la vida.

—¿Qué tú... qué? —tartamudeó Ruby, intentando todavía procesar aquella noticia.

—No hay ninguna razón por la que debas ir por ahí deprimida. No hay ningún motivo en absoluto. Debes conseguir una receta, eso sí.

Ruby se sentó en la mesa de la cocina de nuevo. Fue impactante. Ni siquiera después de las incontables noches que había pasado llorando, de los días de no poder salir de la cama, Ruby había considerado en algún momento la posibilidad de tomar un antidepresivo. Ni siquiera se le había pasado por la cabeza. Y sin embargo, allí en las afueras, su poco sofisticada madre se le había adelantado.

Se pasó el resto del día sentada en la cocina de su madre, llorando. Le habló de los medicamentos para la fertilidad, de no ser capaz de seguir adelante con aquello, de cómo recordó lo mal que estaba su madre y de cómo eso la hizo marcharse del consultorio. Entonces fue el turno de Shelley para empezar a llorar.

—Lo siento. Lo siento mucho, tendría que haberme esforzado más en ocultar lo infeliz que era, lo siento mucho.

Ruby siguió llorando.

—No es culpa tuya. ¿Cómo podrías haber ocultado eso? Lo hiciste lo mejor que pudiste, lo sé. Lo sé de verdad.

—Sí, pero me gustaría que alguien me hubiera dicho…

—¿Qué?

—Que eso también era mi trabajo, además de alimentaros, conseguir que os vistieseis, y asegurarme de que hicierais los deberes, que también era parte de mi trabajo ser feliz de alguna manera. Para vosotros. Para que lo vierais. Lo siento mucho.

Ruby se acercó y tomó la mano de su madre.

—No hay manera de que pudieras con todo. No hay manera.

Entonces, ella y su madre se quedaron sentadas allí el resto del día, hablando cogidas de la mano, cada una haciendo que la otra se sintiera un poco mejor y bebiendo su té Lipton.

Los niños de Georgia miraban a Mark Levine. Mark Levine les mostraba una amplia sonrisa, una sonrisa con los labios cerrados, como si tuviera algo atrapado en la boca y no quisiera dejarlo salir pero a la vez quisiera asegurarse de que todo el mundo sabía que era feliz.

—Bueno —comenzó diciendo—. ¿Cómo estáis?

Beth y Gareth le miraron sin expresión alguna. Georgia sintió una especie de satisfacción ante aquello. Sus niños instintivamente sabían que aquel tipo era un imbécil y que no debían hablar con él. Volvió a sonreírles con los labios cerrados. Lo intentó de nuevo.

—Estoy aquí porque vuestra madre y vuestro padre quieren que averigüe cómo estáis ahora que vuestro padre no vive ya con vosotros.

—Silencio—. Por ejemplo, me enteré de que una noche os quedasteis solos, ¿no es cierto? ¿O asustasteis?

Georgia bajó la mirada a sus manos. Notaba el sudor en la frente. Nunca, hasta ese momento, había sido consciente de la fuerza de voluntad que hacía falta para no acabar matando a alguien.

Una vez más, el silencio. El bendito, hostil y hosco silencio de los niños.

Mark Levine miró a Georgia.

—Tal vez sería mejor si hablara con ellos a solas.

Georgia lo miró, sorprendida.

—Pero... No sabía que se le permitía...

—Tenemos absolutamente todos los permisos necesarios para interrogar a los niños sin que estén sus padres. Para su protección, tengo una grabadora, así que no será solo mi palabra la que tenga validez.

Georgia, por supuesto, quiso protestar, pero tuvo en cuenta cómo había ido la reunión anterior, y decidió contenerse.

—Claro que puede. Me voy a mi habitación y cerraré la puerta.

—Gracias—le dijo Mark Levine—. No tardaré mucho.

Georgia se puso de pie y miró a sus hijos. Sus niños que eran en ese momento su juez, jurado y verdugo. Sus hijos, malhumorados, mentirosillos, infantiles, adorables, malcriados e impredecibles, cuyas palabras iban a quedar anotadas como si las hubiera pronunciado el propio Dalái Lama. Georgia miró a Gareth. La semana anterior tenía un amigo imaginario que era una tarántula gigante. «Sí, hable con ellos sobre quién quieren vivir, hijo de puta.»

—Ahora vais a hablar con el señor Levine, ¿de acuerdo? Decid la verdad y responded a todas sus preguntas. Los dos queremos que digáis cómo os sentís, ¿de acuerdo?

Luego caminó lentamente y llena de seguridad hacia su dormitorio. Cuando llegó a su habitación, cerró la puerta y se tiró sobre la cama. Hundió la cara en una almohada y dejó escapar un grito tan fuerte como se atrevió. Después de un momento, se incorporó y miró al vacío.

Georgia se preguntaba cómo había llegado hasta allí, hasta un punto en el que un tribunal podría decidir que era una mala madre. Pensó en su matrimonio. Empezaron a pasarle ante los ojos las imágenes de una pelea que había tenido con Dale porque él nunca recogía el correo. Pensó en cómo, por las mañanas, le recriminaba que siempre dejara posos de café en la encimera —y no había nada que ella odiara más que tener que limpiar los posos del café y luego tener que esforzarse por enjugar la bayeta—. Recordó lo estúpido que pensaba que era por no saber cómo utilizar el microondas, o lo mucho que se enfadaba cuando no entregaban correctamente el periódico, pero nunca se molestaba en llamar y quejarse al respecto. Se preguntó cuándo empezó a disgustarle tanto, y cuándo dejó de contenerse hasta el punto de que él se diera cuenta de ello. Debió ser después de que llegaran los niños. Había oído que era algo habitual en los matrimonios. ¿Por qué ocurría eso? ¿Es que después de haber procreado, las mujeres decidían inconscientemente que el hombre ya había cumplido con su deber y le hacían saber con pequeños y grandes detalles que ya no servía? ¿Por qué se habría sentido así? Tampoco es que quisiera ser madre soltera. Tampoco es que quisiera tener una cita tras otra.

Pensó en Sam y en lo de comprarse a sí misma todas aquellas flores. Pensó en el baile encima de la barra y en el hombre que le había dicho que se bajara porque quería que se subiera una chica que estuviera más buena. Pensó en el tipo al que había perseguido en el Whole Foods. Todo se le apareció como una serie de destellos, cada imagen más humillante que la anterior. Y, por supuesto, pensó en la locura que le había entrado por Bryan, que le había provocado la necesidad de salir corriendo de casa, dejando solos a sus dos hijos.

Se dio cuenta entonces de que realmente se había vuelto loca, y a la única persona a la que podía culpar era a sí misma. Durante el matrimonio, se sentía con derecho a mostrar una irritación desenfrenada contra Dale en cualquier momento y sin motivo alguno. Luego, cuando Dale la abandonó, se sintió con derecho a actuar sin ninguna clase de contención. De alguna manera, había perdido el control de sí misma, y en ese preciso momento tenía perdido el control sobre su propia maternidad. Se quedó sentada preguntándose qué estarían diciendo los niños de ella. Recordó cuando la habían llamado del colegio después de que Gareth golpeara a otro niño, y cómo ella había estado hablando con el director mientras Gareth se quedaba sentado en un banco del pasillo, esperando, nervioso y avergonzado. «Bueno, parece que han cambiado las tornas, ¿eh?»

Después de unos veinticinco minutos, que le parecieron una eternidad, Georgia decidió asomar la cabeza y ver lo que estaba pasando. «Soy su madre, después de todo.»

—¡Solo quiero asegurarme de que todo va bien! —dijo Georgia, con el cuerpo metido en el dormitorio y la cabeza asomada al pasillo.

Todos estaban en el mismo sitio: los dos niños en un sofá frente a Mark Levine, y él sentado en el otro. Nadie parecía especialmente traumatizado, nadie parecía especialmente enojado con ella.

—En realidad, ya hemos terminado, una coordinación perfecta —le respondió Mark Levine.

No había nada en su actitud que sugiriera que hubieran dicho nada especialmente trascendental o acusatorio. Le mostró a Georgia su sonrisa tensa habitual, se despidió de los niños y se fue.

Georgia miró a sus hijos. No parecían molestos o enojados, pero, aun así, ansiaba pedirles que le contaran con detalle los veinticinco minutos de entrevista. Sin embargo, Georgia hizo algo que no había hecho desde hacía mucho mucho tiempo: se contuvo. Entró al salón, se acercó a Beth y a Gareth y se sentó junto a ellos.

—¿Estáis bien? —les preguntó con voz suave. Los dos asintieron. Ella los miró atentamente, para ver si había algo que debiera hacer—. ¿Queréis hacerme alguna pregunta?

No dijeron nada. Se les veía bien, sin sufrimiento alguno.

—Está bien entonces. ¿Quién quiere un bocadillo?

10

Recuerda que, a veces, hay cosas más importantes que tú y que tu terrible vida amorosa.

(Y, bueno, incluye a tus amigas para ayudarte con tu terrible vida amorosa.)

Lloré durante el camino a la India. Y a estas alturas no me importó quién me estuviera viendo. El hombre a mi lado preguntó si podía cambiarse de asiento (y pudo) y dos azafatas me preguntaron si necesitaba algo.

Cuando llegué, Amrita —una amiga de una amiga de una amiga de Serena del centro de yoga— fue a recogerme. No tenía ni idea de por qué una perfecta desconocida había accedido a ello, pero le estaba tremendamente agradecida. No tenía ganas de ser intrépida o fuerte. Tenía una idea preconcebida de la India compuesta de mendigos leprosos y vacas que deambulaban a sus anchas por las calles; sin embargo, también había leído el *Time Out Mumbai* entre sollozos en el avión y me costaba imaginar que hubiera vacas y niños mendicantes en una ciudad a la que el *Time Out* dedicaba un análisis sobre su arte en vivo. Así que no sabía lo que me iba a encontrar.

Mientras caminaba a través del aeropuerto lo primero que pensé fue que no era muy diferente a los otros aeropuertos en los que había estado, simplemente no era tan moderno. Tenía paredes blancas, varios pisos, luces fluorescentes y paneles indicadores. Pero, después de recoger mis maletas y salir fuera, supe que me encontraba en la India: Mirase donde mirase era un caos. Hombres de pie al lado de taxis destartalados llamaban a grito pelado a los pasajeros que salían del aeropuerto. Los coches estaban pegados entre sí y los conductores tocaban el claxon para tratar de salir del aparcamiento. El aire era espeso y cálido. Había un olor raro e inidentificable en el ambiente.

Si no fuera a conocer al contacto de Serena hubiera tenido un ataque de nervios allí mismo, pero justo cuando salí, una chica muy guapa de pelo negro largo y espeso, vestida con vaqueros y una túnica de algodón holgada, se acercó a mí.

—Disculpe, ¿es usted Julie?

—Sí, soy yo. Usted debe de ser Amrita.

—Así es. Bienvenida a Mumbai.

Nos metimos en su pequeño coche y ella arrancó. Estaba oscuro, así que me resultaba difícil ver algo por la ventana. Creí ver cabañas improvisadas y cobertizos a ambos lados de la carretera además de gente durmiendo en plena calle, pero no estaba segura. Deseaba no estar en lo cierto.

Amrita me preguntó animadamente por mi proyecto.

—He oído que estás escribiendo un libro sobre mujeres solteras de todo el mundo.

Me encogí. Era lo único de lo que no quería hablar. Le conté mi propósito:

—Bueno, en realidad estoy aquí para buscar consuelo. He oído que es un lugar muy espiritual.

Amrita asintió en silencio. Bueno, no asintió como tal, pues tenía la rara costumbre de mover la cabeza de arriba abajo y no sabía si estaba diciendo que sí o que no. También tenía la costumbre de tocar bastante el claxon mientras conducía, al igual que muchos otros conductores.

Al tiempo que Amrita volvía a hacerlo sonar, dijo:

—La mayoría de los *ashrams* de yoga están en las afueras de Mumbai. ¿Tenías pensado ir a uno de ellos?

—Sí, mi amiga Serena me sugirió uno.

Ella continuó conduciendo y tocando la bocina eléctrica. Miré por la ventana y vi a una joven pareja que iba pitando en moto. La mujer, que iba montada a lo amazona, llevaba sari, y este ondeaba al viento.

Amrita volvió a hablar:

—Creo que la idea de «cómo ser soltera» es muy buena. Hay que tomar muchas decisiones cuando estamos solteras, algunas muy importantes.

Frunció el ceño. Parecía estar pensando en algo. No pude evitar preguntarle:

—¿Qué decisiones hay que tomar?

Amrita se encogió de hombros.

—Tengo treinta y cinco años. Mi familia me está presionando para que me case. He tenido varias citas porque quiero un matrimonio por amor. Pero... —Me miró como si estuviera a punto de llorar. Lo último de lo que quería hablar era de la terrible vida amorosa de nadie. Pero respiré hondo y presté atención—. El último hombre con el que salí no tenía dinero. Yo lo pagaba todo: cenas, películas e incluso viajes. Mi familia pensó que estaba loca, me decían que me estaba utilizando. Una vez fuimos de compras y me pidió que le comprara un jersey, lo hice, y después rompió conmigo, ¡así sin más!

Las lágrimas empezaron a rodar por sus mejillas. Me sentí como Angela Lansbury en *Se ha escrito un crimen*. Cada vez que esa mujer iba a algún lado, incluso de vacaciones, la pobre se daba de bruces con un asesinato. Yo me daba de bruces con algún drama amoroso allí donde fuera.

—Dijo que era demasiado independiente y estaba demasiado centrada en mi trabajo. —Continuó, derramando lágrimas, conduciendo y tocando el claxon.

Yo asentí, intentando simpatizar con ella.

—Sí, bueno, no parecía que le importase tu trabajo cuando eso te permitió comprarle un jersey.

Amrita movió la cabeza vigorosamente.

—Exacto. Creo que salí con él porque mi familia lo odiaba. Pensé que estaban siendo racistas —porque nosotros somos brahmán y él vaisía, castas diferentes—, pero ahora veo que tenían razón.

Miré por la ventana de nuevo y vi lo que parecía una familia entera viajando en una motocicleta: un padre, una madre, un hijo y una hija, todos juntos. Parpadeé. Sí, eso fue exactamente lo que vi.

Estaba muy cansada. Agradecía a Amrita que me fuera a buscar al aeropuerto, pero quería que dejara de hablar.

—Así que ahora estoy dejando que mi familia busque. Han estado mirando en páginas de matrimonios y ya han elegido a varios hombres. Sus horóscopos parecen buenos, así que voy a empezar a quedar con ellos.

Vale, eso me hizo despertar. ¿Páginas de matrimonios? ¿Horóscopos? Mientras pasábamos por las estrechas calles de la ciudad me contó la popularidad de dichos sitios de Internet, que son como páginas de citas pero con el propósito específico de concertar matrimonios. Me dijo que a menudo es la familia quien sube fotos del hijo o la hija.

—Vaya, mejor, así uno se evita la vergüenza de tenerlo que hacer por sí mismo.

Amrita elevó una ceja.

—Pero no lo hacen por eso, lo hacen porque se entiende que los padres saben, incluso mejor que los propios hijos, quién será el mejor candidato para ellos.

Pensé en mis propias decisiones amorosas y, la verdad, aquello empezaba a parecerme bastante acertado.

También me explicó la importancia del horóscopo en todo aquello —los planetas, las lunas y la fecha de nacimiento—, y me dio la impresión de que no era exactamente el mismo tipo de astrología que el *New York Post* utilizaba para decirme el día que iba a tener.

—Si su astrología no es buena ni siquiera quedo con él.

Definitivamente, aquello no era Nueva York.

Aparcamos cerca de donde me iba a hospedar, un modesto hotel «económico» en el sur de Bombay. Mientras Amrita me ayudaba a llevar el equipaje me di cuenta de que las mujeres solteras de la India tienen algo que las americanas no: un plan B. Pueden dejar atrás la concepción tradicional del matrimonio para ir buscando uno por amor y, si no funciona, sus padres y demás familia se muestran encantados de poner las cosas en marcha.

—¿Te gustaría conocer a mi hermana mañana? Se decidió por un matrimonio concertado y ahora es muy feliz.

Miré sorprendida a Amrita. Había planeado pasar el día llorando y quizá pensando en cómo llegar al *ahsram* que Serena me había sugerido, no me apetecía seguir con la «investigación», sino pasarme el día bebiendo *lassi* de mango y haciendo yoga.

—Creo que te vendría bien para tu libro.

No sabía cómo decirle que antes me arrancaba el brazo para golpearme a mí misma que ir a ver a una feliz pareja casada para hablar de lo enamorados que estaban. Así que, en su lugar, le respondí:

—Me encantaría.

—Bien. ¿Te parece bien que te recoja al mediodía?

Acepté y me registré en el hotel.

Mi habitación era pequeña, con dos camas de matrimonio, una televisión y un escritorio. No era el bungaló de Bali cubierto de mármol, pero ya no estaba en Bali, ¿verdad? Ni en China. Estaba en la India. Y todavía no entendía lo que significaba eso.

El día siguiente volví a subirme al coche de Amrita. La diferencia con respecto a la tarde anterior era considerable pues, mientras hablábamos de su hermana Ananda, me era difícil no fijarme en la pobreza ahora visible a través de mi ventana. En la carretera se podían observar los edificios, sucios y derrumbados, que parecían más bien un búnker que sitios en los que vivir. Yendo al lugar donde habíamos quedado con su hermana vi aquello que los reporteros gráficos utilizarían de cualquier país tercermundista: niños desnudos andando por la calle junto a las aguas residuales; niños que no iban al colegio, sino que jugaban con escombros; niños mayores golpeando restos de hojalata, como si fuese algún tipo de tarea doméstica, y sus madres caminando descalzas, entrando y saliendo de chozas improvisadas al lado de la carretera. Cuando nos detuvimos, una niña pequeña golpeó mi ventana. Tenía la cara sucia y los ojos negros y vacíos, y se metía los dedos en la boca como pidiendo dinero o comida. Amrita me vio observándola.

—No les des dinero, es crimen organizado. Tienen que darle el dinero a quien esté a cargo del barrio. Se acercan a ti porque eres blanca y creen que te sentirás mal por ellos.

Miré a la niña repetir el gesto de llevarse los dedos a la boca. La verdad es que estaba consiguiendo su propósito, me sentía fatal por ella. ¿Iba a pasar por su lado sin hacer nada? Sí. Y así fue. Mientras nos dirigíamos al pueblo, al lado del mar, decidí que no quería convertirme en un cliché. No quería ser una de esas turistas que va a la India, vuelve y le dice a la gente con voz teñida de pena que «oh, la India, la pobreza de allí, ni te lo imaginas». Este no era mi país, no era problema mío, así que no tenía ni idea de nada.

Subimos por una carretera hasta llegar al aparcamiento de un alto edificio. A un lado había césped, verde y cuidado, con árboles, matorrales y bancos. Parecía un buen lugar para vivir según los estándares de Bombay, aunque el edificio, sin importar la altura, estaba cubierto por una fina capa de hollín. De todas formas, pensándolo bien, toda Bombay estaba así.

Lo poco que sabía de la India antes de llegar allí era que nunca, *nunca jamás*, se debe beber agua no embotellada. Leí que era algo tan importante que hasta aconsejaban no lavarse los dientes con agua del grifo o girar la cabeza lo máximo posible a la hora de ducharse.

Pero allí estaba yo, sentada enfrente de la mujer que me había recibido en su casa, que estaba a punto de hablarme de su matrimonio para ayudarme con mi libro y que estaba sujetando un vaso de agua solo para mí.

—Debe de estar sedienta; hace mucho calor hoy.

Cogí el vaso y vi que me observaba cuando bebí de él. No quería que pensase que yo creía que su agua, y por ende su casa, estaba sucia, así que bebí un sorbo.

—Se lo agradezco. —Me imaginé que los gérmenes y parásitos nadaban por mi garganta en dirección a mi intestino.

—Amrita me ha dicho que está escribiendo un libro acerca del amor y las solteras del mundo, ¿verdad? —inquirió Ananda.

Asentí educadamente:

—Así es. Ha sido una experiencia muy interesante.

Ananda y Amrita estaban sentadas en el sofá, juntas, mientras que yo lo estaba en el sillón de enfrente. Una de las hijas de Ananda, que tenía unos cinco años, vino y se sentó en su regazo. Tenía el pelo negro corto y se apartaba los mechones con una horquilla rosa de plástico.

—Amrita me ha dicho que decidió un matrimonio concertado en lugar de uno por amor, ¿no?

Ananda afirmó con la cabeza. Parecía dispuesta a hablar:

—Sí. Justo después de terminar mi máster en psicología. No sabía qué hacer después, pero pensaba empezar un doctorado. Había estado saliendo por mi cuenta, al igual que Amrita.

Las miré. Amrita me había parecido muy atractiva, pero viéndola ahora con su hermana vi que Ananda era la más hermosa de las dos.

Era algo más baja que su hermana, y sus rasgos delicados la hacían parecer más regia.

—No soy como Amrita. Cuando mis padres nos decían que querían que conociésemos a un chico de vez en cuando, Amrita siempre se negaba. —Posó una mano sobre el hombro de Amrita—. Yo aceptaba.

Amrita se encogió de hombros, mostrándose un poco arrepentida. Se apresuró a aportar información:

—Así que, un día, mis padres dijeron que querían que ella conociera a alguien. El hombre vino con su familia a casa. Ambas familias hablaron...

—Y nosotros nos fuimos a la terraza para hablar. Parecía amable. Veinte minutos después me preguntó qué pensaba. Yo le dije: «Vale. ¿Por qué no?» Así que regresamos y les dijimos a nuestros padres que nos casaríamos.

Ambas se empezaron a reír al recordarlo. Ananda prosiguió:

—Mis padres se quedaron de piedra. Tendrías que haber visto su cara. Pensaban que iba a ser otro de los que mandaríamos para su casa.

—Cuando me llamó y me lo contó pensé que estaba bromeando. Tardó media hora en convencerme de que iba en serio —añadió Amrita.

Estaba confundida.

—Pero... no lo entiendo... ¿fue amor a primera vista? ¿Se había cansado de tener citas?

Ananda se encogió de hombros.

—No sé. Parecía majo.

La miré, con la niña de cinco años acurrucada junto a ella. No sabía cómo preguntar sin sonar descortés, pero ya que ellas se habían ofrecido...

—Entonces, ¿ha funcionado? ¿Es feliz?

—¡Sí!

Amrita decidió explicarlo en lugar de su hermana:

—Es muy feliz. Es una de las razones por las que voy a dejar que mis padres me ayuden. Ha funcionado tan bien con ella... La verdad es que siempre pensé que fue de chiripa, que ella tuvo suerte, pero ahora ya empiezo a dudarlo. Quizá mis padres y los horóscopos tienen más puntería que yo, o quizá si conozco a alguien de quien no tenga expectativas, habrá más posibilidades de que funcione.

Ananda sonrió.

—Esta noche va a conocer a dos, uno tras otro. Ahora no es como cuando nuestros padres se casaron, ahora no obligarían a Amrita a casarse con alguien con quien no quisiese. Podemos decidir.

Pensé en todas las mujeres que conocía de Nueva York y de todo el mundo que podrían llegar a plantearse dejar que la gente se inmiscuyera en su vida privada. Quizá para encontrar pareja después de cierta edad había que emitir una orden de busca y captura. Tal vez había llegado la hora de avisar a las autoridades, cortar carreteras y mandar a un equipo de búsqueda.

—¿Durante cuánto tiempo salieron antes de casarse? —le pregunté.

—Dos meses —respondió Ananda—. Nos veíamos una o dos veces por semana.

Llegados a este punto, ya me parecía igual de válido eso que salir con alguien durante cinco años y descubrir después que no quiere comprometerse. O ir a Bali con un hombre casado y fingir que no lo está. Es una locura tan grande que hasta podría funcionar.

Amrita me llevó de vuelta al hotel. Pasamos al lado de chabolas, aguas residuales y niños descalzos. Trató de hacerme sentir mejor.

—Esa gente no es infeliz, ¿sabes? —La miré sin estar segura de a qué se refería—. Es su vida. Son felices. No tienen las mismas expectativas que tú o yo.

Miré por la ventana y vi a un niño pequeño, de unos dos años y piel oscura, de pie en la sucia calle, enfrente de su pequeña «choza». Resultaba adorable con sus pantalones cortos rosa y su camiseta blanca. Por fin una imagen preciosa. Y justo cuando estaba observando detenidamente la escena, un charco de orín comenzó a formarse a sus pies, mojando su pantalón y sus piernas desnudas. Ni se inmutó. Mi estómago se revolvió. Estaba claro que no lo iban a limpiar pronto. Después de eso proseguimos con el viaje.

Tras desearle suerte a Amrita con sus dos citas de esa noche, subí a mi habitación, me duché y me fui a dormir.

Tras la siesta me vestí y fui a un restaurante moderno que se llamaba Indigo, sugerido por *Time Out Mumbai*, que se encontraba justo a la vuelta de la esquina. Cuando entré, me di cuenta que allí se reunía la *beautiful people* de Bombay: los hombres llevaban chaquetas, vaqueros y camisas planchadas, y las mujeres vestidos y zapatos de tacón. Creo que incluso vi a varios hombres homosexuales, lo que de alguna manera me relajó y me hizo sentir como en casa. Subí las escaleras hasta llegar al último piso: el restaurante estaba situado en el jardín de la azotea y tenía una zona de bar a un lado.

Fui directamente a la barra del bar y pedí una copa de vino blanco. Me senté al lado de tres mujeres indias en sus treinta y bien vestidas, que estaban fumando, bebiendo y hablando bastante alto en inglés. Mientras el camarero servía mi copa recordé una imagen que había visto de regreso al hotel: una familia india que vivía en la calle, al margen de una carretera; tres de los niños corrían por la sucia acera, jugando, y la madre estaba sentada con sus pertenencias dispuestas en un pequeño círculo a su alrededor. Después pensé en el niño que se había orinado encima. Sacudí la cabeza para ahuyentar esos pensamientos.

—Me estaba acordando de un niño pequeño que he visto hoy. En la calle. Ha sido descorazonador.

El camarero asintió.

—¿Sabe qué, señorita? Esa gente no es infeliz.

La misma cantinela.

—¿Se refiere a que les gusta vivir en medio de la suciedad y trastear con hojalata para sobrevivir?

—Es todo lo que conocen. Es su vida. Sí que son felices.

Di un pequeño sorbo a mi vino y asentí cortésmente. Estaba claro que yo no lo entendía.

A mi derecha, las tres mujeres discutían algo de suma importancia. Y yo, como no podría ser de otro modo tratándose de mí, decidí escuchar disimuladamente. Parecía que una tenía problemas con alguien con quien salía. Él no quería verla tanto como ella a él y ella estaba contando a sus amigas que le gustaba, así que le parecía una locura romper con él, pero al mismo tiempo odiaba no verlo. Estaba muy nerviosa, gesticulaba y no dejaba de tocarse el pelo. Sus amigas trataban de ayudarla haciéndoles preguntas y dándole consejos.

Un poco más y muero allí mismo. Quiero decir: ¡¿En serio?! No me había pateado medio mundo —desde Asia, pasando por Europa, América del Sur y Australia—, para escuchar esa mierda. Felicidades, mujeres de Bombay, me alegra saber que habéis luchado por vuestra independencia y derecho a estar solteras, habéis actuado en contra de la tradición y de vuestras familias (y tenéis citas, trabajáis, vivís en vuestros apartamentos, bebéis y os lleváis hombres a casa) y ahora que no se os obliga a casaros con hombres que no queréis y tener niños que no deseáis, así es como se os recompensa: os sentáis en bares como el resto de mujeres de todo el mundo y os quejáis de que no le gustáis lo suficiente a un tipo. ¡Bienvenidas a la fiesta! ¿¡A que es divertida!?

Si fuera ambiciosa e inquisitiva les hubiera preguntado si volverían al pasado, o si quizá considerarían casarse con alguien elegido por sus padres cuando fuesen un poco mayores, si sentían que valía la pena negarse a sentar la cabeza aunque aquello significase quedarse soltera durante un largo, *larguísimo*, tiempo. Pero no lo hice porque ni me importaban ellas ni sus estúpidos problemas amorosos, solo me importaba *yo misma* y *mis* estúpidos problemas amorosos. Pagué y me fui. Bajé las escaleras y a cada paso que daba mi ánimo empeoraba.

Mientras me dirigía al hotel me sentí deprimida, decidí que me sentía engañada. «Genial, esto es todo lo que tengo: un par de semanas de amor. Y ya está. Ahora tengo que volver a empezar a buscar de nuevo, pero esta vez tiene que ser alguien que me guste igual que Thomas pero que esté disponible. Casi nada. Seguro que me sucede muy pronto...»

Decidí quedarme en la cama la mañana siguiente. Puedes hacerlo cuando estás en la otra punta del mundo, estás triste y no hay nadie que te llame para tratar de animarte. Me quedé en la cama hasta la una de la tarde. No había hecho eso desde que era una adolescente, y fue genial. Después sonó el teléfono, era Amrita. Le pregunté cómo habían ido sus citas.

—Bueno, no eran mi tipo, pero fueron amables. Mis padres tienen dos más para mí esta noche.

—Vaya, no han tardado —dije, tratando de sonar interesada. Pero no lo estaba. Me tapé hasta la barbilla y me arropé bien.

—Pues sí. Será interesante ver quién aparece hoy —dijo, nerviosa.

Me puse de costado y puse el teléfono en la otra oreja.

—Pareces animada.

Amrita se echó a reír.

—Lo estoy. Me alegra no tener que preocuparme de mi vida amorosa por un tiempo. Es un gran alivio, la verdad.

Pensé en ello durante un momento y me gustó: pasar la responsabilidad de tu soltería a otra persona para convertirla en *su* problema. Pensé en cómo quedarme en la India, que me adoptase una familia y hacer que ellos se encargasen de toda esta mierda.

—Bueno, me preguntaba si querías venir esta noche a observar. Para tu libro, quiero decir.

Me eché de espaldas y apoyé el brazo sobre la frente.

—Bueno, de hecho hoy tenía pensado ir al *ashram*...

—Eso puedes hacerlo mañana. Esta noche podrías ver cómo conozco a los hombres, como en uno de esos programas que a los americanos os gustan tanto, todo muy voyerista.

—¿Pero eso no es algo privado entre familias?

—Sí, pero no importa. Les diré que vienes de visita desde Nueva York y no tienes otro sitio adonde ir. No pasa nada.

Como ya era la una y no me había levantado de la cama, me di cuenta de que las probabilidades de que llegase hoy al *ashram* eran casi nulas. Acepté. Después de todo, iba a venirme genial para mi *libro*.

Justo entonces sonó el teléfono del hotel. Era Alice. Le había mandado los detalles de mi viaje porque eso es lo que una hace cuando no tiene un marido o un novio que se preocupe por ella. ¿Lo notáis, verdad? Estaba un poco mosqueada.

—Julie, hola, ¿qué tal estás?

Parecía consternada, así que mentí.

—Estoy bien, ¿y tú?

Oí cómo respiraba profundamente.

—No creo que pueda seguir con esto, ¿sabes? La boda. Islandia. No creo que pueda.

—¿Por qué no? —pregunté, aunque sabía la razón.

—Porque no estoy enamorada de Jim. Lo quiero, le tengo mucho cariño, pero no estoy enamorada de él. No lo estoy.

Y esta es la parte de la historia en la que la mejor amiga le dice que «por supuesto que no te deberías casar con un hombre del que no estás enamorada; por supuesto que no te deberías conformar, por supuesto que habrá alguien mejor para ti...» Pero estaba en Bombay, por el amor de Dios. No podía hacerme responsable de lo que decía o hacía.

—Alice, escúchame. *Escúchame.* Cásate con él, ¿me entiendes? *Cásate con él.*

El silencio se alargó durante un momento.

—¿De verdad?

—Sí, de verdad. Esto de enamorarse es una tontería, es una ilusión. No significa nada, y no dura. ¿Jim y tú sois compatibles?

—Sí.

—¿Os respetáis? ¿Os gusta cuidaros?

—Sí.

—Entonces *cásate con él*. Nos han lavado el cerebro para que tengamos expectativas demasiado altas. Cásate con él, quiérelo y ten una familia y una buena vida. El resto es mentira.

—¿En serio?

—Sí. Hazlo. Te arrepentirás después si no lo haces.

Y tras eso colgué y volví a dormirme.

Amrita vino a buscarme al hotel para llevarme a casa de sus padres. Llevaba una larga túnica india de oro sobre unos finos pantalones negros de algodón. Se había pintado los labios y llevaba puesto rímel. Estaba muy guapa.

—Podría haber ido en taxi. No te tendrías que haber molestado en venir a recogerme la noche que conocerás a tu marido —bromeé.

Amrita sacudió la cabeza.

—Los taxistas te harán pagar una fortuna si no sabes a dónde vas.

Y volvimos a hacerlo, conducir por la puñetera ciudad de Bombay, volviendo a ver los mismos horrores. Cuando nos paramos en un semáforo, oí un ruido en la ventana del coche. Me giré y vi a una chica joven al otro lado de mi ventana. Había golpeado el cristal con la cabeza para llamar mi atención. Tendría unos siete años y llevaba a un bebé en brazos. Se llevaba los dedos a la boca una y otra vez. Miré a Amrita con la boca abierta y lágrimas en los ojos. No estaba para nada conmovida. Siguió conduciendo.

Después de un largo rato en silencio, traté de formular una pregunta, para intentar entender algo de todo aquello:

—¿Los niños van al colegio?

Amrita movió la cabeza.

—Algunos, pero la mayoría no. La mayor parte son musulmanes, así que no creen mucho en la educación. Quieren que sus hijos trabajen.

—¿Te refieres a algo así como vender cacahuetes en la calle? —pregunté con cierto sarcasmo. No lo entendía.

Amrita asintió.

—Algo así.

Condujimos el resto del camino en silencio.

Llegamos a otro gran edificio que, por lo alto e inmaculado, parecía haber sido construido dos días atrás. Pasamos al lado de canchas de tenis y piscinas cubiertas. En la entrada, un hombre con uniforme aguardaba para dejarnos pasar.

Los padres de Amrita me saludaron cordialmente en la puerta y me invitaron a pasar. Su madre, la señora Ramani, iba vestida con un sari tradicional azul y blanco y con una camiseta de manga larga de algodón debajo. El señor Ramani llevaba unos pantalones sencillos y una camisa. Había otras tres mujeres mayores sentadas en el salón, junto a otro hombre. Eran la abuela, tío y dos tías de Amrita. La madre me trajo un vaso de agua. Por supuesto no era el momento de ofender a nadie, así que bebí un poco y lo dejé en el posavasos que estaba a mi lado.

Amrita se sentó y empezaron a hablar en hindi y, por lo que deduje de los gestos, una de las tías estaba opinando sobre lo guapa que estaba Amrita. Entonces, el padre empezó a hablar y todos le prestaron atención.

—Nos está describiendo al primer hombre que voy a conocer. Es un ingeniero que trabaja para la ciudad, algo relacionado con el gas y los oleoductos. Nuestros horóscopos son muy compatibles y a él no le importa que yo trabaje.

—Y su edad, tampoco le importa su edad. No necesita a una mujer joven —añadió su padre.

Todo el mundo asintió, aliviado.

—Vivió en Estados Unidos durante dos años. Es muy moderno —me contó el padre de Amrita.

Me sentía muy incómoda en medio de todo aquello. No sabía dónde meterme cuando el hombre y su familia llegasen.

—¿Les gustaría que me quedase fuera o en otra habitación cuando lleguen...? —La madre de Amrita miró a su marido. Su esposo se lo pensó durante un momento. En esa pausa aproveché para hablar—: Cuando lleguen saldré a tomar el aire. Así tendrán algo de privacidad.

Ambos se miraron. El padre asintió, de acuerdo conmigo.

—Puedes ir a la otra habitación con Amrita mientras hablamos.

El timbre sonó y la madre fue a la puerta. Amrita me indicó que me levantase y fuimos corriendo a otra habitación como dos chicas adolescentes.

Esperamos sentadas en la cama con las piernas cruzadas.

—¿De qué están hablando? —pregunté.

—Los padres tienen que estar seguros de que se caen bien mutuamente. Es muy importante. Ambas partes deben sentir que venimos de buenas familias.

—¿Y qué hace que una familia parezca buena?

—Bueno, en primer lugar todos los hombres son de la casta brahmán, como mi familia, eso ya es mucho.

—¿Entonces el sistema de castas sigue siendo importante?

—No tanto como antes, pero con cosas como el matrimonio sí lo es.

—¿De verdad?

—En parte sí. Los brahmán, mi casta, eran sacerdotes y profesores, los intelectuales. Después tienes a los granjeros o los obreros. En realidad es muy parecido a como funciona en tu país, con los peones y los trabajadores de clase media, la única diferencia es que aquí proviene de una larga tradición y les hemos dado nombres.

—¿Y qué pasa con los intocables? ¿Es como se denomina a aquella gente, no? Los de la calle —inquirí.

—Sí.

—Entonces, ¿esos nacen pobres y morirán pobres, sin esperanza de mejorar su situación?

Amrita movió la cabeza.

—El Gobierno está empezando a ayudarles, pero es lo que hay.

No quería empezar un debate político con ella mientras estábamos esperando entre bastidores su gran cita, pero aun así, me resultaba difícil comprenderlo. Amrita se dio cuenta de que no lo aceptaba.

—Vosotros, los turistas, venís a Mumbai, veis la pobreza y sacáis fotos. Volvéis a casa y pensáis que habéis visto Mumbai. Pero eso no es todo lo que ofrece la ciudad. La India no es solo esto. —Estaba a la defensiva. Pensé en cambiar de tema.

—¿Y de qué hablan las familias?

—Quieren saber si el padre tiene un buen trabajo y si los parientes son responsables y tienen buenos trabajos. En realidad quieren descubrir si tienen una buena educación. Es importante.

Una hora después la señora Ramani llamó y entró.

—Ya puedes conocerlo —dijo con una sonrisa tímida—. Su familia es encantadora.

Amrita me miró, sacudió los hombros como diciendo «allá vamos» y salió por la puerta. Me senté en la cama. Estaba exhausta. Permanecí sentada durante varios minutos mirando la pared y, justo cuando estaba a punto de dormirme, la puerta se volvió a abrir y la señora Ramani entró.

—Su familia se ha marchado. Ella se ha ido a dar un paseo con él. Venga y siéntese con nosotros.

Me levanté deprisa para que no se notase que había estado a punto de dormirme.

—Gracias. Se lo agradezco mucho.

Me senté en el sofá. La familia de Amrita todavía estaba reunida. Nos miramos algo incómodos y yo decidí empezar con mi «investigación»:

—Me parece muy interesante la importancia que llega a tener la astrología en los matrimonios de la India.

El señor Ramani asintió enérgicamente.

—Lo es todo. Encontramos muchos hombres interesantes por Internet, tenían un buen trabajo, eran de buena familia y formaban parte de nuestra comunidad, pero sus horóscopos no eran compatibles, así que no pudo ser.

La señora Ramani también asintió, de acuerdo con su marido.

—No tenemos eso en América. Es un concepto algo extraño para mí —dije.

El señor Ramani se levantó y empezó a caminar por el salón, explicándomelo como un profesor.

—Es muy fácil. Un matrimonio debe estar compuesto de tres cosas: debéis ser compatibles emocionalmente, intelectualmente y físicamente. Si no entran en juego estos tres factores, el matrimonio no funcionará.

Me sorprendió la parte de «compatibles físicamente». Había supuesto que la vida sexual de la pareja era lo que menos le interesaba a nadie.

—Las relaciones empiezan muy rápido, con una explosión y mucha atracción, pero no duran. Eso es porque no son compatibles. Los horóscopos pueden decirte si serán verdaderamente compatibles. ¿Quién puede predecir eso? ¿La pareja? No. ¿La familia? No. El horóscopo, el horóscopo sí puede.

A medida que hablaba me dejaba más intrigada. Si esto era cierto, hacía años que esta gente había resuelto algo que a los estúpidos americanos seguía dejándonos perplejos. ¿Cómo sabes si tu relación será duradera? Si nos fijásemos únicamente en la escandalosamente baja tasa de divorcio de la India (1%), podríamos suponer que aquella gente había dado con algo. Sin embargo, está claro que hay muchos factores a tener en cuenta, como sus expectativas en relación al matrimonio, tan distintas de las nuestras. Decidí seguir inquiriendo:

—Si no le importa que se lo pregunte, ¿dónde cabe el amor en todo esto?

El señor Ramani continuó andando por la habitación. Lo que al principio parecía entusiasmo por enseñarme la cultura india ahora daba la impresión de ser nerviosismo. Caí en la cuenta, al ver sus manos todo el rato dentro y fuera de sus bolsillos y de observar cómo se paseaba, de que simplemente estaba ante un padre nervioso a la espera de que su hija volviese de su cita.

—¿Amor? ¿Qué es el amor? El amor no significa nada —dijo torciendo los labios en señal de desagrado.

La señora Ramani pensaba lo mismo:

—Es una idea muy occidental. En los matrimonios indios no se piensa en el amor. Piensas en cuidar al otro. Yo lo cuido —dijo señalando al señor Ramani—, y él me cuida.

Se puso una mano sobre el corazón. Yo sonreí. El recuerdo de Thomas cuidando de mí cuando me dio un ataque de pánico en el avión pasó por mi mente brevemente. Lo sentí como si me desgarrara la piel.

El señor Ramani prosiguió:

—Esos hombres que intentan ser románticos y dicen «cariño esto, cariño lo otro»... Si te pueden llamar «cariño» a ti significa que se lo pueden decir a cualquier otra. Esas palabras no significan nada.

Pensé en Thomas. En cómo me llamaba «cariño». Hasta que su otro cariño llegó desde la otra punta del mundo para llevarse a *su* cariño.

El señor Ramani miró el reloj. Amrita llevaba fuera casi una hora. Su mujer me preguntó:

—¿Cuántos años tiene?

—Treinta y ocho.

—¿Y no está casada? —las dos tías se mostraron interesadas ante esto, mirándome para ver mi reacción.

—No, no lo estoy —mi vaso de agua seguía en la mesita, así que bebí un sorbo.

La abuela parecía entender lo que había dicho, pero le habló al padre en hindi. Él hizo las dotes de intérprete y tradujo su pregunta:

—¿Por qué no se ha casado?

Ah, *esa* pregunta otra vez. Rumié qué respuesta dar en esta ocasión. Después de varios segundos contesté con lo obvio:

—Supongo que no he encontrado al hombre adecuado.

El señor Ramani tradujo la respuesta y la abuela me miró con pena. Una de las tías me dijo:

—¿Su familia no le ayuda a buscar a alguien?

Todos me miraron y yo negué con la cabeza.

—No hacemos eso en Estados Unidos. No involucramos a la familia.

—¿Pero no quieren que se case? —preguntó la señora Ramani, con voz teñida de preocupación.

Estoy mucho más cómoda cuando soy yo la que hace las preguntas, francamente. Bebí más agua.

—Claro que sí. Pero creo que piensan que soy feliz tal y como estoy ahora.

Le tocó hablar al tío:

—No puede ser —dijo—. El ser humano está diseñado para muchas cosas, pero la soledad no es una de ellas.

Tragué saliva. Traté de asentir. Mi estómago volvió a revolverse.

La señora Ramani se inclinó hacia mí y dijo, como si fuera un hecho:

—No estamos destinados a vivir solos.

Traté de sonreír a la fuerza, pero sentí cómo palidecía. Vi que todos me observaban. Y como soy un desastre emocional, empecé a llorar.

—¿Me permiten ir al servicio? —pregunté con voz temblorosa. Todos se miraron sin saber qué hacer.

El señor Ramani se levantó:

—Por supuesto, acompáñeme.

Sollocé tan silenciosamente como pude apoyada en el lavabo de los Ramani. Unos cinco minutos después escuché la voz de Amrita y un gran escándalo. Aburrida de mis propios dramas me soné la nariz, me eché agua en la cara (lo que, dejadme que os repita, *no funciona nunca*) y salí. Cuando llegué al salón el señor Ramani se giró hacia mí sonriendo.

—¡Son compatibles!¡Va a haber boda!

Amrita estaba sonriendo de oreja a oreja. Los padres de él sonreían y abrazaban a su hijo. Su prometido, un hombre alto de pelo negro y espeso peinado hacia atrás y bigote negro, parecía que iba a ponerse a bailar. Yo me quedé allí de pie con los ojos hinchados viendo cómo sucedía todo aquello, como en una película de Merchant-Ivory, con sus dramas y enredos.

Cuando dejaron de abrazarse y darse besos, Amrita se acercó a mí. Me cogió de la mano y nos separamos del resto.

—Es encantador. No hemos dejado de hablar. Tenemos tanto en común. ¡Es divertido e inteligente! ¡Tengo mucha suerte! No me puedo creer que me vaya a casar. —Me abrazó, sonriendo—. Nunca lo hubiera conocido por mi cuenta. ¡Nunca!

Me maravilló la velocidad de todo aquello. En Nueva York, si te gusta mucho un tipo, a lo sumo tienes una segunda cita con él. Aquí, ¡aquí planeas la fiesta de compromiso! Parece una locura, pero si consideramos lo milagroso que es de por sí encontrar a alguien con quien quieras tener una segunda cita, quizá no parece un plan tan descabellado. Tal vez querer salir con alguien más de una vez ya es una señal de que podrías comprometerte, intentarlo y ¡a por ello!

El señor Ramani había sacado una botella de champán que tenía guardada para la ocasión, y su mujer repartía las copas. Ambas familias estaban exultantes. La razón era obvia: las dos almas perdidas que, durante años, habían flotado a la deriva como hilos sueltos en el tejido de la sociedad, esas dos almas que no estaban diseñadas para estar solas, habían encontrado su lugar. Se habían convertido en una pareja que unía a dos familias y que formaría la suya propia. Y con esa decisión, tomada en tan solo una hora, se habían dado a sí mismos un lugar en el mundo.

Dejando de lado el hecho de que me estaba inmiscuyendo en un momento muy privado, también me di cuenta de que si no me alejaba de toda esa alegría matrimonial me iba a tirar por la ventana. Así que le pedí a Amrita que llamase a un taxi y me fui tan pronto como pude.

Y otro viaje en coche. Afortunadamente era de noche, así que la mayoría de los niños que jugaban y pedían comida estaban durmiendo bajo unas mantas con su familia a un lado de la carretera. Era la hora de dormir para Bombay. Aun así, había niños más mayores despiertos y cuando nos paramos en un semáforo en rojo, una chica con el brazo derecho amputado hasta el codo utilizó su extremidad para golpear la ventana, poniéndose los dedos de la mano izquierda en la boca.

El taxista miró a la niña y después fijó sus ojos en mí:

—No le dé dinero. Es una farsa. Es crimen organizado.

Miré por la ventana. Para ser una farsa, lo hacía muy bien eso de hacerse pasar por una niña pobre de la India con un solo brazo.

—¿Por qué el Gobierno no les ayuda? ¿Por qué están en la calle?

El conductor no dijo nada. La respuesta perfecta a una pregunta complicada. La pequeña niña todavía seguía golpeando el cristal con su muñón.

Durante un momento me imaginé lo que parecía. Una americana caucásica, bien vestida, observando a la niña y negándose a abrir la ventana y ayudarla. Clavé mis ojos en ella, en la chica sucia con el pelo negro, largo y apelmazado. Este era su lugar en el mundo. Su casta. Vivía en la calle y lo seguiría haciendo probablemente el resto de su vida.

—¡A la mierda! —dije en voz alta.

Abrí el bolso y saqué la cartera. Bajé la ventanilla y le di cinco dólares. Hice lo mismo con los siguientes cuatro niños que me vinieron a pedir durante el trayecto. El taxista negó con la cabeza en señal de desaprobación, y mentalmente le mandé a paseo. Es lo que hay. Odio formar parte de un cliché, pero la pobreza de Bombay es espantosa, la calidad de vida de esta gente es horrible y el hecho de que nadie parezca interesarse es peor todavía. Yo era la turista americana que volvería a Nueva York y diría: «Bombay, Dios mío, la pobreza. Es *terrible*». Esa sería yo, sí. Lo reconozco.

Para cuando llegué al hotel mi estómago estaba revuelto. Sin embargo, desde que había llegado a Bombay —con tanta comida picante, el aire que huele a goma quemada y la miseria general— mi estómago no había estado bien, así que no le di mucha importancia. Fui al ascensor del hotel y respiré aliviada. Lo que yo os diga, los trayectos en coche por Bombay eran desesperantes.

Mientras subía a mi habitación los recuerdos de los niños cruzaban por mi mente. No se iban, ni iban a hacerlo. Como una película de terror que se repite en tu cabeza y eres incapaz de parar.

Me duché con la esperanza de que mi estómago se calmase. Pensé en aquellas familias que se preocupaban la una por la otra, ocupándose de que todos se casasen y formasen una familia y formasen parte de la sociedad. Y pensé en esas otras familias, en las de la calle, que nunca tendrían acceso a esa sociedad en toda su vida. Y aquellas familias, las que vivían en casas y apartamentos con champán y educación, aquellas familias no se preocupaban lo más mínimo de esas otras…

Mientras me echaba agua en la cara, traté de convencerme de que era un problema complicado, algo que ni siquiera empezaría a comprender en tan solo unos pocos días. Solo pensaba en el vacío en los ojos de aquellos niños. Sus gestos robóticos cuando pasábamos, como si fueran cáscaras de piel vacías haciéndose pasar por niños.

Al salir de la ducha sentí náuseas. Fui al baño y descubrí que tenía diarrea. Y eso, damas y caballeros, fue el resumen de mi noche: ir al baño y sudar, sudar e ir al baño, mientras por mi mente cruzaban las siluetas de los niños que dormían en la calle, que estaban de pie al lado de sus chabolas o que pedían comida. Estaba enferma y sola en Bombay.

Dormí hasta el mediodía y me quedé en el hotel. Ni siquiera podía pensar en salir a la calle una vez más. Necesitaba un descanso de Bombay.

Después me acordé de la madre de Amrita. Tenía razón. No estamos destinados a vivir solos. Va en contra de la naturaleza humana. Todo el mundo debería compadecerse de nosotros, los solteros. Vivimos con una deficiencia considerable en nuestras vidas. Se nos niega el amor. Y, aceptémoslo, la verdad es que todo lo que necesitamos es amor. Yo lo tenía todo menos eso, y mi vida estaba totalmente vacía.

Me di cuenta de lo patético que sonaba, incluso para mí misma, pero no me importaba. Cuando siento lástima por mí misma —algo que me sucede a menudo—, me gusta recrearme en ello, hundirme en la miseria y sentirme lo peor que pueda. Y como nadie iba a pararme los pies, iba a haber fiesta lacrimógena para toda la noche.

Ahí estaba yo, en la India. Donde la gente más necesitada estaba literalmente en la calle. Niños sin hogar, comida, ropa o *manos*. ¿De verdad que era capaz de estar allí sentada y llorando porque no tenía novio?

Me hubiese gustado que la respuesta fuera no, pero no estaba segura. Me puse algo de ropa y bajé hasta el pequeño mostrador de recepción en el que había una preciosa mujer con los ojos pintados. Yo estaba despeinada y tenía los ojos hinchados. A saber lo que pensaría de mí.

—Disculpe —pregunté, mi voz estaba ronca por no haber hablado en todo el día—, ¿conoce alguna organización con la que podría colaborar? Ya sabe, para ayudar.

La mujer de recepción parecía confusa. No era lo que normalmente le pedían.

—Perdone, ¿a qué se refiere?

—Me preguntaba si podría pasar varios días ayudando a la gente de la calle.

Supongo que pensó que estaba loca. Sonrió educadamente y dijo: «Un momento, por favor, voy a preguntarle a mi compañera». Fue hacia una puerta que conducía a alguna habitación trasera Y al cabo de unos diez minutos regresó:

—Lo lamento, pero no podemos darle ningún tipo de recomendación en este sentido. Lo siento mucho.

—¿En serio no hay ningún lugar al que pueda ir de voluntaria para ayudar? —inquirí de nuevo.

La mujer negó con la cabeza.

—Así es. No es posible.

Justo entonces, una mujer joven, de unos veinte años, que trabajaba en otro mostrador nos interrumpió:

—Disculpe, ¿está interesada en ayudar de voluntaria en algún sitio?

Asentí y dije que sí. Sus ojos se iluminaron.

—Tres amigas y yo nos reunimos los sábados por la noche para ir a las ferias al aire libre. Compramos comida para los niños que merodean por allí y les montamos en las atracciones. Iremos esta noche.

—¿Puedo unirme a ustedes?

—Por supuesto, la veré aquí a las seis. Puede venir conmigo en coche.

Casi se me escapó una sonrisa.

—Muchas gracias.

—De nada —me ofreció la mano—. Soy Hamida, por cierto.

—Encantada de conocerte, yo soy Julie.

—Encantada, Julie.

Aquella noche estaba entre la multitud de lo que parecía la población entera de la India. Estábamos en un festival de algún *Baba* musulmán (un líder espiritual) importante de Bombay. Había una gran cantidad de adolescentes, familias y parejas riendo y gritando. Media docena de norias se alzaban en el aire, todas ellas iluminadas, lo que le daba un aire de circo. Una música india sonaba por los altavoces, así como una voz de hombre que hablaba en hindi. Aquello era un completo caos.

Yo estaba con Hamida y sus amigas, Jaya y Kavita, que eran dos hermanas jóvenes, modernas, con vaqueros y camisetas de diseño. Habían nacido en Londres, su padre era un hombre de negocios que había regresado a Bombay por trabajo, y cuando llegaron se quedaron paralizadas al ver el tipo de pobreza que poblaba la ciudad. Habían conocido a Hamida en la escuela privada de Bombay a la que todas habían ido y decidieron hacer algo para ayudar.

Y esto era lo que hacían. Iban a ferias, encontraban a niños que corrían solos o que pedían dinero y se ofrecían a montarles en las atracciones y comprarles comida. No era mucho, pero era algo.

Y yo, la mujer blanca que estaba allí, los atraía como la miel a las abejas. Cinco niños no tardaron más de un minuto en acercarse a mí con sus manos señalando sus labios. Hamida empezó a hablarles en hindi. Se callaron, como si no entendieran lo que decía y se asustasen por ello.

—Esto pasa a todas horas —me susurró Jaya—. Están confusos. Nunca han oído a nadie que les ofrezca montarse en las atracciones.

Hamida siguió hablando con ellos, señalando los puestos de comida y las norias.

Los niños estaban sorprendidos. Kavita también empezó a hablar con ellos. Notaba que les costaba cambiar el chip de mendigos a niños (como si alguien intentara convencer a una marioneta de que en realidad es un niño). Finalmente, después de tentarlos, las mujeres fueron capaces de llevar a los niños a un puesto de helados. Compraron uno a cada uno y estos empezaron a comérselos alegremente. Al poco rato empezaron a sonreír y pudimos montarlos en la noria. Nos apretujamos para asegurarnos de que había un adulto con cada grupo de niños. Mientras la noria daba vueltas, los niños empezaron a sonreír y reírse, y señalaban el horizonte, impresionados por todo lo que podían ver desde ahí arriba, y gritaban y se saludaban los unos a los otros desde sus asientos.

Durante toda la noche, hicimos lo mismo con tantos niños como pudimos encontrar. Estuvimos con ellos, les compramos comida y los montamos en las atracciones. No hablaba hindi, obviamente, pero fui capaz de bailar y poner caras que les arrancaron más de una sonrisa. Debo admitir que fue agotador. Miraba a aquellas tres chicas jóvenes y sentí una gran admiración hacia ellas. Habían descubierto cómo ir al grano. No pasaban la noche de cada sábado con sus novios, en fiestas o en bares, sino en ferias sucias y ruidosas, dando vida a niños, aunque solo fuese durante algunas horas.

Cuando llegué a mi habitación me desplomé en la cama, llena de suciedad y helado. Al pensar en aquella noche y en los niños me sentí más liviana. Había ayudado a algunos niños. No era egoísta, sino generosa. No era una llorona patética, sino una madre magnánima para el mundo... Pero entonces, como quien necesita arrancarse una costra aun sabiendo que no debería, mi mente visualizó a Thomas y su mujer pasando el verano en el campo con su bebé gateando en la hierba; abriendo regalos en Navidad; echados en la cama todos juntos un domingo por la mañana... Traté de sacar esas imágenes de mi cabeza. Empecé a deambular por la habitación para despejar mi mente y, sin querer, al espejo de cuerpo entero alumbrado con focos, y la vi: vi la celulitis que cubría mis muslos. Bajé la mirada y juraría que vi los primeros signos de celulitis en mis tobillos.

No pude evitarlo. Lo siento. Empecé a llorar de nuevo. Y sí, no lo hacía por aquellos pobres niños, sino porque mi corazón se había roto y tenía celulitis en los tobillos.

Ciertamente, no estaba en mi mejor momento.

Otra vez en los Estados Unidos

Alice se encontraba en su habitación con la maleta ya hecha sobre la cama. No se irían a Islandia hasta dentro de tres días, pero ella ya estaba preparada. Hacer la maleta no había sido estresante, ya que supuso que iban a estar a oscuras todo el tiempo, así que no importaría mucho lo que fuese a llevar puesto. Pero, al igual que a la hora de encontrar marido, a Alice no le gustaba esperar hasta el último minuto.

Había pasado mucho tiempo eligiendo el vestido correcto para el gran día. Lo había encontrado la semana anterior con la hermana de Jim, Lisa. Se había decidido por un conjunto de falda y chaqueta de lana en tono blanco frío, con las mangas de la chaqueta y el borde de la falda adornados con piel de visón. No era políticamente correcto, vale, pero era bonito, muy a lo *Doctor Zhivago*. Ya haría un donativo a PETA después de la luna de miel.

Eran las nueve de la mañana y no tenía nada que hacer. No tenía que ir a pinchar a Ruby y, obviamente, ya no tenía que ir al encuentro de floristas, organizadores de boda o el *DJ* porque no había boda. Alice había convencido a Jim (y este a su familia) de que se había dado cuenta de que casarse era un evento muy íntimo y que quería compartirlo exclusivamente con él, y que casarse en Islandia siempre había sido su sueño (mentira, por lo que debía añadirlo a la lista de lo que avergonzarse junto con lo del visón). La única forma con la que se salió con la suya fue prometiendo a la familia que celebrarían una gran fiesta cuando volviesen de la luna de miel.

Y ahora Alice estaba sentada en la cama y no tenía nada que hacer durante todo el día. No era la abogada, no era la novia, no era siquiera la amiga. Se prometió a sí misma que llamaría a Ruby pasados unos días para preguntarle por la noticia. Imaginó cómo iría la llamada: «Hola, Ruby, me preguntaba… ¿estás embarazada?» Entonces se dio cuenta de que era una de esas situaciones en las que era mejor no hacer preguntas. Las noticias llegarían en el momento justo. Fue a la cocina, se preparó una taza de café y empezó a pensar en lo parecido que era a tener citas. No le gustaban nada las llamadas supuestamente informales el día después de la cita.

«Hola, Alice, soy mamá. Estaba limpiando y recordé que ayer tuviste una cita. ¿Qué tal ha ido?»

«Hola, Al. Soy Bob. Anoche tuviste una cita, ¿verdad? ¿Fue todo bien?»

«Hola, Al, soy yo ¿Qué tal te ha ido con el señor fondo fiduciario? Cuéntamelo todo.»

Alice permanecía sentada, bebiendo su segunda taza de café y sintiéndose aliviada. Esos días ya habían pasado. No más llamadas. Ahora tenía tiempo para pensar en Ruby y ser una de esas personas pesadas que llaman para preguntar: «Oye, Ruby ¿estás preñada?»

Desgraciadamente, la mente de Alice también tuvo tiempo de pensar en el evento más importante de esos días, su matrimonio con Jim. Se apretó las sienes a ver si de allí salía el poco de integridad y coraje que le quedaba para hacer algo, pero allí no pasó nada. En todo lo que podía pensar era en el hecho de que no quería volver a tener una cita nunca más. Sabía que era un motivo muy débil. Sabía que se estaba conformando y trató de que le importase. Trató de sentirse culpable por ello, al igual que con el visón. Pero en lugar de eso, recordaba todas las citas y todas las llamadas, y sabía que no iba a ir a ninguna parte.

Finalmente decidió llamar a Ruby y preguntarle cómo había ido todo. Cuando descolgó, Ruby se lo contó: que se había ido en el último momento, que había visto a su madre y que se había dado cuenta de que provenía de una larga estirpe de mujeres depresivas. También le dijo a Alice que no había visto a Serena en días. Alice estaba preocupada. Estaba preocupada por Ruby y por Serena. Por fin tenía algo en lo que pensar.

Mark Levine estaba sentado en uno de los extremos de la mesa. Dale y Georgia estaban sentados el uno frente al otro, a ambos lados de Mark Levine. Georgia, por supuesto, estaba hecha un manojo de nervios. No sabía lo que los niños le habían dicho a Mark Levine, y por tanto, no tenía ni idea de lo que este iba a decirles. Si recomendaba algo con lo que no estuvieran de acuerdo, tendría que contratar a un abogado y gastarse una gran cantidad de dinero para ir a juicio, pero estaba dispuesta a hacerlo si hacía falta. No iba a dejar que el veleidoso Mark Levine tuviera la última palabra sobre dónde debían vivir los niños si ella no quería.

Georgia miró a Dale. Estaba raro, un poco desaliñado. No se había afeitado para el gran día. Se había puesto una americana pero iba sin corbata. «Por fin», pensó Georgia, «por fin se está dando cuenta de lo que me ha hecho y de lo que le ha hecho a su familia».

Mark Levine había abierto su ficha. Georgia y Dale estaban sentados en silencio; Dale tenía las manos sobre la mesa y se estaba arrancando los padrastros.

—Como ya saben, he tenido la oportunidad de hablar con ambos, individualmente, al igual que con sus hijos. Mi recomendación es que...

Pero antes de que Mark pudiese acabar, Dale lo interrumpió:

—Creo que los niños deberían quedarse con Georgia —dijo con los ojos fijos en los padrastros.

Georgia, sorprendida, miró a Dale y después a Mark Levine. ¿Había oído bien? Tenía que asegurarse.

—¿Qué? —preguntó Georgia.

Dale levantó la vista para posar sus ojos en Georgia y Mark.

—Es una buena madre. Lo ha pasado mal y ha cometido un error. No creo que lo vuelva a hacer, ¿verdad?

—No, nunca.

Mark Levine se quitó las gafas y se frotó los ojos. Miró a Dale.

—¿Está seguro?

Dale asintió y volvió a bajar la mirada. Georgia creyó ver que sus ojos se llenaban de lágrimas. Decidió entablar conversación con él para estar segura.

—¿De verdad, Dale, estás seguro? —inquirió.

No le importaba si estaba seguro, solo quería ver si estaba llorando. Dale levantó la cara durante un segundo y murmuró que lo estaba. Sí que tenía los ojos llorosos. Dale volvió a mirar hacia abajo y Georgia sintió una oleada de todo tipo de emociones: le daba pena lo mal que lo veía, agradecía que hubiera cambiado de opinión, se arrepentía de lo que había pasado y cuando todo aquello quedó revuelto por aquella oleada le pareció justamente... amor.

—Vaya, creo que puedo estar de acuerdo con eso —dijo Mark Levine—. Yo iba a recomendarles que...

—¿Necesitamos saberlo? —lo interrumpió Georgia rápidamente—. Es decir, estamos de acuerdo. ¿Necesitamos saber lo que quiere recomendarnos?

Mark Levine frunció los labios y respondió educadamente.

—No, supongo que no. Pero creo que estoy en mi deber de animarla a encontrar una manera de manejar su ira. Mostrar a sus hijos algo que no sea una buena relación entre ustedes es completamente inaceptable.

—Estoy totalmente de acuerdo, señor Levine. Gracias.

—¿Quiere hablar de sus derechos de visita? —le preguntó Mark Levine a Dale.

—¿Puedo tenerlos cada dos fines de semana? —inquirió Dale—. ¿Y cenar con ellos una vez a la semana?

Georgia asintió y añadió:

—Por supuesto, y si quieres verlos más a menudo seguro que podemos encontrar una solución.

Dale casi sonrió y volvió a bajar la mirada.

Mark Levine se levantó de la mesa.

—Me alegro de que todo haya terminado amistosamente. Haré que redacten el papeleo. —Justo cuando iba a salir por la puerta miró a Dale y Georgia, que todavía permanecían sentados—. ¿Estarán bien aquí?

Georgia y Dale le aseguraron con la cara que no iban a empezar a ahogarse el uno al otro cuando se fuera.

La puerta se cerró tras él y Dale apoyó la cabeza sobre sus manos y los codos sobre la mesa. Georgia se inclinó y le tocó un codo. Ahora Dale estaba llorando de verdad. La única vez que lo había visto llorar así había sido en el funeral de su madre. Por aquel entonces le había parecido muy dulce. Recordaba que se había quedado de pie junto a él, acariciando su espalda mientras él lloraba en el aparcamiento del tanatorio. Había sentido un amor desbordante hacia él en aquel momento; comprendió que era algo que un marido y una mujer pasaban juntos —nacimientos, muertes y lágrimas—, y ella se había sentido orgullosa de haber estado ahí para él. Hoy, al igual que ese día, sintió un amor profundo hacia Dale. En aquella pequeña sala de visitas entendió que la historia no es algo que deba ser subestimado, y aunque el presente sea diferente, el pasado debe respetarse, y ella iba a decir que incluso atesorarse. Volvió a tocar el codo de Dale para consolarlo durante ese momento de dolor, pensó que debía estar pasando por un momento similar. El peso de la disolución de su historia en común y la ruptura de su familia por fin habían hecho mella en él. Y aunque sentía una gran ternura hacia él en ese momento, también se sentía vengada. Por fin veía emoción. Por fin veía arrepentimiento. Por fin veía seriedad...

—Me ha dejado —murmuró Dale mientras levantaba la cara y le enseñaba sus lágrimas a Georgia.

Pensaba, esperaba y rezaba, no haberlo oído bien.

—¿Perdón? —dijo Georgia, con un tono de voz totalmente despectivo.

—Me ha dejado, Georgia. Melea me ha dejado. —Dale cogió el brazo de Georgia y le dio un apretón mientras giraba la cara—. Dijo que no quería salir con un hombre que tuviera hijos. Que era demasiado complicado.

Georgia respiró hondo y le preguntó, calmada:

—¿Es por eso por lo que no has luchado por los niños? ¿Porque habías querido criarlos con ella?

Dale, en su estado vulnerable estaba tan débil que ni siquiera mintió o esquivó la pregunta.

—Pensé que sería una buena madrastra.

Había muchas cosas que Georgia quería hacer o decir en ese momento. Podría haberle gritado que solo había querido a sus hijos para utilizarlos como atrezo en la vida perfecta que había imaginado con Melea. Podía haberle gritado que debería haber estado pensando en la ruptura de sus doce años de matrimonio; que con su error habían añadido a sus hijos a la estadística de niños con padres divorciados; que, debido a lo que estaba pasando en ese momento, sus hijos podrían sufrir secuelas psicológicas que quizá no notasen hasta varios años después, y que parecía no darse cuenta de todo eso porque estaba demasiado ocupado llorando por una puta brasileña (sí, en su mente podía llamarla puta, que le dieran a Mark Levine) que había conocido hacía algunos meses.

Pero Georgia supo que ese no era el momento de pensar en Dale ni en sus patéticas vidas amorosas. Dale ya tenía suficiente pensando en él mismo. Ahora tocaba pensar en sus dos maravillosos hijos de padres divorciados y en cómo podría llenar sus vidas de alegría, estabilidad, disciplina y diversión. Había llegado la hora de hacerlo. Eso era a lo que tenía derecho ahora, eso y solamente eso.

A menudo, la mañana trae buenas noticias. El sol se alza, la gente está descansada y la luz del día ayuda a ver las cosas de forma menos deprimente. Pero hay un tiempo horrible en la vida de cada persona en el que las cosas van tan mal que la mañana solo trae un dolor fresco o hace que te des cuenta de que has caído en desgracia. Para Serena y Kip así es como empezó la mañana. Kip estaba despatarrado en el sofá, con la cabeza apoyada en el regazo de Serena, cuando se despertó llorando. Se levantó de repente y gritó: «¡Quiero hablar con mi madre! ¡Quiero hablar con mi madre!»

—La voy a llamar ahora mismo —dijo Serena, levantándose y cogiendo el teléfono. Eran las seis de la mañana. No podía ni imaginarse la noche que Joanna había pasado. Kip estaba de pie, tenso, respirando agitadamente y con los ojos anegados en lágrimas mientras Serena marcaba el número.

—¿Joanna? Soy Serena. Kip quiere hablar contigo. —Serena le tendió el móvil a Kip. Este lo cogió despacio, como si le fuera a explotar en la cara.

Kip escuchó sin hablar. Serena no tenía ni idea de lo que Joanna le estaba diciendo. ¿Robert estaba bien?

—Ajá —respondió Kip—. Me alegro, mamá. —Y colgó.

Serena miró a Kip.

—Papá va a volver a casa —murmuró Kip, aliviado. Volvió a echarse en el sofá, apoyado en su estómago. Cogió el mando y empezó a ver una película de Robert en la que representaba a un vaquero que buscaba a su hijo desaparecido.

«¿Robert va a volver a casa? ¿Eso son buenas o malas noticias?» Serena no tenía ni idea. Y entonces, hizo lo único que sabía hacer en ese tipo de situaciones.

—Te voy a preparar una tortilla y algo de beicon, ¿te parece bien? —le sugirió a Kip.

—Sí, gracias —respondió Kip mirando la televisión. Serena se dispuso a hacerlo en silencio.

A las nueve, Joanna llamó a Serena para contarle los detalles. Su respiración no había mejorado y le habían puesto un ventilador —o sea que no, no eran buenas noticias—. Joanna le dijo que la madre y el hermano de Robert iban a viajar desde Montana, y los padres de Joanna desde Chicago. Esperaba que a Serena no le importase atenderlos. A ella no le importaba para nada, solo quería ayudar y cualquier cosa que pudiese hacer le parecía bien.

Los teléfonos echaban humo. Joanna había empezado a hacer llamadas al hospital y cuando ella no contestaba al móvil empezaban a llamar a casa. Amigos íntimos, conocidos, colegas, agentes, mánagers, todos llamaban. Desgraciadamente, las noticias también habían sido filtradas a la prensa, y los fotógrafos empezaron a acampar enfrente del edificio. Empezaron a llegar comida y flores.

Los padres de Joanna llegaron al mediodía. Era una pareja de ancianos del Medio Oeste, de estatura baja, pelo gris y de buen ver. Llevaban sus maletas y se quitaron sus abrigos. Kip los vio en la puerta y se estuvieron abrazando unos quince minutos. Finalmente repararon en Serena.

—Hola, soy Ginnie —dijo la madre de Joanna al tiempo que le ofrecía la mano—. Joanna nos ha hablado tanto de ti, Serena.

Serena se la estrechó.

—Me alegra poder ayudar un poco.

—Oh, usted hace mucho más que eso —dijo el padre de Joanna, mientras le estrechaba la mano—. Yo soy Bud.

—¿Qué podemos hacer para ayudar? —preguntó Ginnie.

Serena vio que eran de aquel tipo de personas que lidiaban con el dolor gracias a una buena jornada de trabajo como el de toda la vida, así que sugirió que Ginnie hiciera la colada y le pidió a Bud que cambiara el timbre. Mientras tanto, Serena no paró de cocinar y de atender el teléfono, y Kip vio la película una y otra vez, en estado casi comatoso, como un zombi.

A las dos, Joanna llamó desde la ambulancia y les dijo que llegarían a casa en cinco minutos. Todo estaba preparado. Su habitación estaba impoluta gracias a la limpieza de Ginnie, tenían comida para varios días, y los fotógrafos del exterior estaban controlados porque Bud se había hartado y había llamado a la policía, así que ahora había presencia policial en el exterior. ¡Muy bien, Bud!

Nadie sabía qué iban a encontrarse. Todos estaban sentados y esperando hasta que Joanna y Robert llegaron a casa.

Su ascensor era de tamaño industrial y se abría directamente en el *loft*. Cuando llegaron, una nueva realidad invadió la casa: Robert estaba en una camilla con ruedas empujada por dos auxiliares, y había dos mujeres con ropas quirúrgicas blancas que seguían a un hombre que llevaba esa misma ropa pero en verde y que era, por lo visto, el doctor. Joanna apareció en medio de toda esa gente. Estaba pálida y tenía aspecto envejecido, como si hubieran pasado años desde que salió del apartamento hacía veinticuatro horas. Todos se dirigieron a la habitación de Robert y Joanna. Robert estaba inconsciente pero ya no tenía un tubo de aire en su garganta. Solo llevaba una vía intravenosa, que le colocó una de las enfermeras antes de irse.

«Lo han traído para que muera aquí», pensó Serena, al fin. No fue la única. Kip empezó a sollozar en el momento que vio a su padre así.

—¿Va a despertar? ¡¿Cuándo va a despertar, mamá?!

Joanna fue a abrazarlo pero él se escapó.

—¡¡¡No!!! ¡¡¡No!!! —Kip corrió hasta su habitación y cerró la puerta.

La madre de Robert llegó desde Montana a las dos y media. Era una mujer de aspecto frágil que vestía vaqueros y un jersey de cuello alto. Llevaba unas zapatillas New Balance y tenía el cabello castaño claro, rizado y fino. Había tenido un largo vuelo y estaba claro que guardaba la energía que le quedaba para su hijo. Cuando entró besó a Joanna para saludarla, hizo un gesto con la cabeza para saludar al resto y fue directa a la habitación de Robert.

A las cinco empezaron a llegar los amigos, los íntimos. El círculo más más más cerrado. Eran unas veinte personas; veinte agradables personas que se mostraron correctas, hablando bajo, apenadas pero sin morbo, bromeando en ocasiones y hablando de cosas sin importancia, pero con mucha sensibilidad.

Serena tomó el control, no de la gente, sino de la comida que trajeron. Cada uno había llevado un pastel, una botella o algo preparado. Serena sacó todo lo que pudo, guardó el resto y empezó a actuar como si fuera la anfitriona de una fiesta. Puso una mesa para el *buffet*, montó una barra para las bebidas y lo organizó todo.

A las nueve puso algo de música *jazz* (la favorita de Robert) y no parecía que nadie se fuera a ir a ningún lado. Serena no había visto nunca algo así y le sorprendió lo que estaba viviendo.

Además, no era un grupo de gente normal; eran actores famosos, presentadores y un escritor que había ganado un Oscar por el mejor guion. Serena empezó a entender que lo que estaba viviendo era algo primitivo. Toda esta gente era como una tribu: uno de los suyos había caído y se reunían por ello. Porque eso es lo que han hecho los humanos en tiempos de dolor desde el principio de los días. Se reúnen, se abrazan, lloran, y comen.

Las horas pasaron y todos siguieron hablando y bebiendo hasta que, de pronto, alguien se ponía a llorar, y a aquel le seguía otro, y los ojos del resto empezaban a llenarse de lágrimas y el humor de todos decaía irremediablemente. Los hombres lloraban sin esconderse y las mujeres se abrazaban unas a otras. Eran gente del espectáculo que no se avergonzaban de mostrar sus emociones, pero que tampoco sobreactuaban.

Cada vez que Joanna salía de la habitación todos se callaban. Joanna miraba a alguno de los invitados y decía: «¿Te gustaría ver a Robert?» La persona decía que sí, dejaba su copa y se encaminaba a la habitación. Aunque estaba viviendo una pesadilla al ver morir a su marido, continuaba cuidando a la gente, ocupándose de sus necesidades, dejando que cada uno se despidiera. Estaba claro que no le quedaba mucho.

Kip seguía escondido en su habitación. Había un joven actor, Billy, que había protagonizado su primera comedia romántica hacía poco y estaba a punto de convertirse en una estrella, que había podido entrar a la habitación y jugar a los videojuegos con él. Pero eso era todo.

Joanna fue a la cocina, se acercó a Serena y dejó el vaso de agua que había terminado.

—Sé que debe odiar todo esto. —Serena se giró para mirarla—. A toda esta gente, en su casa, hablando y riendo cuando su padre está… —se detuvo—. Pero lo recordará más adelante. Recordará todo el amor y toda la gente que ha estado aquí porque quería a su padre.

Joanna escondió la cara entre sus manos y empezó a llorar. Serena fue a poner un brazo alrededor de ella, pero cuando la rozó Joanna se enderezó y se recompuso.

—Estoy bien. De verdad. Voy a volver. —Se giró para marcharse pero se giró de nuevo hacia ella—. Dios, Serena. Has estado aquí todo este tiempo, ¿estás bien? ¿Necesitas ir a algún sitio? Yo... ni siquiera he tenido un momento para preguntarte si necesitabas irte o...

—Estoy bien, no tengo que ir a ningún lado. No te preocupes por mí, por favor.

—Gracias.

Cuando Joanna se fue, Serena se dio cuenta de que era cierto que no tenía ningún sitio al que ir en ese momento. No había nadie en el mundo que la necesitara tanto como ellos. No tenía novio o hijos. Había llamado a Ruby y le había contado lo que había pasado para que no se preocupara, pero nada más. En una habitación llena de gente unida por dolor y por amor, a la que habían acudido porque no querían dejar solo a Robert y querían acompañarse los unos a los otros, Serena se sentía ingrávida, sin ataduras. Y si no fuera por este grupo que necesitaba ser cuidado y alimentado, Serena sentía que habría podido flotar y perderse en el cielo.

El doctor iba y venía, cada pocas horas revisaba el estado de Robert. Se llamaba Grovner, pero todos lo llamaban Henry. Era un amigo de la familia que también era oncólogo, motivo por el que a Robert se le permitió regresar a casa y recibir los cuidados tan maravillosos que le estaban prodigando. A las once y media de la noche el doctor volvió a entrar y fue directamente a la habitación de Robert. A medianoche todos oyeron a la madre de Robert llorando y a Joanna diciendo «todo va a ir bien, todo va a ir bien».

El doctor Grovner salió. Todos estaban callados. Expectantes. Llorando.

—No le queda mucho —dijo en voz baja.

Billy, que ya estaba de vuelta en el salón, empezó a sollozar, y la madre de Joanna se acercó a él y le dio una palmada en el hombro. Otra mujer fue al baño y se oyó cómo estallaba en llanto. Otra mujer hermosa, una actriz que había trabajado con Robert en una de sus películas, empezó a mecerse hacia delante y hacia atrás. Joanna salió de la habitación y se dirigió a la cocina, donde se encontraba Serena. Llevaba un paño y fue a la fregadera para mojarlo. Quitó el exceso de agua. Serena había terminado de llenar una cubitera con hielos para cuando Joanna se acercó a ella y le dijo, amablemente:

—No tienes por qué hacerlo, por favor no te sientas obligada a ello, pero si quieres puedes venir y decirle adiós.

Serena se echó a llorar. Se tapó los ojos con la mano inmediatamente y le dio la espalda a Joanna, avergonzada. Se limpió la cara y volvió a girarse hacia Joanna, sonriendo.

—Me gustaría hacerlo.

Serena entró a la habitación. Estaba a oscuras. Había dos ventanas que daban al río Hudson, las luces de Nueva Jersey brillaban a lo lejos. La habitación estaba iluminada por la luz de las velas, todo estaba pensado para transmitir la máxima paz posible. La madre de Robert estaba sentada en una silla al lado de la cama, sujetándole la mano y con los ojos cerrados. La enfermera estaba al final de la habitación, casi invisible, en las sombras. Joanna se sentó en la silla al otro lado de la cama de Robert y lo miró. Kip no estaba allí. Robert ya no tenía el tubo para respirar y su respiración era muy suave. Estaba pálido, delgado, irreconocible. La primera palabra que cruzó la mente de Serena fue *indignante*. Era indignante que el fuerte y viril Robert, el que jugaba a resbalarse por el suelo en calcetines, el que pegaba a Serena en el brazo bromeando y picaba a su mujer sin tregua, estuviera tendido en la cama de esa forma. No era digno de eso. Era un hombre que merecía vivir una vida llena de amor y cariño, con amigos, una mujer que adoraba y un hijo al que ver marcharse a la universidad, enamorarse y casarse. No merecía esto No merecía estar así, delgado, pálido y con amigos afligidos que se reunían a su alrededor.

Joanna miró a su marido. El pensamiento o emoción que se instalaron en su mente fueron el catalizador: apoyó la cabeza en la cama y empezó a llorar; su espalda se movía de arriba abajo mientras jadeaba en busca de aire. Serena era testigo de aquel dolor tan puro, sin conciencia, sin filtros, un sufrimiento que provenía desde lo más hondo de una persona.

Serena lo entendió todo en un instante. Entendió la vida, las tribus, las conexiones, las amistades, la muerte y el amor. Entendió todo lo que siempre había necesitado saber sobre lo que significa *participar* de la experiencia de existir. En aquel instante, más que en toda su vida, supo que vivir es arriesgarse, querer sin reservas e involucrarse con el mundo de una manera que ella nunca había llevado a cabo en su reglamentada, disciplinada y rígida vida. Había empezado a sentirlo con *Swami* *Swaroop*, pero después de aquel fiasco, se había prometido a sí misma no volver a pasar por ello. Asumió que pasaría el resto de su vida sola, ilesa. Pero en esa habitación, en ese momento, bañada por la luz más oscura, grotesca y cruel que se pueda imaginar, Serena vio lo que se estaba perdiendo. Mantuvo los ojos fijos en Joanna, que continuaba sollozando. Nunca sería capaz de explicárselo bien a nadie, pero Serena supo entonces, con más certeza de la que había tenido nunca por algo, que había llegado la hora de unirse a la fiesta, aquella fiesta desagradable, magnífica, cruel, sublime y descorazonadora.

REGLA

11

Cree en los milagros

Pocas horas después de que Robert falleciese, Serena llamó a Ruby y se lo dijo. Fue imposible esconderlo de la prensa, así que las noticias se transmitieron en la televisión y en la radio. Ruby llamó a Alice y esta se lo dijo a Georgia.

Serena había salido a tomar el aire. Todavía había gente entrando y saliendo de la casa, ahora para visitar a Joanna y Kip y dar el pésame. Parecía que iba a tener que quedarse allí durante un rato más, así que Serena decidió salir para tomar un pequeño descanso. Había una multitud de gente, furgonetas de las noticias y reporteros, pero Serena fue capaz de pasar a su lado sin ser vista. Mantuvo los ojos fijos al suelo y pasó a través de la barricada de la policía. Cuando por fin levantó la vista, sus ojos se posaron en Alice, Georgia y Ruby, que la miraban con una mezcla de preocupación y cariño, y se echó a llorar. Todas corrieron a abrazarla. Serena se agarró a ellas y dejó salir las emociones que había estado reprimiendo durante días. Todas hicieron un círculo alrededor de ella para evitar que se fijasen en ella mientras sollozaba. En el momento que levantó la cabeza, con su cara roja y húmeda, las miró. Ruby, Alice y Georgia no eran sus mejores amigas; de hecho, solo eran conocidas. Pero allí estaban.

—No me puedo creer que hayáis venido. Gracias… gracias —dijo con voz ronca por haber estado sollozando.

Alice puso un brazo en torno a ella.

—Queríamos estar aquí.

—Estamos aquí para lo que necesites —añadió Georgia.

—¿Quieres dar un paseo? —le preguntó Ruby.

Serena asintió con la cabeza. Caminaron al lado del río y se sentaron en un banco frente al agua. Nueva Jersey estaba al otro lado, con sus nuevos edificios elevándose en la distancia y un gran reloj Colgate marcando una hora incorrecta.

—Ella lo quería tanto. Él era el hombre de su vida. No puedo imaginar lo que estará pasando. No puedo —dijo Serena.

Las mujeres asintieron. Ellas tampoco se lo imaginaban.

Ruby sacudió la cabeza.

—Con lo difícil que es imaginarse siquiera conocer al amor de tu vida. Imaginad perderlo, tan joven...

Georgia pensó en Dale y en su vida juntos. ¿Había sido el amor de su vida? Suponía que quizá en cierto modo sí que lo había sido, pero ahora ya no, así que quizá no contaba. Ahora tenía esperanza de que hubiera alguien ahí fuera que fuese el verdadero amor de su vida.

—Espero que se sienta afortunada. Afortunada de haber tenido tanto amor en su vida.

Serena movió la cabeza afirmativamente.

—Creo que sí. —Se sonó la nariz con un pañuelo que le había tendido Alice—. Creo que sí.

Alice pasó todo el camino a casa pensando en el concepto de «el amor de tu vida». Pensó en Joanna y lo diferentes que iban a ser las cosas para ella. Y, por supuesto, Alice pensó que estaba a punto de irse a Islandia para casarse con alguien que no era el amor de su vida.

Cuando llegó a casa se fue a la habitación. Clavó los ojos en la maleta colocada encima de la cama, ya hecha y preparada para acompañarla. Los billetes estaban en su escritorio. Jim estaba a punto de llegar para cenar con ella. Alice se sentó en la cama. ¿Qué significaba, entonces, «el amor de tu vida»? Deseó que Serena nunca hubiese dicho esas palabras. Ahora no podía quitárselas de la cabeza. Miró su fabuloso traje de novia de invierno. Pensó que, cuando presentas a tu marido a la gente de América se presupone que es el amor de tu vida. Que te enamoraste de él y decidiste casarte con él. Puede que no sea cierto, pero eso es lo que das a entender. Si vivieses en la India o en China, o en otro sitio, la gente quizá no pensaría eso, tal vez creerían que vuestras familias lo han organizado o que tu matrimonio es concertado o a saber qué más. Pero aquí, en América, cuando hablas de tu marido, la gente supone que en algún momento de tu vida estuviste lo suficientemente enamorada de él como para casarte. Alice se preguntó si se sentiría bien viviendo ese tipo de mentira, sabiendo que no se había casado con el amor de su vida. Había tenido la esperanza de que, las semanas previas al viaje, él se convirtiera en eso como por arte de magia, pero no había pasado. Siempre se aburría un poco cuando estaba con él, y después se sentía culpable por haberse aburrido. Así que le prestaba más atención, intentaba sentirse lo más interesada que podía, pero al final él no era el amor de su vida y nunca lo sería. Lo máximo a lo que podría aspirar era a ser el hombre al que tenía mucho cariño y al que le estaba muy agradecida.

«EL AMOR DE SU VIDA, EL AMOR DE SU VIDA.» Mientras se duchaba se dio cuenta de que todo se reducía a una cosa: ¿en qué creía? Es decir, ¿qué tipo de vida quería llevar? ¿Acaso pensaba que era inteligente volver a la vida salvaje de la soltería con la esperanza de encontrarlo? ¿A qué estaba esperando? Mientras se secaba con la toalla se dio cuenta de que no quería ser la mujer que se negaba a conformarse. No quería ser la mujer que creía que la vida era corta y era mejor permanecer soltera y buscar «al amor de su vida» en lugar de abandonar y conformarse. No quería ser esa mujer. Pensaba que esa mujer era estúpida. Inocente. A Alice le gustaba ser práctica; era abogada, así que prefería ser realista. Esperar y buscar al amor de tu vida era *agotador*. Quizá incluso ilusorio. Y, sí, ya sabía que había gente a la que le tocaba la lotería y se podía enamorar y era igualmente correspondida, y su vida estaba llena de armonía y amor. Pero no quería ser la mujer tozuda que esperaba con cabezonería algo que quizá nunca llegase.

Se volvió a sentar en la cama, envuelta en una toalla, y empezó a llorar. Sollozando, se abrazó a sus piernas, escondió la cabeza en sus rodillas, comenzó a balancearse y lloró.

Se dio cuenta de que sí *era* esa mujer.

La mujer que, con treinta y ocho años, no podía dejar de soñar que conocería a un hombre que hiciera explotar su corazón y con el que pudiera compartir su vida. Lloró sabiendo que se tendría que preocupar de la posibilidad de no poder tener una familia, que volvería a un mundo en el que nada estaba garantizado y en el que lo único que realmente tendría era esperanza. Sabía que aquello significaba que volvería a ser soltera.

Cuando Jim llegó, Alice estaba vestida, pero no había dejado de llorar. Él entró con su maleta y Alice se lo dijo en ese mismo momento.

—Te mereces a alguien que sepa que eres el amor de su vida —dijo entre lágrimas. Y en una avalancha de palabras, llanto y disculpas, le dijo que no podía casarse con él —ni allí, ni en Islandia, ni nunca.

Y entonces fueron los ojos de él los que se humedecieron.

—Pero tú eres el amor de *mi* vida. ¿Eso no importa?

Alice negó con la cabeza.

—No creo que pueda ser el amor de tu vida si tú no lo eres de la mía.

Jim caminó de un lado a otro de la habitación. Hablaron y hablaron. Él se enfadó. Alice se disculpó una y otra vez. Y, al final, él lo entendió. La perdonó y le deseó lo mejor. Se marchó dejándola en el salón llorando, destrozada. Desde el punto de vista de Alice, ella estaba mucho peor que él. Lo miró mientras él salía por la puerta, temblando y con el corazón roto, y se sintió inmensamente culpable. Pero sabía que él se volvería a enamorar, que conocería a alguien con quien se casaría, tendría hijos y sería feliz. En cuanto a ella, Alice no estaba segura de nada. Así que se echó en el sofá y siguió llorando.

Cuando llamé a Alice la mañana siguiente y me enteré de lo que había pasado me sentí aliviada. ¿En qué estaba pensando, animándola a casarse con Jim? ¿Quién era yo para dar consejos sobre algo o decir que se casase con alguien a quien no quería? Alice sonaba más triste que nunca. Pensé en volver a casa y estar con ella, pero entonces tuve una idea.

—¿Por qué no nos vemos en Islandia? Utiliza tu billete.

—¿A qué te refieres, que vaya de luna de miel contigo? —preguntó Alice, sin hacer que sonara divertido.

—Se supone que Islandia es genial. Siempre he querido ir. —Es cierto, todos los que conozco que han estado allí me han dicho que es fantástico. No recordaba exactamente *por qué* me lo habían comentado, pero no importaba—. Creo que necesitas alejarte de todo.

—Sí, pero no en el sitio en el que iba a pasar mi luna de miel.

—Por favor, es Islandia en pleno invierno, no Maui. Vas a ser capaz de olvidarte de ello. —Y añadí—. Te lo prometo. Venga, hazlo, será divertido.

En el aeropuerto de Bombay fui al baño y me encontré a una señora mayor que llevaba un sari morado con flores blancas. Sus ojos estaban perdidos, como muchos otros que había visto mientras había estado allí. Pensé que trabajaba de encargada de los servicios, pero no estaba segura. Cuando salí me tendió una servilleta que pude haber cogido yo. Después se llevó los dedos a la boca. La ciudad era incansable. Podría haber sido mi abuela y estaba en el baño del aeropuerto de Bombay mendigando. Le di todas las rupias que tenía. Después hice lo único que sabía hacer en ese tipo de situaciones: me tomé dos Lexomil y deseé que todo saliera bien.

Me desperté adormilada cuando el piloto avisó que nos preparásemos para el aterrizaje (el Lexomil me había hecho efecto. Debemos agradecer a Dios por estos pequeños milagros de la vida).

El funeral de Robert se celebró dos días después de su muerte. Joanna decidió que Kip y ella se irían a casa de sus padres durante una o dos semanas para evadirse de la prensa, el caos y los recuerdos. Y le dio a Serena dos semanas de vacaciones pagadas con las que esta no sabía qué hacer, así que, cuando Alice la llamó para ver cómo estaba y contarle que no se iba a casar y que había quedado en verme en Islandia, Serena se apuntó al viaje enseguida.

—¿Podría ir contigo? Es decir, sé... es tu luna de miel... es que había pensado...

—Por supuesto que puedes venir, claro —fue la respuesta de Alice—. No sé qué tipo de comida tienen allí, si son hospitalarios con los vegetarianos, pero...

—A la mierda —contestó Serena—. Pero con moderación, ¿eh?

Alice sonrió.

—De acuerdo.

Mientras tanto, Ruby no se había recuperado de no haberse hecho la inseminación. Estaba recayendo de nuevo, pensando en lo que había perdido, en que había sido un error. Pensó en tomarse antidepresivos, como su madre, pero no podía imaginárselo siquiera. Una mujer soltera con depresión tomando antidepresivos, sonaba tan *deprimente*.

Estaba luchando contra la recaída haciendo abdominales en el suelo para mantener las endorfinas. Después de ver a Serena y saber lo de Joanna y Robert, recordó lo corta que es la vida y que no debería desperdiciarse llorando por los remordimientos y todo lo que habría podido ser y no fue. Sin embargo, mientras hacía ejercicio, pensaba en cómo un poco de esperma podría haber hecho crecer un bebé dentro de ella y en lo precioso que este habría sido. Serena asomó la cabeza por la puerta y le comentó que había hablado con Alice y que las acompañaría a Islandia. Ruby se detuvo.

—¡Siempre he querido ir a Islandia! Reikiavik parece genial. ¿Puedo ir yo también? —preguntó Ruby entusiasmada. Serena se sorprendió.

—Eh... creo que sí, ¿y si llamas...?

—Llamaré a Alice para confirmarlo —y con eso Ruby fue a descolgar el teléfono.

Después de ver a Serena, Georgia se había marchado a casa pensando en el amor de su vida. Se preguntó si servía decir que sus hijos eran los amores de su vida. Sabía que no eran sustitutos de un hombre o una relación amorosa, pero era amor. Eran dos personas a las que quería más que a nada en el mundo. Dos pequeños que, mientras cualquiera de ellos siguiera con vida, serían sus niños. Y este fin de semana se iban a quedar con Dale. Y ahora que no iba a pasar el tiempo odiando a Dale y buscando hombres no tenía absolutamente nada que hacer. Así que, cuando Alice la llamó y le dijo que Serena, Ruby y yo íbamos a estar con ella en Islandia durante su no luna de miel que nunca sucedería, bueno, pues decidió sacar la tarjeta de crédito y apuntarse al viaje.

Creo que se puede saber mucho de un sitio en base al trayecto desde el aeropuerto. Siempre me siento desilusionada si no se percibe un aire extranjero. Es horrible viajar veinte horas en un avión para mirar por la ventana de un coche y ver los mismos cables de teléfono y el mismo hormigón. Pero el camino desde el aeropuerto de Reikiavik hasta el centro de la ciudad me ofreció un paisaje que nunca había visto. La única forma de describirlo es que parecía lunar: imaginad aterrizar en la Luna, que en este caso está cubierta de musgo verde, y descubrir que está habitada por mucha gente atractiva y rubia.

Y mientras llegaba a esa Luna no me podía sentir peor conmigo misma. Todavía me sentía humillada por lo de China y traumatizada por lo de Bombay. Quería estar en un sitio lo más lejos posible de allí. Reikiavik parecía ser ese lugar.

Cuando llegué al hotel estaba agotada. Era un rascacielos de apariencia empresarial, propiedad de Icelandair (nada pintoresco para ser Islandia ni para una luna de miel). Me registré en la habitación de Alice. Ella llegaría por la mañana, así que tendría toda la habitación para mí sola. Era espaciosa, con un salón, una pequeña cocina y una cama de tamaño grande. Estaba acondicionada más para un ejecutivo ocupado que para unos recién casados. Me imaginé a Alice casándose a oscuras y volviendo a esta habitación minimalista para tener sexo de ejecutivo frío y me avergoncé al instante. «¿Por qué la había animado a seguir adelante con la boda? ¿Quién me creía que era? Se me tendría que caer la cara de vergüenza por considerarme su amiga, y de paso también se me tendría que caer la cara de vergüenza por pretender escribir un libro sobre lo que fuera.»

Mis cuatro amigas me despertaron a las siete de la mañana al llegar a la habitación. Todavía estaba oscuro y me sentía algo desorientada, sobre todo por ver a las locas de mis amigas llegar juntas a Islandia. Tardé un minuto en volver en mí.

—Gracias a Dios que reservé la habitación para ayer por la noche. Deberías ver el aluvión de turistas en recepción. Ha sido horroroso —dijo Alice mientras se quitaba su parka.

—Es cierto, había docenas de personas desaliñadas que habían volado de noche y se estaban quedando dormidos en los sofás, esperando registrarse —comentó Georgia mientras se sentaba en la cama.

—Lo que no vamos a poder hacer hasta las tres, más o menos —añadió Ruby mirando dentro del minibar. Se giró y me observó—: ¡Me alegro tanto de verte! ¡Ha pasado tanto tiempo!

Me levanté apoyándome en los cojines y crucé las piernas.

—¡Me alegro de veros! ¡Os he echado tanto de menos!

Serena se inclinó hacia mí y me dio un largo abrazo. Parecía que estaba a punto de echarse a llorar, pero se apartó y se levantó.

—Tengo que ir al baño —dijo sorbiendo por la nariz.

Alice echó un vistazo a la habitación.

—Así que aquí es donde iba a pasar mi luna de miel... No busqué muy bien, ¿verdad?

—¿Por qué no bajamos a desayunar y después vamos a la Laguna Azul? —dije animada, viendo que el ánimo de la habitación podía empeorar rápidamente.

—¿Qué es la Laguna Azul? —preguntó Ruby.

—Es una piscina termal natural, un sitio turístico al que los habitantes también van. Lo leí en el avión.

—Jim y yo íbamos a ir el día después de la boda —añadió Alice.

—Pues vamos —dijo Georgia—. Ya dormiremos después.

Ellas bajaron mientras yo me cambiaba. Cuando me estaba poniendo unos vaqueros el móvil sonó. Era un número desconocido, así que supuse que era de Estados Unidos. Cuando descolgué escuché la voz de Thomas:

—¿Hola, Julie? Soy yo.

«No te atrevas a decir "soy yo" cuando llames. Como si todavía tuviésemos algo», me hubiese gustado vomitarle.

—Déjame en paz, por favor —fue todo lo que pude decir.

—Lo siento, Julie, de verdad. Solo quería disculparme y decirte lo mucho que lo siento. Ha sido muy difícil.

—No quiero hablar contigo. Lo siento. Lo he pasado demasiado mal. —Colgué.

Me apoyé contra el escritorio durante un momento. Si volvía a llorar nunca saldría de la habitación. Así que respiré hondo y bajé a desayunar.

Alice, ¡cómo no!, había alquilado un coche en el aeropuerto y ya tenía programada la dirección de la Laguna Azul. Así que nos montamos y pasamos los siguientes cuarenta y cinco minutos en el coche. Todavía estaba oscuro, así que era difícil ver dónde estábamos, pero cuanto más nos acercábamos más parecía que íbamos en dirección a un gran agujero humeante en medio de la tierra. Salimos del coche, pasamos por la taquilla y nos dirigimos a los vestuarios. Nos duchamos y nos pusimos los bañadores. Después, fuimos a la piscina.

Nos estábamos congelando, así que nos metimos en el agua rápidamente. Estaba caliente y era reconfortante. Había arena suave bajo nuestros pies. Caminamos durante un rato, agachadas para que el agua cubriese todo nuestro cuerpo. Nos detuvimos en una esquina desde la que salía vapor de algunas grietas entre las rocas, creando una pequeña llovizna con la que nos fuimos empapando. La vista era sublime. Amanecía y el cielo se teñía de tonos azules y rosados. Había una planta de energía geotérmica al lado de la laguna y, aunque arruinaba un poco las vistas, también añadía vapor a las nubes que se perdían en las montañas. Definitivamente, ya no estábamos en América, y ni siquiera estaba segura de que siguiésemos en la Tierra.

Mientras me recreaba en esa belleza extraterrenal, Georgia estaba teniendo otra experiencia completamente diferente...

—Lo que pasa con las aguas termales es que el agua está tan turbia que no se puede distinguir si está limpia.

No sabía cómo responder a eso. Estaba tan relajada que no me preocupaba.

—Me he documentado y el agua se bombea con regularidad, así que siempre está limpia —intentó reconfortarla Alice.

Georgia miró a su alrededor.

—Bien, porque estoy segura de que la gente se mete aquí con todo tipo de problemas dérmicos de los que quieren curarse. Podría estar llena de asquerosidades.

Serena miró a Georgia.

—¿Por qué no intentas disfrutar del agua? Se está genial.

Georgia asintió. Era sábado y los turistas y habitantes empezaron a llegar. Dos mujeres se sentaron a nuestro lado. Una era rubia y la otra de pelo rojo oscuro. Ambas tenían más de cuarenta años y eran altas y guapas. Parecía que estaban hablando en islandés.

—Disculpen. —Georgia llamó la atención de las mujeres—. ¿Saben si el agua está limpia?

Ambas miraron a Georgia. Yo estaba preocupada por si la pregunta les había parecido irrespetuosa, pero a las mujeres no les importó. Tampoco se inmutaron ante la suposición de Georgia de que entendían y hablaban nuestro idioma (sí, somos americanas, ¡qué se le va a hacer!).

—Sí, está limpia —dijo la rubia con acento nórdico—. Yo vengo aquí siempre.

La otra se encogió de hombros.

—A mí no me gusta mucho nadar con tanta gente, pero creo que está limpia.

—Muchas gracias, se lo agradezco —dijo Georgia con una sonrisa, y se puso casi de rodillas en el agua, hasta que esta le llegó al cuello.

Alice miró a su alrededor.

—Estar aquí es raro. Esta noche sería mi noche de bodas...

Traté de mantenerla cuerda.

—Pero sabes que has hecho lo correcto, ¿verdad?

Alice negó con la cabeza.

—No, no lo sé, para nada. ¿Qué pasa si él ha sido mi última oportunidad? ¿Qué pasa si no vuelvo a tener novio nunca, y no digamos ya marido?

De nuevo, nadie sabía qué decir. ¿Quién podía predecir el futuro? Todas estábamos tratando de sanar nuestras heridas en la Laguna Azul y ninguna tenía mucho optimismo para compartir.

Georgia fue la primera que habló:

—Todo lo que necesitas saber es que intentaste que aquello funcionara con todas tus fuerzas, pero no pudiste. Esa es la respuesta. No tuviste elección.

Alice asintió como si lo entendiera, pero en su cara empezaron a asomarse las lágrimas.

—¿Pero por qué no pude? ¿Qué me pasa? ¿A qué estoy esperando? —Me acerqué a ella y puse un brazo en torno a sus hombros.

Serena se había mantenido callada desde que habíamos llegado, pero quiso decir algo:

—Nuestro tiempo es un tesoro. Estás esperando a alguien con quien quieras estar bien. Si no, no tendría sentido.

Alice no estaba tan segura.

—Quizá sí tendría algo de sentido. Solo para no estar tan sola.

Y tras eso me eché a llorar. Había estado aguantándome desde la llamada de Thomas pero todo se desbordó justo entonces.

—Estamos jodidas. Lo estamos. Tenemos problemas. Somos la generación de mujeres que estamos solas pero no queremos conformarnos o comprometernos si no es para siempre. Así que estamos esperando a la aguja en el pajar de la que nos enamoremos y que nos quiera, a la que encontraremos en el momento justo en el que ambos seamos solteros y vivamos en la misma ciudad. —Las lágrimas empapaban mi cara—. Estamos completamente jodidas.

Ruby también empezó a llorar.

—Dios mío, tienes razón. Es totalmente cierto.

Serena también tenía los ojos anegados en lágrimas. Georgia nos miró a todas y trató de animarnos.

—No me esperaba este tipo de luna de miel.

Intentamos reírnos, pero estábamos llorando demasiado. Las dos mujeres a nuestro lado nos observaban, preocupadas y confusas. Hablaban en islandés mientras nos miraban. Estábamos montando un numerito en la otra punta del mundo y la gente se estaba dando cuenta. Georgia les devolvió la mirada y yo sentí que debíamos una explicación:

—Estamos pasando por un mal momento. Eso es todo.

Supongo que parecería sorprendente ver tanta emoción en estas relajantes aguas geotermales, en medio de los reservados escandinavos y los turistas felices.

—¿Necesitan algo? —preguntó la pelirroja.

Georgia sacudió la cabeza.

—No, estaremos bien… algún día… espero que pronto.

La rubia no pudo evitar preguntarnos.

—Si no les importa la pregunta, ¿qué ocurre?

Georgia nos miró y nos señaló una por una.

—Alice ha cancelado su boda, Julie ha tenido una aventura que ha ido fatal, Serena ha visto morir a alguien, yo casi hago que me quiten a mis hijos y a Ruby le han diagnosticado depresión.

Ambas mujeres asintieron con la cabeza, lamentando haber preguntado, y volvieron a hablar entre ellas. Parecían duras, esas mujeres, con sus mentones marcados y sus ojos oscuros. Se giraron hacia las rocas, las tocaron y se pusieron el barro que habían recogido de ellas en la cara. Se inclinaron hacia atrás y dejaron que el vapor y el barro hicieran efecto.

Georgia las miró, impresionada.

—Vaya, estas sí que saben de lagunas.

Nos quedamos en la piscina una hora más. No habíamos venido para curarnos de ningún problema dérmico o para ponernos una mascarilla natural, pero necesitábamos desahogarnos y eso fue lo que hicimos.

Estábamos en las taquillas, cuando entraron las mujeres que se habían sentado a nuestro lado. Nos estábamos quitando los bañadores (en mi caso, me estaba quitando la parte de arriba del bikini y el bañador surfero. Y por sus ojos, y algo de sentido común, pensé que aquí en Reikiavik, lejos de la vanidad, las supermodelos y los cirujanos plásticos, parecía un payaso en pantalones bombachos).

A Georgia le fascinaron aquellas dos mujeres y no podía dejar de mirarlas. Mientras nos poníamos los abrigos para volver a aquel día de invierno, Georgia se dirigió a ellas de nuevo:

—Disculpen, me preguntaba si nos podrían sugerir un sitio para cenar en Reikiavik.

La rubia afirmó con la cabeza.

—Hay un lugar muy bonito, Silfur, en el hotel Borg. Nosotras vamos a cenar esta noche allí con unos amigos. Es un poco caro, pero tiene buen *bescado*. —Supuse que se refería al «pescado», y no quise interrumpir—. También hay un sitio que se llama Maru que tiene muy buen *sushi*, y el restaurante Lækjarbrekka es más informal pero tiene buena comida.

Georgia asintió, agradecida.

—¡Muchísimas gracias!

Se fueron, no sin antes despedirse educadamente.

—No sé por qué, pero me encantan esas dos mujeres —comentó Georgia. Terminamos de ponernos los abrigos, gorros, guantes y bufandas y nos preparamos para pasar frío. Había llegado la hora de irse de la cálida y agradable zona de la Laguna Azul, donde nos desahogamos, y volver al frío viento islandés.

Después de echar la siesta nos vestimos con nuestras mejores galas de invierno (jerséis de cuello alto, abrigos de plumas y botas de invierno resistentes). No nevaba, pero hacía frío, viento y una temperatura de menos doce grados. Nos reunimos todas en mi habitación, tratábamos de pasárnoslo bien en la noche de bodas de Alice. Bebimos vino blanco en la habitación e intentamos estar animadas.

—Gracias a Dios que no hemos ido a Finlandia. He oído que los penes de los hombres finlandeses parecen troncos de queso Roquefort —dijo Georgia.

Cada una chilló a su manera.

Ruby estaba horrorizada:

—¿Qué?

—Es lo que me ha dicho una amiga. Que parecían, bueno, estucados.

—Por el amor de Dios, ¿cómo me voy a poder quitar esa imagen de mi cabeza esta noche? —preguntó Alice, a punto de escupir su vino.

—Bueno, brindemos por no haber ido a Helsinki en tu luna de miel —dijo Serena, levantando su copa de vino blanco y sonriendo.

Nos echamos a reír en la habitación. Alice se lo estaba pasando bien y a todas nos estaba subiendo el alcohol un poco.

Fuimos en un par de taxis hasta el restaurante. Elegimos el Silfur básicamente porque sabíamos que aquellas dos mujeres iban a estar allí y Georgia quería verlas. Cuando entramos, nos dimos cuenta al instante de que íbamos peor vestidas que el resto de la gente (el restaurante poseía una elegancia art déco y nosotras parecía que íbamos a cenar en un iglú. Un iglú moderno, pero un iglú al fin y al cabo). Nos sentamos y enseguida pedimos vino blanco. Todas las camareras eran rubias atractivas. Nos sugirieron que pidiésemos la langosta. Mientras echábamos un vistazo al menú, lleno de aquellas locas palabras islandesas (la pechuga de pollo se pronunciaba «kuu-kinka-blinka»), las dos mujeres de la Laguna Azul entraron al restaurante con dos hombres y otras dos mujeres. Vi que se dieron cuenta de que estábamos allí. Yo señalé en dirección a la puerta y Georgia se giró. Un camarero les había llevado a sus asientos en la mesa contigua a la nuestra y Georgia las saludó:

—¡Hola! ¡Hemos decidido haceros caso y venir!

La mujer rubia sonrió educadamente.

—Me alegro. Os gustará. —Nos ofreció la mano y dijo—: Soy Sigrud y este es mi novio, Palli. Ellas son mis dos amigas, Dröfn y Hulda.

Dröfn era una mujer de casi treinta años con el pelo rubio platino y una boca grande. Hulda estaba cerca de los cincuenta, tenía el pelo rubio corto, un pequeño *piercing* en la nariz y unos pendientes de aro que colgaban a ambos lados de su cara. La pelirroja de la laguna también se presentó.

—Yo soy Rakel y este es mi marido, Karl.

Incluso aunque no me hubiera bebido varias copas de vino, no tenía ni puñetera idea de cómo pronunciar aquellos nombres. Nos presentamos y Georgia le explicó al resto cómo nos habíamos conocido.

—Nos encontramos en la Laguna Azul. Somos de Nueva York y todas estábamos un poco deprimidas.

Karl asintió con la cabeza. Había algo en su postura que dejaba entrever un buen corazón y un buen humor.

—Sí, Rakel había dicho algo así. —Todo el grupo sonrió—. ¿Por qué estáis tan tristes? Estáis en Reikiavik, ¡aquí se viene a pasárselo bien!

Le tocó el turno a Ruby:

—Es lo que intentamos ahora. ¡Hemos salido para disfrutar!

Karl nos miró y dijo:

—Acompañadnos. Cenemos todos juntos.

Nos miramos. Ellos también eran un grupo grande, parecía una carga. Rakel y Sigrud también se mostraron de acuerdo con Karl.

—Sentaos con nosotros. Lo pasaremos bien —comentó Rakel.

—No tenemos amigos de Nueva York, venid —añadió Sigrud.

A Georgia no se lo tuvieron que decir dos veces, y poco después todos nos sentamos en una mesa circular para diez, aunque éramos once. Continuamos pidiendo más vino blanco y les contamos lo que nos había pasado. Parecía gracioso cuando se lo contamos: la aventura de Ruby en el refugio de animales, mi experiencia desastrosa en China, la pesadilla doméstica de Georgia... Desternillante. Lo único que no se habría podido catalogar de divertido fue lo de Robert, pero Serena no lo mencionó.

Karl nos alentó a hablar:

—Julie, háblanos del libro que estás escribiendo.

Gemí en alto.

—He dejado de escribirlo. Cuando vuelva a casa le devolveré el dinero a la editorial. Odio el libro. No sé en qué estaba pensando.

Serena lo explicó.

—Es un libro que trata sobre lo que significa ser soltera para las mujeres de distintas culturas.

Una de las amigas preguntó:

—Suena muy interesante. ¿No quieres hablar con las mujeres islandesas?

—No quiero volver a hablar con ninguna mujer de ningún país sobre este tema.

Georgia trató de expresar mi humor:

—Está un poco quemada. Estoy segura de que le ayudaría mucho hablar con mujeres islandesas.

Todavía no sé cómo, Georgia desvió la conversación hacia sus dos nuevas mujeres favoritas, Sigrud y Rakel, preguntándoles por sus parejas. Rakel y Karl no se casaron hasta que sus hijos cumplieron ocho y diez años. Sigrud tenía dos hijos con un hombre llamado Jon, con quien se había casado cuando sus hijos cumplieron cuatro y siete años, pero ahora estaba con Palli. Dröfn y Hulda también tenían hijos, estaban solteras, nunca se habían casado y no les importaba lo más mínimo.

Me negué a aceptar que lo encontraba interesante. Mis molestas amigas, sin embargo, estaban embelesadas.

—¿O sea que a nadie de aquí le importa que estés casada, que no lo estés, que tengas hijos casada o que los tengas soltera? —preguntó Ruby, ensimismada.

Todos se encogieron de hombros y dijeron que no.

Georgia también estaba intrigada:

—¿Y no les preocupa que a un hombre le resulte desalentador que tengáis hijos?

Dröfn parecía ofendida ante la idea, y miró a Georgia como si fuera la primera vez que escuchase algo parecido.

—¿Cómo podría pasar algo así? Si me quisiera también tendría que querer a mis hijos.

Georgia asintió, dando a entender que por supuesto, claro.

—Tienen que entender que la mayoría de mujeres de aquí tienen hijos, y muchas están solteras. Tuvimos una presidenta que era madre soltera —añadió Rakel.

—Si los hombres de aquí no quisieran salir con madres solteras entonces no tendrían citas muy a menudo —comentó Sigrud.

La mesa de islandeses se rio, de acuerdo con sus palabras.

Yo solo quería hablar de Björk y de si la gente de Islandia pensaba que era rara. Solo de esto.

Serena se inmiscuyó en el tema:

—No parece que la iglesia o la religión jueguen un papel importante aquí.

Los integrantes de la mesa afirmaron con la cabeza.

—Islandia es sobre todo luterana. A la iglesia la mantiene el Estado, pero nadie va. Es solo tradición.

—Es muy interesante. Como si hubiésemos aterrizado en un planeta sin la influencia de la iglesia o de la religión, cuya población se guía por su propia e instintiva moralidad natural. Es fascinante —comentó Alice, entusiasmada. Tenía que admitirlo. Incluso yo estaba empezando a sentirme intrigada por esa gente tan rara.

Todos iban a salir después para ver a unos amigos tocar en un grupo en una discoteca de la ciudad llamada NASA. Por suerte nos invitaron, les estábamos cogiendo cariño y no queríamos despedirnos todavía.

Entramos en la discoteca, que era igual de grande que las discotecas que te puedes encontrar en Estados Unidos y estaba abarrotada de gente que bailaba y bebía. El grupo tocaba una mezcla de música irlandesa e islandesa que invitaba a saltar. No sabía qué estaban cantando, pero parecían estar rematadamente alegres de hacerlo. Los islandeses se dirigieron directamente a la zona VIP al lado del escenario y nosotras los seguimos. Había mesas preparadas para todos ellos, sus amigos del grupo lo habían organizado todo. Era la forma perfecta de pasar la noche de bodas de Alice. Karl nos invitó a una ronda de chupitos, de algo llamado Muerte Negra, y todos bebimos excepto Serena, que por lo visto se estaba moderando.

Miré hacia la multitud. Hulda se sentó a mi lado y dijo:

—El problema que tenemos aquí es que los hombres son muy vagos. No saben cómo dar el primer paso, así que las mujeres tenemos que pasar a la ofensiva. Entonces, los hombres ya no tienen que dar el primer paso, y es un terrible círculo vicioso.

Asentí con la cabeza. Justo cuando terminó de decir eso una atractiva mujer rubia, veinteañera, agarró al hombre con el que estaba bailando y empezó a besarlo.

Hulda siguió hablando.

—Ese es otro problema. Aquí todo el mundo se acuesta con la gente sin esperar. Nadie tiene citas como vosotros en Estados Unidos.

Aquello era otro *fica*.

—¿Y a las mujeres les afecta mucho que los hombres no las llamen? —Ya me había metido de lleno en la conversación, maldita sea.

Hulda se encogió de hombros.

—Algunas veces sí y otras no. Las islandesas somos muy fuertes. Somos vikingas, ¿recuerdas? —Y después añadió—: Además, si los queremos volver a ver podemos llamarlos.

Hacía que todo pareciera muy fácil…

El grupo empezó a tocar *The Devil Went Down to Georgia*. Decidimos que era el momento de ir a la pista y empezar a saltar. Lo hicimos durante horas. Bailamos, bebimos y conocimos a más hombres y mujeres islandeses (y cada uno parecía más libre que el anterior). Los hombres eran atractivos y amables, pero no eran lo más interesante de Islandia. Para mí, lo más interesante de Islandia eran las mujeres. Las atractivas y fuertes mujeres vikingas.

Finalmente, volvimos a la zona donde nos habíamos sentado y nos apoyamos en una barandilla mirando a la multitud. Georgia resumió la situación:

—Bueno pues, si todas estas mujeres son madres, debe de haber un montón de niñeras en Reikiavik.

—Si alguien me hubiera dicho que a los treinta y ocho años estaría soltera, sin hijos y me marcharía a Islandia después de cancelar mi boda, nunca lo hubiera creído —dijo Alice observando a la gente.

No me estaba gustando la dirección que estaba tomando esa conversación.

—Lo sé, yo tampoco esperaba que mi vida terminase así —comentó Georgia—. Estoy divorciada. *Soy* una divorciada. Mis padres están divorciados, pensé que eso iba a ser lo último que me pasaría.

Ruby añadió su opinión:

—Cuando era pequeña no pensé que a los treinta y siete iba a estar llorando todo el rato.

Y Serena dijo:

—Yo creía que tendría más cosas en mi vida. Que tendría *más vida* en mi vida.

—¿Qué va a ser de nosotras? —inquirió Ruby.

Las miré, éramos un barco a punto de hundirse. Tuve una idea (en aquel momento me pareció brillante, pero también hay que decir que en aquel momento estaba bebiendo algo que se llamaba Muerte Negra).

—Necesitamos ir a algún sitio —les grité—. Esta noche se suponía que iba a ser la noche de bodas de Alice. Necesitamos marcarla como una fecha señalada. Necesitamos hacer un ritual.

Los ojos de Alice se iluminaron levemente.

—¿Qué tipo de ritual?

—Todavía no lo sé, está en construcción.

Me acerqué a Sigrud y Rakel. Ahora sabía que quería llevar a mis amigas a un lugar precioso en medio de la naturaleza. Rakel sugirió Eyrabakki, una pequeña y tranquila ciudad al lado del agua. Me preguntaron qué iba a hacer y les respondí que quería realizar un ritual sanador para todas nosotras. Pensaron que era una idea divertida y quisieron acompañarnos, al igual que Hulda y Dröfn. A la salida cogí una gran cantidad de servilletas. Cuando nos reunimos en la puerta ya eran las cuatro de la mañana. Rakel y Dröfn condujeron porque eran las únicas sobrias que sabían adónde nos dirigíamos. De repente me había convertido en la líder islandesa de mi grupo. Nos montamos en los coches y nos pusimos en marcha.

Unos veinte minutos después, llegamos a Eyrabakki. No podía parecer un lugar más desolado. Había una pequeña calle en la parte central, con rocas y agua a un lado y pequeñas cabañas sin iluminar al otro. Daba la sensación de que podías ir de un lado del pueblo al otro en cinco minutos. Aparcamos los coches en lo que parecía un supermercado y nos dirigimos hacia las rocas. El viento soplaba y nos hacía sentir que estábamos a muchos grados bajo cero.

Mientras caminábamos hacia las rocas, Sigrud dijo:

—Es una pena que necesites agua para el ritual. Hay muchos otros sitios con más magia. Podríamos haber ido a donde están los elfos.

Alice, Ruby, Serena, Georgia y yo nos giramos para mirarla.

—Perdona, ¿has dicho elfos? —le pregunté.

Sigrud afirmó con la cabeza.

—Sí, por supuesto. Pero viven en el interior.

Serena se incorporó a la conversación.

—¿Creéis en los elfos?

—Claro —contestó Rakel muy seria.

Clavé los ojos en ellas y repetí:

—¿Elfos? ¿Los elfos elfos?

Hulda también asintió con la cabeza.

—Claro. Elfos.

Georgia parecía intrigada.

—¿Los habéis visto alguna vez?

Hulda sacudió la cabeza.

—Yo no, pero mi tía sí.

—Hay una historia muy famosa de unos hombres que trataron de construir una carretera muy cerca de aquí. Todo les salió mal: el tiempo, las máquinas se estropeaban, todo tipo de cosas. Así que trajeron a una médium que les dijo que todo era culpa de los elfos. Estaban en terreno élfico sagrado. Los hombres se alejaron unos kilómetros y no volvieron a tener problemas —dijo Dröfn.

Me giré hacia Sigrud. Traté de ser cortés, pero necesitaba llegar al fondo de la cuestión.

—¿Y cómo son?

Sigrud se encogió de hombros y habló como si se refiriera a lo que había cenado.

—Algunos son pequeños, otros altos, otros llevan sombreros extraños...

Ruby no pudo evitarlo y se echó a reír.

—¿Sombreros extraños?

Rakel también empezó a reírse porque se dio cuenta de lo raro que sonaba.

—Sí, y viven en casas, aunque no los podamos ver.

Negué con la cabeza y solté una carcajada.

—No creéis en el matrimonio, Dios o la religión. ¿Pero en los elfos sí?

Todas sonrieron y Sigrud contestó que sí entre risas.

—Bueno —se carcajeó Serena—. Ahí está la prueba: todos necesitamos creer en algo.

Nos dirigimos al agua. Hacía frío y mi entusiasmo inicial por este alocado plan estaba empezando a disiparse. Me di cuenta de que, si no fuera por mí y mis ideas disparatadas, a estas alturas podríamos estar durmiendo en nuestras camas. Nos reunimos al borde del agua. Todas me miraron, expectantes. Decidí que había llegado la hora de comenzar.

—Vale. He decidido que, de alguna forma, debemos reconocer lo que sentimos.

Todo el mundo estaba callado. Entonces Ruby preguntó:

—¿Lo que sentimos?

—Creo que sentimos que hay muchas cosas que no seremos. No seremos novias jóvenes. No seremos madres jóvenes. Quizá no tengamos marido, una casa y dos hijos que hayamos parido. Eso no significa que no vayamos a tener marido o hijos. Pero esto es para admitir que no va a pasar como esperábamos. De la forma que deseábamos que sucediera.

Georgia me miró.

—Joder, Julie, vaya forma de fastidiarme la fiesta.

Mis amigas americanas se rieron, pero creo que las islandesas no nos entendieron.

Repartí las servilletas que había robado de la discoteca a Serena, Ruby, Georgia y Alice. No quería imponer ningún ritual a mis hermanas islandesas.

—Vale. No tengo bolígrafos o lápices, así que en lugar de eso quiero que transmitáis vuestra decepción a la servilleta. Quiero que imaginéis cómo habíais pensado que sería vuestra vida hoy en día y quiero que lo traspaséis a la servilleta.

Cerré los ojos y pensé en cómo lo había imaginado yo. Tenía una imagen muy concreta de cómo pensé que iría todo: nunca había soñado con casarme o tener hijos, pero sí lo había hecho con vivir una vida llena de *glamour* en Nueva York, haciendo cosas divertidas con las divertidas de mis amigas. Imaginaba que mis ojos presenciarían cómo todas ellas se irían casando y teniendo hijos antes que yo, y entonces, en el último minuto, justo en el último minuto —que en mi mente era *el año pasado*—, aparecería mi hombre, y contra todas mis protestas y mi naturaleza cínica, me enamoraría, me convertiría en esposa y madre… Así había imaginado que sería. Iba a ser la última, pero entraría. Nunca pensé que no pudiera pasar. Transmití todo aquello a la servilleta.

Alice pensó en su antiguo novio, Trevor. En los planes que había hecho de pasar el resto de su vida con él. Se había imaginado teniendo varios niños con él y envejeciendo a su lado. Recordaba todas las vacaciones que habían pasado juntos, los adornos que habían recolectado en Navidad y recordó que había pensado que lo seguirían haciendo en los años siguientes. Recordó cómo él había dicho que no quería casarse con ella y ella le había contestado que había llegado la hora de que se mudase.

Ruby pensó en que se había imaginado una vida feliz y llena de amor junto a todos los hombres con los que había salido o hablado durante los últimos diez años. Vio pasar todas sus caras en su mente y recordó las distintas vidas que se había imaginado: iba a ser la esposa del doctor Len. Iba a apoyar emocionalmente a Rich con su empresa inestable. Iba a mudarse a D.C. para estar con ese cabildero, como se llame. Todas las decepciones pasaban por su mente. Las trasladó a la servilleta. Le gustaba este ritual. «Porque eso eran todos esos hombres. Nada más que una fantasía. Una idea en una servilleta de discoteca.» Se preguntó por qué les había dado tanto poder.

Georgia pensó en la graduación de Beth. Se había imaginado sentada junto a Dale bajo el sol abrasador, cogidos de la mano, con Gareth a su lado junto a sus respectivos abuelos. Cuando Beth fuera a recoger su diploma, Dale y Georgia aplaudirían los que más, se mirarían y se besarían, su orgullo por el éxito de Beth y su amor mutuo se entremezclarían mientras se abrazaban y se besaban. Georgia empezó a llorar al imaginarse eso, era algo en lo que había evitado pensar desde hacía mucho tiempo. Aquí y ahora, mientras el frío viento soplaba alrededor y el sol no se podía ver por ningún lado, sintió esa pérdida profundamente. Y las lágrimas surcaron por sus mejillas.

Serena se dio cuenta de que no tenía una imagen de lo que pensaba que le iba a suceder. Cuando había sido *yogui* había conseguido eliminar cualquier expectativa de cómo sería su vida. No tenía ideas preconcebidas de las que desatarse. Su mente estaba vacía de imágenes de lo que suponía que iba a ser su vida. Se dio cuenta de que quizá había llegado la hora de tener alguna. Para ella tocaba *empezar* a imaginar la vida que quería. Puso su futuro en blanco en la servilleta.

Saqué el encendedor que le había pedido prestado a Karl y fui prendiendo fuego a las servilletas en círculo, una por una. Mientras se quemaban rápidamente, dije: «Ya está. No tendremos esa vida. Se ha ido». Una por una tiramos las servilletas al suelo cuando el fuego se acercaba a nuestros dedos.

—Ahora somos libres.

Todas las mujeres me miraron. Ruby fue la primera en preguntar:

—¿Libres para hacer qué?

—Libres para salir adelante. Sin resentimiento. Aquellas vidas no existen. Ahora tenemos que seguir con las vidas que tenemos.

Todas estaban calladas. Creo que ninguna me había visto ser tan… tan sincera antes. Miré a Sigrud, Rakel y Hulda, parecían sorprendentemente respetuosas y solemnes. Me pregunté qué estarían pensando.

—¿Queréis añadir algo?

Rakel fue la que habló.

—Felicidades, habéis descubierto a vuestra vikinga interior.

Las mujeres americanas nos miramos, complacidas.

Volvimos al hotel, desayunamos e hicimos las maletas. Nuestro fin de semana exprés había llegado a su fin. Era hora de volver a casa. Sí. Había llegado la hora de regresar. Había terminado con todo aquello. ¿Había aprendido algo? Sí, eso creía. ¿Me alegraba de haber conocido a Thomas? Tendría que esperar un poco más para saberlo.

Nos dirigíamos al aeropuerto, calladas, con falta de sueño, irascibles, con resaca, y tratando de hidratarnos con botellas de agua que habíamos cogido de la habitación del hotel cuando Alice, la conductora, decidió anunciar algo gordo:

—Quiero que sepáis que creo en los elfos.

Todas la miramos y sonreímos somnolientas. Ruby fue la única con la energía suficiente para responder:

—¿Sí? ¿En serio?

—De verdad. Creo en los elfos. Mira este sitio. ¿No os parece que debe de haber elfos por aquí?

El resto estábamos demasiado cansadas como para responder.

Pero lo rumié durante un minuto. Todos necesitamos creer en algo, así que, ¿por qué no en los elfos? ¿O el *amor*?

—Bueno, si Alice puede creer en gente invisible que lleva sombreros extraños, entonces yo puedo creer en el amor. Creeré, desde hoy, que es posible encontrar a una persona con la que puedas vivir y a quien puedas querer durante toda tu vida, alguien que te quiera, y que no sea simplemente una ilusión psicológica.

Alice me miró y empezó a aplaudir.

—Así me gusta —dijo.

Sonreí. Georgia nos miró y dijo:

—Y si Alice puede creer en gente invisible que dificulta trabajar a los obreros, entonces yo puedo creer que encontraré a un hombre que no solo me quiera, sino que también quiera a mis hijos.

Serena asintió con la cabeza.

—Y si Alice puede creer en los elfos, Julie en el amor y Georgia en un segundo amor, yo voy a creer que Joanna y Kip van a salir de esta y algún día volverán a ser felices.

—¿Y qué pasa contigo? —le pregunté.

—Creo que yo también voy a descubrir cómo ser feliz. Sí, yo también —dijo Serena.

Ruby sonrió y alzó su botella de agua en el aire.

—Y yo voy a creer que todas seremos felices. Todas vamos a conseguir lo que queremos y estaremos bien. —Bebió un sorbo de agua—. Y en el Lexapro. También voy a creer en eso.

Resulta que, en un país de vikingos paganos, habíamos encontrado algo en lo que creer. Sin embargo, yo seguía inspirada:

—Bueno —añadí—, pues yo voy a ir un paso más allá. Si todas creéis que vais a encontrar el amor y ser felices, entonces yo voy a creer en los milagros, porque eso es lo que vamos a necesitar para que todo esto se haga realidad.

Todas se rieron, aunque yo lo había dicho con total sinceridad.

—Eso, eso —murmuró Alice levantando su botella—. Por los elfos y los milagros. Creamos en ambos. ¿Por qué no?

Todas aplaudimos, alzamos nuestras botellas y nos mostramos de acuerdo. «¿Por qué no?»

El avión estaba moviéndose por la pista. Yo tenía el asiento del pasillo y Serena el de la ventanilla. Delante de nosotras se habían sentado Ruby y Georgia, y Alice estaba al otro lado del pasillo. El avión empezaba a correr por la pista, el sonido del viento se cernía sobre nosotros mientras empezamos a coger velocidad. Fue entonces cuando me di cuenta de que, con todo el embotamiento de la resaca, la falta de sueño y la charla con mis amigas, había olvidado coger medicamentos para el despegue y, además, había olvidado meterlos en la maleta de mano. Me agarré a los brazos del asiento al tiempo que el avión comenzaba a ascender.

—No me puedo creer que haya olvidado mis pastillas. Soy una idiota.

Serena me miró y palideció. Posó su mano sobre mi hombro y me susurró que todo iba a ir bien. El avión estaba despegando, elevándose en el aire silenciosamente.

—Cierto, cierto. Todo va a ir bien.

Dejé de agarrar tan fuerte los brazos de mi asiento.

Poco después estábamos en el aire. Serena empezó a leer en alto artículos de la revista *People* y, de vez en cuando, Alice añadía lo que había escuchado de una famosa u otra. Sabía lo que estaban intentando hacer, mantenerme entretenida para que no empezase a chillar. Funcionó. Durante cinco horas y media no entré en pánico. Ni una gota de sudor o un jadeo, nada. Era igual que cualquier otro pasajero a bordo. No tenía ni idea de por qué... quizá fuera porque estaba con mis amigas y no me sentía tan sola, o tal vez por el ritual de Islandia, donde me desligué de las expectativas de mi vida (puede que eso incluyera la expectativa de que iba a caerme y morir), o quizá sabía que íbamos a estar bien y, en el caso de que no lo estuviésemos, caeríamos como bolas de fuego gigantes, y no habría nada que yo o mi pánico pudieran cambiar. Lo dejé todo atrás y simplemente volé hacia casa.

Sea cual fuere la razón, mi pánico desapareció.

Otra vez en Estados Unidos

Dos semanas después nos reunimos para que Alice nos contase su regreso al turno de oficio. Fuimos al restaurante Spice de Manhattan y nos sentamos en una gran mesa en la planta baja del área VIP, gracias a, por supuesto, Alice. Nos hablaba del primer caso en el que estaba trabajando (un chico joven al que se le acusaba de violar la libertad condicional debido a que uno de sus amigos se la había jugado) llena de convicción y pasión, y estaba emocionada de poder contárnoslo. Pedimos vino pero Ruby no quiso. Tenía una nueva medicación y no podía beber alcohol. Confesó que estaba tomando antidepresivos. Todas nos pusimos a aplaudir.

—Gracias al cielo —dijo Alice.

—¿Por qué has tardado tanto? —le preguntó Georgia—. Puede que vaya al señor Psiquiatra algún día yo también.

—Eso es genial, Ruby. ¡Sé que ha sido una decisión muy difícil para ti! —comentó Serena. Se había mudado del apartamento de Ruby hacía una semana porque había encontrado uno en Park Slope.

—¿Cómo estás? —inquirí. Ella sonrió, feliz.

—Me siento muy bien. Ni demasiado feliz ni nada, pero no estoy deprimida. Me da una plataforma para no hundirme.

—Me parece fantástico.

Georgia me miró y dijo:

—¿Qué vas a hacer con tu libro?

Hice una mueca y respondí.

—Todavía no lo sé. Mi editora no sabe que ya he vuelto y hace poco me ha mandado un correo para preguntarme cómo va. No sé qué decirle.

Todas me miraron, preocupadas, porque estaba tirando mi nueva profesión a la basura.

—¿Pero no crees que has aprendido mucho de todas esas mujeres que has conocido por todo el mundo?

Lo pensé y comí un trozo de pato.

—No estoy segura.

Después de eso fuimos a un bar en la azotea de uno de los hoteles modernos del barrio. Había un *DJ* pero el lugar no estaba atestado de gente. Dejamos nuestros bolsos y abrigos en una esquina y nos dirigimos a la pista lo más rápido que pudimos.

Y ahí estábamos, de vuelta. Esta vez no habría alborotos, lavados de estómago, alitas de pollo, ni bailes en la barra. Estábamos saliendo, abriéndonos de nuevo a una nueva noche de aventuras, diversión y posibilidades.

La canción *Baby Got Back* empezó a sonar. Es una de las canciones más divertidas para bailar que existen. Empezamos a movernos, meneando nuestros traseros, tratando de cantar pero sin conseguirlo mucho. Y yo miré a mis amigas, bailando juntas. En las últimas dos semanas me había dado cuenta de que todas se llamaban sin que yo estuviera de por medio. En la cena se picaban y se enfadaban unas con otras, sabían lo que pasaba en la vida de todas, como viejas amigas. Me di cuenta cuando vi a Serena, Alice, Ruby y Georgia riéndose y meneando su cuerpo, de que por fin tenía lo que siempre había soñado: un grupo de amigas, un grupo de amigas que se había formado mientras yo estaba en la otra punta del mundo y que ahora estaba al completo, bailando en Nueva York.

Me pregunté cómo podría resumir lo que había aprendido de todas esas increíbles mujeres de todos los países. Había una idea perforándome la cabeza, pero yo no dejaba de apartarla de mi mente. En la pista, con la música sonando y yo sintiéndome tranquila por estar de fiesta con mis amigas me sentía avergonzada de pensarlo siquiera. Pero lo sentía. Me horroriza teclearlo ahora. Odio admitir que me dio fuerte, joder. Bueno, ahí va:

Creo que vamos a tener que querernos a nosotras mismas. ¡Mierda!

Lo sé. ¡*Lo sé*! Pero al menos dejadme decir que no me refiero a «querernos a nosotras» mismas como si fuéramos a darnos un baño de espuma cada noche. No quiero decir «querernos a nosotros mismas» en plan «sal a cenar sola una vez a la semana». No quiero decir esto, quiero decir querernos a nosotras mismas de manera salvaje, como una leona protegiendo a sus cachorros, como si unos ladrones que nos quisieran hacer sentir mal nos fueran a atacar en cualquier momento. Creo que tenemos que querernos a nosotras mismas tan apasionadamente como aman las romanas, con alegría, entusiasmo y derecho, con el orgullo y la dignidad de las francesas, como si fuéramos unas brasileñas de setenta años vestidas de rojo y blanco y desfiláramos en medio de una fiesta de barrio, como si nos hubieran golpeado con una lata de cerveza y tuviéramos que rescatarnos a nosotras mismas. Tenemos que querernos a nosotras mismas de manera agresiva, ligar con nosotras mismas, esa es toda la energía que debemos dedicarle a ello. Tenemos que descubrir a nuestra vikinga interior, llevar nuestra brillante armadura y querernos tan valerosamente como sea posible. Así que, sí, supongo que tenemos que querenos a nosotras mismas, joder. ¡Lo siento!

Mientras pensaba en todo esto, un hombre guapo con el pelo hasta los hombros se acercó a nosotras y empezó a bailar/hablar con Serena. Llevaba unos pantalones bombacho rojos.

Mientras bailaban oí que Serena le preguntaba:

—Disculpa, ¿tus pantalones son de cáñamo?

Él afirmo con la cabeza y se inclinó para responderle:

—Sí, trato de no llevar nada que haga daño al planeta lo máximo posible.

Serena asintió, intrigada.

—¿Y qué hace un tipo como tú en un sitio como este?

El chico le sonrió.

—¡Puede que lleve ropa de cáñamo pero me gusta bailar!

Y, así, puso un brazo en torno a la espalda de Serena y la hizo girar. Ella se echó a reír y se sonrojó. En el momento que pasó junto a mí me miró como diciendo: «¿Qué probabilidades había para que pasara *esto*?»

Después de bailar un poco, Alice, Georgia, Ruby y yo finalmente nos sentamos alrededor de una mesa. Teníamos una vista de 180 grados del horizonte de Nueva York y el Empire State estaba iluminado en blanco y azul. Serena estaba en otra mesa hablando con el tío del cáñamo. Parecía estar colado por ella, y ambos estaban hablando y riendo como dos viejos amigos.

—¿Crees que estamos siendo testigos de un pequeño milagro? —me picó Alice.

Sonreí al pensarlo.

—Nunca se sabe.

Miré a las mujeres guapas que había en el club, las que bailaban, flirteaban, hablaban con hombres o con sus amigas. Todas estaban intentando pasárselo bien, vestían a la moda e intentaban ser únicas. Me acordé de mis viajes otra vez. Conocer a todas esas mujeres solteras por el mundo me podría haber desanimado, ya que todas tenían problemas, necesidades, esperanzas y expectativas. En lugar de ello, me había reconfortado. Porque con lo que me quedo, como si fuera una pequeña nota de amor en el bolsillo, es con que no importa lo que haya aprendido o cómo me sienta por estar soltera, hay algo que tengo claro: decididamente, no estoy sola en esto.

¡Por supuesto que no estoy sola!

¿Y sabes qué más? Los milagros suceden cada día.

Agradecimientos

Hay mucha gente que me ha ayudado a investigar para escribir este libro, sobre todo hombres y mujeres que he entrevistado por todo el mundo y los «anfitriones» que me han ayudado a conocerlos. La lista de nombres de todos ellos puede que sea más larga que la propia novela. Pero estoy en deuda con toda esa gente, sobre todo con las mujeres, que sacaron tiempo de sus apretadas agendas para hablarme de amor y de citas con sinceridad y buen humor. Ha sido verdaderamente una experiencia única y estoy humildemente agradecida por todo. Les doy las gracias desde el fondo de mi corazón.

Me gustaría mencionar especialmente a varias personas de cada país que han sido inestimables en mi investigación.

De Islandia, quiero dar las gracias a Dröfn y Rakel por organizar el encuentro con las mujeres de Reikiavik; también a Brynja, Rakel y Palli por su amistad.

De Brasil a mi heroína, Bianca Costa, junto a Tekka y Caroline de Copacabana films. Gracias a Matt Hanover de Yahoo. Y Cindy Chupack por su mente brillante, de la que me encantaría ser dueña.

De Europa, mi equipo de cámara: Aaron, Tony y James por hacernos reír de camino a París y Roma. De París a las dos mujeres que arreglaban todo, Laure Watrin y Charlotte Sector. De Roma, Veronica Aneris y Monica De Berardinis (y a John Melfi por estar siempre ahí para ayudar, en el país que fuera). A Dana Segal, por ser una amiga en una época caótica. Para Gabriele y Domenico por inspirarme siempre, no solo en Roma. De Dinamarca, gracias a Thomas Sonne Johansen y Per Dissing, por estar ahí en la última parte de mi viaje por Europa.

En Bombay, la India, Hamida Parker, Aparna Pujar, Jim Cunningham, Monica Gupta, gracias por guiarnos por una ciudad en la que es difícil situarse. Fuisteis unos anfitriones generosos.

De Sídney, Australia: Karen Lawson, gracias por tu entusiasmo interminable, tu humor y tu inquebrantable energía. Quiero agradecer a George Moskos por su ayuda con los hombres y por tomárselo con humor, y también quiero dar las gracias a Bernard Salt por darme una gran parte de su tiempo debido a una entrevista larga y deprimente hasta morirse de risa. Y agradecer en especial a Genevieve Read, que ahora es Genevieve Morton, a la que nunca he conocido pero me ha inspirado.

De Pekín, debo agradecer a dos mujeres, Chen Chang y Stephanie Giambruno, por hacer de Pekín uno de los viajes más memorables de mi vida. Y a Chang por sus explicaciones tan sinceras. Me gustaría dar las gracias a Han Bing por su ayuda extra y a Nicole Wachs por ser la mejor compañera de una tía.

En general, mi investigación y esta novela no habrían salido adelante de no ser por Margie Gilmore y su inagotable y firme persistencia, y por Deanna Brown por su fe en ambas. Margie, gracias otra vez por darme todo.

En Estados Unidos necesito dar las gracias a la gente que estaba conmigo cuando todo esto era una semilla de una idea y quisieron ayudar. Mark Van Wye, Andrea Ciannavei, Shakti Warwick y Garo Yellin, por aquella noche que me hizo entenderlo todo.

En el proceso de escritura de esta novela debo agradecer a Craig Carlisle, Kathleen Dennehy, y mi salvadora, Kate Brown.

Y a aquellos sin los que no sería nada: Andi Barzvi por ser la agente más avasalladora y amable que una mujer pueda desear, todo es culpa suya, hasta la última parte; mi editora Greer Hendricks, todavía sigo intentando descubrir lo que he hecho para merecerla; y a mi editora Judith M. Curr, sigo descubriendo lo afortunada que soy porque esté al mando.

Gracias a las mujeres de *sushi* y su historia por estar preparadas y siempre dispuestas a ir más allá. Gracias a Marc Korman y Julien Thuan de quienes dependo absolutamente. A John Carhart por todo su trabajo y buen humor, incluso cuando me odia. Debo agradecer especial e internacionalmente a Nadia Dajani por ir de viaje conmigo y ser testigo de todo, y me refiero a todo. El mundo no hubiera sido tan divertido sin ti. También dar las gracias especialmente a Michael Patrick King, porque él empezó todo y siempre tendrá un agradecimiento especial. Y a todos mis amigos y familia, cuyo ánimo me molestaba, gracias por vuestra paciencia conmigo. Sin vosotros no soy nada.

ECOSISTEMA DIGITAL